비상

비 상

발행일 2015년 10월 5일

지은이 김 성 민
펴낸이 손 형 국
펴낸곳 (주)북랩
편집인 선일영   **편집** 서대종, 이소현, 권유선
디자인 이현수, 윤미리내, 임혜수, 김은해   **제작** 박기성, 황동현, 구성우, 이탄석
마케팅 김회란, 박진관, 김아름
출판등록 2004. 12. 1(제2012-000051호)
주소 서울시 금천구 가산디지털 1로 168, 우림라이온스밸리 B동 B113, 114호
홈페이지 www.book.co.kr
전화번호 (02)2026-5777   **팩스** (02)2026-5747

ISBN 979-11-5585-751-9 03810(종이책)   979-11-5585-752-6 05810(전자책)

이 도서의 국립중앙도서관 출판예정도서목록(CIP)은 서지정보유통지원시스템 홈페이지(http://seoji.nl.go.kr)와
국가자료공동목록시스템(http://www.nl.go.kr/kolisnet)에서 이용하실 수 있습니다.
(CIP제어번호 : CIP2015026831)

오랜 기다림 끝에 완성된 거대한 희망

비상
飛上

김 성 민 지음

서문

그동안 『비상』을 써 오면서 많은 고민을 했다. 내가 누구를 위하여, 무엇을 위하여 이 글을 쓰는지에 대해서 말이다. 처음 시작할 때는 목적이 분명하지 않았고, 그래서 잠시 방향을 잃고 헤매었던 적이 있었다. 이 의문은 시간이 지날수록 해결되고 명확히 드러나는 것이 아니라 여전히 답답하고 꽉 막혀 있는 듯한 느낌을 받았다.

처음 1집 〈혼돈된 나로부터의 탈피〉는 기존에 써놓은 글들을 한곳에 모아 문집을 만들어 보았는데 그 결과는 무척 실망스러웠다. 나 자신에 대한 회의감도 있었지만, 시간이 지나면서 나는 익숙하지 않은 서글픈 감정을 느껴야 했다. 내가 글을 쓰는 이유는 남들 앞에 보이고 자랑함으로써 남들의 관심을 유발하기 위해서가 아니라 나 자신의 올바른 자아 성찰과 내면의 풍요를 위해서였고, 나름의 착상과 시도를 했다는 점에서 중요했다. 하지만 나는 언제부터인가 남들에게 내 존재를 드러내고자 관심을 구걸하기 시작했고, 본래의 취지와는 다른 방향으로 뒤틀어져 점점 추해지고 비굴해지는 나 자신의 모습을 발견하게 되었다. 다들 때가 있다고, 때가 되면 내가 일일이 알리고 다니지 않아도 사람들이 저절로 알아주는 날이 올 것이라고 말했다. 그런데 그 때라는 것이 언제인지, 그 기준이 명확하지가 않았다. 그렇기에 나는 현실성 없는 이 말을 부정하고 싶었다.

2집 '용기 있는 자가 버리는 것'이라는 글에서 이렇게 쓴 적이 있다. 용기 있는 자란 뭔가가 내게 다가오기만 기다리지 않고 내가 먼저 찾아 나서는 것을 의미한다고…. 기다림은 자존심에 반비례한다. 괜히 기다리다 보면 어떤 때는 이유 없이 짜증이 나기도 하고, 또 어떤 날은 이유 없이 눈물이 나기도 했다. 정말로 용기가 충만한 사람은 가만히 앉아 기다리지 않는다. 먼저 용기를 내어 찾아 나서는 것이야말로 21세기를 사는 우리에게 필요한 덕목이며, 반드시 갖추어야 할 자질이라고 생각한다. 기다리기만 해서는 기회는 영원히 오지 않는다.

이 글의 대부분은 잠시 영국에 머무르는 동안 썼다. 내가 영국으로 오지 않았다면, 한국에 계속 남아 있었다면 아마 나의 『비상』도 생겨나지 않았을 것이다. 그런데 난 비록 부모님 손에 이끌리고 휠체어에 몸을 실으면서 그곳에 갔고, 우여곡절 끝에 지금까지와는 다른 세계를 접하게 되었다. 그리고 거기서 많은 사람과 만나면서 나 자신의 내면을 한 단계 더 성장시키고 『비상』을 위한 많은 소재를 얻게 되었다. 정처 없이 계속 흘러가는 시간 속에서 나 자신의 더욱 완전한 자아를 찾고, 여러 차례의 여행을 통해 내공이 조금씩 쌓여감을 느낄 수 있었다. 이로써 인간적인 정이 사라지고 점점 더 이기적으로 되어가는 우리 사회의 풍토를 바꾸고 싶었고, 나의 『비상』을 읽는 사람들에게 잔잔한 감동과 희망의 메시지를 전하고 싶었다.

『비상』은 거침없는 비행을 계속 해 왔다. 드디어 그 대단원의 막을 내려야 할 때가 온 것 같다. 그동안 『비상』과 함께 무척 행복했고, 내게는 잊지 못할 소중한 추억으로 남게 되었다. 난 더 이상 어렵고 힘든 일이 닥쳐도 도망가거나 피하지 않을 생각이다. 멈추지 않는 도전을 계속할 것이고, 그 도전 정신은 이 『비상』이 끝난 뒤에도 내 마음속에 오랫동안 남아 있을 것이라 믿는다.

　꿈을 꾼다는 것은 아름다운 일이다. 불가능을 알고 그 불가능에 끊임없이 도전하는 자세보다 의미 있고 가치 있는 일은 없을 것이다. 이제는 답답하고 어두웠던 곳에서 나와 저 맑고 푸른 하늘을 향해 화려한 날개를 펼치고 싶다. 저 넓은 세상이 우리를 향해 손짓하고 있다.

비상3 **과거로부터의 초대** / 121

비상5 **바람 부는 미래를 향해**   / 282

비상6   빛으로 하나 되는 이야기   / 341

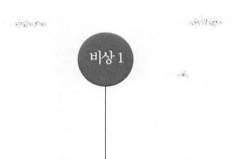

혼돈된 나로부터의 탈피

〈불사조의 비상〉
- RED -

비상! 그 꿈의 원대한 시작

1집 〈혼합된 나로부터의 탈피〉는 사실 호기심에서 시작되었다. 어릴 적부터 유난히 글쓰기를 좋아했기 때문에 초등학교 시절에 써 놓았던 일기를 난 아직도 가지고 있다. 그 일기를 오랜 세월이 흘러 차분히 하나하나 들춰보다가 문득 이를 한곳에 모아 문집을 만들어 보면 어떨까? 하는 생각이 뇌리를 스쳤다. 그런데 초등학교 시절에 쓴 일기들은 하나같이 내용에 깊이가 없고 유치하기 짝이 없었다. 그래서 최근 4년의 대학 생활을 하면서 쓴 글들을 한곳에 모아 보았다.

이를 점점 발전시켜 내가 그린 그림으로 삽화와 표지를 하나씩 디자인하기 시작했고, 그러다 보니 점점 재미가 붙고 열정이 생겨 지금까지 문집을 계속 써 오게 되었다. 주로 내가 경험한 것을 기록하였는데 오랜 시간이 지나도 잊어버리고 싶지 않아 『비상』을 쓰기 시작하게 된 것이다. 본래 기록이라는 것은 누군가가 인위적으로 훼손하지만 않는다면 오래도록 보존이 되기 때문에 그 당시 상황이나 느낌 등을 간접적으로나마 많은 사람에게 전달할 수가 있다. 이 때문에 글쓰기에 더욱 강력한 동기부여로 작용했고, 무언가를 끊임없이 갈구하고 추구하면서 낯선 곳 낯선 땅에서 보내는 지금 이 순간이 더는 무료해지지 않고 외롭지가 않았다. 그러면서 차츰 행동반경을 넓혀가고 인맥을 하나둘 만들어 나가면서 점점 자신감이 붙기 시작했다.

『비상』을 쓰기 시작하면서 이를 통해 내 안의 자아가 얼마나 성숙해졌고, 또 얼마나 견고해졌는지를 실감할 수 있었다. 그러면서 한 가지 사실만은 분명해졌다. 그것은 바로 나약하고 의욕도 별로 없던 과거의 나로부터 탈피해 이제는 내 안에 깃들어 있는 가능성을 나 자신에게 각인시켰다는 점이다. 나는 이제 내 발로 걸어 다니지 못하고 남들에게 붙들려 다니면서 자신감 없이 행동했던 예전의 내가 아니다. 내 안에 있는 불사조는 위기의 순간 더 뜨겁게 불타올랐고, 그 열정과 끈기, 노력 등은 지금도 여전히 내 마음속을 뜨겁게 불태우고 있다.

지금 나의 『비상』은 영국이라는 새로운 세계와 만나고 발전을 거듭하면서 내면의 성숙과 올바른 자아가 무엇인지를 내가 경험했던 일들을 바탕으로 기록하고 있다. 거기서 흘러나오는 꾸밈없고 솔직한 표현이 많은 이들에게 잔잔한 감동과 여운을 선사했으면 하는 바람이다. 나의 『비상』은 애초에 영국이라는 또 다른 세계와 만나지 않았더라면 존재하지 않았을 것이다. 난 본래 의도한 것은 아니었지만, 영국이라는 새로운 세계와 만났고, 거기서 새로운 사람들을 만나고 여러 가지 경험을 하면서 나 스스로에 대한 자아 정체성을 확립하고자 했다.

나는 누구일까?

나는 ○○대학교 미술학과 4학년에 재학 중인 학생이다. 나는 어릴 때부터 뇌에 약간 이상을 가지고 태어났다. 그래서 지능도 좀 떨어지고 물건을 자주 잃어버리곤 한다. 걸음걸이도 약간 이상하게 구부정한 자세로 걷는다. 그래서 사람들이 나를 꺼리는 것도 사실이다. 고등학교 1학년 때 우연히 알게 된 서울대 병원 의사 선생님(신경과)께서 처방해준 약을 먹으면서 몸 상태가 나아져서 그나마 혼자서 학교에 다닌다. 그런데 이 약도 너무 오래 먹다 보니 내성이 생겨서 약효의 지속 시간이 점점 짧아지고 있다. 이 약 때문에도 온몸이 다 틀어지고 차라리 죽여 달라고 말하고 싶을 정도로 최악의 고통을 느낀 적도 있다.

이전에는 몸이 안 좋아서 혼자서는 학교도 못 다니고 꼭 누가 붙들어 주어야만 다닐 수 있었다. 그렇게 위험하게 다니다 안경도 깨지고 이가 부러지는 수모를 당한 적도 있다. 그런데도 난 배움에 대한 열정으로 끝까지 포기하지 않고 열심히 학교에 다녔다. 그런 나를 보고 사람들은 배울 점이 많다고들 한다. 한편으로는 억울한 일도 있다. 사람들이 나에게 남을 배려하지 않고 시비조로 말을 하며, 늘 부정적인 글만 쓰고 이기적이라는 지적하는 일이다.

사실 나는 남들에게 봉사를 받으면 받았지 남들을 위해 봉사하는 것은 상상도 하지 못한 일이었다. 그럼에도 불구하고 요즘은 아동센터와 도립도서관에서 자원봉사를 하고 있다. 아동센터에 갈 때는 한 번도 그냥 빈손으로 간 적이 없다. 갈 때마다 아이들에게 줄 선물을 하나씩 들고 간다. 다들 내 동생들 같고 그 아이들을 보면 나랑은 솔직히 아무런 관련도 없지만, 이유 없이 내가 가진 것을 아낌없이 다 나누어주고 싶다. 그런데 아이들은 야속하게도 선물을 주면 고맙다는 말한마디가 없다. 오히려 친절하게 대해 주니까 나를 아주 우습게 알고무시하려고 한다. 그래서 너무 서운하고 마음이 아프다. 내가 이런 상황에서도 남을 위해 이렇게 봉사하는데 나한테 남을 배려하지 않는다는 말이 정말 온당한 지적인가? 나에게 남들과 같이 모든 일을 완벽에 가까운 수준으로 해내라는 것은 좀 무리한 요구가 아닐까?

나는 아무 탈 없이 학교에 잘 다니는 것만 해도 정말 대단한 일이라고 생각한다. 그런데 나의 일부분만을 보면서 나에 대해 함부로 말하고 뒷이야기를 하는 것을 나중에 듣게 되면 정말 마음이 아프다. 시험 볼 때마다 열등감을 느끼고 지나가는 커플들을 볼 때마다 질투심이 든다.

나는 획일화된 주입식 교육에 깊은 유감을 표하고, 고등학교도 대안학교를 다녔다. 솔직히 시험 보기가 두려워 도망친 적도 있다. 난 정말 남들과 잘 지내고 싶은데 다들 바쁘다는 핑계로 날 상대하려 들지 않고 일회성 관심으로 대하는 것 같다. 부디 많은 이들에게 나를 더 이상 장애인이 아닌 하나의 인간으로 대해 주기를 기대한다. 장애는 부끄럽고 창피한 것이 아니라 단지 조금 불편한 것일 뿐이라고 생각한다.

My life story

나는 별로 밝히고 싶진 않지만 밝힐 수밖에 없는 병을 앓고 있다. 그 병이란 뇌성마비의 일종인 파킨슨병이다. 파킨슨병은 아직 그 발병 원인이 명확히 밝혀져 있지 않으며, 딱히 뭐라고 정의를 내리기 힘든 일종의 뇌 질환이다. 주로 노인들에게서 그 증상이 나타나는데, 주된 증상으로는 수전증, 구부정한 걸음걸이, 부정확한 발음, 저시력, 근육경직 등이 대표적이다. 혹시라도 오해하시는 분이 계실까 봐 밝히는데, 절대로 다른 사람에 옮기거나 하는 전염성 질환은 아니다.

이상하게 생각할 수도 있겠지만 내 인생에서 이 병을 빼놓고는 지금의 나란 존재도 있을 수가 없고, 내가 살아온 인생에 대한 설명도 상당 부분 힘들다. 태어날 때부터 가벼운 증상이 있었지만 거의 드러나지 않아 그냥 대수롭지 않게 넘겼다. 그러나 세월이 흐를수록 증상이 점점 겉으로 드러나기 시작했다. 자주 넘어지고 별다른 이유 없이 팔과 다리가 떨리기 시작했던 것이 바로 그것이었다. 우리 집은 초등학교 때부터 이사를 많이 다녔다. 그러다 보니 자연스럽게 외톨이가 되었고, 그래서 늘 외로웠다.

시간이 지남에 따라 발의 형태도 이상해져 그대로 두면 발목이 완전히 꺾여 버리기 직전의 상태에까지 이르게 되었다. 그래서 어쩔 수 없이 서울에 있는 한 대학병원에서 다리 인대 늘리는 수술을 했다. 일 년 동안 휴학을 하고 재활 치료를 했지만 아쉽게도 그다지 나아지지 않았다. 이때를 기점으로 자신감도 많이 상실했고, 생각도 부정적으로 바뀌어 버렸다. 그때는 정말 내 인생 이대로 허무하게 끝나나 싶은 생각도 종종 들었다.

그러나 아직 몸 상태가 안 좋은 상황에서 학교를 다니겠다고 병원에서 나와 남들에게 붙들려 학교를 다니자니 짐이라는 소리도 듣고, 대놓고 다른 친구와 비교를 당하기도 했다. 중학교 3년 내내 목발을 짚고 다니는 친구가 있었는데, 그 친구는 모든 면에서 나보단 상태가 좋았다. 그 학생의 경우에는 공부를 잘했고, 늘 밝은 표정을 하고 다녀 친구들의 사랑을 받았다.

그렇게 중학교 3년의 세월을 보내고 고등학교에 진학하게 되었다. 이때 서울대학교병원에 아주 유능하신 의사 선생님을 알게 되었는데, 이 의사 선생님께서 처방해 주신 약을 먹으니 이전에는 꼭 누가 옆에서 붙들어 주어야 걸을 수가 있었지만, 즉시로 약효가 나타나 그때부터는 어설프지만 혼자서 걸을 수 있게 되었다. 지금 와서 생각해 보아도 이 의사 선생님을 알게 된 것은 내게 큰 행운이자 축복이었다. 그렇지 않았더라면 난 지금도 누군가에게 붙들려 다니는 신세를 면하지 못했을 테니까 말이다. 이제는 나도 뭔가 할 수 있겠구나 하는 자신감이 점점 생겨나기 시작했다.

고등학교 시절 처음에는 일반 인문계 고등학교에 진학했지만, 학업을 도저히 따라가기가 힘들어서 1년만 다니고 아는 분의 소개로 경기도에 있는 한 대안학교로 전학을 갔다. 그 학교에서 남은 2년을 다녔는데, 학교 아이들과 충돌도 많았지만 기숙사 생활을 하면서 공부 이외에 많은 활동을 체험하면서 자립심도 키우고 해외여행도 두 차례나 다녀왔다. 그렇게 고등학교를 졸업하고 오게 된 곳이 지방 중소도시이다.

나는 어릴 때부터 미술에 관심이 많았고, 무언가 만드는 것을 좋아했기 때문에 이것저것 피규어도 많이 만들어 보았고, 건담 프라모델 또한 엄청 좋아해서 한때는 방 안에 틀어박혀 건담 조립만 했던 시절도 있었다. 그러다 우연치 않은 계기로 다른 도시에 사는 여학생을 한 명 알게 되었는데, 그 여학생은 나의 장애를 이해해 주지 못하고 매정하게 날 버리고 떠났다. 지금도 그 일만 생각하면 감정이 북받쳐 오른다. 그 일이 있고 많은 세월이 흘러 이젠 잊어버릴 때도 되었는데 아직도 나는 그때의 아픈 기억을 잊을 수가 없다. 실연의 아픔이란 바로 이런 것인가 보다.

그 후에 나는 봉사활동을 시작했다. 다른 사람과의 관계를 통해 내 삶을 바꾸어 보고 싶었다. 늘 남에게 도움을 기대하는 것이 아니라 나도 남에게 뭔가 도움이 되고 싶었기 때문이다. 나는 형제가 없어 아이들과 지내는 것이 무척 그리웠다. 그래서 아동센터에 매주 한 번씩 봉사를 갔다. 아동센터 아이들은 때론 내게 상처 주는 말을 하고 속을 썩이기도 하였지만, 이상하게도 나는 그런 아이들의 모습이 좋았고 더 정이 갔다. 모두 내 동생들 같았고, 특별한 이유 없이 그저 잘해주고만 싶었다.

　도서관에서도 자원봉사를 시작했다. 도서관 봉사는 내게 책을 접할 좋은 기회를 가져다주었다. 봉사 후 남는 시간에 책을 통해 내가 경험하기 힘든 것을 간접적으로 경험할 수 있게 해 주었기 때문이다. 손에 잡히는 책들은 하나같이 내게 도움이 되고 위로가 되는 내용이었다. 그래서 나는 도서관에서 봉사하는 것에 대해 상당한 자부심을 느끼고 있다.

　도서관 봉사를 시작할 때를 기점으로 시내에서 휴대폰 대리점을 운영하시는 아저씨를 한 분 알게 되었다. 그 아저씨는 내가 특별한 일이 없어도 가게에 들리면 항상 반갑게 맞이해 주셨고, 친절하게 대해 주셨다. 한번은 급하게 휴대폰 충전기가 필요했는데 돈이 없어 일단 외상으로 충전기를 가져오고 돈은 다음날 갖다 드리겠다고 하자 그 아저씨는 선뜻 그렇게 하라고 하셨다.

　그 다음날은 내가 도서관 봉사를 하는 날이었다. 그런데 시간이 도서관에서 계속 봉사를 하고 있다가는 외상값을 그 아저씨께 갖다 드리지 못할 것만 같았다. 그날 내게는 돈이 많이 없었기 때문에 같이 봉사하는 같은 학교 여학생에게 밥 한 끼 사줄 수 있겠느냐고 물으니 그 여학생은 선뜻 그러겠다고 했다. 얼마 안 되는 돈을 밥값으로 써 버렸다가는 아저씨께 외상값을 드리지 못할 것 같아서였다. 그렇게 해서 도서관 식당으로 밥을 먹으러 갔는데, 그곳 식당에서 일하시는 아주머니께서 내가 몸이 불편한 것을 아시고는 손수 음식을 떠주시고 식판도 들어주셨다. 내겐 그런 작지만 소박한 친절이 너무 감사했다.

　그날은 다른 날보다 조금 일찍 도서관에서 나왔다. 하지만 엎친 데

덮친 격이라고 그 와중에 시내로 들어가는 버스 요금이 모자라는 것이었다. 그래서 도로 버스에서 내리려고 하자 기사 아저씨께서 어디까지 가느냐고 물어보셨다. 내가 시내까지 간다고 하자 아저씨께선 그냥 타라고 하셨다. 그 당시에 버스 카드에 돈이 550원밖에 없었는데 원래 1,050원인 요금을 거의 절반 가까이 깎아 주신 것이다. 기사 아저씨의 이런 친절도 고마웠다. 그렇게 해서 아저씨 가게로 가서 외상값을 드리니 아저씨는 원래 충전기 값보다 5,000원이나 더 나가는 휴대폰 케이스를 서비스라며 공짜로 주시는 것이었다.

사람들의 이런 다양한 모습을 마주하면서 여태까지는 이 세상은 다 썩었다고 생각하며 그저 남들의 잘못된 모습만 보고 성급하게 그들을 비난하고 원망하기만 했던 나 자신이 부끄럽게 느껴졌다. 그러면서 나는 이 세상 사람들은 다들 양면적인 모습이 있지만, 그러한 모습에도 분명 이렇게 마음 한구석이 따뜻해지는 긍정적인 측면 또한 분명히 존재한다는 사실을 새삼 깨닫게 되었다. 나로서는 한 단계 도약을 한 셈이다.

이제 나는 더 이상 남을 비난하거나 원망하지 않을 생각이다. 그 비난의 화살은 돌고 돌아 결국 나 자신에게 고스란히 돌아올 테니까… 화가 나고 억울하고 분한 일이 생겨도 그런 부분을 이해하고 인내하며, 사랑으로 타협하고, 그저 감사하는 마음으로 살아볼 생각이다. 이런 일들은 그냥 나의 순수한 마음이지 어떤 보상이나 대가를 바라지 않고 행하는 일이며, 나도 남을 위해 작고 미약한 힘이나마 보탬이 되고 싶어서 하는 일이다. 사실 나에게 문제가 많다는 것을 결코 부정하진 않겠다. 그래서 요즘엔 심리학책도 많이 읽고, 되도록 남의 입장을 이해해 보려고 노력하는 중이다. 그런데 심리학책을 아무리 많이 읽고, 인간관계에 관한 책을 아무리 많이 읽는다 해도 도무지 사람한테 부담을 주지 않고 다가가는 방법을 모르겠다.

그렇다고 해도 나는 쉽게 포기하지 않을 것이다. 열심히 자신의 길을 닦고 내면을 채우다 보면 지금 당장은 힘들어도 언젠간 반드시 내가 겪은 슬픔과 장애, 이 모든 것을 이해하고 받아줄 수 있는 사람이 분명 나타나게 될 것이라 믿기 때문이다. 사회에는 장애인에 대한 편견과 차별이 존재하고 있는 것은 부정할 수 없는 사실이다. 나같이 몸이 불편한 사람도 남들을 위해 무언가 도움이 되는 일을 할 수 있고, 하나의 당당한 사회적 인격체로 존중받게 되는 날이 하루빨리 찾아왔으면 하는 바람이다.

이 글을 마무리하면서 간절히 부탁드리는데, 겉으로 드러나는 모습이 아니라 나의 순수한 마음을 봐 주셨으면 좋겠다. 진정한 천국은 외모가 아니라 바로 한 사람 한 사람의 마음속에 있다. 지금까지 나의 이야기를 읽어 주신 분들께 감사한 마음을 전한다.

사랑의 자원봉사

나에게는 약간의 신체적인 장애가 있다. 하지만 나는 이런 장애에도 불구하고 아동센터와 도립도서관에서 자원봉사를 하고 있다. 아동센터 자원봉사는 피치 못할 사정으로 중간에 그만두게 되었지만, 도서관 봉사는 현재까지 계속 일주일에 한 번씩 한다. 내가 남들을 위해 자발적으로 봉사활동을 시작하게 된 계기는 나눔 속에서 이 사회에서 점점 사라져 가는 인간적이고 훈훈한 정을 다시금 찾아보고 싶었기 때문이다.

아동센터에 갈 때는 솔직히 나랑은 아무런 상관도 없는 아이들이지만, 내게 형제가 없고 늘 혼자 다니는 시간이 많아서 그런지 왠지 모르게 자꾸만 잘해주고 싶었고 더 정이 갔다. 때론 아동센터 아이들이 말을 안 듣고 나의 구부정하고 이상한 걸음걸이를 흉내 내면서 내게 상처를 주기도 해 전혀 기분이 나쁘지 않았던 것은 아니지만, 사랑으로 그들을 이해해 보려고 노력하고 인내로 참고 견디었다.

내가 나보다 어리고 경험이 부족한 아이들에게 더 정이 가고 내가 가진 것을 아낌없이 나누어 주었던 것은 어쩌면 내가 외롭고 타인과 원만한 인간관계를 형성하지 못했기 때문이었을지도 모른다. 하지만 나란 존재도 늘 남에게 도움을 받기만 하는 것이 아니라 부족하고 미약한 힘이나마 남들에게 도움이 되고 싶었다. 이것이 나의 순수하고 때 묻지 않은 작은 소망이자 바람이었다.

아동센터 아이들에게 갈 때는 늘 새롭고 참신한 소재를 제공해줌으로써 아이들이 미술에 흥미를 느끼게 하고, 내가 내준 과제를 성실히 이행하였을 때는 무언가 보상을 해줌으로써 학습의 효율성을 높이고 동기부여를 해 주고 싶었다. 어떤 책에서는 보상이나 대가가 오히려 학습을 망친다고 했지만 내 생각은 조금 달랐다. 그런 보상이나 대가가 주어졌을 때 아이들을 능동적으로 학습에 참여시킬 수 있다고 판단했기 때문이었다.

봉사는 남을 위해 무언가 헌신하고 도움을 준다는 의미에서 보상이나 대가를 바라면 안 된다는 점을 잘 알고 있다. 그렇지 않으면 내가 봉사하는 의미가 퇴색되고 어떤 보상이나 대가를 바라고 일을 하는 지극히 이기적인 사람으로 비치게 될 테니까 말이다. 나는 그냥 아이들이 순수함이 좋았고, 그런 순수함과 나눔 속에서 얻어지는 대가 없는 희생과 봉사가 좋았다. 착한 일을 하는 데에 논리적인 설명이나 이유는 필요하지 않다고 생각한다. 그저 몸이 닿는 대로 마음 가는 대로 진심 어리고 당당한 모습으로 사람들에게 다가서보고 싶었고, 그런 마음이 모이고 모여서 지금의 나란 존재도 있을 수 있다고 생각한다.

한때는 내가 남의 도움이나 성의 혹은 친절을 너무 당연한 것으로만 받아들이고 대수롭지 않게 넘긴 적도 있었다. 그런데 사람에게는 양심이란 것이 있고, 사람의 탈을 썼으면 아무리 작고 사소한 일에도 감사할 줄 알고, 남들이 어떤 말과 행동으로 날 서운하게 하고 깎아내리려 해도 기쁨과 감사로 받아들여야겠다는 생각을 하게 되었다. 물론 자발적으로 이런 의지가 생겨난 것은 아니었지만 여러분들의 조언이나 충고에 의해서 내 성격을 바꾸게 된 것이 다행이라고 생각한다. 그래서 이제는 일부러 의식하지 않아도 누군가 내게 친절과 호의를 베풀면 언제나 기쁨과 감사로 생각한다.

자신이 하는 일에 자부심을 느끼지 못하고 마지못해 하거나 누군가의 강압 때문에 억지로 하게 된다면 그만큼 불행한 삶도 없을 것 같다. 아무리 사소하고 미천한 직업을 가지고 있어도 하는 일에 대한 자긍심을 가지고, 남들의 말에 흔들리지 않는 강인한 의지와 정신력이 있어야만 이 험한 세상에서 자기 자신의 정체성을 온전히 확립하고 남들 앞에 당당해질 수 있을 것이라고 생각한다.

그런데 아동센터 아이들이 해 달라는 것을 다 해 주다 보니 점점 나를 우습게 알고, 나중에는 내가 들어줄 수 있는 수준을 넘어서 도저히 감당해내기 힘든 무리한 요구까지 서슴지 않는 것이었다. 아이들이 나의 진심을 몰라주고 알아주려 하지 않을 때는 정말 서운했다. 그래서 어쩔 수 없이 아동센터 봉사는 그만둘 수밖에는 없었다.

아동센터 말고도 도립도서관에서도 자원봉사를 하고 있다. 도서관 봉사는 내 인생에 획기적인 패러다임을 제시해 주었다. 비록 아동센터 봉사는 중간에 그만두게 되었지만, 도서관 봉사는 내 힘이 닿는 데까지 최대한 오래 해볼 생각이다. 둘 다 일주일에 한 번씩 하는 봉사지만 난 그렇게나마 남들에게 도움이 되고 보탬이 되는 나 자신이 무척 자랑스럽고 대견하다. 손에 잡히는 책들은 대부분 자기계발 서적이긴 하지만, 하나같이 나한테 하는 말 같았다. 게다가 책이라는 간접적 매개체를 통해 쉽게 경험할 수 없는 세계까지 경험할 수 있는 지식의 보물창고이다.

일부 사람들은 자기계발 서적이란 생각을 딱 한 가지로 정리하고 다른 경우의 수는 배제해 버린다는 점에서 획일화된 주입식 교육의 온상이라고 말한다. 하지만 그건 보는 사람의 관점의 차이일 뿐, 자신과는 다른 의견이라고 해서 무조건 안 좋은 책이라고 함부로 정의 내릴 수 있는 부분은 아니라고 생각한다. 사람이 책을 고르는 기준은 저마다 추구하는 가치가 다르고 살아온 환경이 다르기 때문에 자기계발서적은 획일화의 온상이니 보지 말라 한다든가 멀리할 수는 없다고 생각한다.

봉사는 보이지 않는 곳에서 남들이 모르게 행하였을 때만이 더 큰 의미가 있고 가치 있는 것이라고 생각한다. 공식적인 자리에서 공개적으로 남들 보란 듯이 봉사하고, 남들이 볼 때만 한다든가 어떤 이익이나 보상을 바란다면 그것은 위선이지 봉사가 아니라고 생각한다. 집에서 새는 바가지 바깥에서도 샌다고 이미 습관화되어 버린 자신의 행동이 하루아침에 갑자기 변해 다른 사람으로 바뀌게 되는 것은 사실 무척이나 힘든 일이다. 나는 그렇게 되고 싶지도 않고 되기도 싫다. 지금 자신이 가진 것에 만족하고 언제나 기쁨과 감사로 세상을 살아가다 보면 굳이 노력하지 않아도 남들 눈에 띄게 될 것이라 믿는다.

이런 이유로 나는 내가 하는 봉사활동에 상당한 자부심을 느끼고 있고, 언제나 나보다 남을 먼저 생각하고 남을 먼저 배려하는 헌신적이고 타의 모범이 되는 사람이 되고 싶다. 학교를 졸업하고 사회에 나가서도 내 이름 석 자가 남들의 기억 속에 오래도록 남고, 나를 생각하면서 '아! 그때 그 자원봉사를 해 주셨던 선생님은 몸도 불편했는데 우리에게 참 잘해주셨지. 그 선생님으로 인해 우리가 기뻤고 웃을 수 있었지.'라는 생각을 하게 된다면 좋겠다. 이제 원망과 불평이 아닌 기쁨과 감사로 갈수록 자기밖에 모르고 이기적으로 변해가는 이 세상에 한 줄기 빛으로 남게 되기를 간절히 소망한다. 봉사는 그 자체만으로 충분히 의미가 있고 대가나 보상을 바라지 않고 행하였을 때만이 진정한 가치가 있다.

하다못해 길거리에 버려진 쓰레기를 줍거나, 가난하고 불쌍한 사람을 위해 기꺼이 내가 가진 것을 나누어 주면서, 자신과는 아무런 상관

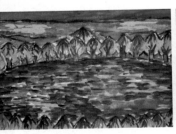
〈산정호수〉

〈검은 별똥별〉

〈들판의 침묵〉

도 없는 사람들을 위해서도 뭔가를 나눔으로써 잃어버렸던 정을 되찾고 싶다. 나눌 수 있을 때 기쁨은 배가 되고 나눌 수 있을 때만이 진정한 행복을 만끽할 수 있을 것이다.

학교신문을 돌리며

내 마음속에는 남들에게 인정받고 싶다, 남들은 쉽게 하지 못하는 무언가 창의적인 생각을 하고 싶다는 열망이 늘 있었다. 사실 이전까지는 학교신문이라는 매체에 대해 별로 중요하게 생각하지도 않았고 관심도 없었다. 그런데 학교생활을 오래 하다 보니 점점 학교신문에 눈이 가기 시작했고, 나도 한번 신문에 나와 보았으면 좋겠다는 생각을 하게 되었다. 하지만 아무런 동기를 찾지 못하였다.

하루는 나는 교내 신문사로 찾아가 내 사정을 얘기하면서 신문에 좀 실어줄 수 있겠느냐고 그 당시 편집국장으로 있던 여학생에게 부탁했다. 그랬더니 그 여학생은 그럼 자신이 날 인터뷰하겠다고 하면서 신문에 '기자가 만난 학우'라는 코너가 있는데, 여기에 한번 실어보는 것이 어떻겠느냐는 제안을 했다. 그 당시 신문에 실리고 싶다는 열망이 강했던 나는 그렇게 해 달라고 사정했다. 그러면서 편집장은 나중에 시간을 잡아줄 테니 그때 다시 오라는 말을 했다. 하지만 이 약속은 지켜지지 않았다. 서로 시간을 맞추는 과정에서 자꾸만 시간이 어긋나는 것이었다. 결국 인터뷰할 내용을 메일로 보내줄 테니 이것을 작성하여 다시 회신하는 방식으로 일이 진행되었다. 난 어쩔 수 없이 해 달라는 대로 하였다.

그로부터 얼마 뒤 신문에 내가 나왔을 것이라는 부푼 기대와 함께 아침 일찍 내가 나온 신문을 보러 학교로 갔다. 그 전날 저녁까지는 텅텅 비어 있던 신문함이 어느새 꽉꽉 메워져 있었다. 설레는 마음으로 한 장 한 장 넘겨 보다 드디어 내가 인터뷰해서 보냈던 메일의 내용과 사진이 실린 지면을 발견할 수 있었다. 감회가 무척 새로웠다. 그래서 나는 이 새로운 감회를 나 혼자만의 일로 끝내지 않고, 우리 학교를 잘 모르는 사람들을 위해 신문을 여러 부 챙겨 여기저기 가지고 다니면서 돌리기 시작했다. 그때 당시에 몸 상태가 별로 좋질 않아 왔다 갔다 하는 데 애를 먹긴 했어도 목적은 훌륭히 달성했다. 학교 근처 복사 집부터 시작해서 편의점은 물론, 미장원 그리고 도립도서관, 내가 과거 봉사활동을 했던 아동센터에 이르기까지 비틀비틀 다니면서도 나의 뜨거운 열망은 식을 줄을 몰랐다.

심지어는 이 신문을 서울에까지 들고 가 지하철역을 배회하며 열차가 들어오기를 기다리는 아저씨께 혹시 신문 한 부 보시지 않겠느냐는 제안을 하기도 하고, 지하철에 타서는 아무나 보라고 일부러 선반 위에 올려놓기도 했다. 아무리 작고 사소한 일이어도 다른 사람들과 나눌 때 의미와 가치를 부여받는다고 생각하고 있던 나였기에 신문을 돌리는 일은 내게 특별한 의미로 다가왔다. 몸은 분명 피곤했을 테지만 전혀 힘들다거나 귀찮다는 느낌이 들지 않았다. 다들 신문을 보면서 반가워하는 것 같았고 즐거워하는 것 같았다. 이만큼 뿌듯한 일이 또 어디 있으랴. 이렇듯 무언가 자신이 가진 것을 대가나 보상을 바라지 않고 다른 사람들에게 나눠주는 자세는 참 중요한 것 같다. 그리고 이 같은 생각을 하는 사람이 많아질 때 비로소 삶의 질은 한층 더 향상되고 풍요로워지는 것이 아닐까? 하는 생각을 해 본다.

내가 생각하는 미술

내가 생각하는 미술은 단순히 정해진 캔버스라는 공간에 그림만 딱 그려내는 것이 아니라, 이제는 그와 같은 형식적인 틀을 과감히 탈피하고 더 넓고 다양한 영역으로 그 폭을 확장하는 창조적 예술 활동을 의미한다. 타의 추종을 거부하고, 남의 것을 모방하는 것이 아닌 자신만의 독창적이고 창의적인 생각으로 인정받아야 하며, 뚜렷한 자기 주관과 작품에 대한 열정이나 애착이 그 작품을 보았을 때 그대로 묻어나야 한다.

사람들은 예술의 길은 본래 고독하고, 그 고독 속에서 무언가가 창조되는 것이라고 말한다. 이와 같은 인간의 고독한 본성은 아무리 많은 지식을 습득하고 사회적으로 높은 지위에 있어도 감출 수 있는 부분이 아니다. 이것을 타인이나 어떤 특정 사물에 의지해서 감추려 하는 것 또한 매우 어리석은 행동이다. 타인이나 어떤 특정 사물이 채워줄 수 있는 쾌감이나 위로는 지극히 일시적일 뿐 오래도록 지속되기 힘들다. 이것은 또한 인간의 본성 자체가 고독한 것과 밀접한 관련이 있다.

그래서일까? 인간은 언제부터인가 인간들 스스로 할 수 있는 활동도 점차 기계에 의존하기 시작했다. 하지만 이렇게 기계에 의존해 인공적으로 만들어진 작품에는 작가의 영혼을 담기 힘들고 많은 사람에게 인정받기도 힘들다. 작가 하면 떠오르는 이미지가 어디 고립된 장소에 틀어박혀 두문불출하며 자신의 작업에 미친 사람이라고 생각하는 경우가 많은데, 정말 이같이 작품에 미쳐야 비로소 작품다운 작품을 창조해낼 수 있을 것 같다. 21세기 무한경쟁의 시대에서 작품에 대한 열정과 의지가 없이는 낙오되기 쉬우며, 심한 경우에는 자신의 정체성에 혼란을 초래해 우울증이나 죄의식에 빠지기도 한다.

오늘날의 획일화된 주입식 교육의 폐해로 자라나는 학생들은 한 폭의 멋진 풍경이나 그림을 보아도 멋이나 낭만을 느끼지 못한다. 이렇게 단정 지어 버리기에는 분명 무리가 있을 수 있으나 그렇다고 틀린 말도 아니지 않은가. 시대가 변함에 따라 인간의 문명 또한 거대한 발전을 이룩해 왔다. 옛날에는 감히 상상조차 하기 힘든 일이 점차 현실로 다가오고 있으며, 그 변화의 빠른 속도에 간담이 서늘해지고 오금이 저릴 정도이다.

급변하는 시대의 흐름에 발맞추어 예술 작품도 남들이 쉽게 생각해 내지 못하는 참신한 것으로 승부수를 띄워야 한다. 때론 비굴해지고 무시당한다 할지라도 처음부터 무언가 되기를 바라는 것은 오만이고 욕심이다. 끊임없이 실패의 벽에 부딪혀보고, 너무 힘들어 도저히 다시 일어날 용기와 힘이 생기지 않을 때 그대로 그 자리에 주저앉아 버린다면 그것은 그 사람의 인생이 거기까지밖에 안 되는 것이리라. 실패를 거울삼아 될 때까지 도전을 멈추지 않는 사람이야말로 시대가 원하는 사람이라 하겠다. 남에게 의존하기보다는 자신의 힘으로 할 수 있는 일이라면 최대한 혼자 힘으로 해내야 한다. 그것이 진정한 미술이고 예술가의 길이라 나는 생각한다.

미술 작품의 예술적 가치를 글로 표현해 내기란 매우 어렵다. '인생은 짧고 예술은 길다.'는 말이 있는 것처럼, 예술계에 입문한 사람이면 누구나 자신의 작품이 남들에게 인정받기를 원한다. 하지만 아무런 노력도 하지 않고 가만있는 사람에게 길은 영원히 열리지 않는다.

나의 미래 설계

나는 대학을 졸업하면 취직을 위해 일자리를 구하러 다니기보다는 배우자를 만나 되도록 빨리 결혼하여 자식들도 많이 낳고 오순도순 행복한 가정을 꾸리고 싶다. 요즘엔 대학을 졸업해도 마땅한 일자리가 없어 방황을 많이 하는데 난 이렇게 방황하기보다는 가정을 먼저 꾸리고 싶은 소박한 꿈이 있다.

내 전공은 미술인데, 미술 쪽으로는 남들에게 인정받기가 매우 힘들다는 사실도 잘 안다. 그래도 난 내 전공을 살리고 싶다. 육체적인 노동이 힘든 나는 노동을 하는 대신 그림을 그리고 싶다. 지금까지의 그림들과 차원이 다르고 상식의 틀을 완전히 깨 버린 독창적이고 참신한 그림으로 남들에게 친근감과 공감대를 형성하는 데 앞장서겠다. 비록 일정하고 안정된 수입이 보장되진 않겠지만 나와 맞는 일을 해야 기쁨도 느낄 수 있고, 무언가를 해 냈다는 성취감을 느낄 수 있을 것이다.

갈수록 인심이 메말라 가고만 있는 현대사회에서 여러 부정적인 요인이 날 자꾸 괴롭힐 테지만 난 그런 것에 굴하지 않고 당당히 내가 원하고자 하는 바를 이루어 내고야 말 것이다. 나는 남들의 시선 따위를 별로 중요하게 생각하지 않는다. 남들은 나에게 조언을 해줄 수 있을지언정 내 인생을 대신 살아주는 것은 아니니 내가 선택해야 마땅할 길을 남들에게 맡겨 버리지는 않을 것이다. 중요한 것은 아무리 보잘것없고 하찮은 일일지라도 그 일을 했을 때 만족스럽고 후회가 남지 않는다면 다른 요소들은 부수적으로 따라오는 것이라고 생각한다. 하다가 정말 너무 힘이 들어 포기하고 싶은 마음이 간절해질 때 믿고 의지할 수 있는 구석이 있다면 얼마나 든든하겠는가. 내가 서두에 행복한 가정을 먼저 꾸리고 싶다는 이유를 바로 여기에서 찾을 수 있다.

인간은 원래 혼자서는 살아갈 수 없고 남들과 더불어 살아야 하는 운명으로 태어났기 때문에 아무리 부정하려 해도 부정할 수 없는 가치는 가족이란 울타리 속에서 더욱 빛을 발할 수 있다. 안정되고 일정한 수입이 보장되지 않는다 해도 난 무언가 새로운 일에 도전해 보고 싶다. 가령 환경운동가로 적극적으로 나서 본다든가, 아니면 지금보다 더 노력을 많이 해서 아는 것이 충분히 많아졌다고 생각될 때 책을 내는 일도 해 보고 싶다.

여기서 자칫 오만의 함정 속에 빠져 버릴 수가 있는데 난 언제 누구와 이야기를 해도 결코 오만해지지 않으며, 항상 겸손한 자세를 취할 것을 다짐해 본다. 자신감이라는 것이 너무 충만하면 남들로부터 시기심과 질투를 유발시킬 수 있으므로 겸손한 자세를 잊어서는 안 될 것이다. 그 기준을 잘 파악하고 설정해서 나만의 노하우와 스펙으로 그 분야의 최고로 우뚝 서고 싶다.

〈뉴넘 처치〉

〈붉은 구름〉

인간의 양면성에 대한 고찰

도스토옙스키의 『죄와 벌』은 라스콜리니코프라는 청년이 평소 가치가 없다고 생각했던 노파를 살인하고, 그 뒤에 찾아오는 인간의 사악하고 잔인한 본성에 죄책감을 느껴 자수하게 된다는 내용을 담고 있다. 이 책에서 느껴지는 인간의 사악하고 잔인한 본성은 성악설에 기반을 두며, 그대로 두면 인간은 사회성을 상실하고, 주어진 환경에 따라 그저 본능대로만 행동하는 동물에 지나지 않는다는 것이다. 왜 자꾸 인간은 악해지려 하고, 누군가를 증오하는 마음을 품기도 하고, 도둑질하기도 하고, 거친 욕설을 하고, 누군가를 밟고 일어서려 하는가? 성경은 그에 대한 해답을 인간의 원죄로 설명한다. 성경에서는 인간을 처음부터 불완전한 존재로 해석하고 먹지 말라던 선악과를 따먹음으로써 남자에게는 피땀 흘려 일해야만 사회적으로 성공할 수 있다는 사실을 강조했고, 여자에게는 해산의 고통을 줌으로써 생명 탄생의 고귀함과 소중함을 강조했다.

어떤 이유에서건 일단 세상에 생명을 가지고 태어난 이상 살아가야 할 의무나 가치는 충분하고, 누구나 하나의 인격체로 당당하게 존중받을 권리가 있다. 그런데 요즘의 현대인들은 이런 권리나 의무를 소중하게 생각하지 않고 너무들 쉽게 포기하려 하고 죽음을 택하는데, 심지어는 아무런 상관도 없는 사람들까지 같이 죽음의 길로 끌고 가기도 한다. 힘이 있는 자만이 칭송받고 존경받는 사회가 되어 버린 현시점에서 인간이 타락하면 얼마나 추하고 악해지게 되는지 쉽게 엿볼 수 있다.

현대사회에서는 조금만 마음에 안 드는 사람이 있으면 죽여 버린다는 식의 협박도 너무나 쉽게 하고, 실제로 연쇄살인을 저지르면서도 별로 죄책감과 양심의 가책을 느끼지 못하는 경우도 많다. 인간의 이런 타락한 모습은 아우슈비츠 유대인 가스 처형소에서 극적으로 살아남은 프리모 레비의 소설 『이것이 인간인가』와 장 아메리의 『죄와 속죄의 저편』이라는 책에서도 찾아볼 수 있다. 대체 누가 어떤 이유로 그와 같은 범죄행위를 시작했는가? 그리고 그것은 사라지지 않은 채 오늘날 사회에까지 세대를 거듭하며 전해 내려오게 되었는가? 실제로는 다른 사람에게 정신적으로나 신체적으로 불순한 말과 행동으로 피해를 주거나 어떠한 상해를 입혔을 때도 범죄자의 사회적 존엄성을 존중해 아무리 범죄자라도 그 생명을 함부로 빼앗지 못하게 하고 있다.

도스토옙스키의 소설 『죄와 벌』은 인간 내면의 자리한 이성과 감성 또는 희망과 좌절, 선과 악 등 누구나 지니고 있는 인간의 양면성을 잘 표현해 낸다. 분명 잘못을 저질렀음에도 그것이 잘못인 줄 모르고, 그저 개인주의와 이기주의의 획일화된 틀에 빠져 자신의 이익만을 챙기려 하는 모습은 자신이 스스로 개발한 약을 먹고 평소 자비심 많고 선량한 지킬 박사에서 온갖 죄악으로 뭉친 하이드로 변신하는 로버트 스티븐슨의 소설 『지킬 박사와 하이드』와 유사성을 가진다.

이처럼 전체적인 내용을 종합해볼 때 『죄와 벌』과 『지킬 박사와 하이드』는 서로 공통되는 부분이 많으며, 두 작품 모두 인간의 잘못된 욕망이 초래할 수 있는 무섭고 끔찍한 결과에 대해 오늘날의 인류에게 경고하고 있다. 그 많은 책 중에서 하필이면 『죄와 벌』이라는 책을 논의하게 된 계기는 다음과 같다. 평소 인간의 양면성에 대해 지대한 관심이 있었고, '이것은 아닌데…. 혹은 이것은 분명히 잘못된 것 같은데…' 하며 이 사회의 구석구석에 자리하고 있는데도 고쳐지지 않고 서로 책임 떠넘기기에 바쁜 현대인의 안일하고 무관심하며 무책임한 태도에 대해 불만이 많았던 나는 사람들에게 발상과 의식의 전환이 필요하다고 생각하기 때문이다. 의식의 전환이란 분명히 시도되어야 하는 일이고, 피한다고 피해지고 보기 싫고 듣기 싫다고 감춰지는

부분이 아니며, 꼭 이루어져야 하는 일이라고 생각한다. 철저히 계산
적으로 돌아가고 자신에게 어떤 이익이나 보상이 주어져야만 일을 하
는, 현대를 살아가는 우리들의 잘못된 의식이 하루빨리 개선되기를 바
라는 마음 간절하다.

인간의 본성에 대한 견해

인간의 본성은 기독교적 교리, 즉 성경에 의하면 하나님이 태초에 우
주 만물을 창조하였을 때부터 먹지 말라던 선악 나무의 열매를 따 먹
고 살인을 저지르는 등 그렇게 선한 존재가 아니다. 이것이 바로 원죄
다. 원죄는 순자의 성악설과도 일맥상통한다. 순자의 도덕 사상의 중
심 개념을 이루는 성악설은 인간의 도덕성이 선천적이란 것을 부정하
며, '사람의 성은 악한 것이고, 선은 인위적인 것이다'고 했다. 성은 선
천적인 것인데, 그것이 이기적인 욕망이며 위라는 것은 작위이며, 즉
후천적인 노력이라고 하면서 사람들은 이 후천적 노력을 통해 예를 따
르도록 힘써 선을 발휘하지 않으면 안 된다고 하였다.

이와 반대로 맹자에 의해 주장된 성선설은 인간에게는 천성적인 양
지양능이 갖추어져 있고, 이것에 의해 인의예지의 사단을 가지게 되
며, 또 이 사단을 확충할 능력이 있다는 것이다. 즉 인간의 본성은 원
래 선한 것인데, 이 선한 본성에 악이 생기는 것은 인간이 외부에 의해
유혹을 받기 때문이라고 설명한다.

인간은 그 자체부터가 완벽하지 못하고 그대로 방치될 경우 사회적

인 지식을 습득하지 못하고 그저 본능대로만 행동하는 짐승들과 같아질 수밖에 없다. 인간의 이런 불완전하고 악한 본성은 아무리 방대한 양의 사회적 지식을 습득해 부족한 부분을 애써 감추고 숨긴다고 하여도 결코 그 본성이 정화되거나 사라지게 되는 것이 아니다. 단지 겉모습만 그렇게 보이려고 노력할 뿐이다.

맹자의 성선설도 전혀 설득력이 없는 주장은 아니지만, 기독교적 원죄를 지은 인간은 아무래도 그 본성 면에서 성선설보다는 성악설에 무게가 실릴 수밖에 없다. 성악설은 오늘날의 각종 서적에서도 어렵지 않게 찾아볼 수가 있는데, 그 대표적인 예가 유대인 가스 처형소인 아우슈비츠의 이야기를 다룬 프리모 레비의 『이것이 인간인가』라는 책과 장 아메리의 『죄와 속죄의 저편』이라는 책에 아주 잘 표현되어 있다. 그 외에도 『지킬 박사와 하이드』, 『죄와 벌』 등의 책을 적절한 예로 꼽을 수 있다. 오늘날 학생들 사이에서 불거지고 있는 문제로 획일화된 주입식 교육의 폐해를 들 수가 있는데, 이것은 언제부터인가 학교에서 학생을 하나의 인격체로 존중하지 않고 그저 시험문제 답만 추리는 감정 없는 존재로 여기기 때문이다.

여기서 다시 기독교의 예를 들자면 성경에는 이런 구절이 있다. "사탄은 자신을 광명한 천사로 가장하나니 하나님 성전에 앉아 자존하며 스스로를 하나님이라 칭하노라." 이단과 각종 사이비 종교가 판을 치는 현대사회에서 적과 아군이 누군지 제대로 알고 사탄의 꼬임에 넘어가지 않으려면 자기 자신의 내면을 채우고, 남들의 한마디에 이리저리 휩쓸려서는 안 된다. 진정으로 내면이 가득 차 있고, 하고자 하는 의지가 분명한 사람은 다른 사람의 눈치를 보지 않으며, 언제나 자신의 하는 일에 책임감과 사명감을 가지고 열심히 일한다.

인간의 본성이 악해질 수밖에 없었던 이유 중의 하나를 나는 획일화된 주입식 교육에서 찾는다. 교육정책을 입안하는 사람들은 아직까지 이 교육 방침이 정당하다고 믿고 있고 개선의 여지를 보이지 않고 있지만, 지기 싫어하고 언제나 자신만의 이익을 챙기려 하며 다른 누가 조금만 싫은 소리를 하면 발끈하여 아예 사전에 차단해버리는 행동 등은 주입식 교육의 폐해이다. 때론 약간의 손해를 감수하면서라도 남을 이해하고 포용할 줄 알아야 하는데 아직도 우리의 내면에는 상당 부분 악한 본성이 자리하고 있다. 조금의 손해도 보지 않으려 하면서 남 탓만 하고 어떤 보상이나 대가가 주어져야만 일을 하려고 한다.

교육이란 무엇인가?

나는 진정한 교육의 의미가 참 인간이 되도록 가르치는 것이라고 생각한다. 시험에서 아무리 높은 점수를 받고 전교 1등을 해도 남을 배려할 줄 모르고 자신의 이익만을 챙기려고 한다면 아무 의미가 없다. 바로 그렇기 때문에 오늘날의 획일화된 주입식 교육이 비난을 받는 것이라고 본다. 모두 기계처럼 하나의 정해진 결론에 도달해야 하고 산술적으로 나온 점수에 연연하며, 성적이 조금만 떨어져도 마치 하늘이 무너지기라도 하듯이 예민하게 반응한다. 그러면서 항상 완벽해지기를 강요받고, 좋고 싫은 감정의 개입을 완전히 배제하면서 최고의 자리에 올라가기를 갈망한다.

하지만 그 어떤 이유에서든 인생에서 성적은 전부가 될 수 없으며 되어서도 안 된다. 행복은 성적순이 아니며 그렇게 생각하는 것은 지극히 구태의연한 사고방식이다. 인생은 얼마만큼 자신에게 주어진 현재의 상황에 감사할 줄 알고, 올바른 자아 성찰과 정체성을 확립하기 위한 것이라고 생각한다. 교육의 진정한 목적은 학생을 그저 시험문제 답만 추려내는 감정 없는 기계로 치부하는 것이 아니라 학생들의 인격을 중시하고 인성을 가르치는 것이다.

하지만 오늘날의 획일화된 주입식 교육은 같은 학교 같은 반 친구를 친구라고 인식하지 못하게 만들어 버렸고 반드시 뛰어넘어야만 하는 경쟁 상대로 인식시킨다. 무엇보다 개인적이고 이기적인 틀에서 벗어나 나보다 남을 먼저 배려하고 작은 것 하나라도 남들에게 기꺼이 나누어줄 줄 아는 자세가 필요한 것 같은데 너무 일률적인 지식 습득에만 치중하고 있는 것만 같아 몹시 안타깝다. 가장 쉬운 예로 길거리에 쓰레기를 아무 데나 함부로 버린다거나, 학생들을 위해 열심히 강의하시는 교수님을 위해 음료수 하나 사드릴 줄 모른다거나, 불쌍하고 가난한 사람을 보아도 아무런 감정을 느끼지 못한다면 이런 행동들은 모두 이기적이고 개인주의적인 생각을 낳는 주입식 교육에 폐해라고 할 수 있다.

요즘에는 학생들의 말투나 행동도 너무 거칠어져 입에 담지 못할 욕설도 거침없이 하며, 누군가 자신의 기분을 조금이라도 상하게 하면 죽이네 살리네 하는 경우도 많다. 예쁘장하게 생긴 여학생들이 남학생들보다 더 심하게 욕설을 하는 경우도 많은 것 같다. 그러나 우리 사회의 고위층에서는 아직까지 이런 교육이 정당하다 믿고 있는지, 아니면 잘못인 줄 알면서도 고치려 하지 않는지 서로 책임을 떠넘기기에 바쁜 것 같다.

나는 이제라도 그런 주입식 교육에 피해자들이 생기지 않도록 OMR 카드 시험제를 완전히 폐지했으면 한다. 한 사람의 진정한 가치는 OMR 카드에서 찍어내는 지극히 기계적인 수치로 측정되는 것이 아니라 그 사람의 됨됨이나 인격, 따뜻하고 순수한 마음에서 비롯되는 것이 아닐까 싶다. 인간이 인간다운 교육을 받고 살아야지, 공부나 시험으로 스트레스를 받으며 허구한 날 학교에서 학원으로 전전긍긍하며 공부만 하는 것은 아무런 감정이 없는 기계이지 더 이상 인간이 아니라고 생각한다. 교육의 가치와 본질이 점점 중요해지는 이 시점에서 교육의 목적이 과연 어디에 있고, 누구를 위한 교육인지 그 의미를 한번 깊이 되새겨볼 필요성이 강력하게 제기되고 있다.

다른 누군가를 위해 산다는 것

이것은 과연 어떤 삶인가? 다른 누군가를 위해 대신 땀 흘리고 또 자신의 것을 다른 사람에게 나눠주고…

진정 의미 있고 가치 있는 삶이란 아무리 작고 사소한 것이라 할지라도 남과 나눌 줄 알아야 하고 늘 감사하는 마음으로 사는 것이라고 나는 생각한다. 그런데 오늘날에는 안타깝게도 이런 모습을 거의 찾아보기 힘들다. 자신에게 이익이 되는 일이면 자신이 잘하였기 때문이라 생각하고 반대로 손해가 되는 일이면 남의 탓으로 돌린다. 왜 그럴까? 이는 인간의 본성 자체가 처음부터 악했기 때문이라고 설명될 수 있는가. 아니면 인간은 왜 그렇게까지 악해져야만 했는가. 고도로 발달한 문명을 이룩하게 되면서 인간들은 자신도 모르는 사이에 점점 교만해지기 시작했고 자신의 이익만을 좇기 시작했다. 언제나 모든 일이 자신이 원하는 대로만 흘러가기를 바라고, 누군가 조금이라도 싫은 소리를 하면 발끈하며 뭔데 그런 말을 하느냐는 식으로 따지고 드는 것이 관습처럼 굳어져 버렸다.

따지고 보면 문명의 발달은 애초부터 인간에게 허용되어선 안 되는 것이었는지도 모른다. 한 예로 아프리카 미개인 종족의 사례를 들 수가 있다. 아프리카 사람들은 굳이 발달한 문명의 필요성을 느끼지 못한다. 나무가 울창한 밀림 속에서 살면서 오염된 물에 몸을 씻고 때론 포악한 야생동물의 먹이가 된다 할지라도 그들을 보면 마냥 행복해 보인다. 확실히 문명이 발달하지 못하면 교육의 질은 그만큼 떨어질 수밖에 없다. 하지만 인간은 자신들의 편의를 위해 자연을 파괴하고 함부로 대해 왔다.

상황이 이러다 보니 요즘에는 남을 생각하고 배려한다고 내미는 손길이 왠지 어색하고 이상한 행동이 되어 버렸다. 나보다 남을 먼저 생각하고 배려하는 것 사실은 쉬운 일은 아니다. 여기에 반기를 들며 내가 남을 배려한다고 해도 받는 사람의 입장에서 그것을 배려라 느끼지 않으면 배려가 아니라고 말하는 사람들이 있다. 하지만 이 배려라는 것의 절대적 기준은 처음부터 정해져 있지 않다. 그래서 어디서부터 어디까지가 배려이고, 그 이하는 배려가 아니라고 함부로 정의할 수는 없다. 저마다 살아온 환경이 다르고 추구하는 가치관 또한 다르기 때문에 한 개인의 지극히 주관적인 견해만 가지고 배려가 아니라고 말하기엔 상당한 무리가 있다.

사회 풍토가 점점 개인적이고 이기적인 방향으로 변해가는 이 시점에서 나 아닌 다른 누군가를 위해 산다는 것이 어떤 것인지 생각해보고 진정한 배려란 과연 무엇인지에 대해서 다시 한 번 조명해 볼 필요가 있다.

이 세상에 영원한 것은 없다

만남이 있으면 이별이 있고 태어나는 것이 있으면 죽는 것이 있다. 이 당연한 삶의 이치에 미련의 끈을 놓지 못하고 추하고 비굴한 모습을 보이는 사람들이 있다. 바로 내가 이 부류에 속하는 사람으로 지나친 집착과 욕심으로 다른 사람들에게 피해를 준 적이 있었다. 지나고 나면 아무것도 아닌 일이지만, 내가 부족하고 힘없는 존재라는 사실을 잘 알고 있었기에 지금까지 남들에게 뒤처지지 않기 위해 각고의 노력을 기울여 왔다. 그런데 나의 이런 노력은 무시될 때가 많았다. 스스로 생각하기에 '이 정도면 잘한 거야. 훌륭해.'라는 식의 자기최면을 걸어도 여전히 무관심한 태도를 보이는 사람들의 모습에서 난 알 수 없는 좌절감을 느꼈다. 사실 누구에게나 그런 심리는 다 작용하고 있다. 그런데 유독 나에게는 이 심리가 내 자유를 속박하고 옭아매고 있다는 사실을 난 뒤늦게 깨달았다. 항상 남들에게 공동체를 강요했고, 그럴수록 점점 더 초라해지고 비굴해지는 나를 발견할 수 있었다.

세상에 영원한 것은 없다고, 언젠가는 최후를 맞이할 수밖에 없는 운명이라고 애써 스스로를 다독이고 위로하면서 그렇게 될 수밖에 없는 현실을 받아들이려고 노력을 해 보았지만, 자꾸만 욕심이 생기고 지난날에 대한 미련이 고개를 드는 것은 어쩔 수 없었다. 나는 과연 지난날에 대한 욕심과 집착을 온전히 떨쳐내고 더 넓은 세상을 향해 비상할 수 있을 것인가? 바로 여기에 지금 나를 아는 많은 사람들의 기대가 모아져 있다.

흩어진 기억의 종착점

머릿속이 복잡하다. 하루에도 몇 번씩 머리가 아프고 왜 이렇게 자꾸 개운하지 못한 느낌이 드는 것인지 모르겠다. 정확한 것은 아니고 단지 내 추측에 불과한 것이지만 내가 이러는 원인은 아무래도 여자라는 존재 때문인 것 같다. 한때는 여자에 대한 과거의 좋지 못한 기억들에 사로잡혀 바로 서지 못하고 끊임없이 다른 사람이나 세상을 저주하고 원망했던 적이 있었다. 여자에 대해 좋지 않은 기억과 원망은 아무리 많은 세월이 흘러도 나아지기는커녕 그 골은 점점 깊어져만 갔다.

자신과 직접적인 관련이 되는 일이 아니면 아무런 관심을 갖지 않고, 여자들 입장에서야 나에 대해 모르고 살아도 손해 볼 일이 없기 때문에 그것이 늘 서운했고 속상했다. 결국 내 흩어진 기억의 종착점은 다름 아닌 여자였나 보다. 다가가려고 하면 어느 순간부터인가 저만큼 멀어져 있는, 그래서 더 다가갈 수 없는…. 마치 겉보기에는 무척 아름답지만 뾰족한 가시를 숨기고 있는 한 송이 장미처럼 난 여기에 늘 혼자 상처 입고 힘들어해야만 했다. 이제는 과거의 좋지 않은 기억들로부터 조금은 벗어나고 싶은데, 그게 말처럼 쉽지 않고 나는 계속 그 주변을 배회하고 있다.

우정이라는 이름의 함정

인생을 살아가면서 만나게 되는 사람들과 모두 두텁고 친밀한 관계로 발전되기란 무척 어려운 일이다. 물론 그렇게만 된다면 더할 나위 없이 좋겠지만, 대부분의 경우는 한순간 스치듯 지나가게 되는 경우가 많다. 여기서 중요한 것은 비록 일회용에 불과한 관계라 할지라도 그 순간에 얼마만큼의 의미와 가치를 부여하느냐이다. 순간에 만족하고 떠날 때는 미련 없이 떠나보낼 줄 알아야 한다. 어차피 인간관계는 일회용인 경우가 많다. 이럴 때 다시 만나기 힘든 관계라면 처음부터 마음을 주지 않는 것이 더 현명한 방법일 수도 있다. 난 지금까지 이 당연하고도 뻔한 사실을 잘 알고 있었음에도 좀처럼 집착과 욕심의 끈을 놓지 못했다.

지금 와서 지나간 시간을 돌이켜보면 친구라는 존재로 인해 기쁘고 행복했던 순간보다는 상처받고 힘들었던 순간이 더 많았던 것 같다. 그래도 인생을 살아가면서 누구와 친밀한 관계를 맺고, 또 누구와 친구가 되느냐 하는 것은 대단히 중요하다. 친구라는 존재가 그 사람의 인생에 도움을 주고 발상의 전환점을 제시해주는 역할을 한다면야 더할 나위 없이 좋겠지만, 세상에 그렇게 마음씨 좋은 사람은 많지 않다. 그렇기에 친한 친구의 부탁을 거절하지 못해 큰 낭패를 본다거나 혹은 금전 문제로 갈등이 생기기도 한다.

누구나 자신이 힘들고 어려울 때 언제라도 부르면 달려오고, 기쁠 때나 슬플 때나 감정을 공유할 수 있는 존재를 친구로 두고 싶어 하지만 안타깝게도 오늘날을 사는 사람들에게 그럴 수 있는 시간적인 여유나 마음의 여유가 많지 않다. 다람쥐 쳇바퀴 돌듯 반복되는 일상 속에서 자신을 위해 모든 것을 아낌없이 나눠주고 헌신하는 사람을 친구로 두고 싶은가. 아니면 자신과 직접적인 관련이 없으면 전혀 관심을 보이지 않고 언제나 바쁘다는 핑계를 대며 자신의 이익을 위해 그 사람을 이용하고 가치가 떨어지면 헌신짝 버리듯 버리는 사람을 친구로 두고 싶은가.

〈붉은 물결〉　　　　　　　〈운명의 강줄〉

사랑이라는 감정에 대해

누군가를 좋아하고 사랑한다는 것, 그것은 과연 어떤 의미인가? 오늘날 많은 커플이 사랑이라는 감정에 대해 목적과 의의를 잘못 해석하여 서로를 구속하고 감시하며, 상대방을 하나의 인격체로 존중하지 않고 그저 사고파는 물건으로 취급하는 듯하다. 사랑한다는 것은 내가 널 갖겠다, 혹은 소유하겠다는 식의 강제적인 성격을 띠는 것이 아닌, 그저 널 조금 더 특별히 존중해야겠다는 의미가 되는 것이 맞다고 생각한다. 심지어 결혼해서도 바람피울 사람은 피우고 불륜행위 저지를 사람은 저지르는데 연애하는 사이에 있으면서 넌 내 것이니 나만 바라봐야 한다는 식의 사고는 애초에 지켜지기 힘든 약속이라고 나는 생각한다. 이야말로 인간을 물건 취급하는 것이며 각자 개인이 가지는 자유의지를 억압하고 속박하는 지극히 이기적인 사고다.

만약 태초에 태어난 인간에게 만족이라는 개념이 있었다면 선악과를 따먹을 이유도 필요성도 제기되지 않았을 것이다. 하지만 뱀의 꼬임에 넘어간 인간은 주어진 상황에 만족하지 못했고, 먹어서는 안 된다는 사실을 알면서도 선악과를 따먹고 말았다. 이로 인해 원죄가 태어났고 질병과 죽음이 생겨났다. 이 논리를 그대로 가져와 사랑이라는 감정에 적용시킨다면 서로에 대한 온전한 믿음과 사랑이 있었다면 바람 피울 필요성도 불륜행위를 저지를 필요성도 제기되지 않았을 것이다. 하지만 태초에 태어난 인간의 경우와 마찬가지로 주어진 상황에 만족하지 못하는 인간은 성을 도구화하고 상품화하여 그저 순간의 쾌락과 성욕 충족 내지는 종족 번식을 위해 사랑이라는 감정을 악용하고 있다. 상황이 이런데도 아직도 서로의 자유의지와 인간의 존엄성을 무시하고, 자신의 편의대로 왜곡 해석하여 그것을 사랑이라 말하는가? 과연 인간의 욕심 그 끝은 어디인가?

동물 이상론

나는 사실 어릴 때부터 동물에 관심이 많았다. 물론 지금도 그렇다. 그런데 오늘날에는 동물의 가죽을 얻기 위한 무분별한 생포와 사냥 그리고 밀거래 등이 판을 치고 있다.

한때 조화로운 삶을 살아오던 인간과 동물이 어쩌다 서로를 그렇게 증오하게 되었는지 그저 안타까울 따름이다. 영화 〈나니아 연대기〉는 이런 동물들에게 인간의 감정을 부여해줌으로써 인간과 동물이 조화롭게 공생하는 것을 바라고 또 그런 취지에서 만들어진 영화인 듯하다. 물론 피 튀기는 잔인한 전쟁 장면을 두고 그렇게 볼 수는 없지만, 그 안에 내포된 의미는 지금까지 서로 다른 독자적인 문명을 꽃피워 온 두 집단이 어느 한 시점에서 만나 공생하기를 원하는 듯하다. 여기에는 상당 부분 발달한 최신 기술로 인위적으로 조작된 측면이 없지 않지만 말이다. 하지만 그래서 난 유난히 이 영화 〈나니아 연대기〉에 흥미를 느꼈던 것이 아닌가 싶다.

만약 영화 촬영을 위해 조작된 상황이 아닌 실제의 상황에서 그저 본능대로만 살아가는 동물들에게 인간의 감정을 부여한다면 동물들은 과연 인간에게 어떤 말을 제일 먼저 할까? 인간은 자신들의 편의와 재미를 위해 동물들이 사는 자연 생태계를 끊임없이 파괴하고 그 위에 고도로 발달한 문명사회를 건축해 왔다. 그리고 재미와 볼거리를 위해 사로잡은 동물들의 자유를 억압하고 구속해 왔다. 물론 일정 부분 동물들을 보호하고 그들의 평화로운 삶을 영위할 수 있도록 만드는 움직임이 있긴 하지만, 그 정도로는 턱없이 부족한 실정이다. 보호받는 동물들의 개체 수보다 무분별한 사냥이나 밀렵 등으로 죽거나 상처를 입는 동물들의 개체 수가 훨씬 더 많다는 것은 부정할 수 없는 사실이다. 이에 동물들은 분명히 인간을 향해 분노와 증오의 감정을 가지고 있을 것이다. 말로는 동물들을 아끼고 보호해야 한다고는 하지만 실제로 도로 위에서 안타깝게 죽어가는 경우와 지구 온난화 현상으로 인해 급감한 먹이를 찾기 위해 밀집된 주거지역에까지 출몰하는 야생동물들의 개체 수가 늘고 있다. 그리고 그렇게 인간의 영역에 멋모르고 발을 들인 동물들은 인간 생활에 피해를 주었다는 이유만으로 무참히 사살된다. 이는 무엇을 의미하는가? 인간과 동물의 조화롭게 공생하는 세계는 이미 오래전에 돌아올 수 없는 강을 건넌 상태이고, 이제 와서 이를 바로잡기에는 상당한 무리가 있음을 간접적으로 담아내고 있다.

어떤 상황에서든 그것이 인간이든 동물이든 소중한 생명을 빼앗고 그들의 차별화되고 독립된 영토를 침범하는 것은 용서받을 수 없는 행위이다. 이는 삼강오륜 중 살생유택이라는 덕목과 직결되는 아주 중요한 사항이다. 이제는 사태의 심각성을 깨닫고 하루라도 빨리 인간의 끝없는 욕심에 희생되고 상처받는 불쌍하고 가녀린 동물들이 없도록 강력히 촉구할 필요가 있다.

내 생애 최고의 선물

테마 수필집 『선물』은 많은 사람들이 선물을 보는 서로 다른 시각에서 쓴 글들을 한곳에 모아 놓았는데, 간결하지만 마음에 와 닿았던 글들이 많았다. 그 내용을 일일이 열거하면서 하나하나의 이야기가 가지는 느낌과 줄거리를 요약하긴 힘들어도 이 수필집이 전달하고자 하는 바는 넌지시 엿볼 수 있었다. 이 책은 읽는 독자들에게 쉽고 빠른 이해를 유도하고 있는 것 같았다.

언제부터인가 끝없는 욕심에 탐닉해 버린 오늘날의 문명 속에서 선물을 주고받는 문화는 당연하게 여겨지기 시작했고, 누군가로부터 선물을 받아도 그것으로 끝나 버리고 마는 경우가 적지 않다. 이를 인간관계에 대입해 보면 어떤 사람의 환심을 사고 관심을 받고 싶어 초반부터 선물 공세로 나가는 사람이 늘고 있다는 사실을 유추해볼 수 있다. 그런데 상대방은 그렇게 대가성 있는 물건을 잘 모르는 사람에게서 그것도 너무 빨리 받게 되면 선물로 포장된 감사와 정성의 징표에 부담을 느끼기 마련이다. 선물은 받는 사람과 주는 사람 모두가 즐겁고 기쁨을 느낄 때 자연스럽고 편하게 생각된다. 하지만 요즘 세상에서는 이 선물이라는 개념을 잘못 해석해서 자칫 뇌물이 되는 경우가 없지 않은데, 이런 것은 아무런 의미와 가치를 부여받지 못한다.

누군가에게는 따뜻한 어머니의 사랑이 선물이고, 또 누군가에게는 독일에서 오랫동안 살다 온 한 여학생의 작고 보잘것없는 만년필 한 자루가 선물이 되고, 또 다른 누군가에게는 보증을 잘못 서 1억 원이라는 거대한 빚더미에 앉은 남편을 위해 자신이 가진 모든 것을 아낌없이 내어주는 아내의 희생이 선물이 되는 등, 선물에 대한 많은 사람들의 짤막한 이야기와 마주하면서 선물이란 꼭 돈을 많이 들여 거창한 이벤트나 값비싼 물건을 주는 것이 아니라는 생각을 해 보게 되었다. 받는 사람을 위해 편지 한 장을 써도 그 안에 정성과 성의가 담겨 있다면 선물로서의 가치는 충분히 있다고 생각한다. 테마 수필집 『선물』을 읽으면서 선물이 지니는 가치와 의미에 대해 다시 한 번 새롭게 되돌아볼 수 있었다.

최근에는 받는 사람이 무엇을 받고 싶어 하는지 무엇을 원하는지 몰라 자신의 임의로 선물을 정하기보다는 최대한 간소화시켜 현금을 선물로 주는 사례가 늘고 있는데, 이것은 물질만능주의와 점점 삭막해져 가는 사람들의 마음을 마주하게 되는 것만 같아 안타깝게 생각한다. 아무리 돈의 가치가 중요하다 할지라도 결코 돈으로는 살 수 없는 것이 바로 사람의 마음이라고 나는 생각한다.

주는 사람은 받는 상대방에 대한 예의고 성의 표시일지라도 받는 사람의 입장에서 이 선물에 대해 부담을 느끼고 선의로 받아들이지 않는다면 그것은 그 순간부터 더 이상 선물이 아닌 뇌물로 전락해 버린다. 함께 나누기에 의미가 있고 아름다운 것이 바로 선물이다. 글을 마무리하면서 생각해 보니 내 인생 최고의 선물은 다름 아닌 책이었던 것 같다. 앞으로도 책을 사랑하고 책을 읽으며 아직은 부족하고 모자란 나 자신의 올바른 정체성을 확립하고 더 멋진 삶을 영위하도록 최선의 노력을 다할 것이다.

전시회를 준비하며

저에게 개인전을 열 수 있게 허락해 주신 ○○대학교 미술학과 교수님들과 학우 여러분, 그리고 저의 개인전을 방문해 주신 모든 분들께 진심으로 감사드립니다. 특히 바쁘신 중에도 원래 계획에 잡혀 있던 전시 스케줄을 미루며 저의 조그만 전시를 위해 물심양면 애쓰신 지도 교수님 그리고 작품 전시를 위해 함께 늦게까지 힘을 다한 학우들에게도 감사하는 마음 늘 잊지 않고 싶습니다. 막상 개인전을 한다는 생각에 날짜가 다가오니 설레는 마음에 잠도 잘 자지 못했고, 그 들뜬 느낌을 잊지 못할 것 같습니다.

전시하는 작품들은 크레파스, 색연필, 4B연필, 그리고 수채화 이렇게 네 가지 장르로 구분됩니다. 이들은 저마다 서로 다른 이미지를 풍길 것입니다. 전시되는 모든 작품 대부분은 제가 영국에 석 달간 머물면서 틈틈이 착상이 떠오를 마다 그렸던 그림입니다. 이제 이런 조그만 작품들에 대한 저의 생각을 여러분과 함께 나누려 합니다. 좋은 작품이란 다른 사람들과 함께 나눌 때 그 가치를 더욱 부여받을 수 있다 생각합니다. 지금까지는 그림이란 그리는 사람의 내면을 비추는 거울이라는 말이 무슨 뜻인지 이해되지 않았고 실감도 나지 않았는데, 지난 영국에서의 생활을 통해 이 말이 왜 나오게 되었는지를 깨닫게 되었습니다. 그곳에 있을 때에는 예술혼이 불타올라 밤늦게까지 그림을 그리고, 그 다음날에도 새벽같이 일어나 그린 적도 있습니다. 그런데 영국을 떠나 한국으로 돌아오니 더 이상 새로운 영감이 떠오르지 않아 무척 안타까운 생각이 들기도 합니다.

작품에 제목과 나름의 의미를 부여해 보았으나, 저의 조그만 생각이니 참고만 해 주셨으면 합니다. 대학생이나 되어서도 아직 유치원생이나 초등학교 저학년 아이들이 가지고 놀 법한 크레파스를 사용하여 그림을 그렸느냐고 의아해하시는 분들이 계실 수도 있습니다. 하지만 전 크레파스를 사용하여 그림을 그리면서 크레파스가 그려내는 강렬하고 깊이 있는 색감에 빠져들었습니다. 다른 재료를 사용하여 그림을 그릴 땐 느끼지 못했던 신비스럽고 오묘한 기운을 느낄 수도 있었습니다.

경우에 따라서 사람은 자신이 좋아하고 잘하는 일에 얼마만큼의 투자를 하고 노력을 하느냐에 따라 천차만별 차이가 있을 수도 있다 생각합니다. 돈 많고 사회적으로 유명세를 타는 것이 더 이상 행복의 기준이 아니라 한순간 한순간에 얼마만큼의 의미와 가치를 부여하고, 자신이 맡은 일에 최선을 다해 얼마만큼의 열정을 투여하느냐에 따라 행복의 기준이 정해질 수도 있지 아닐까 하는 생각을 최근에는 하게 됩니다. 다시 한 번 저의 개인전을 찾아주시는 여러분께 깊은 감사를 드리며, 저의 작품 세계를 보시고 다 같이 저 넓은 하늘로 비상했으면 좋겠습니다. 감사합니다.

전시 작품에 대한 해설

이 페이지에서는 ○○대학교와 서울 평창동 갤러리에서 전시했던 작품들을 회상하며 내가 어떤 심정으로 이 그림들을 그렸는지에 대해 설명하려 한다. 이전 작품들은 이제 진부한 면이 없지 않아 있어 따로 공개하지는 않는다. 기존 84점의 작품의 경우 영국을 배경으로 한 작품은 일부에 불과하며, 상당수가 영국이라는 나라와는 그다지 연관성이 없다.

이 작품들 중 내가 자신 있게 내놓을 수 있는 작품은 〈영혼이 사는 성 레인보우 캐슬〉과 〈노을빛 바닷가〉이다. 두 작품 모두 바닷가를 배경으로 하고 있고, 진한 밀도감과 강렬한 색채감이 돋보이는 작품이라 할 수 있다. 〈영혼이 사는 성 레인보우 캐슬〉의 구도는 어느 순간 갑자기 머리에 떠오른 생각을 그대로 표현한 것으로, 이는 별똥별이 지는 곳의 구도와 이번에 새로 추가되는 〈지상낙원〉의 구도와도 상당한 연관성이 있다. 같은 구도, 같은 그림이라 할지라도 재료의 선택에 따라 얼마든지 느낌이 달라질 수 있고, 꼭 한 가지 구도만을 사용하여 그림을 그리기보다는 같은 대상을 여러 번 그렸던 모네처럼 다양한 기법을 사용하여 그려도 좋은 작품이 나올 수 있다고 생각했기 때문이다.

〈노을빛 바닷가〉에서는 원래는 물속에서 뛰어오르는 한 마리 돌고래를 그리려했으나, 이것은 약간 진부하고 평범한 감이 없지 않았다. 평범한 것을 거부하는 뜻에서 이를 변형하여 바다 위에 홀로 떠 있는 돛단배로 표현함으로써 내 내면의 고독과 나타낸 것이다. 〈울부짖는 영혼〉과 〈달빛의 눈물〉과 같은 작품은 모두 달을 배경으로 하고 있는데, 이 두 작품에 보이는 달이라는 매개물은 에딘버러를 여행하고 돌아올 때 하늘에 밝게 떠 있던 보름달을 보고 영감을 얻은 것이다. 그때 하늘에 떠 있었던 달이 너무 밝아 내게 깊은 인상을 주었고, 순간 그것을 작품으로 한번 승화시켜 보아야겠다는 강렬한 느낌을 받았다. 그래서 그날 저녁 늦은 시간에 집에 도착해서 긴 여정 동안 쌓인 여독을 풀지도 않고 밤늦은 시간까지 그림을 그렸다.

〈울부짖는 영혼〉에서 보름달 속에서 하늘을 올려다보며 울고 있는 늑대는 내가 지나온 세월의 아픔과 상처를 간접적으로 전하는 일종의 매개체 역할을 하고 있으며, 끝끝내 충족되지 못한 욕구로 인해 괴로워하는 나 자신의 내면의 외침을 표현한 것이다.

〈후회〉라는 작품에서 교수님께서는 개의 뒷모습이 평범하지 않아 좋다고 하셨는데, 내가 표현하려 했던 것은 사실 개가 아니라 여우였다. 흔히 개라는 동물의 이미지는 주인에게 언제나 충성을 맹세하는 존재로 여겨지지만, 이것이 개에서 여우라는 동물로 바뀌면 연약한 존재, 언제나 강자에게 죽임을 당하거나 먹이를 빼앗기는 존재, 즉 여성성을 의미한다. 그래서 뒤를 돌아보고 침을 흘리며 꼬리를 축 늘어트린 채 힘없이 붉은 저녁노을 지는 저편으로 가는 여우의 모습은 임자 있는 여자에게 모르고 다가갔다가 협박당하기도 하고, 갑자기 너무 빠른 속도로 접근하여 상대방에게 오히려 부담감을 유발시키는 나 자신의 아픈 마음을 간접적으로 전달하고 있다.

그리고 〈침묵하는 바닷가〉와 〈기약 없는 기다림〉, 〈새벽 낚시〉에서는 바다의 이미지가 풍기는 특유의 고요하고 적막한 기운을 느낄 수 있으며, 기약 없는 기다림으로 점점 지쳐가는 나 자신의 모습을 간접적으로 표현했다. 〈꿈의 궁전 원더랜드〉나 〈내 마음속 붉은 성전〉에서는 아직까지 경험해 보지 못한 이상적인 사회에 대한 동경과 기대를 나타내었다.

〈뜨거운 사랑〉, 〈달빛의 눈물〉, 〈노을빛 바닷가〉, 〈내 마음속 붉은 성전〉을 합친 혼합된 세계에서는 위의 네 가지 작품을 한곳에 모음으로써 복잡하게 얽혀 있는 나 자신에 대한 혼돈을 표현했으며, 그 속에서 앞으로 닥쳐올 불확실한 미래에 대한 고뇌와 갈등을 나타내고 있다. 이 작품의 영감이 나온 곳은 여러 가지 다양한 재료로 그림을 그리기 시작함으로써 문득 각기 다른 이미지를 풍기는 네 개의 작품을 한곳에 모아보면 어떨까? 하는 생각이 들어 시도해 보았던 것이다.

〈두 마리의 물개 분수〉라는 작품은 애초에 오줌 누는 아이 분수로 기획했으나 식상한 감이 없지 않아 두 마리의 물개 분수로 변형하여 원작을 패러디했다. 기존의 평범한 틀을 과감히 탈피하고 오줌 누는 아이, 즉 사람보다는 평소 물과 친근하게 지내고 물과 가까이서 활동하는 물개를 집어넣음으로써 물이라는 매개체의 친밀도를 높이고 물에 대한 친밀감을 나타내는 역할을 한다. 〈물개 분수〉의 원작 〈오줌누는 아이〉 형상을 한 분수의 영감을 얻은 곳은 딱히 없으며, 즉흥적으로 머릿속에 떠오른 이미지를 캐치하여 그린 것이다.

〈왕의 귀환〉이라는 작품에 대한 설명은 어느 날 전쟁이 나서 왕이 군사를 이끌고 전쟁에 나갔다가 휘하 장졸들은 전쟁에서 모두 죽고 왕이 혼자 살아남아 왕궁으로 돌아왔는데, 아무도 없는 쓸쓸한 왕궁을 먼발치에서 바라보며 눈물을 흘리는 왕의 모습을 표현한 것이다. 이 작품에서 붉은 하늘색은 죽은 휘하 장졸들의 영혼이 소리 없는 아우성이 되어 왕의 비통한 심정을 간접적으로 표현한 것이다. 〈왕의 귀환〉의 영감을 얻은 곳은 영화 〈반지의 제왕〉이다. 〈반지의 제왕〉이라는 영화를 1편 〈반지 원정대〉부터 완결편인 〈왕의 귀환〉에 이르기까지 다 본 것은 아니었지만, 그 영화에서 전해지는 이미지는 바로 동일한 이름의 내 작품에서 보이는 이미지와 유사하여 제목도 〈왕의 귀환〉으로 붙인 것이다.

〈청춘〉이라는 작품은 캐나다로 이민 가서 살고 있는 사촌 동생을 모델로 최대한 사실적으로 표현한 작품이다. 〈청춘〉이라는 이 작품의 영감을 얻은 곳은 사촌 동생의 사진이다. 그 사진은 사촌 동생이 그랜드 캐년(Grand Canyon)에서 선글라스를 끼고 서 있는 모습과, 뒤에 배경으로 보이는 골짜기와 건장하고 우람한 모습이 잘 대비되는 느낌을 표현한 것이다.

〈뜨거운 사랑〉이라는 작품은 화산이 폭발하여 용암이 흘러내리는데도 불구하고 죽음의 마지막 순간까지 서로를 믿고 의지하려는 어떤 커플을 표현한 것이며, 이 작품의 예술적인 영감은 영국인 커플들이 벌건 대낮에 하는 애정 행각을 보면서 얻게 되었다.

〈잃어버린 전설 속 고대문명 아틀란티스〉는 외부의 불가해한 힘에 의해 하룻밤 사이에 바닷속으로 가라앉았다고 전해지는 아틀란티스의 비극을 표현한 작품이다. 이 아틀란티스의 모토가 된 것은 일본 만화 '메탈 베이블레이드' 극장판 '태양: 작열의 침략자 솔블레이즈'다. 이 만화에서 보면 아틀란티스는 우연한 계기에 비밀에 감춰진 오리할콘이라는 물질의 힘을 얻게 되는데, 인간의 끝없는 욕망과 외적 풍요를 위해 이 물질의 힘을 너무 많이 키운 나머지 자신들이 발전시킨 오리할콘의 힘으로 단 하룻밤 사이에 바다 밑으로 가라앉은 전설 속 고대문명의 이야기가 나온다.

〈둘만의 결혼식〉이라는 작품은 아무도 두 사람의 결혼식을 축복해주지 않지만, 오직 하늘만이 따사로운 햇살을 비춰주며 이 두 사람의 결혼식을 축복해주는 모습을 표현했다. 둘만의 결혼식은 예사롭지 않으며, 먼 미래의 나와 나를 좋아하는 여자의 이미지를 표현한 작품이다.

〈운명의 가로수 길〉이라는 작품은 피쉬 앤 칩스를 먹으러 집에서 조금 떨어져 있는 레스토랑으로 갈 때 근처에 있는 지저스 그린이라는 공원에서 보았던, 은행나무 가로수 길이 뿜어내는 정취가 너무 아름다워 그림으로 표현한 것이다. 이 작품에서 한 가지 아쉬운 점이 있다면 은행잎이 서로 분리되어 보이는 섬세한 표현을 하지 못했다는 점이다. 이 작품을 수채화로 표현했더라면 그런 섬세한 표현이 가능했을지도 모르겠다는 아쉬움이 남는다.

〈거짓된 눈물〉은 사냥을 나가기 전, 절벽 위에서 배고픈 사자가 밑에서 물을 마시고 있는 물소들을 잡아먹기 직전에 눈가에 축축이 맺혀 있는 가식적인 눈물을 표현한 작품이다. 이 거짓된 눈물의 영감은 영화 <나니아 연대기>에서 얻었으며, 절벽 위의 사자 한 마리는 이 영화의 주인공으로 나오는 사자 아슬란이다.

위의 작품들 외 나머지 작품들은 보통 있는 그대로의 풍경을 그린 것이거나, 내가 여러 달 동안 영국 생활을 하면서 보고 느낀 것들을 표현한 작품들이다. 그리고 소묘로 표현한 원숭이, 깨어나는 야성 늑대, 개, 어느 여자의 초상, 곰 인형, 사슴, 물개 등은 영국 생활과는 별다른 연관성이 없다.

전시회를 마치며

막상 전시회가 끝나니 공허하고 쓸쓸한 평소 생활로 돌아왔다. 준비할 때는 그렇게 설레고 좋았던 기분도 이젠 느껴지지 않는다. 디스플레이를 할 때는 작품 거는 것 하며, 어디다 어떻게 배치하느냐에 관한 문제로 골치가 아팠는데 전시 기간이 끝나 하나둘씩 떼어지는 작품들을 보며 괜히 마음속에서 소리 없는 눈물이 주룩 흘러내리는 것을 느낄 수 있었다. 하지만 난 나의 이 과감한 도전이 많은 학생들의 귀감이 되고 무언가 해 내려고 하는 의지나 열정을 불러오길 원했다. 하지만 내색을 하지 않는 것인지 아니면 내가 느끼지 못하는 것인지 시간은 무심히 지나갔다. 따지고 보면 그림에서 자신의 올바른 정체성을 확립하기란 매우 어려운 일이다.

내 나름의 획기적인 시도를 했다는 점에서 나의 개인전은 많은 사람들로부터 상당한 의미와 가치를 부여받았다. 쏟아지는 칭찬의 말에 평정심을 잃고 약간 오만해진 것 같기도 하다. 이러면 안 되는데…. 물론 다들 좋은 말을 해 주셨지만, 한편으로는 내가 과연 이런 칭찬 세례를 받을 만한 자격이 있을까? 하는 의문이 들기도 했다. 그러면서 더 나은 작품에 대한 부담감 또한 갖지 않을 수 없었다. 자기 분야에서 성공하는 일은 누구나 꿈꾸는 일이다. 하지만 이럴 때 결코 교만해져서는 안 된다. 교만해질수록 스스로의 발목을 붙잡고 점점 파멸의 늪으로 빠져들게 될 것이다.

뜻하지 않게 학교에서 전시회가 끝나기가 무섭게 서울에서 한 번 더 전시를 하자는 제안을 받게 되었다. 이런 경사스러운 일들이 연달아 이어지니 정말 기쁘다. 이 모든 일이 지도 교수님과 아트 스페이스 퀄리아 갤러리 큐레이터 선생님께서 배려해 준 덕분이다. 특히 교수님은 늦은 밤까지 제 작품의 멋진 전시를 위해 고민하며 디스플레이를 직접 하셨다. 이런 희생적인 도움 덕으로 나는 될 수 있으면 최대한 많은 사람들에게 내 그림을 보여주고 싶고 나의 작품 세계를 통해 부족한 부분이 있다면 그들의 의견을 듣고 한층 더 발전된 그림을 그려내기 위한 발판으로 삼는 것이 작지만 소박한 나의 소망이라 하겠다.

이제야 작지만 아름다운 꽃을 피우는 내 인생의 황금기가 시작된 듯하다. 나는 지금까지 너무나 오랜 시간 동안 혼자만의 틀에 박혀 홀로 외롭게 살아왔다. 그러면서 누군가로부터 인정받고 싶다는 생각을 무의식중에 해 왔다. 사실 어떻게 보면 지극히 당연한 이 열정이 내겐 좀 특별한 의미로 다가왔다. 그래서 남들로부터 많은 칭찬과 인정을 받았지만 그래도 여전히 뭔가 빠진 듯한 허전한 느낌이 든다. 앞으로의 불확실한 미래의 삶에서 세월이 흘러 내가 중년이 되었을 때, 지금 이 순간 이렇게 기록으로 남겨지는 글들을 과연 어떤 눈으로 바라보게 될지 무척 궁금하다. 미래의 나에게도 지금의 이 뜨거운 예술혼과 어떤 고난과 시련이 닥쳐도 포기하지 않는 강인한 의지와 열정 그리고 끈기가 여전히 남아 있었으면 좋겠다.

앞으로의 비상 발전 계획

이어지는 비상 2 '완전한 자아를 찾아 떠나는 여행'부터는 영국이라는 새로운 나라를 접하게 되면서 전 세계로 뻗어 나가는 『비상』과 만나게 된다. 비상 2 '완전한 자아를 찾아 떠나는 여행'의 1부에서는 일상적인 생활 속에서 느끼는 작고 소소한 것들을 주제로 기술했고, 2부에서 본격적으로 영국 이야기를 다룬다. 그다음 비상 3 '과거로부터의 초대'에서는 1부 순서로 비상 2에서 못다 한 영국 이야기를 다루고, 2부 순서로 프랑스 파리 여행기와 아일랜드 더블린 여행에 대한 기록을 담는다. 비상 4 '오래된 기억 속의 향수'에서는 1부에서 잠시 한국으로 돌아왔을 시기를 기록하고, 2부 순서로 계속되는 영국 이야기를 기록한다. 비상 5 '바람 부는 미래를 향해'에서는 1부 순서로 영국 이야기를 다루고, 2부 순서에서는 크루즈 여행기에 대한 기록과 베니스 그리고 피렌체에 대한 기록까지 담는다. 비상 6 '빛으로 하나 되는 이야기'에서는 1부 순서로 스페인 여행을 하면서 보고 느낀 것에 대한 기록을, 2부 순서로 마지막 남은 영국에서의 생활을 정리한다.

비상2

완전한 자아를 찾아 떠나는 여행

〈비상〉
- BLUE -

제1부

　영국에 온 지도 어느덧 나흘이 지났다. 영국 땅을 밟는 첫 순간 모든 것이 낯설고 생소했다. 다른 나라, 다른 문화에 적응한다는 것이 이렇게 힘든지는 이전에 미처 몰랐다. 사실 해외에 나와 본 것이 이번이 처음은 아니지만, 이전까지는 잠깐 스치듯 지나가는 경우였고, 지금 느끼는 이 감정은 뭔가 좀 다른 것 같다. 이 며칠 동안 시내 여기저기를 돌아다니면서 한국에서는 좀처럼 찾아보기 힘든 이국적인 건물들과 풍경들을 많이 보았다. 그중에서도 특히 교회나 성당은 단연 으뜸이라고 할 정도로 크고 웅장했다. 또한 이곳 영국에 오기 전부터 메일을 주고받았던 한인교회 목사님이 계시는데 참 친절하게 대해주셔서 별다른 어려움 없이 잘 적응할 수 있었던 것 같다.

　문제는 영어인데 다른 것들은 차치하고라도 언어를 구사하지 못한다면 기껏 머나먼 영국까지 와서 아무런 수확 없이 돌아가는 것이니 얼마나 아깝고 안타까운 일인가. 대학 4학년인 나보다 어린 한국 학생들을 간혹 보게 되는데 나보다 건강하고 영어를 잘하는 모습을 보게 될 때면 그 앞에서 한없이 작고 초라해지는 것만 같았다. 그러면서 이런 현실을 어쩔 수 없이 받아들여야만 한다는 나 자신에 대한 원망과 회의가 물밀듯 밀려온다. 이런 생각들이 나와 다른 사람들 사이에 원만

한 인간관계를 형성하는 데 장애를 만들고 자신감을 많이 약화시키는 것만 같아 마음이 영 불편하다.

첫눈에 보기에 영국 사람들은 한결같이 친절했다. 왜 그런지는 모르겠지만 이들은 마치 태어날 때부터 남에 대한 배려와 친절이 몸에 배어 있는 듯했다. 나보다 남을 먼저 배려하는 일은 결코 쉬운 일은 아니다. 그런데 이들은 뭔가 특별했다. 가령 사람이 앞에 가고 있는데 먼저 지나가겠다는 의사를 밝힐 때나 실수로 남의 발을 밟거나 옷깃만 스쳐도 'Excuse me'나 'Sorry'라는 말이 저절로 나오는 것 같았다. 왜 그럴까?

또한 길거리에서도 아무 데나 버려져 있는 쓰레기도 거의 찾아보기 힘들었다. 이런 것들이 바로 나보다 남을 먼저 생각하고 배려하는 것이 아니겠는가? 쓰레기 버리는 일이야 조금만 신경을 쓰고 주의를 기울이면 누구나 얼마든지 할 수 있는 일이 아닌가? 나 하나쯤이야, 내가 안 지킨다고 어떻게 되겠어? 하는 무책임하고 안일한 생각이 자꾸만 예외의 상황을 만들고 사회 기강을 어지럽혀 혼란을 가중시킨다. 진정한 배려는 학교에서도 학원에서도 학습지에서도 자습서에서도 얻을 수 없는 무엇보다 값지고 소중한 것이다. 이것은 우리 사회가 터득해야만 하는 숙제이며 풀어야 할 과제라 하겠다.

여기서 배려라는 것은 어느 한쪽에서만 일방적으로 퍼주는 관계가 아닌, 받는 사람과 주는 사람 모두 즐거운 것이어야 한다. 남들 눈에 못 이겨 억지로 하거나 마지못해 하는 배려는 진정한 배려가 아니다. 최근에는 핵가족의 활성화나 팽배한 개인주의의 여파로 무의식중에 너무 편한 것만을 추구하고, '나만 잘되면 됐지 남이야 어떻게 되건 말건 무슨 상관이야?'라는 식의 사고를 하는 사람이 점차 늘고 있다. 그렇게 보이지 않는 경계를 정하고 선을 그어버리면 그 끝에 남아 있는 것은 아무것도 없다. 남의 일이지만 관심을 가질 줄 알아야 하고, 도움을 필요로 하는 사람이 있다면 비록 나와는 상관없는 남의 일이라 할지라도 도와줄 줄 알아야 한다. 그렇다면 인생이 살아볼 만한 가치가 있고 아름다운 것이라 나는 생각한다. 나는 적어도 나의 이런 생각이 틀리지 않았기를 바라고, 많은 사람들과 공감대를 형성할 수 있을 것이라 믿는다.

영국과 한국, 보이지 않는 선을 넘어

나, 너 혹은 우리, 다름을 인정하고 받아들인다는 것은 무엇을 뜻하는가? 마음속의 보이지 않는 경계를 허물고 서로가 서로를 존중하고 이해하며 부족한 부분이 있다면 채워주고 옆에서 위로해 주는 존재! 같은 생각을 하고 같은 공간 안에 있으며 같은 행위를 할 수는 없지만 서로 이해하는 존재! 사람들은 이런 사람을 진정한 친구라고 부른다.

아무리 타의 추종을 불허하는 독자적인 문명을 추구한다 해도 일단 남을 알지 못하면 내 자신도 제대로 알지 못하는 것은 자명한 사실이다. 나부터 제대로 알아야 남도 제대로 알 수 있지 않는가? 인간관계에 있어 '이것은 맞고 저것은 틀리다'라고 함부로 말할 수 없는 이유는 저마다 살아온 환경이 다르고 추구하는 가치관이 다르기 때문이다. 그렇기에 존재적 가치에 의거한 그들만의 생활방식은 이미 존중받기에 손색이 없다고 생각한다. 나를 하나의 인격체로 해석하고, 시공간의 변화에 따라 다른 사람과 사회생활을 하면서 맺게 되는 인간관계를 공동체적 인격체로 해석해야 한다.

이 때문에 나라는 하나의 인격체는 어떤 공동체나 집단에 소속되기 위해 자신을 끊임없이 가꾸어야 한다. 나라와 나라 간 교류에 있어서도 바로 이런 점을 중시하고 어떻게든 상대방과 대화하려고 애써야 한다. 다른 사람에게 인정받는다는 것이 얼마나 부질없고 덧없는 일인지를 앎에도 사람들은 남에게 인정받길 원하고 갈망한다. 정작 중요한 것은 작은 것 하나에도 감사할 줄 알고 스스로 자족하는 것이다. 또한 인생의 주인공은 나이며, 여기서 말하는 나는 억만금을 준다 해도 결코 돈으로는 살 수 없는 귀중한 가치를 지니고 있다는 사실이다.

친절과 배려, 그 기준은 무엇인가?

무엇을 두고 친절하다 하는가? 단순히 웃으면서 말하는 것? 물론 틀린 말은 아니다. 하지만 뭔가 좀 부족하지 않은가? 이 '친절'에 대해 국어사전은 다음과 같이 표기하고 있다. "대하는 태도가 매우 정겹고 고분고분함. 또는 그런 태도" 그런데 이 역시 지극히 판에 박힌 답일 뿐 내가 원하는 답은 아니다. 나는 친절에 대해 이렇게 정의하고 싶다. 나 아닌 다른 사람을 위해 대신 눈물 흘릴 줄 아는 자세! 자, 그럼 이 친절을 앞서 언급한 배려와 연관 지어 생각해보자! 어떤 사람에게서 친절하다는 느낌을 받는가? 웃는 모습은 보는 이들에게 편안한 마음을 가지게 하고, 그와 더불어 심신에 쌓인 피로를 풀어주는 편안한 안식처와 같은 역할을 한다. 그런데 단순히 이것만 가지고 쉽게 사람의 성격을 판단할 수 있을까?

'친절하다' 혹은 '불친절하다'를 나누는 기준은 그 사람이 쓰는 언어를 보면 알 수 있다. 말은 그 사람의 내면을 비추는 거울과 같기 때문에 쓰는 말을 들어보면 이 사람이 친절한지 아닌지 알 수 있다. 겉으로 드러나는 표정이나 행동은 상황이나 분위기에 따라 얼마든지 연기할 수 있지만 말은 그것이 힘들다. 많은 경우 사람들은 직설적인 표현에 익숙하지 않고 왠지 그렇게 말하면 듣는 상대방에게 상처를 주는 것만 같아 그런 표현을 꺼리지만 사실은 직설적인 표현이 더 효과적이며, 친절한 표현이고 남을 배려하는 것이 될 수도 있다. 그렇지 않고 애매모호한 입장을 취하거나 답을 회피한다면 헛된 희망, 즉 미련을 가지게 만들어 추하고 비굴한 모습을 보이게 한다.

물러서야 할 때와 전진해야 할 때를 온전히 판단하여 상황에 맞는 행동을 해야지 무조건 밀어붙이기만 하는 것은 결코 바람직한 선택이 아니다. 혹시 지금 선택의 기로에서 어디로 가야 할지 몰라 망설이고 있는가? 아직도 미래에 대한 확신이 없고 자신이 진정으로 원하는 것을 찾지 못했다면 듣는 사람에겐 조금 매정하게 들릴 수 있지만 난 이렇게 말하고 싶다. 머뭇거릴 바에는 실패를 선택해라! 여기서 말하는 실패란 결코 무책임하게 행동하거나 도망가는 의미가 아니라 훗날을 위해 나중을 도모하라는 의미이다.

아직까지도 갈팡질팡하고 있는 그대여, 부디 앞뒤 전후 상황을 잘 살펴 현명한 선택을 하기 바란다.

완전한 자아를 찾아 떠나는 여행

낯선 땅에 들어와 머물게 된 지도 꼭 일주일이 지났다. 그동안 시내 여기저기를 돌아다니고 많은 사람들을 만나고 했지만 아직도 뭔가 빠진 듯 허전한 느낌이 든다. 무언가 핵심을 잡지 못하고 계속 주변만 겉도는 느낌. 내가 원해서 한 선택이고 내 발로 걸어온 길이지만 자꾸만 이 길이 맞나? 이것이 내가 진정 원하던 것이었나? 하는 의문이 든다.

처음으로 한국으로 돌아가고 싶다는 생각이 들었다. 이렇게 멀리까지 와서 관광만 하다 돌아가기에는 주어진 시간이 너무 아깝지 않은가? 먹을 것과 살 집도 제대로 없어 길거리에서 먹고 자는 사람들에 비하면 배부른 소리지만 말이다. 남에게 보이기 위해 스펙만 쌓으려 하는 것은 잘못된 생각인 것 같다. 중요한 것은 나 자신이지 남이 아니다. 그러니까 나와 다른 사람을 비교하는 말은 할 필요가 없다.

언제부터인가 끝없는 욕심에 탐닉해 버린 오늘날의 부모들은 언제나 자기 자녀가 모든 분야에서 완벽해지길 바라고 항상 정상의 자리에서 군림하길 원한다. 하지만 꼭 높은 자리에 올라야만 성공한 것이고, 아는 지식이 많아야 인정받으며 돈이 많아야 주변에 사람이 많이 모이는 것은 아니다. 사회적인 지위가 높아지면 높아질수록 더 스트레스를 받고, 많이 안다는 것으로 인해 의견 대립이 발생하고, 갑자기 많아진 돈으로 더 불행해진다면 차라리 조금 궁핍할지라도 현재에 만족하며 소신 있게 사는 것이 더 낫다.

완전한 자아란 돈이나 권력, 명예와 같은 피상적인 것들에 의해 성찰되는 것이 아니라 매 순간순간에 의미를 부여하고 얼마나 가치 있는 삶을 살아가느냐 하는 것에 의해 완성되는 것이다. 이는 다른 누군가가 대신 찾아주는 것이 아니며, 어떤 사물이나 타인에게 의존할 수 있는 문제도 아니다. 오로지 자기 스스로 찾아야 하며 스스로 완성시켜야만 한다. 그럴 때 비로소 가식이 아닌 진심으로 나를 대하는 주변 사람들이 생겨날 것이다. 이번에 영국에서 보내는 시간 동안에 나 자신의 올바른 자아 정체성을 확립하고 잃어버린 자신감을 되찾을 수 있게 되기를 간절히 소망한다.

황금만능주의, 과연 돈이 세상 전부인가?

　돈이면 다 된다는 생각. 내게 돈만 많다면 하지 못할 것이 없다는 생각! 물론 저마다 추구하는 가치관이 다르니 돈이 세상 전부라고 생각하는 사람도 있을 수 있다. 그런데 난 이 생각은 옳지 않다고 생각한다. 아무리 가진 돈이 많아도 결코 돈으로 환산할 수 없는 것은 바로 사람의 마음이다. 이는 강요로 얻을 수 있는 것이 아니라 시간이 지남에 따라 자연스럽게 생겨나는 것이다. 어떤 행동이든지 그 행동 자체가 강제성을 띠게 되면 결코 좋은 관계로 발전하지 못한다. 억지로 끌고 와 호박에 열심히 줄을 그어도 그것이 수박이 되진 않는 것처럼 말이다.

　그런데 나는 이러한 사실을 너무도 잘 알고 있음에도 쉽게 그 집착과 욕심의 끈을 놓지 못했다. 그 이유는 내게 있는 병은 진행성이며 이후에도 나아진다는 보장이 없기 때문이다. 그렇기 때문에 난 조금이라도 몸 상태가 좋을 때 남들이 하는 것을 한 번이라도 해 보고 싶었던 것이다. 이 욕구는 지극히 당연하고 자연스러운 것이며, 그 어떤 것으로도 대리만족을 느낄 수 없다고 생각한다.

이야기가 잠시 다른 방향으로 흘렀는데 다시 돌아와 돈에 대한 이야기를 하자면, 돈은 인간 생활의 편리를 제공하기 위해 고안된 것일 뿐 결코 인생의 전부가 될 수 없고, 또 되어서도 안 된다고 생각한다. 무엇을 우선순위에 두고 어떤 것에 더 많은 의미와 가치를 두느냐에 따라 그 사람의 인격이 형성되고 미래가 결정된다. 없을 때는 갖고 싶고 가져야겠다는 생각이 간절하지만, 막상 얻고 나면 혹시 누구한테 사기를 당하진 않을까? 누가 빼앗아 가면 어떡하지? 이런 생각들로 불안해지고 초조해지는 것이 바로 돈이다. 그러니 돈이 많다고 남들 앞에서 잘난 척하면서 우쭐댈 일이 아니며, 돈이 없다고 기죽어 구걸할 일도 아니다. 아무리 많은 돈을 가졌어도 그것을 관리할 능력과 자질이 갖추어지지 않다면 돈은 금방 바닥을 드러내며 스스로의 발목을 붙잡고 점점 더 깊이 빠져드는 늪으로 뒤바뀌게 될 것이다. 마치 깨고 나면 아무것도 아닌 한순간의 꿈처럼….

그렇기에 누구나 한 번쯤 꿈꾸는 로또 1등 당첨은 행복의 시작이 아니라 불행의 씨앗이라고들 하는 것이다. 그만큼 갑자기 생겨난 많은 돈은 도박과도 같이 우리를 이 사회의 온갖 부정적인 요소들에 무분별하게 노출되게 한다. 돈을 써야 할 때와 쓰지 말아야 할 때를 잘 판단하여 쓰고 우리의 삶을 풍요롭게 가꾸어나가야 할 것이다.

능력 위주로 평가받는 사회

우리는 흔히 사람을 볼 때 외모나 능력, 스펙 등을 중시한다. 그런데 과연 눈에 보이는 이런 외적인 요소가 얼마나 중요한가? 실제로 어떤 대기업에서 신입사원을 채용할 때 더 이상 스펙을 보지 않는다는 사실이 뉴스에 소개된 바 있다. 자신을 얼마나 능력 있고 가치 있는 사람으로 만드느냐는 것은 결국 자신이 평소 남들에게 어떤 인상을 심어 주었고, 어떻게 행동하느냐에 의해 결정되는 것이지 스펙에 의해 결정되는 것이 아니다. 사람이 꼭 능력 있어야 인정받고 공부를 잘해야 남들로부터 칭송받는 것이 아니라 일단 인간이기 때문에 누구나 태어날 때부터 하늘로부터 부여받은 인권이 있으며, 이것만으로도 하나의 인격체로 존중받을 권리는 충분히 있다고 생각한다.

진정 부끄럽고 창피한 것은 못하는 것이 아니라 할 수 있는 능력이 있음에도 노력하지 않는 것이다. 왜 잘사는 사람은 끝없이 잘살고 못사는 사람은 끝없이 못사는가? 이런 사회는 불공평하지 않은가? 민주주의 기본 원리에 입각하면 법 앞에서 인간은 모두 평등하다. 그런데 나이가 많다고 자꾸 예외 상황을 만들고, 잘하는 이와 못하는 이 사이에 열등감을 조장해 나 아닌 제3자와 비교하려 드는 것은 좋은 행동이 아니다. 인간이 잘나고 못나고는 능력이 아니라 인성으로 평가되어야 한다.

아무리 많은 지식을 습득한다 해도 어느 순간부터 자기 통제력을 상실하고 점점 오만해진다면 이는 엄청난 불행이다. 어떤 순간에도 평정심을 잃지 않고 적정선을 유지하며 겸손할 줄 알아야 하는데 사람들은 이와 같은 사실을 방관하며 서로 책임을 떠넘기고 있다. 또는 누군가는 분명 책임을 져야 하는데 세상의 손가락질이 무서워 무책임하고 안일한 태도를 보이기도 한다.

불가능을 알고 불가능에 끊임없이 도전하기 때문에 인생이 아름답고 살아볼 만한 가치가 있는 것이라고 나는 생각한다. 인생을 살아감에 있어 아무런 장애물이 없고 언제나 만사가 형통한 사람은 세상 어디에도 없다. 그런데 적정선을 유지하는 것이 매우 어렵다. 이럴 때 조바심이 일어 자칫 평정심을 잃고 오만해지기 쉽다. 자신에게 주어진 위치에서 무엇을 잘할 수 있고 무엇이 부족한지를 온전히 파악하고 내게 주어진 능력을 소중히 생각하고 갈고 닦아 부끄럽지 않은 삶을 사는 것이 바로 내가 꿈꾸는 낙원이다.

언어가 아니라 마음으로 말해요

낯선 나라, 낯선 문화에 적응한다는 것이 결코 쉬운 일은 아니다. 일단 어설프게라도 말이 통해야 그다음을 생각할 수 있다. 그 때문인지 어릴 때부터 외국어 습득에 총력을 기울이는 사람들이 많다. 그런데 꼭 그 나라 언어를 반강제적으로 배워야 소통이 가능할까? 난 그것은 아니라고 생각한다. 사람과 사람 사이를 잇는 중요한 매개체는 언어가 아니라 마음이다.

말이 통하지 않아도 손짓, 발짓, 얼굴 표정 등에서 느껴지는 느낌이 있다. 마음이 통하려면 무엇보다 서로 간의 다름을 인정하고 이해할 줄 알아야 한다. 계속 강조하는 사실이지만 배려 없이는 마음이 통하기 힘들다. 흩어진 마음을 하나로 합치기가 힘들지만, 일단 마음을 하나로 합치기만 하면 그 속에서는 언어가 아닌 마음으로도 통한다. 물론 언어적인 요소도 통해야 하겠지만 그건 둘째 문제이다. 마음은 다른 곳에 가 있는데 외국어만 배운다면 아무 의미가 없다. 앵무새처럼 남들이 하니까 따라 하고 가만있으면 왠지 뒤처지는 것 같아 불안하고, 그래서 하는 공부는 백날 해 봐야 경쟁력도 없고 진실성이 부족하다.

글의 서두부터 계속 강조하는 사실이지만 내가 삶의 주체가 되어야지 남이 내 삶의 주체가 되어선 안 된다. 말이 쉽지 마음과 마음이 서로 통하려면 어떻게 해야 할까? 이 문제에는 실제로 이렇게 해야 한다는 답이 없다. 오랜 사회 경험과 그 경험 속에서 얻어지는 지혜들로 시간이 지나면 저절로 알게 되는 날이 올 것이다. 꾸준히 노력하다 보면 언젠간 반드시 말이 통하지 않아도 마음으로 모두가 통하는 날이 올 것이라 믿는다.

이 글의 핵심을 두 가지로 정리하자면 첫째, 아무리 많은 돈과 지식, 명예가 있어도 결론적으로 남을 먼저 생각하고 배려할 줄 모른다면 아무 의미가 없다는 것이다. 둘째, 나는 나 자신의 무한한 가능성을 믿고 앞으로 계속 전진할 것이라는 점이다.

다가오는 미래

인류는 앞으로 어떤 미래를 살게 될까? 문득 이런 의문이 들 때가 종종 있다. 언제부터인가 급속도로 발전한 인류 문명은 인간 생활에 많은 편의를 가져다주었지만, 그와 동시에 인간이 설 자리를 막아버리고 사람들로 하여금 치밀한 계산 하에 어떤 이익이나 보상이 주어져야만 일을 하도록 만들어 버렸다. 이는 확실히 좋은 현상이 아니다. 이미 인류의 멸망을 다룬 영화나 다큐 등은 수없이 많이 제작되었다. 많은 부분 인간의 욕심으로 시작된 무분별한 개발은 자연 그대로의 아름다움을 짓밟고 인류를 파멸의 늪으로 떠밀어내고 있다.

지금 이 순간에도 어딘가에서는 초고층 주상복합 아파트를 하늘 끝까지 높이 세워 올리고, 산을 뚫어 터널을 만드는가 하면, 섬과 섬 사이를 잇는 거대한 다리를 바다 위에 만들기도 한다. 그러는 사이 지구는 점점 자정 능력을 상실하였으며, 최근 들어 점점 더 자주 발생하는 태풍이나 지진, 예전에는 알지도 못했던 이상한 바이러스의 유입은 앞으로 닥쳐올 인류의 비극적인 결말을 미리 예견하고 있는지도 모른다. 이에 대한 대책 마련이 시급하다. 자원은 한정되어 있으니 달리 대책이 없다는 사실도 부정하기는 힘들다. 어쩌면 이런 결말은 처음부터 예정되어 있는 것이었는지도 모른다.

오래전부터 지구는 인류에게 경고 메시지를 보내고 있었다. 하지만 이를 방관하고 가벼이 여긴 것은 바로 인류였다. 참으로 안타까운 현실이다. 앞에 어떤 미래가 펼쳐질지 뻔히 알고 있으면서도 말이다. 이제 화살은 시위를 떠났다. 이제는 운명에 맡기는 수밖에 없다. 그 옛날 잃어버린 도시 폼페이와 같은 최후를 맞지 않게 되기를 간절히 바랄 뿐이다. 과연 인류는 앞으로 어떤 미래를 살게 될까? 심히 걱정스럽다.

방황하는 칼날

  흔히 사춘기를 질풍노도의 시기라고 한다. 이때는 몸과 마음이 예민
해져 반항도 하고 싶고 어긋나 보고도 싶어진다. 대부분 이때 자아가
형성되는데, 이 시기를 잘못 보내게 되면 평생을 후회와 고통 속에 살
게 된다. 하고 싶은 일이 있어도 최대한 절제할 줄 알아야 하며, 잘난
척하고 싶어도 겸손할 줄 알아야 한다. 새로운 사람을 만나고 사귀는
데 있어서도 항상 신중을 기해야 하는데, 특히 이성을 만나는 일은 더
많이 신경을 써야 하며 오랜 시간 인내를 필요로 하는 일이다.

  꽃은 필 때까지 가만히 기다려서 피는 것이 더 아름답고 가치 있는
것이지 너무 일찍 핀 꽃은 오래가기 어렵다. 이성 관계도 마찬가지여서
너무 서두르다 보면 지나치게 가벼이 생각하고 무가치한 것으로 여기
기 쉬워진다. 때문에 진실성이 부여되기 힘들다. 인간관계에 있어 진실
성을 부여받지 못하면 그 관계는 건강한 관계가 아니며 발전되기 힘들
고 지속되기도 힘들다.

  그러면 인간관계에 있어 진실성을 부여받으려면 어떻게 해야 할까?
답은 의외로 간단하다. 여기서 중요한 것은 바로 첫인상이다. 첫인상
이 한번 잘못 박히게 되면 쉽게 개선되기 힘들다. 그 때문에 행동 하나
하나에 언제나 신중을 기해야 한다. 한번 첫인상이 잘못 박히게 되면
그 책임을 나 아닌 다른 사람에게 돌리면서 세상을 원망하게 되고 모
든 것을 부정적으로만 생각하게 된다. 바로 내가 이러했고 내가 살아
온 인생에서 뼈저리게 경험한 사실이다. 그래서 난 한때 방황도 많이
했다. 아무리 남들에게 친절하게 대해주고 내가 가진 것을 남들에게
나눠주면서 내 장점과 매력을 어필하려 해도 한번 잘못 박힌 첫인상은

쉽게 지워지지 않았다. 그래서 난 사실 지금도 심적으로 많이 힘들다.

심리학이나 인간관계, 그리고 대화법에 관한 책을 아무리 많이 보고 그 속에서 나름 중요하다고 생각하는 내용을 따로 메모해두고 어렵고 힘들 때마다 꺼내서 보곤 했지만 정형화되고 일률적인 지식의 열거는 나에게 그다지 도움이 되지 못했다. 언제나 말도 꼭 먼저 걸어야 겨우 답이 왔으며 이마저도 귀찮아 죽겠다는 기색이 역력했다. 자신의 가치는 바로 자기 스스로가 만드는 것이라는 사실을 알면서도 여전히 무관심한 태도를 보이는 남들이 원망스럽기도 하고 야속하기도 했다. 그래서 난 오늘도 한숨과 회의 속에 글을 쓴다. 언제 끝이 보일지 모르는 외로움과 마음 속 어둠에서 여전히 출구를 찾지 못한 채….

〈울부짖는 영혼〉

용기 있는 자가 버리는 것

뭔가 참 의미심장하지 않은가? 과연 용기 있는 자가 버리는 것은 무엇일까? 논리적으로 따지자면 앞뒤가 안 맞는 말이지만 난 이 질문에 대한 답을 이렇게 정리했다. 용기 있는 자가 버리는 것은 기약 없는 기다림이 아니라 바로 자존심이라고….

여기서 언급된 자존심이라는 단어의 사전적 의미는 남에게 굽히지 않고 자기 스스로의 품위를 지키려 하는 마음이나 자세이다. 여기서 또 자존심이라는 것은 자존감이라는 것과 연관 지어 생각해볼 수 있는데, 자존심과 자존감의 차이는 남들이 나를 사랑해주고 관심을 가져주기 바라기 때문에 남들이 정해 놓은 기준을 따라가기 급급한 것은 자존심이요, 남들이 알아주지 않아도 스스로의 기준에 떳떳하고 타인의 시선은 신경 쓰지 않는 것은 자존감이라 하겠다.

진정으로 용기 있는 자는 불의를 보면 참지 않는 것이며, 남이 먼저 다가오기만을 기다리는 것이 아니라 먼저 다가가는 것이고, 남의 일방적인 희생을 바라는 것이 아니라 'Give and Take'의 원칙대로 주고받을 줄 아는 사람이다. 난 용기 있는 자로서 언제나 자존심을 버려왔다. 조금 구차하긴 하지만 구걸을 해서라도 남들의 관심을 받고 싶었고, 일방적인 희생을 강요당하면서까지 어떤 집단이나 공동체에 소속되고 싶었다. 하지만 아무리 노력해도 밑 빠진 독에 물 붓기 식으로 개선점이 보이지 않았다. 인간관계에서는 한순간의 실수로 공든 탑이 무너질 수도 있다. 그렇다고 초반부터 선물 공세로 사람들의 환심을 사려고 해서도 안 된다. 인간이란 존재는 참 간사하다. 무언가 자신에게 이익이 될 것 같으면 평소에 안 보이던 호의를 보이고, 그렇지 않으면 언제 그랬느냐는 듯이 획 돌아서 버린다.

영화 〈명량〉에서 이순신 장군이 단 열두 척의 배로 왜적선 삼백서른세 척을 격퇴시킨 전장으로 출정하면서 이런 말을 했다. "두려움을 용기로 바꿀 수만 있다면 그것은 곧 이 싸움을 승리로 이끄는 가장 강한 무기가 될 것이다."라고… 이순신 장군의 이 말처럼 세상을 살다가 왜적선 삼백서른세 척처럼 혼자서는 도저히 감당하기 힘든 무지막지한 공포가 다가올 때 그것이 두려워 도망가지 말고 할 수 있는 한 최선을 다해 그 두려움과 맞서 이길 수 있다는 용기를 가지고 살 수 있기를 희망한다. 설령 자기 자신과의 외롭고 고독한 싸움에서 패하여 지금 내가 가지고 있는 것마저 잃어버리게 된다 할지라도….

행복한 사람의 조건

어떤 사람을 행복한 사람이라고 하는가? 돈 많고 사회적으로 높은 위치에 있으며 넓은 집에서 사는 사람? 얼핏 보기에는 이런 사람이 행복할 것 같아 보이지만 그 사람이 반드시 행복한 것은 아니다. 돈 때문에 서로 믿고 의지해야 할 가족 간에 갈등이 생기고, 많이 안다는 것으로 인해 사물을 보는 관점의 차이로 분쟁이 생긴다면 이 얼마나 불행한 일이겠는가?

한국과 영국의 또 다른 차이! 그것은 과연 무엇인가? 오늘날의 한국 사회는 누구나 다 최고의 자리에 올라가고 싶어 하고, 또 그렇게 되길 은연중에 강요받는다. 왜 그럴까? 그 답은 의외로 간단하다. 우리 사회에서는 잘사는 사람은 너무 잘살고 못사는 사람은 너무 못살기 때문이다. 한국의 부자들은 못 먹고 못사는 사람들을 위해 나라에 세금을 더 내려고 하지 않는다.

반면에 영국 사람들은 못사는 사람들을 위해 부자들이 나라에 더 많은 세금을 내는 것이 의무이다. 그러다 보니 서로 경쟁할 필요가 없다. 물론 거지가 전혀 없는 것은 아니지만 국가에서 최대한 지원을 해 주려고 노력하고 있는 것 같다. 장애인 복지제도 또한 잘되어 있어 장애가 있거나 아픈 사람들이 있으면 부자들에게서 걷은 세금으로 나라에서 살 집과 먹고살 만큼의 돈을 지원해 준다. 의료 혜택도 무료로 받을 수 있다. 이제는 돈 많고 유명해지는 것이 더 이상 행복이 아니다. 돈과 권력, 명예만 있으면 남들 앞에서 강자로 군림할 수 있을 것이라 생각하지만 이것은 잘못된 생각이다.

확실히 돈은 여러 면에서 많은 편의를 가져다준다. 하지만 아무리 가진 돈이 많고 사회적으로 높은 자리에 있어도 자기만 잘 먹고 잘살려는 이기의주와 개인주의의 틀에 빠져 나보다 남을 먼저 생각하고 배려할 줄 모른다면 그 지식과 돈, 명예는 아무런 의미가 없다. 작고 사소한 것 하나에도 의미와 가치를 부여하고 주어진 현재 상황에서 만족을 찾고 감사할 줄 알며 다른 사람과 나눌 줄 아는 사람! 이것이 진정으로 행복한 사람이라 하겠다. 다들 너무 행복이란 것을 너무 어렵게만 생각하고 있는 것 같은데 사실 행복은 멀리 있는 것이 아니다. 우리 자신도 모르는 사이에 살며시 찾아와 이미 우리 곁에 있을지도 모른다. 다만 바쁜 세상사에 치어 우리가 알아차리지 못하고 있는 것일 뿐….

아이스 버킷 챌린지(Ice Bucket Challenge)

지금 인터넷과 SNS 공간에서는 Ice Bucket Challenge라는 캠페인이 유행하고 있다. 그 내용은 루게릭병 환자와 고통을 같이하고 그들을 이해하기 위해 얼음물을 뒤집어쓰거나 100달러를 기부한다는 내용이다. 난 사실 이런 캠페인이 있는지도 몰랐다. 그런데 페이스북에서 아는 친구가 올린 동영상을 보고 관심을 가지게 되었다. 루게릭병은 원인 미상의 특발성인 경우가 많은데, 이 병에 걸리면 멀쩡하던 사람의 근육이 굳어 나중에는 손가락 하나도 겨우 움직일 수 있는 정도로까지 증상이 악화된다. 루게릭병 환자의 말로 다 표현할 수 없는 고통을 겨우 얼음물 한 번 뒤집어쓰는 것에 비교할 순 없지만, 그 시도와 취지는 좋다고 생각한다.

루게릭병은 세계적인 천재 과학자 스티븐 호킹 박사도 앓고 있는 병이며, 우리나라 영화 〈내 사랑 내 곁에〉서 배우 김명민이 맡아 연기한 역할이었다. 한때 럭비 선수이기도 했던 스티븐 호킹은 왜 루게릭병에 걸려 어느 날부터 휠체어 신세를 지게 되었을까? 또 배우 김명민이 영화 한 편을 찍기 위해 그렇게까지 무리한 체중 감량을 해야 했을 정도로 고통스러운 병이다.

이런 사람들의 고통을 아는지 모르는지 한국 사람들은 이 캠페인을 그저 재미나 장난처럼 생각하고 있는 것 같다. 참 안타까운 현실이다. 몸이 아프고 장애가 있는 것보다 더 고통스럽고 괴로운 것은 아직도 사회 전반에 상당 부분 깔려 있는 편견과 무관심이다.

난 지금도 Ice Bucket Challenge를 그다지 좋지 않은 시선으로 바라본다. 하지만 많은 사람들 사이에서 유행처럼 번지기 시작한 이 운동이 목적과 의의를 분명히 자각하고 좋은 취지가 계속 유지되었으면 하는 바람이다.

제2부

ASDA

우리 가족은 어느 한인 집사님의 도움으로 ASDA라는 대형마트에 장을 보러 간 적이 있었다. 아침 8시 30분에 집사님이 오시기로 했는데 예정된 시간보다 늦으시는 바람에 조금 늦게 출발하였다. 현재 차가 없는 우리 가족은 대형마트에 한번 가려고 하면 어쩔 수 없이 다른 사람의 도움을 받는 수밖에 없다. 다른 사람의 도움을 받는 것이 썩 유쾌한 일은 아니었지만 달리 다른 선택의 여지가 없다. 왜냐하면 'Give and Take'를 인생철학으로 삼고 있는 내게 남의 도움을 한 번 받으면 나도 그 사람을 위해 무언가를 해 주어야만 할 것 같은 부담감이 생기기 때문이다.

사실 외국의 대형마트에 간 적이 처음은 아니어서 별로 낯설다는 느낌을 받지 않았다. 건물의 내·외부가 영어로 표기되어 있다는 점을 제외하면 우리나라 대형마트와 별반 다른 점을 찾지 못했다. 한번 나오기가 어려워 여기저기 둘러보는데 바로 눈에 들어오는 두 가지 물건이 있었다. 레고와 트랜스포머였다. 사실 처음부터 이것들을 살 목적으로 갔던 것은 아니었다. 원래는 클레이를 사려고 갔는데, 이것들을 보니 괜히 갖고 싶다는 욕심이 생겼다. 나는 무엇이든지 한번 갖겠다고 결심한 것은 무슨 수를 써서라도 반드시 손에 넣고야 마는 성격이 있다. 트랜스포머는 한국에서도 많이 봐 왔고 가지고 놀았던 기억이 있어서 그런지 그렇게 강하게 갖고 싶다는 생각이 들지 않았다.

하지만 레고는 달랐다. 영국에서 파는 레고는 부품을 어떻게 배치하느냐에 따라 세 가지의 전혀 다른 형태로 변형되는 아주 신기한 제품이었다. 지금까지 레고를 가지고 많이 놀았지만, 이런 식으로 변형이 되는 레고는 한 번도 본 적이 없었다. 원래 판매되어 오던 제품이었는데 내가 미처 발견하지 못한 것일 수도 있지만, '창조자'라는 이름의 그 레고는 마냥 멋있었고 계속 미련이 남았다.

난 이 레고를 보면서 이런 생각을 하게 되었다. 발전하고 있는 새 시대에는 누구나 할 수 있는 뻔한 생각이 아닌, 남들은 쉽게 하지 못하는 독창적이고 창의적인 발상을 하는 사람을 원하는구나. 이전부터 전혀 모르고 있었던 사실은 아니었지만 어른이 되어가면서, 점점 나이를 먹고 사회적 경험이 쌓여감에 따라 그런 생각이 점점 확실해지고 있다는 느낌을 여기서 받게 되었다.

결국 레고는 아버지의 반대로 사지 못하였다. 못내 아쉽다는 생각이 머릿속을 계속 맴돌았다. 꿩 대신 닭이라는 심정으로 클레이와 비슷한 종류의 색깔 찰흙인 Play Doh라는 것을 샀다. 그런데 이 Play Doh는 내가 지금까지 취급해 왔던 클레이와는 다르게 접합이 잘 되지 않았다. Play Doh로 나름 형태를 만들어 보니 그래도 모양은 나오는데 시간이 지나면 자꾸 분해되어 버리는 것이었다. 그 분해된 잔해들을 보고 있자니 무척 허무하다는 느낌이 들었다. 이것으로 앞으로는 물건 하나를 사더라도 그것의 희소가치와 기회비용을 잘 따져보고 융통성 있는 쇼핑을 해야겠다는 결심을 하게 되었다.

City Central Library

Cambridge 시내의 Andrew Street에서 왼쪽으로 조금만 옆으로 가면 존 루이스(John Lewis)라는 백화점이 나온다. 존 루이스 백화점은 영국 어디에서나 심심치 않게 찾아볼 수 있는 백화점으로 도시마다 두루 분포되어 있다. 바로 이 백화점이 있는 건물에 Central Library라는 도서관이 있다. 난 어차피 영국에 오래 머물 사람이 아니기 때문에 이 도서관의 회원 카드를 따로 만들지 않고 계속 어머니가 만드신 회원 카드를 마치 내 것처럼 사용하고 있었다.

처음으로 이 카드가 쓰인 곳은 스코틀랜드 독립을 다룬 영화 〈브레이브하트 Braveheart〉를 빌릴 때였다. 안내 데스크에 가서 어설픈 영어로 "Excuse me. I would like to borrow the DVD. The title is Braveheart." 이렇게 말했는데 돌아오는 반응은 "Sorry, I don't understand."였다. 전달하고자 하는 내용이 어려운 것 같지는 않았는데 왜 못 알아듣는지 그 당시에는 이해하지 못하였다. 그러나 그것은 아마 나의 부정확한 발음 때문이었던 것 같다. 그래서 스마트폰 어플의 한영 번역기를 사용해 아예 폰 화면 그대로 보여주니까 그제야 "OK. I understand."라고 하는 것이었다. 그러더니 컴퓨터를 열심히 두들겨보고는 잠깐 기다리라는 식으로 말을 하는 것 같았다.

한참 기다리고 있으니까 다른 직원이 'Braveheart'라고 적힌 DVD를 가져왔다. 그러면서 "This is two pound." 이렇게 말을 하는 것이었다. 그 당시 난 돈을 가지고 있지 않았기 때문에 이렇게 말을 할 수밖에 없었다. "Sorry. I have no money." 내가 돈이 없다고 하니 DVD도 안 빌려줄 줄 알았는데 그와는 달리 "Are you ㅇㅇㅇ?" 이렇게 물어보는 것이었다. 그 말을 들은 난 "She is my mother."라고 했다. 그랬더니 실내에서도 땀을 뻘뻘 흘리고 있었던 내가 보기 안타까웠는지 그냥 가져가라는 식으로 말을 하는 것이었다. 나는 "Thank you."라는 말을 남기고 다시 집으로 돌아왔다.

이 일이 계기가 되어 난 틈만 나면 Central Library에 가서 어머니 회원 카드로 〈Spider-Man〉, 〈Total Recall〉, 〈The Dark Knight Rises〉, 〈Chariots of Fire〉 등등 여러 가지 DVD를 빌려보았다. 처음에는 곧잘 빌려주던 안내 데스크 사람들이 날이 갈수록 의심을 하기 시작했다. 이 카드가 너의 것이 맞느냐고 묻는 듯했다. 다음부터는 너의 카드를 만들라고 하면서 어머니와 같이 오라고 하는 것 같았다. 과정이야 어떻든 난 이 시립도서관을 통해 간접적으로 참 많은 경험을 했던 것 같았다.

한번은 내가 빈센트 반 고흐에 관한 DVD가 혹시 있느냐고 번역된 폰 화면을 보여주니 잠시 기다리라고 하면서 금방 찾아다 주었다. 처음 브레이브하트를 빌릴 때 DVD를 빌리려면 무조건 2파운드가 있어야 한다는 사실이 강하게 각인된 나머지 직원이 달라고 하기도 전에 내가 먼저 알아서 돈을 주니까 직원이 이런 말을 했다. "Perfect!"

무엇을 두고 완벽하다고 했던 것인지는 모르겠지만 그래도 그 말 한마디에 갑자기 무척 기분이 좋아졌다. 이처럼 사람의 말은 어떻게 사용하느냐에 따라 듣는 사람의 기분을 좋게 하기도 하고 나쁘게 하기도 하는 것 같았다. 참 고마운 시립도서관이다. 이제 Central Library는 많은 세월이 흘러도 결코 잊히지 않을 내 마음속의 보물창고로 자리매김하게 되었다.

인터내셔널 카페

　요즘 인터내셔널 카페라고 하는 소모임에 매일 꾸준히 나가고 있다. 사실 이런 모임이 있다는 사실을 알게 된 지 얼마 되지도 않았는데 거의 끝나가는 분위기라 무척 아쉽다. 이곳은 전 세계 여러 나라의 다양한 학생들을 한자리에서 만나볼 수 있는 참 좋은 만남의 장이다. 내가 영어를 잘하지 못해서 그렇지 영어만 좀 할 수 있으면 얼마든지 좋은 교제를 할 수 있을 것 같은데, 간단한 인사말 정도는 되지만 조금만 어려워지면 못 알아들어서 무척 답답하다.

　내게 있는 장애 때문에 학습 능력이 부족하고 남들만큼 노력하지 않았기 때문이라지만 막상 이런 현실과 마주하게 되니 나 자신이 한없이 작고 초라하게만 느껴진다. 게다가 사람들을 많이 만나볼 수 있어 좋긴 한데 일회용에 불과한 만남과 교제가 되다 보니 지속성이 떨어지고, 오는 사람들이 한정되어 있어 늘 보는 사람들하고만 교제한다는 약점이 있다. 또 어머니를 앞세워 모르는 말이 있으면 한국말로 물어봄으로써 나 스스로가 자립할 수 있는 기회를 막고 있었다는 사실을 뒤늦게 깨달았다. 하지만 후회하는 순간 때는 이미 늦은 법!

　이제 이 모임은 매일 하는 것이 아닌 일주일에 두 번씩 하는 모임으로 그 폭이 좁아졌다. 처음에는 가만히 앉아 있다 오곤 했는데 몰라도 자꾸 가고 자꾸 들으려고 하다 보니 더디긴 하지만 확실히 조금씩 느는 것 같기도 했다. 이전에는 외국인을 만나면 마치 꿔다 놓은 보릿자루처럼 한마디도 못했는데, 이제는 간단한 질문은 먼저 하는 내 모습에서 뿌듯함을 느낀다. 더하여 지난날 조금 힘들고 어렵다고 쉽게 포기하고 내게 주어진 책임을 내던져 버리려고 했던 무책임하고 나태했던 내 모습을 반성한다. 앞으로는 나중에 다시 생각해도 후회가 남지 않는 멋진 삶을 살아야겠다는 다짐을 해 본다.

나의 라임 영어 선생님

다른 나라 언어를 배운다는 것은 결코 쉬운 일이 아니다. 저마다 개인차가 있겠지만 유독 나는 한국어가 아닌 다른 나라 언어를 배우면 그것이 진정으로 내 것이 되지 않고 금방 잊어버린다. 아무리 배우고 익히려고 노력해도 글로벌 시대의 교육 방식은 한꺼번에 너무 많은 것을 익히라고 내 숨통을 조여오고 있다. 난 영어 하나라도 제대로 마스터하고자 이곳 이역만리 영국 땅까지 날아왔다. 이제는 더 이상 물러설 곳도 없다. 물러서지 않겠다. 여기 있는 동안에 영어를 제대로 배워보겠노라고 다짐해 본다.

진정 후회하지 않는 시간을 보내고 싶다. 그동안에 다른 많은 나라 언어를 접했지만 영어만큼 효용도가 높은 언어는 없는 것 같다. 영어는 전 세계 여러 나라에서 쓰이는 언어로 해외여행을 나와도 일단 영어만 알면 어디든 갈 수 있다. 그렇기에 난 얼마 전부터 영어 공부를 시작했다. 영국인과 함께하는 공부다. 처음 시작할 때부터 반신반의했고, 지금도 내가 과연 영어를 잘할 수 있을까 하는 강한 의문이 든다.

처음 영어를 접했을 때는 매우 생소하고 낯설었지만, 지금은 집 밖에 조금만 나가도 어렵지 않게 들을 수 있는 것이 바로 영어다. 나를 가르쳐주기 위해 오신 영어 선생님은 아주머니였다. 웃기도 잘하시고 농담도 잘하신다. 그래서 난 이 선생님이 좋다. 이 선생님께서는 내가 현재 거주하고 있는 케임브리지에서 20분 정도 떨어진 작은 동네에 살고 계신다. 그리고 알파벳 Z를 좀 특이하게 쓰신다. 이 선생님과 영어 공부를 할 때면 참 즐겁다. 이전에는 잘 몰랐고 어려운 단어들도 금방 눈에 들어오고 잘 외워지는 것만 같다.

 기껏 머나먼 영국 땅까지 건너와 아무런 별다른 수확 없이 돌아갈 것만 같아 마음이 참 착잡하고 쓰리다. 원래대로 남들처럼 정식 비자를 받고 왔으면 더 오래 있어도 아무런 문제가 되지 않을 텐데 방문 비자로 왔기 때문에 6개월 이상 이곳 영국 땅에 머무를 수가 없다. 그래서 지금 이 순간에도 뭔가 목적 없이 방황만 하는 한 마리 어린양처럼 내 존재가 한심하고 초라하게만 느껴진다.

〈나의 라임 영어 선생님〉

일리(Ely)의 오후

가만 생각해 보면 내가 부모님을 따라 이곳 영국 케임브리지로 온 것은 참 탁월한 선택이었던 것 같다. 그렇지 않고 한국에 계속 남아 있었더라면 이런 소중한 경험을 할 수 있었겠는가?

이날은 특별히 인터내셔널 카페 사람들이 주관하는 나들이였다. 단체로 케임브리지 역 앞에서 만나 기차 여행을 시작했다. 덕분에 우리 가족끼리만 하는 여행보다 뭔가 더 풍성하다는 느낌을 받았고, 아직 다들 서로 별로 친하진 않았지만 같은 곳으로 간다는 사실만으로도 든든했다.

이날 비록 짧은 거리이긴 했지만 영국 기차도 처음으로 타 보았다. 창밖으로 보이는 풍경이 너무 아름다웠고 평화로웠다. 기차를 타고 이동한 곳은 일리(Ely)라는 작은 동네인데, 소박하고 정겨운 분위기를 물씬 풍겼다. 이곳은 작은 동네임에도 영국의 대주교 교회(Cathedral)가 있었다. 웅장하고 견고하게 지어진 건축양식은 나의 시선을 단숨에 사로잡았다. 그 주변을 돌아보는 내내 어떻게 하나의 용도로 쓰는 건물을 이렇게까지 멋지게 잘 지을 수 있었을까? 하는 의구심이 들었다. 이 성당에 들어가려면 원래는 입장료를 내야 하는데 일요일은 특별히 무료라는 것 같았다. 하지만 이날은 일요일이 아니었기 때문에 너무 비싼 입장료 때문에 들어가지는 않았다.

성당을 한 바퀴 둘러본 다음 청교도혁명을 일으킨 올리버 크롬웰(Oliver Cromwell)의 생가를 방문하였다. 사실 크롬웰의 명성에 비한다면 그의 생가는 무척 평범했다. 크지 않은 적당한 크기의 건물이었고 내부도 아담했다. 이렇다 할 특징적인 모습은 별로 없었다. 크롬웰 하우스를 둘러본 다음 시내를 한 바퀴 돌아 다시 교회 앞으로 왔다. 성당 앞 잔디밭에서 다 같이 둥글게 둘러앉아 같이 게임도 하고 즐거운 시간을 보냈다. 그런데 사람들이 하는 게임이 움직임이 많아 보여서 난 먼발치에서 구경만 했다. 같이 참여하지 않고 나무 그늘에 앉아 흐르는 땀을 훔치며 쉬고 있는 나에게까지도 게임을 하는 사람들의 모습에서 그곳의 화기애애한 분위기가 고스란히 전해져오는 것만 같았다. 다들 즐겁고 행복한 표정들이었다.

그렇게 시간을 보내다 어느덧 돌아가야 할 시간이 되었다. 일리의 따사로운 햇살, 싱그러운 바람, 유서 깊은 교회, 그리고 크롬웰 하우스 등을 두고 가자니 발길이 떨어지지 않았지만, 기차 시간을 맞추기 위해 서둘러 역으로 이동했다. 그러는 와중에 내게 먼저 말을 걸어온 파키스탄에서 온 친구가 있었다. 이 친구와는 금방 친해졌다. 그의 웃는 모습은 이날 처음 만난 사이였는데도 자꾸 말을 걸고 싶게 만들었고, 사람을 참 편안하게 해 주는 것 같았다. 그리고 다른 사람들은 다들 빠른 걸음으로 먼저 가 버렸는데 이 친구만은 계속 나에게 말을 걸고 관심을 보이며 끝까지 나와 함께 걸어 주었다. 참 고마운 친구였다.

오는 길에 다음날인 일요일에 이 교회에서 음악회가 있다는 광고문을 보게 되었다. 나도 또 오고 싶었지만 이틀 연속으로 왔다 갔다 하기에는 조금 힘이 들고 부담스러워서 다음날에는 가지 않았다. 하지만 부모님께서는 그래도 좋다고 하시면서 이 음악회에 다녀오셨다. 일리의 오후는 시간이 흘러도 지워지지 않는 소중한 기억으로 내 마음속에 살아 숨 쉬게 될 것이다. 이것은 시공간의 제약을 뛰어넘어 지금까지 내가 살아온 인생과 또 앞으로 살게 될 미래에 멋진 한 페이지를 장식하는 역사적인 시간이 될 것이다.

런던 투어

이역만리 영국 땅에 와서 정말 많은 것을 경험하는 것 같다. 이번에 간 곳은 영국의 수도 런던! 아침 일찍 집을 나섰다. 기차를 타고 이동하는데 주기적으로 약을 먹어야만 컨디션이 유지되는데, 내가 실수로 약을 조금 덜 가져오고, 중요한 약이 아닌 부수적인 약을 가져왔다는 사실을 뒤늦게 알게 되었다. 기차는 이미 케임브리지를 떠나 런던의 킹스 크로스(King's Cross) 역으로 향하고 있었고, 인제 와서 다시 돌아갈 수도 없는 노릇이었다. 순간 식은땀이 흐르면서 무척 당황하였다. 이제 어떡하지? 하는 생각에 하늘이 노래졌다. 그래서 지푸라기라도 잡는 심정으로 마음속으로 하나님께 간절히 기도를 드렸다. 제발 평소보다 적은 약 기운으로도 런던에 잘 다녀올 수 있게 해 달라고…. 이제 모든 것은 운명에 맡기는 수밖에 없었다.

기차 안에서 마침 어떤 한인 가족을 만났는데, 이 집은 딸만 셋이고 아버지는 모 대학 교수님이라고 하는 것 같았다. 나는 직접 이들과 대화를 하지는 않았지만, 이들은 같은 한국 사람이라는 이유만으로도 자신들이 사는 집 주소와 연락처, 메일 주소까지 적어주었다. 참 친절하고 고마운 분들이었다.

약을 덜 가져왔다는 사실 때문에 자칫 런던의 대영박물관을 비롯하여 빅 밴(Big Ben)과 타워 브리지(Tower Bridge)까지 둘러보고 돌아온다는 계획을 대폭 수정하여 할 상황이 생길 수도 있었다. 그래도 난 기왕 멀리까지 갔는데 대영박물관만 보고 오기에는 너무 아깝다는 생각이 들었다. 그래서 거의 도박하는 심정으로, 최대한 버텨보자는 식으로 무리한 행보를 시작했다.

킹스 크로스 역에 내려 한참을 걸어 대영박물관에 도착했다. 대영박물관은 규모가 워낙 커서 다 둘러보는 데 사흘 이상 걸린다고 한다. 대영박물관에 들어가서 제일 먼저 둘러본 곳은 고대 미라가 잠들어 있는 고대 이집트관이었다. 이 이집트 유물들은 옛날 영국이 이집트를 점령했을 때 가져온 것이라고 한다. 고대 이집트 사람들은 죽은 후에도 영혼이 육체를 취해 다시 환생한다고 믿어 시신을 거의 완벽에 가까운 수준으로 관 속에 넣어 보관하고 있었는데, 이 풍습이 바로 미라이다. 심지어는 머리카락 한 올까지 그대로 보존되고 있었다. 그래도 왜 그렇게까지 집요하게 시신에 집착하는지 난 잘 이해할 수 없었다. 한편으로는 신기하기도 했지만, 다른 한편으로는 섬뜩하기도 하였다.

고대 이집트관을 둘러보니 마침내 운명의 시간이 오고 말았다. 괜찮겠지? 괜찮을 거야, 이렇게 스스로를 다독이며 점심을 먹고 약을 먹었다. 그런데 점심을 먹는데 바로 앞에서 어떤 독일인 커플이 민망할 정도로 애정 표현을 하는 것이 아닌가? 먹는 음식이 입으로 들어가는지 코로 들어가는지 모를 정도로 괴로웠다. 실컷 염장을 찌르고 그 커플은 홀연히 그 자리를 떠났다. 점심을 먹은 후에도 계속 더 둘러보고 싶었지만, 부족한 체력을 인위적으로 유지하고 있는 난 앉아서 쉬었다. 언제 갑작스럽게 몸이 안 좋아질지 모르기 때문이었다. 그런데 이쯤 되면 몸에서 이상 징후를 보일 법도 한데 점심을 먹고 오후 2시가 넘어서까지 몸에서는 아무런 이상 징후를 보이지 않았다. 간절히 드린 기도 때문일까?

점심을 먹고 난 후에는 한국관과 중국관을 둘러보았다. 한국관에서는 우리나라 전통 한복과 도자기 그리고 가옥 등을 전시해 두고 있었다. 중국관에서는 조명을 받아 황금빛으로 번쩍번쩍 빛이 나는 도자기들이 인상적이었다. 한참 후 대영박물관 관람은 끝이 났다.

대영박물관에서 나와 이번에는 트라팔가 광장으로 갔다. 여기서 트라팔가 광장은 그 당시 스페인의 무적함대라고 불리던 군단을 격파시킨 영국 해군 제독 넬슨의 동상이 세워져 있는 곳이다. 넬슨의 동상 앞에서 잠시 휴식을 취하고 이번에는 빅 벤(Big Ben)을 보러 갔다. 가는 도중 목이 말라 어떤 편의점에 잠시 들렀는데 그 앞에 나 만한 나이의 여자 거지가 쭈그리고 앉아 고개를 떨구고 있었다. 난 지금까지 남자 거지만 보아 왔는데 여자 거지를 본 것은 이날이 처음이었다. 측은한 마음이 들어 동전 몇 닢을 놓아주고 오고 싶었지만, 마침 동전이 없어서 그만두었다. 못내 안타깝다는 생각이 들었다. 빅 벤은 템스 강변에 우뚝 서서 웅장한 자태를 뽐내고 있었다. 그때까지도 몸은 평소와 같은 좋은 상태를 유지하고 있어서 빅 벤 앞에서 사진도 찍었다.

그 후 런던의 명물, 런던아이(London Eye)라는 대형 원형 관람차를 타러 갔으나 기다리는 사람들이 너무 많아 그만두었다. 다음으로 간 곳은 타워 브리지(Tower Bridge)! 타워 브리지는 내가 한때 입체퍼즐로도 만들어 본 기억이 있어서 더욱 애착이 갔다. 빅 벤에서 타워 브리지까지 가는 데만도 상당히 오래 걸렸다. 템스 강변을 따라 약 4km의 거리인데, 길이 강을 따라 종종 휘어져 많이 피곤했다. 그렇게 땀을 흘리며 타워 브리지까지 열심히 걸었다. 이 4km의 거리는 영국 왕비가 산책을 하는 길이라고 한다. 내가 굳이 이 가도를 걸어간 이유는 그렇게 해야만 런던의 정취를 제대로 느낄 수 있다고 생각했기 때문이었다.

꼭 한번 보고 싶었던 타워 브리지를 실제로 보니 감회가 새로웠다. 최대한 가까이 접근해 그 앞에서 사진을 찍었다. 그리고 다리가 바라보이는 야외 식당에서 저녁을 먹었다. 하지만 타워 브리지까지 보고 나니 확실히 몸이 안 좋아졌다. 그래도 잘 버텨준 내 몸이 고마웠다. 저녁을 먹고 타워 브리지를 건너 런던타워를 보러 갔다. 이때부터는 몸이 안 좋아서 아버지 손에 붙들려 다녔다. 런던타워는 그 옛날 영국 정치범을 가둬놓고 처형했던 곳이라고 한다. 그중에는 영국 왕비도 있었다고 했다. 왜 그래야만 했는지 자세한 내막을 파악하긴 힘들지만 여기에는 뭔가 정치적인 사건들이 있는 듯했다.

　런던타워와 타워 브리지를 보고 아쉬움을 뒤로 한 채 다시 킹스 크로스 역으로 가는 택시에 몸을 실었다. 택시로 가도 한참 걸리는 거리를 평소보다 적은 약으로도 잘 버텨냈다는 사실이 스스로 생각해도 참 대견했다. 나의 한계가 어디까지인지를 몸소 체험할 수 있었던 런던 투어!

　이 런던 투어 덕분에 난 이제 어떤 어려움과 시련이 닥쳐도 할 수 있다는 자신감과 결코 포기하지 않는다는 강인한 끈기, 그리고 용기 이 세 가지를 모두 얻을 수 있었다. 난 이제 내 앞에 있는 불확실한 미래도 두렵지 않다. 지금이야 부모님이 아직 살아 계시지만, 돌아가시고 나면 나 혼자 어떻게 살아야 하나? 라는 생각이 든 적도 한때 있었다. 하지만 이렇게 많은 곳을 느끼고 체험하면서 점점 성숙해져가는 내 모습을 보게 되니 내 인생의 밝은 빛이 저 멀리 보이는 듯했다. 이제 나는 더 이상 부정적인 생각에 사로잡히거나 남을 원망하지 않겠다. 내 안에 있는 무한한 가능성을 신뢰하기에 난 지금 이 순간에도 밝고 희망찬 미래를 꿈꾼다.

〈Tower Bridge〉

에딘버러의 추억

지금부터는 스코틀랜드로의 상당히 먼 여행을 하면서 보고 느꼈던 것에 대한 이야기를 하려고 한다. 처음 출발지는 런던이었다. 런던까지는 택시로 이동하였다. 런던에 도착해서는 48인승 코치(Coach)를 타고 전혀 모르는 사람들과 단체 여행을 시작하였다. 기대 반, 걱정 반이었다.

저녁때 출발했기 때문에 코치는 밤새도록 달렸다. 출발할 때부터 알고 있었던 사실이었지만, 막상 밤새 한숨도 못 자고 앉은 자리에서 가만히 있으려니 그야말로 고문이었다. 그러면서 이렇게 고생을 하면서까지 에딘버러라는 곳이 가볼 만한 가치가 있는 곳인가 하는 의문이 들었다.

에딘버러는 역사적으로 잉글랜드에 속한 곳이 아니라 스코틀랜드라는 나라에 속해 있는 곳이다. 그 후에 스코틀랜드는 영국으로부터 완전한 독립을 원하고 있었지만 번번이 실패하였다. 얼마 후 대국민투표를 하게 되는데, 이 투표에서 과반수의 동의를 얻으면 그때부터는 완전히 독립적인 나라가 된다고 한다. 하지만 여론 조사에 따르면 스코틀랜드 독립을 반대하는 사람들이 많아 결국 무산되지 않을까 싶다.

밤새 달려온 코치는 스코틀랜드 정부 청사 앞에 우리 가족을 비롯한 사람들을 내려놓고 홀연히 사라졌다. 코치에서 내릴 때 알게 된 사실이지만 이 코치에는 한국인 여학생이 두 명 타고 있었다. 사실 이렇게 처음 봤을 때부터 말을 걸어보고 싶었지만 쉽게 용기가 나지 않았다. 내게 있는 장애 때문이기도 했지만 자꾸만 과거에 범했던 같은 실수나 잘못을 반복하게 될까 봐 더 망설였는지도 모르겠다.

그렇게 잠시도 쉴 틈 없이 바로 관광이 시작되었다. 첫날 간 곳은 넬슨 기념비와 에딘버러 캐슬(Edinburgh Castle)이었다. 솔직히 넬슨 기념비는 황량한 벌판에 기둥 몇 개 세워 놓은 것이 전부였다. 그 규모는 대단했지만 좀 실망스러웠다. 가이드의 설명을 들으니 스코틀랜드 사람들은 게을러서 넬슨 기념비를 짓다가 어느 날부터 꼭 지어야 할 강한 동기를 찾지 못해 건축을 중단한 것이라고 하였다. 그다음으로 간 곳은 에딘버러 성이었다. 성을 눈앞에 두고 그 근처에서 우선 점심을 먹었다. 그 동네에는 하기스라는 햄버거 비슷한 음식이 유명했는데, 자꾸만 아기의 기저귀 생각이 나서 영 찜찜했다. 그래서 난 피쉬 앤 칩스(Fish and Chips)를 먹었다. 피쉬 앤 칩스에 대해서는 나중에 다시 다시 언급하도록 하겠다.

에딘버러 성은 바위 위에 지은 철벽의 요새로 외부의 침입으로부터 완벽한 방어 체제를 구축하고 있었다. 성 안이 워낙 넓어서 다 둘러보는 데만도 꼬박 반나절이 걸렸다. 성 안에서는 결혼식이 한참 진행되고 있었는데 푸른 빛깔의 고운 드레스를 입은 신부와 유니폼과 같은 정장을 입은 신랑을 보니 내심 부럽다는 생각이 들었다.

한참 동안 지켜보다 성 내부로 들어갔다. 성 안에는 마치 금방이라도 살아 움직일 것만 같은 조각상들이 여럿 있었다. 그중에서도 그 당시 왕이 쓰던 황금 왕관과 황금빛 커다란 검이 인상적이었다. 이 밖에도 죄수들을 수용하는 지하 감옥과 드래곤 가드라고 불리는 전쟁박물관이 있었다. 드래곤 가드는 그 당시 왕을 수호하는 정예군의 이름이다. 너무 피곤해 드래곤 가드에는 들어가 보지 않고 지하 감옥에만 들어가 보았는데, 어두침침한 분위기 속에 불길하고 섬뜩한 기운마저 감돌아 자칫 간담이 서늘해졌다.

그렇게 성을 구경하고 나오는데 길거리 공연을 하고 있는 작은 악대를 보게 되었다. 그들은 그런 식으로 다른 사람들에게 작지만 큰 감동을 선사하고 있는 듯했다. 숙소에 들어가기 전에는 어떤 철교에 들렀는데 난 피곤해서 버스 안에 있었기 때문에 이 철교에 대한 자세한 정보를 듣지 못하였다. 아쉬움과 후회 속에 하루해가 저물었다.

이튿날에는 아침에 일어나자마자 평소대로 약을 먹었는데도 몸이 너무 피곤했는지 거의 점심때가 다 되어서야 컨디션을 회복할 수 있었다. 이날은 하일랜드 투어를 하였는데 산과 계곡 강변 등에 갔다. 유명한 관광지라지만 한국에서도 흔히 볼 수 있는 풍경들과 유사해서 사실상 별로 새롭다는 느낌을 받지 못하였다. 도중에 위스키 공장에 견학을 갔는데 난 평소 술에 별로 관심이 없었기 때문에 그곳에 있는 동안에는 지루하고 따분하다는 생각이 들었다. 더구나 그곳에서는 몸 상태도 별로 안 좋았기 때문에 한자리에 가만히 앉아 있을 수밖에 없었다. 그다음부터는 계속 산이나 계곡, 바닷가 등을 돌아다녔다.

바닷가에 갔을 때는 코치에서 내리자마자 오리들이 뒤뚱뒤뚱 종종걸음을 치며 나를 반갑게 맞아주었다. 여기서는 계속 같이 여행하던 한국인 여학생 두 명 중 한 명에게 용기를 내어 말을 걸어보았다. 처음 말을 걸 때부터 반말로 물어보긴 좀 그래서 존댓말로 이렇게 물어보았다. "몇 살이세요? 한국에서 오신 것 같은데 한국 어디에서 오셨어요?" 순간 나는 실례되는 질문을 무심코 하고야 말았다. 여자에게 나이를 묻는 것은 사실 대단히 실례가 되는 일인데도 그 당시에는 달리 무슨 말을 해야 할지 몰라 얼떨결에 그런 말이 튀어나온 것 같았다.

그런데 그 여학생은 전혀 싫은 기색 없이 미소를 띠며 자기는 스물네 살이라고 하고 대구에서 왔다고 했다. 그러면서 내게 여기 경치 너무 좋지 않으냐고 반문하였다. 나는 그 말을 듣고 이런 제안을 하였다. 경치도 좋은데 저랑 사진 한 장 같이 찍지 않으실래요? 언제 다시 올지 모르는 이런 황금 같은 기회를 놓치고 싶지 않았고 시간이 흘러도 지워지지 않는 소중한 추억으로 간직하고 싶었기에 그런 제안을 뜬금없이 했는지도 모르겠다. 어차피 새로운 사람을 만나고 사귐에 있어 내게 있는 신체적 제약 때문에 자유로울 수 없다면 그 현실을 인정하고 이 순간에 충실하자는 생각이 들었다. 사실 처음 만난 사람과 아무 거리낌 없이 사진을 찍는다는 것이 쉬운 일은 아닐 텐데도 이 여학생은 이번에도 전혀 싫은 기색 없이 흔쾌히 사진을 같이 찍어 주었다.

정식 여행의 마지막은 월러스 기념탑이었다. 여기서 월러스라는 사람은 마지막까지 스코틀랜드 독립을 위해 영국에 대항해 용감히 싸운 역사적인 인물이다. 〈브레이브하트 Braveheart〉는 이 윌리엄 월러스라는 사람을 다룬 영화이다. 이 사람은 나중에 부하의 배신으로 사지가 사등분되는 비참하고 끔찍한 최후를 맞는다. 서로 멀지만 가까운 나라 영국과 스코틀랜드! 스코틀랜드는 왜 그렇게까지 독립을 염원하게 되었는지 모르겠지만, 두 지역이 평화와 화해 속에 행복하게 살게 되기를 고대한다.

〈에딘버러의 추억〉

피츠윌리엄 박물관

내가 지금 살고 있는 이곳 케임브리지에는 작지만 알찬 내용을 담고 있는 피츠윌리엄 박물관(Fitzwilliam Museum)이 있다. 이곳에 처음 왔을 때는 박물관이나 전시실에 대해 관심이 별로 없었는데 점점 이곳 생활에 적응하고 새로운 사람을 만나면서 행동반경을 차츰 넓혀가다 보니 자연스럽게 이 박물관에 대해 알게 되었다. 사실 얼마 전부터 계속 이

박물관에 대한 내용을 기록해두고 싶었는데 계속 미뤄다 보니 이제야 비로소 기록을 하게 된다.

들어가는 입구는 얼핏 런던의 대영박물관과 유사하다. 크기나 전시 규모에 있어서는 비교가 안 되지만 말이다. 안으로 들어가면 웅장하게 양옆으로 뻗은 대리석 계단이 제일 먼저 눈에 들어온다. 이 대리석 계단을 따라 위로 올라가면 큰 방이 나오는데, 이 방에는 후기 인상주의 화가들의 그림을 많이 전시해 놓고 있다. 나는 박물관이나 미술관에서 원래 사진 촬영은 금지되어 있는 것으로 아는데, 화가들의 작품 사진을 찍는 것이 이곳에서는 허용되었다.

이 박물관에서 결코 빼놓을 수 없는 중요한 전시물을 하나 소개하자면 그것은 바로 'Virgin of Sorrows'라고 불리는, 눈물을 흘리는 작은 성모상이다. 17세기에 만들어진 이 작은 나무 조각상은 피츠윌리엄 박물관이 스페인에서 비싼 값을 주고 사들였다고 한다. 성모의 눈썹이나 눈물이 꼭 진짜처럼 보인다. 만약 이 조각상이 남들의 인정을 받지 못했더라면 그저 한낱 나무 조각에 지나지 않았을 것이지만, 이 조각상은 남들의 인정을 받았고 오늘날 미술사에 남는 작품이 되었다.

인생은 짧고 예술은 길다고 했던가? 짧은 인생, 기왕에 예술가로서 고독한 길을 가기로 정했다면 누구나 할 수 있는 뻔한 생각이 아닌 지금까지 누구도 생각해내지 못했던 자신만의 창의적이고 독창적이면서 개성이 돋보이는 작품을 만들어내는 것이 무엇보다 중요하다. 그런데 오늘날 많은 사람들은 이런 사실을 모르는지 이미 남이 그려 놓은 캐릭터 디자인이나 그림 자료를 보고 그대로 카피하고 있다. 카피하는 그림은 원래 자신의 순수 창작물이 아니기 때문에 작품으로 높은 가치를 부여받지 못한다. 이것이 비단 나 혼자만의 생각일 수도 있지만 나는 이 생각이 남들의 동의를 얻고 공감대를 형성할 수 있을 것이라 믿는다.

내가 그린 그림도 비록 유치한 면이 없지 않지만 많은 이들의 인정을 받고 미술을 잘 모르고 미술을 어려워하는 사람들에게 잔잔한 감동과 용기와 희망을 주었으면 하는 생각을 해 본다. 박물관에 한 시대를 풍미했던 화가 김성민의 작품이 전시되는 날을 꿈꾸면서 난 오늘도 어떤 그림을 그릴까? 하는 생각으로 펜을 든다.

비밀의 화원(Secret Garden)

처음에는 몰랐지만 새로운 사람들을 만나고 행동반경을 넓히면서 알게 된 곳이 피츠윌리엄 박물관 말고도 한 군데가 더 있다. 그곳은 바로 케임브리지 식물원(Botanic Gardens)이다. 이 식물원은 처음 인터내셔널 카페 사람들과 함께 일리(Ely) 가는 길에 그들이 하는 말을 듣고 알게 되었다. 그래서 시간을 내어 한번 가 보았는데 정말 분위기가 깨끗하고 좋았다. 그곳을 둘러보면서 느낀 감정을 그대로 옮겨올 수 없다는 사실이 못내 아쉽다. 식물원에서는 Bed라는 단어의 뜻을 꽃밭이라고도 쓰는 듯했다. 이전까지는 Bed라는 단어가 침대라는 뜻으로만 쓰이는 줄 알았는데, 꽃밭이라는 뜻도 있다는 사실을 이날 처음 알았다.

식물원에는 정말 많은 종류의 식물이 있었다. 어떤 식물은 워낙 높은 온도가 유지되어야만 자라기 때문에 이 식물이 자라고 있는 방에 들어가니 갑자기 너무 더워 땀이 삐질삐질 났다. 숲 속을 따라 아담하게 이어져 있는 작은 골목길은 불현듯 예술적 영감을 떠오르게 하였다. 그 골목길을 따라 계속 안쪽으로 걸어가니 숲 속에 작은 카페가 있었다. 그 카페에서 잠시 쉬어가고 싶었으나 어머니의 반대로 그러지 못하였다.

식물원에는 정말 많은 꽃과 식물 나무가 심어져 있었는데 잘 가꾸어진 식물들은 하나같이 잎이 파릇파릇하고 매우 건강해 보였다. 한때 대학을 졸업하고 사회에 나가 유명해지기보단 속세에 대한 미련을 접고 산속에 들어가 자연과 함께 오염되지 않은 청정 지역에서 살고 싶다는 꿈을 꾸기도 했던 내게는 식물원은 매우 인상적이었다. 식물원에서는 계속 시원하고 싱그러운 바람이 불어와 땀을 식혀주고 마음을 편안하게 해 주었다.

물이나 식물 또한 사람과 마찬가지로 욕이나 화를 내면 금방 불쾌하다는 반응을 보인다. 이들에게 인간적인 감정이 부여되지 않았지만, 이들은 나름대로의 독자적인 생존 방식을 추구해오면서 그들만의 반응 체계를 갖춘 모양이다. 그러니 이들 나름대로 지금까지 추구되어 왔고, 또 앞으로도 계속 그렇게 될 그들만의 생존 방식은 충분히 존중받을 만한 가치가 있다고 생각한다.

식물원 방문은 내게 참 많은 인상을 주었다. 그러면서 자연이란 있는 그대로의 모습이 잘 보존될 때 더 가치 있고 아름답지 않나 하는 생각을 하게 된다. 내가 살아온 인생에 또 하나의 중요한 획을 그은 비밀의 화원, Botanic Gardens! 그 아름다운 비밀이 누군가의 욕심에 의해 더럽혀지지 않고 언제까지나 그때 그 모습 그대로 지켜졌으면 한다.

한글학교와 그란체스터

토요일 아침이었다. 모처럼 맞는 휴일이라 어디로든 떠나고 싶다는 생각이 간절해졌다. 그래서 아침까지만도 별다른 계획이 없었는데 갑자기 여행 계획이 잡혔다. 처음에는 옥스퍼드(Oxford)에 갈 예정이었는데 당일치기를 하기에는 시간이 모자랄 것만 같아 입스위치(Ipswich)로 행선지가 급히 변경되었다. 점심시간이 애매하게 끼어 빵을 싸서 가려고 열심히 빵을 싸고 있는데, 이전부터 알고 지내던 한인교회 집사님 한 분이 연락을 해오셨다. 한글학교에서 한 달에 두 번씩 격주로 가서 미술 지도를 해 주시고 계시는데 나에게도 한번 같이 가 보는 것이 어떻겠느냐는 제안을 하시는 것이었다.

여행 계획이 무산되어 싶어 처음엔 좀 아쉬웠지만 그래도 집사님이 미술 지도를 해 주시는 곳은 어떤 곳이며, 또 그곳 아이들은 어떤 아이들일지 궁금하기도 해서 집사님의 제안을 받아들이기로 했다. 집사님을 기다리면서 싸고 있던 빵으로 일찌감치 허기를 채우고, 그리던 그림을 마저 그리려고 막 색연필을 다시 집어 드는 순간 집사님이 오셨다.

집사님을 따라간 곳은 보수공사가 한참인 어떤 작은 교회 건물이었다. 안으로 들어가 보니 대부분이 한국 아이들이었다. 이 아이들은 아주 어릴 때부터 영국에 와서 살았거나 영국에서 태어나 이곳에서 자란 아이들인 듯했다. 오랜 방학 기간을 끝내고 새로 뭔가 다시 시작하려는 분위기였지만, 아직 공사가 다 마무리되지 않은 데다 개학을 한 지 얼마 안 되어서 그런지 어수선했다.

미술을 하고자 온 아이는 두 명밖에 없어서 약간 침울한 기분이 들었다. 어디까지나 의무가 아닌 선택 사항이지만 실로 저조한 참여율에 실망하지 않을 수 없었다. 그래도 미술을 하겠다고 온 아이들은 자매인 듯했는데, 두 아이 모두 수줍음이 많고 새침데기처럼 보였다. 그래도 전혀 안 하는 것보다는 낫다는 생각에 그림을 좀 그려 보나 하는 찰나에 수업이 끝나 버렸다.

둘 중에서 키가 큰 아이가 언니로, 그 아이가 그린 것은 작은 돌고래였다. 종이는 큰데 그린 그림은 너무 작아 좀 더 크게 그리는 것이 어떻겠냐고 지적을 해 주어도 그 아이는 아랑곳하지 않고 조그맣게 그렸다. 처음에는 돌고래 한 마리를 그렸는데 나중에 서로 마주 보는 돌고래를 한 마리 더 그려 돌고래 두 마리가 입맞춤하는 그림이 나왔다. 동생으로 보이는 작은 아이도 뭔가 표현은 하려고 하는 것처럼 보이기는 했는데 아직 어리고 예술적인 감각이 부족해서 무엇을 그린 것인지 알아보기가 힘들었다.

그렇게 미술 지도를 끝내고 돌아와서는 그란체스터(Grantchester)라는 곳에 갔다. 그란체스터는 영국의 경제학자 케인즈라는 사람과 소설가 버지니아 울프, 철학자 비트겐슈타인 등 이름난 사람들이 자주 모였던 장소로 유명해졌다고 한다. 사실 지난번에도 그곳에 가보려고 시도는 했지만, 그날 아침에 너무 무리를 해서 그런지 포기를 하고 돌아갔던 적이 있었다. 그란체스터로 가는 길은 한적한 들판이 펼쳐져 있고, 소들이 거니는 평화로운 곳이었다. 한 이삼십 분을 걷자 마을이 나타났다. 이곳에는 과수원이 있었다. 사과나무에 잘 익은 사과가 열리고, 등을 뒤로 기댈 수 있게 만들어 놓은 긴 의자가 인상적이었다. 잠시 앉아 차 한 잔의 여유를 만끽하고 많이 걸어 피곤한 다리의 피로를 풀었다. 그러고는 왔던 길을 되돌아갔다.

갈 때는 작은 강가를 따라갔는데 풍경이 정말 멋졌다. 이날 하루 동안에 난 많은 것을 느꼈다. 작게는 멋진 풍경을 볼 수 있어 좋았고, 크게는 다른 사람에게 도움을 줄 수 있어 뿌듯했다. 앞으로는 남들에게 불만이 있어도 그런 불만을 밖으로 표출해 내면서 부담을 주고 피해를 주는 존재가 되기보단 말 한마디를 해도 같이 있고 싶은 느낌이 드는 존재가 되어야겠다는 다짐해 본다.

펀팅(Punting)

캠 강변에는 작은 보트를 타고 일종의 시내 투어를 할 수 있는 펀팅(Punting)이라는 것이 있다. 지금까지는 왔다 갔다 다니면서 구경만 했는데, 오늘은 드디어 실제로 펀팅을 해 보았다. 펀팅을 하기 위해서는 일단 캠 강변에 정박해 있는 작은 보트를 돈을 주고 빌려야 한다. 최대 한 시간까지 빌릴 수가 있고, 시간이 오버되면 1파운드씩 추가 비용을 문다. 펀팅은 한 사람이 배 뒤쪽에서 긴 막대기를 이용해 강바닥을 미는 형식으로 진행되는데, 이때 방향을 잘 잡는 것이 무엇보다 중요하다. 그래야만 배가 앞으로 나갈 수 있다. 한인교회 청년부 학생들이랑 같이 펀팅을 했는데 기분이 참 묘했다. 그도 그럴 것이 이전까지 나는 펀팅에 대한 지식이 전혀 없었고, 길거리에서 안내판을 들고 펀팅하라고 호객 행위를 하는 사람들 역시 부담스럽게만 느끼고 있었기 때문이었다.

열심히 펀팅을 하는데 옆에서 오리가 자꾸 따라왔다. 그 오리를 보노라니 과거 한국에 있을 때 먹는 것으로만 인식되어 왔던 기억이 강하게 남아 있어서 귀엽다는 생각이 들기보단 '고놈 참 맛있겠다'라는 생각이 들었다. 중간에 잠시 배를 정박해 두고 한적한 들판에 내렸는데, 건너편에는 킹스 칼리지가 웅장한 자태를 뽐내며 서 있었다. 그러면서 같이 간 사람들하고 사진도 찍으면서 즐거운 시간을 보냈다.

출발점으로 돌아오는 도중에 한 번 노 젓는 긴 막대기를 놓치는 바람에 이러지도 저러지도 못하는 난처한 상황이 벌어졌다. 그래서 주변에서 다른 보트를 타고 지나가는 영국인들에게 좀 건져 달라고 했더니 "How much?"라는 농담을 하면서 던져주는 것이었다. 그런데 바람이 불어 사정거리가 빗나가는 바람에 영 엉뚱한 곳으로 가 버렸다. 기왕에 줄 것이면 최대한 가까이 다가와 건네주면 좋았을 텐데…. 하지만 즐거움이 남는 펀팅 체험이었다.

독일인 교회

지난 토요일에는 아침부터 비가 추적추적 내렸다. 사실 글 쓰고 그림 그리는 일 외에 딱히 할 일은 없었지만, 비가 오고 우중충한 날씨 때문인지 왠지 밖에 나가는 것이 상당히 귀찮고 부담스럽게만 느껴졌다. 그래도 일단은 한번 밖에 나가보기로 했다. 행선지는 독일인 교회였다. 다른 나라, 다른 문화가 낯선 이국땅에 들어와 정착한다는 것이 결코 쉬운 일은 아니었을 텐데 과연 어떤 곳일지 무척 궁금하기도 했다.

하지만 날도 좋지 않았던 데다 길까지 멀다고 하니 약간 짜증이 나기 시작했다. 그래도 이왕 나온 것이니 집 안에 가만히 있는 것보단 낫지 않나 싶어 스스로를 다독이며 묵묵히 걸었다. 도착한 곳은 일반 가정집처럼 보이는 건물이었다. 내 생각으로는 교회는 조촐하고 따로 독립된 건물일 줄 알았는데 예상과는 완전히 딴판이어서 조금 실망스러웠다.

실은 단순히 독일 사람들의 생활상이나 독일인들만이 가지고 있는 특유의 이미지를 발견하러 갔다기보다는 그곳에서 작은 음악회가 있다고 해서 음악회를 감상하러 갔던 것이다. 그런데 영국 땅에 살고 있는 독일인들이라 그런지 모두 영어를 사용했고, 독일인들만이 가지고 있는 특징적인 면모 또한 찾아보기가 힘들었다. 예정된 시간보다 조금 늦게 시작된 음악회는 듣는 나로 하여금 잔잔하고 편안한 느낌을 들게 하여 도중에 졸음이 찾아왔다. 독일인 여성 두 명이 나와 한 명은 피아노를 치고, 다른 한 명은 노래를 불렀는데, 그 목소리가 참 깨끗하고 낭랑하여 듣기가 좋았다.

노래가 끝나자 이번에는 어떤 독일인 할머니가 영어로『미운 오리 새끼』라는 동화책을 읽어 주셨다. 이미 다 알고 있었던 내용이긴 하지만 영어로 다시 한 번 들으니 다 알아듣진 못해도 어린 시절의 추억이 새록새록 돋아나는 것만 같아 감회가 새로웠다.

음악회 끝난 뒤에는 간단한 다과회가 있어 거기서 초콜릿 케이크도 먹고 사과 주스도 마셨다. 더하여 한인교회에서 오신 또 다른 아저씨 집사님하고도 많은 이야기를 주고받았다. 음악회가 끝나고 돌아오는 길에는 비가 그쳐 시야를 제대로 확보할 수 있었다. 돌아오는 길에서는 멋진 풍경을 보면서 사진도 찍고 예술적 영감까지 얻었으니, 갈 때는 비록 짜증이 나고 힘들었지만 참 뿌듯해지는 하루였다.

Cambridge Toy Shop

이곳 케임브리지에 와서 정착한 지 한 달쯤 되어간다. 사실 그동안 어디에 있건 무엇을 하건 스스로 만족을 찾지 못하고 무의미한 시간들을 보내고 있었다. 아무리 그림을 그리고 글을 써도 뭔가 중요한 것이 빠진 것처럼 공허한 느낌이 들었다. 그래서 이 시기에 자꾸 눈이 갔던 것이 바로 레고였다. 어차피 불완전한 인간관계 때문에 나 자신의 존재감을 온전히 확립하지 못할 바에야 어쩌면 인간관계를 완전히 포기하고 인간적인 감정이 없는 레고에 올인 하는 것이 나을지도 모른다는 생각이 문득 들었다.

이곳에서 파는 레고는 뭔가 좀 특별했다. 보통 일정하게 형태가 정해진 장난감인 레고에 변신 기능을 넣는다는 것은 확실히 쉬운 일이 아니다. 그런데 레고를 구성하는 부품 하나하나의 위치를 임의로 재배치해 봄으로써 기존의 일정한 형태를 과감히 탈피한 차세대 변신 기능의 레고가 바로 그것이었다. 지난번 ASDA에 갔을 때 우연히 보게 된이 레고에 완전히 매료되어 계속 같은 종류의 레고를 찾아다녔다. 그결과 시내에서 작은 가게 하나를 발견하게 되었다.

처음 이 가게를 발견하였을 때는 내가 그토록 찾아 헤맸던 변신 기능의 창조자(상표) 레고와 다시 만날 수도 있다는 기대감에 마음이 마냥 설레고 기뻤는데 막상 안으로 들어가 보니 이내 이 기대는 절망으로 바뀌어 버렸다. 왜냐하면 봉제 인형들만 잔뜩 전시되어 있을 뿐 내가 찾는 창조자 레고는 없었기 때문이었다. 실망하고 도로 나가려는데 한쪽 구석진 곳에서 아래층으로 내려가는 작은 계단이 눈이 띄었다. 혹시나 하는 마음에 이 작은 계단을 타고 아래층으로 내려가 보니그곳에 내가 그토록 찾아 헤맸던 창조자 레고가 산더미처럼 쌓여 있었다. 그래서 무척 기뻤다. 대학생이나 되어 가지고 아직도 레고를 가지고 논다는 것이 어떻게 보면 상당히 유치해 보일 수 있다. 그런데 난어떤 일을 행하는 데 있어 나이는 별로 중요한 요소가 아니라고 생각한다. 자신이 진정 원하는 일을 하는데 주변 손가락질이 무서워서 하지 못한다면 이것보다 불행하고 슬픈 일이 또 어디 있겠는가?

그 당시 내가 가지고 있던 돈은 5파운드(한국 돈 8000~9,000원 정도)였는데 딱 그 가격에 맞는 레고가 세 가지나 있었다. 다른 것들도 많이 있었지만 그것들은 가격이 제법 나가는 것이라 내가 가지고 있던 돈으로는 살 수 없었다. 그래서 난 그중에서 헬리콥터에서 비행기로, 비행기에서 보트로 변신이 되는 레고를 샀다. 이 밖에도 굴삭기와 기관차형태의 레고가 더 있었지만, 일단은 헬리콥터에 만족하고 그것을 사기로 했다. 좀 아쉬움이 남긴 했지만 이날 구입한 레고에서 난 적은 돈으로도 효율적인 물건을 산 것 같아 마음이 뿌듯해지는 것을 느낄 수 있었다.

모범의 초대

때는 화요일 저녁이었다. 이전까지만 해도 전혀 계획이 없었는데 저녁 6시쯤 전화 한 통이 걸려 왔다. 자세한 내용을 다 전해 듣진 못했지만, 앞으로 8주 동안 매주 화요일 저녁마다 케임브리지 대학 어떤 교수님 댁에서 외국인 학생들을 대상으로 하는 작은 모임이 있는데, 픽업하러 올 테니 같이 갈 의향이 있는지를 물어보는 내용이었다. 전화를 건 사람은 모범이라는 어떤 아주머니였다. 그녀는 인터내셔널 카페의 일원으로, 나는 그녀의 존재에 대해 별로 대수롭지 않게 생각하고 있었는데, 그녀는 날 아주 각별하게 생각하고 있는 듯했다.

마침 그날 저녁에 특별한 계획이 없었기 때문에 우리 가족은 흔쾌히 모범의 초대를 받아들이기로 했다. 그 교수님께서 직접 픽업 하러 와 주셨다. 참 고마웠다. 교수님 차를 타고 이동한 곳은 바로 그 교수님 댁이었다. 집 안으로 들어설 때부터 뭔가 예사롭지 않은 느낌을 받았다. 집이 워낙 넓고 좋아 마치 작은 성을 방불케 했다. 저녁을 먹기 전 그곳에 같은 목적으로 모인 사람들과 잠깐 교제를 하고 저녁 식사를 했다. 그 자리에서는 소파와 테이블이 방해되어 많은 사람들과의 교제를 힘들게 했다. 더욱이 공간은 한정되어 있는데 사람이 많으니 원활한 교제에 장애 요인이 된 것 같다.

저녁 식사로 나온 것은 스테이크라고 할 수도 없고, 그렇다고 빵이라고 할 수도 없는 이상한 음식이었다. 역시나 맛도 별로였다. 저녁 식사 후에는 성경에 대한 내용을 가지고 그룹을 나누어 토론했다. 간단한 대화는 주고받을 수 있다 해도 더욱이 성경에 대한 이야기다 보니 이해하기 힘든 부분이 많아 다른 사람들이 주고받는 말들이 내게는 지루하고 따분하게만 느껴졌다. 그래서 잠자코 듣고만 있었다.

반드시 많이 안다는 것이 좋은 것은 아니라고 생각하는 나였지만, 그 순간만큼은 외국에 나와 생활하려면 적어도 외국인과 의사소통 정도는 확실하게 주고받을 줄 알아야 하겠구나! 하는 생각을 하지 않을 수 없었다. 따지고 보면 그렇게 어려운 내용도 아니고 누구나 쉽게 접할 수 있는 성경에 관한 이야기였는데 나만 왠지 혼자 고립된다는 느낌을 받으니 소리 없는 눈물이 조용히 뺨을 타고 흘러내렸다. 돌아오는 길은 사모님이 차를 태워 주셨다. 참 여러 가지 생각이 들고 기분이 묘해지는 밤이었다.

빗속의 옥스퍼드

이튿날에는 여행 계획이 잡혀 있었다. 행선지는 옥스퍼드. 이동 수단은 미리 신청해 놓은 렌터카였다. 이야기를 시작하기 전에 옥스퍼드에 대해 간략히 소개하자면 옥스퍼드는 38개의 칼리지가 있는데, 현재 영국 수상인 데이비드 카메룬도 이 대학 출신이다. 영화 〈해리포터〉

촬영지 또한 바로 이곳이다.

오전 내내 고속도로를 달려 옥스퍼드에 도착할 수 있었다. 점심은 따로 식사를 하지 않고 미리 준비해 간 달걀과 소시지로 차 안에서 대충 해결했다. 옥스퍼드에 도착해서는 주차할 장소를 찾지 못해 한 시간가량을 헤맸다. 내가 볼 때는 갓길 아무 곳이나 차를 세워도 될 것 같았는데, 계속 왔다 갔다 하시는 아버지를 이해할 수 없었다. 어차피 갓길에 세울 것이었는데 말이다.

그렇게 차를 갓길 어딘가에 세워두고 처음으로 간 곳은 크라이스트 처치였다. 크기나 규모가 일리의 성당과 비교도 안 될 만큼 웅장했다. 한 시대를 풍미했던 사람들의 기술력으로 과연 교회라는 하나의 건물을 저렇게까지 크게 짓는다는 것이 가능했을까? 하는 의문이 들었다. 교회 안을 한번 들어가 보려고 하니까 한 사람당 7파운드를 내라고 해서 그만두었다.

교회를 한 바퀴 둘러보고 나니까 갑자기 비가 내리기 시작했다. 그래서 코트에 달린 모자를 뒤집어쓰고 내리는 비를 맞으며 거리를 활보했다. 대학 도시라 그런지 거리 풍경은 케임브리지에서 느낄 수 있는 분위기와 별반 다르지 않았다. 그렇게 거리를 활보하다 어떤 가게에 들어가서 옥스퍼드 관련 가이드북 겸 지도를 구매하였다. 왔다 갔다 하면서 옥스퍼드만의 특징적인 무언가를 카메라 렌즈에 담고 싶었으나 달리 그럴 만한 것이 없어 조금 실망스러웠다.

옥스퍼드를 떠나기 전 어느 작은 카페에 들어가 차 한 잔의 여유를 만끽하고 시내를 돌아다니느라 피곤했을 다리의 피로도 잠시나마 풀어주었다. 그리고는 잠시 강변을 따라 걸어보며 예술적 영감도 얻고 찍은 사진 또한 페이스북에 올렸다.

다시 찾은 한글학교, 영원히 잊지 못할 짜릿한 전율

두 번째로 한글학교에 갔던 날이었다. 원래 어린아이들의 순수하고 때 묻지 않은 동심을 갈망해왔고, 또 항상 그렇게 되길 원하는 나는 단 한 명이라도 미술 배우기를 원하는 아이들이 있기를 원했다. 한글학교에서는 한 달에 두 번씩 격주로 미술 수업을 진행하는데 참여율이 저조한 이유는 원래 미술을 좋아하고 배우고 싶어 하는 아이들이 많질 않았고, 어디까지나 의무가 아닌 선택이 되다 보니 그런 것 같다.

이날은 지난번보다 조금 더 일찍 가서 시끄러운 분위기 속에서 혼자 그림을 그렸다. 이날에도 그림을 그려보겠다고 나선 아이는 단 두 명뿐이었다. 둘 다 여자아이들이었는데, 지난번에 그 자매보다 더 새침데기에다 수줍음이 많아 보이는 아이들이었다. 이날 그린 것은 집사님의 핸드백이었는데 사각형에 최대한 단순화시켜서 그리고 있는 아이들의 모습을 보고 있노라니 그래도 해 보겠다고 크레파스를 들고 말없이 그림을 그리는 아이들의 모습이 기특했고 귀여워보였다.

원래 미술을 하기로 정해져 있는 시간은 한 시간 남짓인데 나는 점심도 굶어가며 그림 그리는 아이들의 모습을 물끄러미 바라보았다. 역시나 지난번에 만났던 자매와 마찬가지로 큰 종이에다 개미 눈물만 한 크기로 그리고 있는 모습이 안타까워 과감하게 좀 크게 그려보는 것이 어떻겠느냐는 제안을 했지만 나의 이 제안은 깨끗이 무시되었다. 그러는 사이 또 어느덧 시간이 다 되어 버렸다.

두 명 중 한 아이는 끝나자마자 돌아갔지만 나머지 한 아이는 부모님이 예정된 시간보다 늦게 데리러 오는 바람에 조금 더 앉아 기다릴 수밖에 없었다. 그런데 갑자기 그전까지는 다소곳이 앉아 수줍게 그림을 그리던 아이가 돌변해 그동안에 그렸던 그림을 만족스럽게 넘겨보며 집사님이 다시 오기만을 기다리는 있는 나에게 다가와서 덥석 안기는 것이었다. 순간 내 몸에서는 지금까지 한 번도 느껴보지 못했던 짜릿한 전율이 느껴졌다. 여자가 내게 그렇게 안겨본 적도 없었고, 안아달라고 하지도 않았는데 먼저 그런 행동을 해 오는 아이가 한편으론 부담스럽기도 했고 당황스럽기도 했다.

지금 와서 다시 생각해 보면 그때 그 아이가 내게 그런 행동을 한 이유는 아마도 나의 순수하고 때 묻지 않은 그림에 감동을 받았기 때문이지 않나 싶다. 그 아이의 포옹 한 번에 그동안 한구석에 응어리가 지고 시꺼멓게 다 타버린 내 마음이 마치 음지에 따스한 햇볕이 내리쬐듯이 말끔히 씻겨 내려가는 듯한 느낌이 들었다. 아직 어린 눈으로 다른 누군가의 상처를 치유하고 그를 이해한다는 것이 아무나 할 수 있는 쉬운 일도 아닌데, 그 아이는 내 그림에서 느껴지는 색감이나 분위기만 보고 마치 내가 어떤 심정으로 그림을 그렸고, 무엇 때문에 이런 그림을 그리게 되었는지 그 모든 것을 다 알고 있는 것만 같았다.

역시 그림은 그리는 사람의 심정을 표현하는 일종의 거울이구나 하는 생각을 하게 되었다. 이전부터 많이 들어온 말이었지만 처음 누군가로부터 이런 말을 들었을 때는 잘 와 닿지 않았고 이해하기도 힘들었지만 이때 처음 왜 그런 말이 나오게 되었는지를 실감할 수 있었다. 그 아이가 왜 갑자기 그런 행동을 했는지는 의문이지만 그래도 기분은 좋았다. 그러면서 나와 장난도 치고 엄청 활동적인 아이로 변해버렸다. 그러다가 그 아이는 내가 그린 그림을 한 장 한 장 넘겨보더니 "그림은 잘 그리네." 이러는 것이었다. 아직 나조차도 그림의 깊고 오묘한 세계에 대해 잘 모르고 배우고 있지만, 나보다 한참 어린 초등학교 1학년 정도로밖에 안 보이는 그 아이에게 그런 말을 들으니 기분이 참 묘했다.

그렇게 그 아이와 둘이서 장난을 치고 있으니 집사님이 다시 오셨다. 주섬주섬 짐을 다시 챙기고 한글학교를 떠났다. 나 혼자만의 생각이고 바람일 수 있지만 나중에 그 아이는 다른 이의 상처와 아픈 곳을 이해하고 치료해 주는 의사가 될 것만 같은 느낌을 받았다. 나의 이 바람대로 이 아이가 나중에 꼭 다른 누군가에게 크게 쓰임받고 많은 사람들의 사랑을 듬뿍 받는 메마른 땅의 단비와 같은 존재가 되었으면 좋겠다.

어둠 속의 오르간 연주

케임브리지에는 도합 서른한 개의 크고 작은 칼리지가 있다. 그중에서도 킹스 칼리지에서 오늘 저녁 오르간 연주가 있다는 사실을 길거리에 붙은 광고문을 통해서 알게 되었다. 계속 그 앞을 지나가보기만 했지 그 안으로 들어가 본 적은 한 번도 없었다. 원래는 칼리지 들어갈 때는 학생증이 없으면 돈을 내야 하는데 이날은 특별히 돈을 받지 않았다. 그렇게 들어가 본 킹스 칼리지 안은 다른 칼리지들과는 비교가 안 되게 무척 넓었다. 왜 킹스 칼리지라 불리는지 그 이유를 실감할 수 있었다. 연주회 시작 시간은 저녁 여섯 시 반이었는데 예정된 시간을 훨씬 넘기고도 안으로 들어가지 못했다. 이유인즉 앞 시간에도 연주회가 있어서였다.

건물 안으로 들어가자 앞의 연주를 들은 사람들이 줄을 지어 밖으로 나가고 있었다. 건물 내부는 그야말로 천상의 세계를 보는 듯했다. 파이프 형태의 거대한 오르간 위로 조각된 천사의 형상은 더욱 웅장한 분위기를 연출하고 있었다. 감탄이 저절로 나왔다. 천장에는 기괴한 형태의 문자들이 빽빽이 새겨져 있었다. 사진을 찍고 싶었으나 너무 어두워 찍지 못했다. 그렇게 사람들이 다 빠져나간 다음 그 사람들이 앉았던 자리에 앉았다. 자리는 특이하게 계단식으로 서로 마주 보는 형태로 되어 있는데, 자리마다 촛불이 설치되어 어둠을 밝게 비추고 있었다. 그런 분위기 속에 있으니 마치 영화 〈해리포터〉에 나오는 호그와트 마법학교에 있는 듯했다.

연주는 그렇게 한 시간가량 계속되었다. 다소 지루하긴 했지만 무언가를 전달하고자 하는 느낌은 강하게 받았다. 그 속에서 촛불은 여전히 붉은 빛을 내며 아름답고 아늑하게 타오르고 있었다. 나는 원래 음악을 좋아하는 편이 아니고 음악에 관심이 많은 편도 아니지만, 이날 어둠 속의 오르간 연주는 듣는 이들로 하여금 알 수 없는 짜릿한 전율을 느끼게 하고 귀를 집중시키기에 충분했다. 난 이 어둠 속의 오르간 연주를 많은 시간이 흘러도 결코 잊지 못할 것 같다.

캠 강변의 Fish & Chips

피쉬 앤 칩스(Fish and Chips)를 먹어보지 않은 사람이라면 그 묘미를 알지 못할 것이다. 일종의 생선가스와 감자튀김에 완두콩 등을 곁들인 영국의 고유한 음식을 피쉬 앤 칩스라고 한다. 이것을 한번 먹어보기 위해 오후 2시까지 점심을 굶어가며 멀리까지 아버지와 함께 걸어갔다 온 적이 있다. 여기서 주목해야 할 점은 단순히 피쉬 앤 칩스를 먹으러 갔다는 것이 아니라 이 음식을 먹으러 가는 것과 동시에 아무 데서나 보지 못할 멋진 풍경 또한 구경할 수 있었다는 사실이다.

이 음식점 주변에는 작은 공원과 함께 캠 강이 흐르고 있다. 공원에서는 노랗게 물든 은행나무 가로수 길이 인상적이고, 캠 강변에는 이 강을 끼고 왔다 갔다 왕래할 수 있게 해 놓은 작은 다리가 인상적이다. 주입식 교육에 물든 사람이라면 멋진 풍경이나 한 폭의 그림을 보아도 그저 그런 시큰둥한 반응을 보이겠지만, 나는 좀 다르게 보려고 노력한다. 작고 사소한 것들 가운데서도 의미와 가치를 부여하려 애쓰고, 남들이 무심코 지나칠 수 있는 것들 중에서도 느림의 미학과 예리한 시각으로 항상 기록으로 남겨두는 습관을 가지려고 한다.

캠 강변의 풍경은 마치 영화의 한 장면과도 같다. 식당에서 음식을 먹으면서도 바깥 경치를 구경할 수 있는데, 여기서 식사를 하게 되면 허기도 채우고 멋진 풍경도 감상할 수 있는, 그야말로 일석이조의 효과를 누릴 수 있다. 최소한의 여유도 없이 언제나 다람쥐 쳇바퀴 돌듯 반복되는 일상을 사는 현대인들에게 이런 좋은 경치는 심신의 안정을 찾게 하고 잠시나마 바쁜 세상사에서 벗어나 게 해준다. 공원 안에 넓게 펼쳐진 넓은 잔디밭은 한 편의 시가 저절로 떠오르게 하고, 캠 강의 맑고 깨끗한 물소리는 마음의 긴장과 심신의 안정을 찾아주기에 부족함이 없다. 더욱이 공원 안쪽으로 길게 뻗은 가로수 길은 가만히 있어도 예술적 영감이 저절로 떠오르게 만든다. 이런 풍경이야말로 내가 오래전부터 동경해 오던 낙원처럼 보인다.

여행의 끝에서 핀 새로운 인연

모번의 초대로 갔던 교수님 댁에서 한국인 누나를 또 한 명 알게 되었다. 처음에는 과거의 상처와 아픈 기억들 때문에 다가가고 싶어도 용기가 나지 않았는데 이 누나가 내게 먼저 관심을 보이며 다가왔다. 이 누나는 자신은 고등학교에서 국어를 가르쳤고, 우즈베키스탄에서 한글을 가르친 적이 있다고 소개를 했다. 웃는 모습이 정말 매력적이고 친절했다.

메일 주소를 알려 달라고 해서 페이스북 친구를 맺고 서로 대화를 주고받으면서 가까워졌고, 주말에 일대일 만남을 제안하는 상황에까지 이르게 되었다. 지금까지는 아무리 내 장점과 매력을 어필하려 해도 그저 그런 시큰둥한 반응을 보이는 여자들만 있었는데 이 누나만은 달랐다. 너무도 기나긴 시간을 홀로 보냈던 나였기에 이 누나를 만나는 일은 아주 특별한 의미로 다가왔다. 어떻게 보면 나 혼자만의 욕심일 수도 있고 집착일 수도 있지만 내 머릿속에는 어떻게 하면 이 누나와 가까워지고 온전히 나만 바라보게 만들 수 있을까? 하는 생각이 온통 맴돌고 있었다.

사람을 하나의 인격체로 대하지 않고 어떻게든 내 사람으로 만들어야겠다는 집착과 소유욕에 눈이 먼 사람들은 제3자가 개입하는 것을 용납하려고 들지 않는다. 어떻게 보면 지극히 당연한 이치지만…. 난 번번이 이런 제한된 가능성 속에서 좌절과 회의를 느낀다. 참 안타까운 일이 아니지 않은가? 하지만 이것은 어차피 처음부터 지켜지지 힘든 약속이었지 않느냐고 나는 생각한다.

이 누나와 원래는 그란체스터에 가 보려고 했으나 당초 계획과는 다르게 지저스 그린 공원에 갔다. 이 공원은 바로 그 전날 피쉬 앤 칩스를 먹으러 갔을 때 지나갔던 공원이었다. 경치도 좋았고 날씨도 좋아 누나와 사진도 찍고 대화도 많이 하면서 즐거운 시간을 보냈다. 이 공원에서 조금 있다 원래 계획했던 그란체스터로 이동하는 도중 갑자기 몸이 안 좋아졌다. 태어나서 처음으로 여자와 단둘이 데이트를 한다는 기대와 설렘 때문이었을까? 한번 안 좋아진 몸은 약을 먹어도 바로 좋아지지 않았다. 누구를 원망할 수도 없는 일이지만 난 이런 나 자신의 한계 앞에 또 다시 작고 초라해질 수밖에 없었다. 어쩔 수 없이 집 앞 공원에서 빵과 과자로 대충 허기를 때우고 일찍 집으로 돌아올 수밖에 없었다. 누나에게 너무 미안했고 왠지 죄책감마저 들었다. 지금 와서 다시 생각해 보면 그때 무리를 해서라도 그란체스터에 갔더라면 하는 마음이 들어 무척 아쉽고 후회가 된다.

마지막 선물

  비자 문제로 잠시 영국을 떠나오기 마지막 날에는 불꽃놀이가 있었다. 그날 아침까지만 해도 그러한 사실을 전혀 모르고 있었는데 영어 선생님을 통해 그 같은 사실을 전해 들었다. 그 말을 들으니 지루하고 따분했던 날에 갑자기 활력이 넘치고 생기가 도는 듯했다. 과연 어떤 불꽃놀이가 펼쳐질까 무척 기대가 되었다. 어디서 불꽃놀이를 하는지 모른다고 하자 영어 선생님은 걱정하지 말라고 시간이 되면 다들 그곳으로 갈 것이라고, 그 행렬을 따라가면 된다고 알려 주셨다. 설레는 마음으로 일찍 저녁을 먹고 불꽃놀이를 한다는 곳으로 걸음을 재촉했다. 예정된 장소가 점점 가까워지자 아니나 다를까 선생님의 말대로 거의 모든 사람들이 마치 미리 약속이나 한 듯 같은 장소로 가고 있었다.

불꽃놀이가 예정된 곳은 다름 아닌 지저스 그린 공원이었다. 원래 예정된 시간은 저녁 7시 30분부터였는데 조금 일찍 도착하는 바람에 많은 인파 속에서 추위에 떨며 기다릴 수밖에 없었다. 조금 기다리니 주최 측에서 연이어 방송을 했다. 그러더니 카운트다운이 시작되었다. 카운트다운이 끝나기가 무섭게 밤하늘에 불꽃이 올라와 곧 여러 갈래로 흩어지며 아름다운 빛을 선사했다. 도저히 눈을 뗄 수가 없었다. 연신 카메라의 셔터를 눌렀다. 불꽃놀이는 약 한 시간가량 이어졌다. 사진을 찍는다고 정신이 팔려 있던 나는 시간 가는 줄도 몰랐다. 이 순간만큼은 누구한테도 방해받기 싫었고 시간의 제약으로부터 자유롭고 싶었다.

그렇게 가만히 여러 갈래로 퍼지는 불꽃을 보고 있노라니 갑자기 지나온 과거에 대한 후회와 회의가 밀려와 소리 없이 마음속에서 눈물이 주르륵 흘러내렸다. 나는 지금까지 무얼 하고 살았나? 이렇게 아름다운 광경을 같이 볼 연인 하나 없다는 사실이 갑자기 내 어깨를 짓누르고 날 깎아내리고 있는 것만 같았다. 적어도 이 순간만큼은 나도 연인과 함께 하고 싶었는데 그러지 못했다는 사실이 무척 아쉬웠다. 이런 내 심정을 아는지 모르는지 불꽃은 하늘 위로 올라가 퍼졌다 사라졌다를 반복했다. 무심한 불꽃이었다. 마치 한순간 피었다 지는 짧은 인생을 보는 듯했다. 밤하늘을 아름답게 수놓던 불꽃놀이는 그렇게 어둠 속에서 점점 멀어져갔다.

불꽃놀이를 보고 와서 갑자기 예술적 영감이 떠올라 찍은 사진들 중 제일 잘 나온 것으로 골라 스케치북에 옮겼다. 그림을 그리면서도 어딘가 빠진 듯이 허전하다는 느낌을 떨칠 수가 없었다. 난 혹시 내게 있는 장애 때문에 연애도 포기해야하는 건 아닌가 하는 생각에 갑자기 두려워졌다. 난 정말이지 더 이상 혼자이기 싫은데 어쩔 수 없는 현실의 벽 앞에서 또다시 작고 초라해지는 나 자신을 발견해야 했다. 이대로 언제까지고 부모님 뒤만 쫄래쫄래 따라다닐 수는 없는 노릇인데 말이다. 참 여러 가지 생각이 들었던 의미심장한 밤하늘의 마지막 선물이었다. 이것으로 오랜 세월이 흘러도 결코 잊을 수 없는 또 하나의 소중한 기억이 내가 살아온 인생의 한 페이지로 장식되었다.

과거로부터의 초대

〈캠강의 Punting〉
- YELLOW -

이번에 새로 쓰는 『비상』 문집은 지난 문집 '완전한 자아를 찾아 떠나는 여행'에서 빠진 부분을 보완한다. 최근에는 핵가족화와 일인 가구의 급증으로 자기중심적 사고와 이기주의, 무관심과 같이 현대 사회의 문제들이 심심치 않게 대두되고 있다. 나와는 상관없는 다른 사람의 일, 내 것이 아니니까 하는 무관심 등은 어떤 사람에게는 실로 가혹하고 잔인한 일이 될 수도 있다. 비록 자신의 일이 아닌 다른 사람의 일이라 할지라도 관심을 갖고 인간 대 인간 사이에 오가는 훈훈하고 따뜻한 정이 필요한 시대라고 생각한다.

최근에는 안타깝게도 이런 부분이 많이 사라져 가고 있지만 나부터 실천한다는 생각으로 조금이나마 세상을 바꿔보려 한다면, 그 작은 시도는 훗날의 어떤 사람들로부터 나름의 평가를 받을 것이라 믿는다.

자, 그럼 이번에 다시금 새롭게 높고 푸른 하늘로 날개가 활짝 펴지는 『비상』의 새로운 이야기 속으로 한번 들어가 보자. 식을 줄 모르고 내 마음 한 구석에서 오늘도 여전히 뜨겁게 타오르고 있는 열정과 노력, 그리고 끈기가 이 문집을 읽어보시는 모든 분들에게 그대로 전달되었으면 한다.

제1부

미처 하지 못했던 이야기

일단 새 문집을 열기에 앞서 지난 문집에서 미처 다루지 못한 내용을 먼저 다루고 시작하도록 하겠다. 혹시 나중에 미처 다루지 못한 내용과의 연관성이 생기는 경우를 대비하여 이렇게 새 문집을 쓸 생각이다. 앞선 문집에서 모두 다루어져야 했을 내용들이었으나 그러지 못한 점, 너그러이 양해해주셨으면 한다.

지금 나는 다시 영국으로 돌아갈 준비를 하고 있는데 또 새롭게 다가올 영국 생활은 어떨지 무척 기대가 된다. 사실 지금까지 어디에서도 올바른 존재감과 정체성을 확립하지 못하고 살았다. 이것은 영국에서의 생활이라고 해도 별반 다르지 않았다. 그래서 많이 답답했고, 처음부터 전시회와 같은 보상을 바라고 그림을 그렸던 것도 아니었고, 글을 많이 써서 유명해져야지 하는 생각을 가지고 펜을 들었던 것도 아니었다. 그렇기에 아무런 동기를 부여받지 못한 나의 지난 석 달간의 영국 생활은 참으로 허탈했다. 그래서 특별한 이유 없이 눈물이 났던 날도 많았고, 점점 더 초췌해져만 가는 나의 또 다른 모습을 발견해야 했다. 지난 작품 중에 〈울부짖는 영혼〉과 〈달빛의 눈물〉은 나의 이런 심정을 간접적으로 표현하고 있다.

낯선 나라, 낯선 문화를 접하게 되면서 갑자기 변한 환경에 잘 적응하지 못해 혼자 방황했던 날도 많았다. 과연 내게 지난 영국에서의 시간이 도움이 되었는지는 의문이지만 모든 일에 '왜?'라는 의문을 제기하고 끊임없이 따지고 들기 시작하면 결국 남는 것은 아무것도 없다고 생각한다. 불가능을 가능으로 만들고, 다른 사람의 눈을 지나치게 의식하지 않는 존재적 자신감은 지금의 내게 꼭 필요한 것이 아닐까 하고 생각해 본다. 그런데 언제부터인가 현재에 만족할 줄 모르고 자꾸만 더 큰 것을 바라고 나란 존재에 대해 특별히 감정이 없는 사람에게까지 관심을 억지로 요구하고 있는 타락해 버린 내 모습을 발견하게 되었다.

Emily

난 이미 영국에서 마음씨 착한 영국인 여학생을 만났다. 그 여학생의 이름은 Emily! 작은 키와 단발머리의 에밀리를 처음 만난 곳은 한인교회였다. 그 당시 그녀는 자신이 리더로 활동하고 있는 인터내셔널 카페를 홍보하려고 예배에 참석하고 있었다. 예배가 끝나고 2층에 올라가서 목사님을 통해 알게 된 사실이었지만 에밀리는 케임브리지 대학에서 심리학과 독일어를 전공했다.

사실 난 사람들이 왜 별로 쓰임새가 없는 독일어를 선택하고 배우려하는지 이해를 하지 못하는 입장이지만, 그래도 배우겠다는 열정으로 가득 차 있는 사람을 그대로 인정하는 것이 도리인지라 가끔 자신도 모르게 독일어가 툭툭 튀어나오는 에밀리가 마냥 신기하기만 했다. 물론 약간 의도적이었을 수도 있지만 그 속내를 들여다보지 않고 어찌 알랴. 그래서일까? 같은 독일어를 공부하신 어머니와 에밀리의 관계는 무척 특별하다는 인상을 받게 되었다. 에밀리는 웃는 모습이 무척 매력적이었고, 이전에는 가이드 일을 해서 그런지 내가 어설픈 영어를 해도 금방 알아듣는 듯했다.

에밀리는 지금은 맨체스터에서 일하고 있어서 연락을 주고받기가 사실상 힘들다. 문자를 보내도 답이 없고, 메일을 보내도 답이 없었다. 만나서 직접 얼굴 보면서 얘기할 때는 그렇게 행동할 사람이 아닐 것처럼 보였는데, 시간이 지나고 서로 다른 공간에서 생활을 하게 되면 왜 그런 행동을 하는지 내 머리로서는 쉽게 이해되지 않았다.

그러면서 난 에밀리와 시간이라는 장벽 앞에서 점점 멀어질 수밖에 없었다. 조금 더 시간적 여유가 있었더라면 가까워질 수 있었는데 못내 아쉽다는 생각이 들었다. 왜 번번이 이렇게 다들 조금 친해지려고 하면 떠나 버리는지 그 슬픈 운명에 혼자 하염없이 눈물을 흘렸던 적도 있었다. 내가 과연 에밀리와의 짧은 인연을 통해 얻으려고 했던 것은 무엇이었을까? 그것은 지금도 여전히 풀리지 않는 의문으로 내 머릿속에서 갈 곳을 잃고 메아리치고 있다.

자전거와의 접촉 사고

비가 많이 오는 것도 아니고 적게 오는 것도 아닌 이상한 날씨였다. 그때 난 무엇을 하려고 시내로 가고 있었을까? 모자를 뒤집어쓰고 시내로 가던 중 난 불의의 사고를 당하고 말았다. 길을 건너려고 하던 중 앞에서 오던 자전거와 정면으로 부딪친 것이었다. 갑자기 자전거가 내 앞에서 급정거를 하자 난 그 충격으로 놀라 뒤로 자빠지고 말았다.

주위에서 사람들이 몰려와 날 일으켜주었다. 그중에 한 영국인 남자는 내가 괜찮다고 혼자 갈 수 있다고 하는데도 끝까지 따라와 집이 어디냐, 부모님은 어디 계시느냐, 병원에 가자는 등 온갖 호들갑을 떨었다. 넘어진 날 일으켜 준 것은 고마운 일이었지만 그 정도가 지나쳐 괜히 쓸데없는 참견으로 느껴지기 시작하니 조금 부담스러웠다. 한참을 괜찮으냐고 묻더니 내가 영어를 잘 못하고 소통하기 어려운 상대라는 것을 눈치챘는지 조용히 인파 속으로 사라져 버렸다.

이날 갑작스런 사고로 기분이 나빠져 원래 도서관으로 DVD를 빌리러 가려고 했던 계획을 취소하고 집으로 돌아와 그림을 그리기 시작했다. 이날 난 내가 영어를 잘 못해 그 영국인 남자와 대화를 제대로 하지 못한 것에 대한 아쉬움과 더불어 그냥 집에 가만히 있어도 될 것을 괜히 나가 넘어졌다는 짜증과 후회 때문인지 그린 그림도 아주 이상하고 흉측한 형상이 되어 버렸다. 그 그림이 무엇이었는지 잘 기억나지 않지만 난 괜히 아무 잘못 없는 그림에게 화풀이를 하고 있는 듯했다.

낯선 흑인의 호의

나는 솔직히 집 안에 가만히 있는 것을 싫어한다. 약을 먹고 몸이 좀 나아진 다음에는 어디로든 모험을 해 보고 싶다는 생각이 간절해진다. 그렇게 길이 나서 또 도서관에 가는 중이었다. 옆에서 어떤 흑인이 말을 걸어왔다. 난 전혀 모르는 사람이었는데 왜 이 사람이 내게 먼저 관심을 가지고 말을 걸어오는 것인지 이해할 수가 없었다. 자기중심적이고 이기주의가 날이 갈수록 심해지는 현대사회에서 나 아닌 다른 누군가에게 먼저 관심을 갖는다는 것이 사실 기대하기 힘든 일이다.

그런데 이 흑인은 날 마치 잘 알고 있었던 사람처럼 아무 거리낌 없이 다가왔고, 그래서인지 그와 대화하는 동안에는 왠지 모를 편안한 기운이 느껴졌다. 입가에는 연신 따뜻한 미소를 짓고 있었다. 내 이름이 뭐냐고 묻는 질문에 성민이라고 알려 주니 '성'을 '셩'으로 발음하지 않고 '텅' 자로 바꾸어 발음하는 것이었다. 아무래도 자신도 외국인이다 보니 영어를 잘하지 못하는 것 같았다.

그렇게 얼마 안 가 그 흑인은 자신은 지금 학교에 공부하러 간다고 하면서 "See you later."라는 인사를 하면서 멀어져 갔다. 언제 다시 그런 사람을 만날 수 있을지는 모르지만 나중에 혹시라도 길에서 우연히 그를 다시 보게 되면 그때는 꼭 연락처를 물어볼 생각이다. 참 고마운 사람이었는데 못내 아쉬움이 남는다.

민주주의란 무엇인가?

우리는 흔히 무엇을 민주주의라고 하는가? 백성 민(民) 자에, 주인 주(主) 자, 뜻 의(義) 자로 이루어진 민주주의라는 말은 어디서 나오게 되었는가? 국민이 주인 되는 나라, 국민이 통치하는 나라가 민주주의가 아닌가? 하지만 이 자유민주주의라는 말이 질서나 규범이 통용되지 않는 무질서한 방종의 상태까지 포함하지 않는다. 국민, 즉 내가 이 나라를 구성하는 중요한 사람이기에 내 마음대로 해도 된다는 말은 절대 아니다. 그런데 영국이란 나라는 그 자체가 상당히 개방적인 성격을 띠고 있어서 그런지 남들의 눈을 의식하지 않는 과감한 애정 행각이 유독 심했다. 카페에서 커피를 마시다가도 하고 싶으면 키스를 하고, 길을 걷다가도 키스하고 싶으면 하고….

아주 노골적으로 지금까지 연애 한번 제대로 못 해본 날 조롱하고 비웃는 듯했다. 우리나라에서도 간혹 이처럼 과감한 애정 행각을 하는 커플을 보게 되는데 적어도 때와 장소는 구분하는 듯하다. 하지만 영국인 커플들은 그냥 지나치기가 민망해질 정도로 그 정도의 수위가 높은 것 같다. 이는 아무래도 영국 사람들이 민주주의라는 말의 뜻을 잘못 해석했기 때문이라고 풀이할 수밖에 없다. 민주주의라 하여 모두가 다 자기 하고 싶은 대로만 하려 하고 자신의 말만 옳다고 주장한다면 그 나라가 어떻게 되겠는가?

사실 남자라면 누구나 한 번쯤 이상형의 아름다운 여인과 진한 입맞춤을 하는 것을 꿈꾼다. 자신이 그 이상형의 여인을 '얼마만큼 배려하고 위해 주었나'에서 결정되는 문제인데, 내게 있는 장애 때문인지 내게는 그런 기회가 쉽게 오지 않았다. 그래서 늘 그것이 부러웠고, 남들 다 어떤 형태로든 해 보는 연애를 왜 나만 계속 하지 못하고, 왜 나만 늘 여자한테 바람맞고, 왜 나에게만 늘 모르고 남자 친구 있는 여자를 건들어서 협박이나 당해야 하는지 이해할 수가 없었다. 내게는 그렇게도 힘든 연애가 어째서 영국인들에게는 길거리에서나 카페에서나 아주 자랑스럽게 내세울 만큼 쉬운 것이 된 것일까? 이 의문에 대한 답은 아마 영원히 못 찾을 것 같다.

돌격! 아줌마 부대

영국에서 생활을 하면서 알게 된 아주머니 두 분이 계신다. 한 분은 마기(Maggie) 아주머니, 또 다른 한 분은 재남(Jaenam) 아주머니다. 일단 먼저 마기 아주머니 이야기부터 해야 할 것 같다. 이 아주머니를 알게 된 곳은 인터네셔날 카페였다. 자신의 이름을 '마기'라고 소개한 그녀는 사실 아주머니가 아니라 할머니다. 그런데 젊은 할머니였다. 이유인즉 자신의 두 아들이 모두 결혼해 손주까지 있었다. 그래서 잘못 발음하게 되면 마귀 할머니가 된다. 마기 아주머니는 자신을 과학자라고 소개하였고, 우리 어머니가 독일어를 전공하셨다는 사실에 아주 지대한 관심을 보이셨다. 그러면서 어머니와 시내에서 자주 만나시는 듯했다. 그런데 영어를 잘하지 못하는 나는 이들의 대화가 지루하고 따분하게만 느껴졌다. 물론 나는 굳이 그들의 대화에 끼고 싶지 않았다. 별로 흥미로운 주제를 가지고 대화하는 것 같지도 않았고, 어차피 내가 알아들을 수 있다 치더라도 이해하기 힘든 부분일 것 같았다.

다음으로 소개되는 아주머니는 재남 아주머니시다. 이 아주머니는 고등학생 때 무작정 친구들과 독일로 유학을 가서 8년 동안 독일에 계셨다. 그리고 이 재남 아주머니는 나이 마흔에 임신을 하셨단다. 그래서 안젤라(Angela)라는 이름의 다중 국적을 갖고 있는 딸이 있다. 안젤라는 사진으로 보면 잘 모르겠지만 실제로 보면 엄청 예쁘다. 특히 순수하고 맑아 보이는 눈이 매력적이었다. 안젤라는 일본에서 자랐고, 케임브리지 대학을 졸업했다. 그래서 일본어와 영어에 능통하다.

그런 안젤라의 모습이 난 무척 부러웠다. 그러면서 일본산 건담 프라모델을 만들고 일본산 유희왕 카드게임을 하며 일본산 만화만 지금까지 주야장천 봐 왔지만 아직도 간단한 일본어로 간단한 인사말 정도밖에 하지 못하는 나 자신이 무척 한심하고 초라하게만 느껴졌다. 재남 아주머니께서는 독일 시민권도 가지고 계신다. 독일 유학 후에는 일본으로 건너가셔서 일본어도 공부하셨는데, 그래서인지 영어, 독일어, 일본어, 한국어에 이르기까지 총 네 개 국어를 구사하신다. 이 아주머니도 인터내셔널 카페를 통해 알게 되었는데 마기 아주머니와는 달리 메일로 연락을 해 오셨다.

그런데 어머니는 이 이주머니와는 마기 아주머니와는 달리 별로 가깝게 지내지 않는 듯했다. 마주 앉아 대화를 하는 동안에도 어머니의 표정이 좋아 보이질 않았다. 그래서 난 무척 안타깝다. 내가 보기에는 두 분 다 좋은 아주머니이신 것 같은데, 왜 어머니가 유독 마기 아주머니하고만 친하게 지내시는지 모르겠다.

모든 사람을 동등한 위치에서 허물없이 대하고 편견 없이 바라보고 다른 사람의 실수나 잘못을 보아도 화내고 나무라기보다는 사랑과 인내로 끝까지 참고 견뎌야 한다. 상대방의 입장에서 한번 뒤집어 생각해 보고, 어떤 경우에서건 폭력과 폭언이 아닌 대화와 타협으로 점점 서로를 알아가고 부족한 부분이 있다면 서로 채워주는 아름다운 삶이 되었으면 좋겠다. 적어도 지금 다음 세대를 사는 내 후배들은….

나도 누군가에게 도움이 되는 존재가 되고 싶다

어느 한쪽의 일방적인 희생을 강요하는 관계는 좋은 관계가 아니다. 내가 생각하는 좋은 인간관계란 Give and Take의 원칙대로 항상 주고받는 관계에 있는 것이다. 물론 남을 위해 어떤 일을 해 주고 대가나 보상을 바라는 것이 좋은 일은 아니지만, 이 관계가 깨지면 어떤 순간부터 나란 존재는 상대방에게 이용당하기 쉬운 나약한 사람으로 비치게 된다. 그러고는 그 가치가 떨어지면 매정하게 버려진다.

이런 악순환이 반복되는 것을 막기 위해서라도 Give and Take는 지켜져야 한다고 나는 생각한다. 그래서 남을 위해 어떤 일을 하고 대가나 보상을 바라는 일은 더 이상 치사하고 야비한 행위가 아닌 자연스럽고 당연한 일로 인식되는 것도 일리가 있다고 생각한다. 과거 남들의 손에 그저 이끌려 다니기만 했던 나약한 모습에서 벗어나 누군가를 위해 마트에서 장을 봐 오고, 또 다른 누군가를 위해 무거운 물건을 나르고, 또 다른 누군가를 위해서는 나도 비록 불편하지만 기꺼이 자리를 양보하는 존재로 나는 다시 태어났다. 이제 난 더 이상 남들에게 불편함이나 혐오감을 주는 밉상스러운 존재가 아니다. 그렇게 믿고 싶고 나 자신에게 잠재되어 있는 무한한 가능성을 한 번 시험해 보고 싶다.

비록 내가 가진 본래의 힘이 아닌 현대의학에 의한 인위적인 힘이지만 그렇게 그 힘을 빌려서라도 나는 불사조처럼 다시 일어나는 데 성공했다. 이제 많은 시간이 흘러도 식을 줄 모르는 뜨거운 열정으로 남들의 모범이 되고 싶고, 무언가 아름다운 정의사회, 민주사회에 이바지하고 싶다. 내 안에 항상 뜨겁게 불타오르는 열정은 또 하나의 새로운 문집을 통해 전달되어 여러 사람의 가슴에 남게 되길 간절히 소망한다.

혼자 장 봐 오던 날

이날 난 대단히 역사적인 시도를 했다. 과감히 혼자 장을 보러 간 것이었다. 영어 한마디 제대로 구사하지 못하는 내가 어떻게 장을 보러 가느냐고? 다른 나라 다른 문화를 접하면서 그 나라나 지역이 고수하고 있는 언어적인 문제는 어찌 보면 크게 중요치 않다. 이런 언어적 한계는 보디 랭귀지(Body Language)나 스마트 폰 한영번역기로 어느 정도 커버가 가능하다. 사실 영어 한마디 제대로 구사하지 못한다는 사실이 자랑스러운 일은 아니지만, 그렇다고 난 이런 방식으로 영국인들과 소통하려 한다는 사실에 대해 그렇게 창피하게 생각하지 않는다.

그렇게 혼자 마트에 가서 사 온 것은 이미 맛이 들어 동네 마트에 거의 매일 사러 다녔던 달콤한 맛의 생크림 푸딩과 달걀이었다. 달걀이 진열되어 있는 위치를 찾지 못해 마트에서 일하는 직원에게 물어보았다. 어설픈 발음이었지만 그 마트 직원은 egg라는 단어만 알아듣는 듯했다. 연신 반문을 하면서 확인하더니 이내 달걀이 진열되어 있는 곳으로 날 안내해 주었다.

생크림 푸딩은 어디에 진열되어 있는지 이미 알고 있기 때문에 물어볼 필요 없이 이 두 가지 물건을 사들고 집으로 향했다. 문제는 어떻게 달걀을 깨뜨리지 않고 안전하게 집으로 가져가느냐 하는 것인데, 마트에서 나와 집으로 가던 도중 또 다시 어떤 커플의 과감한 애정 행각이라는 천적과 마주치게 되었다. 그 커플은 벌건 대낮부터 강을 막아 놓은 둑 위에 앉아 보란 듯이 키스를 하고 있었다. 사실 전혀 예상하지 못한 상황은 아니었지만 막상 그런 상황과 마주하게 되니 당황한 나머지 하마터면 넘어져 아까운 달걀을 깨뜨릴 뻔했다. 하지만 이내 평정심을 되찾고 식은 땀을 뻘뻘 흘리며 종종걸음을 쳐서 그 상황을 벗어났다. 지금 와서 다시 생각해 보니 내게는 그럴 수 있는 여자 친구가 없다는 사실이 너무 분하고 억울해 이날 그렸던 그림도 아주 이상한 몰골로 변해 버렸다. 내 안에는 충족되지 못한 욕구가 갈 곳 없는 한 마리 외로운 늑대처럼 메아리치고 있다.

길거리 연주가의 외로운 하프 연주

이날 난 스케치북을 들고 무작정 밖으로 나갔다. 그림은 그려야겠는데 적당한 소재를 찾지 못해 답답한 마음에 시내 한복판을 헤매었다. 그러다 문득 광장 한복판에서 하프를 연주하고 있는 노신사를 발견하게 되었다. 잘 차려입은 깨끗한 복장을 하진 않았지만 그의 하프 연주는 나로 하여금 그림을 그릴 수밖에 없도록 만들었다. 그는 그런 식으로 구걸을 하고 있는 듯했다. 그 노신사의 동의를 따로 구한 것은 아니었지만, 난 모델료 겸 푼돈 2파운드를 주고 그가 연주하고 있는 곳 근처 벤치에 앉아 그림을 그리기 시작했다.

확실히 그의 하프 연주에도 어떤 슬픈 사연이 있는 듯했다. 그가 자신의 몸집보다 큰 하프를 들고 말없이 연주를 계속하고 있으니 의외로 돈을 놓아 주고 가는 사람이 많았다. 왜 그는 하프를 들고 길거리에서 외로운 연주를 할 수밖에 없었을까? 돈만 많았더라면 충분히 훌륭한 음악가로 성공할 수 있었을 것 같은데 그의 연주를 바로 앞에서 지켜 보며 그림을 그리는 내내 안타깝다는 생각이 들었다.

그의 하프 연주에 감동을 받았는지 옆에 있던 이동식 작은 카페에서 커피를 팔던 여직원이 노신사가 커피를 주문하지도 않았는데 자진 해서 커피를 들고 나와 그 앞에 놓아 주었다. 그러자 노신사는 동전 몇 닢을 건네주며 "Thank you."라고 말했다. 그러고는 아주 흡족한 표정을 지으며 커피를 마셨다. 현대 사회에서 점점 사라져 가고 있는 인간적이고 훈훈한 정은 바로 이런 것일까? 처음부터 노신사는 커피 라는 보상을 바라고 연주하지 않았을 것이다. 그런데 자신이 할 수 있 는 일에서 열정을 보이니 그런 의외의 보상 또한 오는 것이 아닌가 하 는 생각이 들었다.

쓰레기통 속의 기타 연주자

시내로 나가다 보면 자주 보게 되는 또 하나의 이색적인 풍경이 있 다. 그것은 바로 쓰레기통 속에서 기타를 연주하는 사람이다. 왜 그는 기타를 들고 쓰레기통 속으로 들어갈 수밖에 없었을까? 그 해답은 역 시 구걸이었다. 그런데 왜 꼭 쓰레기통 속에 들어서 연주를 하는지 내 머리로서는 쉽게 이해되지 않았다. 혹시 구걸하는 것을 창피하고 부끄럽게 생각해서였을까? 그것은 아닌 듯했다. 그런데 왜 하필이면 냄새 나는 쓰레기통인지…. 쓰레기통이란 평소에 좋지 않은 이미지 때문인지 별로 가까이 하고 싶진 않았지만, 그래도 그 앞에 깔아 놓은 수건 위에 동전을 놓아두고 가는 사람이 꽤 있었다.

이 쓰레기통 속의 기타 연주자는 매일 나와 그 안에서 기타를 치는 것은 아니었다. 어떤 날은 텅 비어 있는 그의 빈자리가 왠지 무척 허전 하게만 느껴지는 날도 있었다. 무슨 곡을 연주하고 있는지는 몰랐지만 여기에도 왠지 슬픈 사연이 있는 듯했다.

영국에는 사람들에게 이런 식으로 듣기 좋은 음악을 선사하고 구걸 하는 사람들이 의외로 많다. 그런데 그 사람들이 길거리에서 악기 연 주를 좀 했다고 길거리 다니는 사람들은 왜 꼭 돈을 주어야만 하는가? 그렇다고 안 주고 그냥 지나치자니 도저히 발길이 떨어지질 않는다. 의무는 아니지만 내게는 약간의 심리적 강제성이 작용하는 듯 했다.

그러면서 한편으로는 내가 하는 미술과는 확실히 차별된 사람들의 대우가 무척 부당하게 느껴졌다. 누구는 길거리에서 악기 연주 좀 했 다고 하다못해 푼돈 얼마라도 버는데, 누구는 골방에 앉아 84점이나 그림을 그려도 별로 환영받지 못하는 것 같다. 똑같이 하는 예술인데 단지 그 표현 방식에서 차이가 난다고 차별 대우를 받는 것 같다.

모든 사람의 생각이 다 같을 순 없듯이 반드시 음악이 미술보다 더 많은 사람들에게 각광받고 인기가 있다고 함부로 말할 순 없다. 이것 은 나라는 사람의 지극히 개인적인 생각이며 의견일 뿐이다. 얼핏 전 혀 연관성 없고 상반되는 두 가지 소재를 연결함으로써, 두 가지 서로 다른 존재론적 가치를 연결시켜 보았다는 데서 쓰레기통 속의 기타 연 주자는 이미 상당한 의미와 가치를 부여받았다고 볼 수 있다. 적어도 김성민이라는 미술가에게서만큼은….

야외 스케치

우리 집 바로 앞에는 쉽스 그린(Sheeps Green)이라는 상당히 넓은 규모의 공원이 있다. 그래서 그림을 그리다 그림이 잘 그려지지 않고 괜히 답답한 생각이 들 때면 혼자 자주 이 공원으로 산책을 나가곤 했다. 한번은 스케치북과 4B 연필, 그리고 크레파스를 들고 나른해지는 오후에 야외 스케치를 나갔던 적이 있었다. 공원 벤치에 앉아 사진을 찍어놓고 그곳에서만 느낄 수 있는 평화롭고 아름다운 분위기에 심취해 조용히 그림을 그렸다. 그곳 풍경을 비롯해 갑자기 예술적 영감이 떠올라 그리게 된 것이 강아지 그림, 어떤 여인의 초상, 그리고 옥스포드의 강가 1, 2이다.

한번은 가만히 앉아 그림을 그리고 있는데 주변에서 뛰어놀고 있던 꼬마가 다가와서 내가 그리고 있는 그림에 상당한 관심을 보이며 이렇게 질문하는 것이었다. "Are you artist?" 그래서 난 '아, 쉬운 말이네'라고 생각하여 자신 있게 그 영국 꼬마에게 대답해 주었다. "Yes, I am artist." 한참 쳐다보더니 그 꼬마는 또래 친구들에게 섞여 내 기억의 조용한 문 뒤로 사라졌다. 솔직히 자신과는 아무런 상관도 없는 일인데도 어린 나이에 나 아닌 다른 사람의 일에 호기심을 가져주었던 그 꼬마의 작은 관심이 나로 하여금 더 좋은 작품을 그려내게 하는 동기부여를 해 주었다.

또 그렇게 한참 그림을 그리고 있으니까 이번에는 독일인 노부부가 와서 언제부터 있었는지 내가 그리는 그림을 보면서 영어로 이런 말을 하였다. "That is a good drawing." 그러면서 한참을 또 물끄러미 지켜보았다. 내가 이들이 독일인인지 영국인인지를 한 번에 알아챈 이유는 영어로 대화하는 도중 툭툭 독일어로도 심심치 않게 주고받았기 때문이었다. 이렇게 가만히 앉아 열심히 그림을 그리면 내게 잠시라도 관심을 가지고 격려와 응원을 해 주는 사람들이 있기에 난 오늘도 말 없이 붓을 든다.

담을 넘으며 찾아낸 용기

흔히 담을 넘는다 하면 무슨 도둑질을 하거나 무단 침입을 하는 등 안 좋은 쪽으로 생각하게 된다. 내가 이날 담을 넘었던 이유는 아무도 없는 집에서 열쇠를 가지고 나오지 않았다는 것을 뒤늦게 알았기 때문이다. 그것은 불가피한 선택이었고, 열쇠가 없다고 해서 누군가 올 때까지 마냥 기다리고만 있을 수도 없었기 때문이었다. 설상가상으로 부모님과 연락할 수 있는 유일한 통로인 휴대폰도 집 안에 두고 나와 그야말로 오갈 데 없는 방랑자로 굳게 잠겨 버린 문 앞에서 시간을 보낼 수밖에 없었다. 혹시 조금 시간이 지나면 누군가 오지 않을까 하는 기대를 품으며 집 앞 공원에도 두 번이나 갔다 왔지만 그러는 와중에도 온 사람은 아무도 없었다.

그래서 난 쉽지 않은 과감한 선택을 하기에 이르렀다. 그것은 바로 담을 넘기로 한 것! 집 뒤로 돌아가 반쯤 열려 있는 창문을 조금 더 열고 욕실 안으로 담을 넘기 시작했다. 신발까지 신은 상태에서 담을 넘긴 너무 힘드니 일단 신발은 벗어두고 방해가 되는 물건들을 옆으로 치운 뒤 한쪽 발을 욕조 안으로 들이밀면서 욕조를 딛고 집 안으로 들어오는 데 성공했다. 자칫 잘못하면 크게 다칠 수도 있는 상황이었지만 그래도 난 무사히 담을 넘었다.

사실 보통 사람들에게는 담을 넘는 일쯤이야 눈 감고도 할 수 있고, 열쇠가 없어도 철사나 쇠젓가락 등과 같은 물건으로 잠긴 문을 따는 행위도 쉽게 하는데 왜 유독 나에게는 이런 일이 그렇게 부담스럽고 쉽게 실천으로 옮기지 못하는 일이 되는지 모르겠다. 보통 용기나 배짱을 가지고 힘든 일이었고, 다른 사람들이 보면 도둑이 남의 집에 무단 침입을 하는 것으로 오해할 수도 있기 때문에 이 방법은 정말이지 쓰고 싶지 않았다. 내가 집에서 나올 때 한 번만 더 주위를 둘러보고 주의를 기울였다면 이런 웃지 못할 상황은 발생하지 않았을 텐데 하는 뒤늦은 후회가 남았다.

뜻밖의 초대

누군가를 집으로 초대해서 같이 무언가를 한다는 행위는 사실 쉬운 결정이 아니다. 내가 그림 그리는 사람이라는 것을 여기저기 알리고 다녀서일까? 내 그림에 관심을 갖고 나에게 같이 그림을 그리자고 했던 여학생이 있었다. 나에게 직접 그와 같은 의사를 전달한 것은 아니었지만 그렇게 누군가 알지 못하는 곳에서 날 지켜보고 도움과 관심을 보이는 사람이 있다는 사실이 무척 고마웠다.

베스(Beth)라는 이름의 이 여학생은 키가 아주 컸는데 어머니를 통해 나와 같이 그림을 그리고 싶다는 의사를 전해 왔다. 얼핏 보기에 베스는 조용하고 누가 옆에서 무엇을 물어봐도 대답을 잘 해 주지 않는 과묵한 성격의 새침데기 소녀처럼 보인다. 그런 베스가 내게 같이 그림을 그리자는 제안을 해 오다니 뜻밖의 초대였다. 사실 별로 크게 할 일이 없던 나로서는 그 초대를 마다할 이유가 없었다. 자신의 집으로 오라길래 처음엔 잠시 이상한 생각을 했던 것도 사실이었지만, 어머니가 같이 가 주신다기에 그런 생각은 이내 사라져 버렸다.

약간 우중충한 날씨 속에 갔던 베스네 집은 우리 집에서는 상당히 떨어져 있었다. 베스의 집은 마치 또 하나의 궁전을 방불케 했다. 집 안 분위기가 약간 어둡긴 했지만 확실히 입이 떡 벌어지고 감탄이 절로 나올 정도였다. 먼저 와 있던 다른 인터내셔널 카페 사람들과 식탁에 둘러앉아 딸기 케익을 먹으며 화기애애한 분위기 속에서 각자 저마다의 작품 세계를 만들어내고 있었다. 케이크 외에 귀엽고 앙증맞은 모양으로 노릇노릇 잘 구워진 쿠키도 옆에 마련되어 있었는데 입에 넣으니 그대로 사르르 녹는 듯했다.

이날 그렸던 그림은 다리 밑의 백조, 아니 흑조와 지구본이었다. 다리 밑의 흑조는 정열적인 붉은색의 하늘 분위기 때문이었는지 그림을 딱 마주했을 때 느껴지는 분위기가 굉장히 웅장하고 멋졌다. 그에 비해 지구본의 경우에는 검은색으로 배경을 칠하기 전에는 그런대로 봐줄 만했는데 배경 색을 넣고 나니 졸작이 되고 말았다. 그래도 어쨌든 그림을 완성하긴 하였으니 결과물이 좋든 나쁘든 후회는 없다. 결과물의 좋고 나쁨을 떠나서 한 장의 그림에 영혼이 담기고 열정과 정성을 다해 그렸다면 이미 충분한 가치와 의미를 부여했다고 생각한다. 그렇기에 예술작품이 지니는 의미와 가치는 항상 소중하고 고귀하다.

교회에서 그림을 그리다

뭔가 좀 생소하지 않은가? 교회에서 그림을 그리다니…. 미술학원이나 개인이 가진 작업실도 아닌 교회에서 그리는 그림이라니…. 하지만 난 예술 활동을 함에 있어서 장소가 가지는 제한은 그다지 중요하지 않다고 생각한다. 진정한 예술가는 시공간의 제약을 뛰어넘어 언제 어디에서라도 추가적으로 요구되는 재료가 굳이 없어도 간단한 인체 크로키나 소묘라도 할 수 있어야 한다고 생각한다. 처음부터 '재료가 없어 못 그려요'라든가, '여기는 그림을 그리기에 적당한 장소가 아니에요'라는 식으로 외부적인 요인에서 핑계거리를 찾아내고 어떻게든 시간 끌기 식으로 넘어가려 하는 사람은 예술가가 되기 힘들다고 생각한다. 이들은 자신이 원하는 이상적인 환경 조건이 충족된다 해도 또 다른 핑계거리를 찾아내어 어떻게든 빠져나갈 궁리만 할 사람들이다.

저녁때쯤 뉴넘(Newnham) 쪽으로 산책을 나갔다가 빨간 벽돌로 지어진 작고 아담한 형태의 St. Markus 교회를 우연히 발견하게 되었다. 이 교회에는 여자 목사님께서 사역을 하고 계신데 한국에서는 좀처럼 찾아보기 힘든 일이다. 흔히 어떤 한 교회의 목회자 겸 리더를 생각하면 보통 나이가 지긋한 남자를 떠올리게 되는데, 이 여자 목사님은 어떤 분이실지 무척 궁금해졌다. St. Markus 교회에 잠시 들어갔다 나오면서 그곳에서 가지고 나온 광고 전단지가 계기가 되어 매주 월요일 아침마다 그곳으로 그림을 그리러 다니게 되었다.

나와 한 공간에서 그림을 그리시는 분들은 모두 할아버지 할머니들 뿐이었는데 그분들의 솜씨는 실로 놀라웠다. 아무려면 내가 할아버지 할머니들보다 못 그리기야 하겠어? 하는 교만한 생각이 들었던 것도 부정할 수 없는 사실이었지만, 그분들의 손놀림이나 나오는 결과물들은 감탄이 절로 나올 정도였다. 아침 9시부터 거의 점심때까지 그림을 그렸는데 모두가 그림에 심취해 있을 때는 숨소리조차 나지 않을 정도로 고도의 집중력을 발휘하고 있었다. 이렇게 할아버지 할머니들과 그림을 그리니 비록 나이차가 많이 나 어색한 분위기였지만, 그림이라는 매개체를 통해 소통하고 그 안에서 모두 하나가 되는 심오하면서도 인상적인 경험을 할 수 있어 마음 한구석이 훈훈해졌다.

친구 병욱이

이번에는 같이 한인교회에서 성가대 단원으로 활동했던 한국인 친구 병욱이를 소개하려고 한다. 사실 낯선 나라 낯선 땅에서 친구를 사귄다는 것은 결코 쉬운 일이 아니다. 마음과 마음이 서로 통해야 우정이란 이름 아래 친구로 지낼 수 있는 것이지 아무나 데려다 억지로 끼워 맞춘다고 친구가 되는 것은 결코 아니다. 그런데 병욱이란 친구는 나와 겨우 한 살 차이밖에 나지 않는데도 날 깍듯이 형으로 대해 주었다.

한인교회 사람들에게 잠시 불만을 품어 예배가 끝나자마자 먼저 간다는 말도 없이 도망치듯 집으로 왔을 때도 오직 병욱이만은 내게 메시지를 보내오며 날 찾고 걱정해 주는 것이었다. 그런 병욱이의 모습에서 난 작은 천사를 발견할 수 있었다. 다른 사람들은 내가 말도 없이 가 버려도 메시지 한 번 보내지 않는데 병욱만은 내가 마치 무슨 대단한 존재라도 되는지 '형 어디세요?'라고 메시지를 보내왔다. 그 짤막한 메시지에 난 괜히 눈시울이 붉어졌다. 그러면서 형답지 못한 모습을 보인 것만 같아 병욱에게 미안한 생각이 들었다. 그래서 사람은 살아가면서 친구를 잘 만나야 한다는 말을 하는 것 같았다.

한번은 자기 여동생은 지금 혼자 프랑스 파리에서 공부를 하고 있다고 물어보지도 않았는데 여동생 이야기를 했다. 그러면서 '얼마 전에 동생 생일이었는데…'라며 동생을 위해 아무 것도 해 주지 못하는 자신이 원망스러웠는지 깊은 한숨을 내쉬었다.

병욱이도 마기 아주머니와 거의 비슷한 시기에 우리 집에 식사 초대를 받고 한 번 식사를 같이 한 적이 있었는데, 그냥 빈손으로 와도 될 것을 아르바이트를 해서 자기도 돈이 있다며 롤케이크를 사 왔다. 그런 그의 모습에서 난 말 할 수 없는 고마움을 느꼈고 남을 위해 산다는 것이 바로 저런 거구나 하는 인상을 받았다. 그러면서 한때 '나보다 남을 더 많이 생각하고 배려하는 사람 있으면 나와 보라고 해'라는 식의 얕은 생각을 하였던 내가 몹시 부끄럽게 느껴졌다.

지금 병욱이는 군 입대를 위해 한국에 들어가 있는 상태여서 내가 다시 영국으로 가도 만날 수 없지만, 그가 몸소 내게 보여주었던 참된 배려는 이 기록을 통해 시공간의 제약을 넘어 그를 잘 알지 못하는 사람들에게도 전해졌으면 한다.

Just Only One Pound!

모든 물건이 1파운드, 그러니까 한국 돈 2,000원 정도에 거래되는 곳이 있다면 쉽게 믿어지겠는가? 그런데 실제로 존재하고 있다. 그곳은 바로 Pound Land! 난 이 파운드 랜드의 존재를 에딘버러에 갔을 때 처음 알게 되었다. 파운드 랜드는 영국 땅 어디서나 쉽게 찾아볼 수 있을 정도로 곳곳에 분포 되어 있다. 물건을 그렇게 싼 값에 팔게 되면 이익보다는 손해나는 부분이 많을 것 같은데, 영국인들이 왜 파운드 랜드와 같은 상점을 운영하는지 그것이 의문이었다.

그래서일까? 파운드 랜드에는 싸구려 물건이 많다. 싸구려라는 말은 제품의 질이 좋지 않거나 금방 고장이 나 버리는 것을 의미한다. 이런 사실을 알고 있음에도 영국 내의 파운드 랜드는 장사가 잘되는 듯했다. 한인교회 목사님과 한 번 파운드 랜드에 간 적이 있는데 값이 너무 저렴하다 보니 쉽게 살 만한 물건을 찾지 못하였다. 그렇다고 빈손으로 돌아오긴 뭐해서 어머니가 부탁하신 노트와 볼펜을 사 가지고 돌아왔다.

처음 파운드 랜드의 존재를 알게 되었을 당시 난 그 같은 상점이 어디서나 다 볼 수 있는 곳이 아닌 어떤 특정한 지역에만 있는 줄 알았다. 그런데 내가 머물렀던 곳과는 꽤 멀리 떨어져 차가 없으면 자주 가기가 힘들다. 규모가 크진 않아도 생활에 필요한 대부분의 것들을 다

구비하고 있는 듯한 이곳이 근처에만 있어도 자주 들려 볼텐데 하는
아쉬움이 있다.

영국인의 집 대탐험

이날 우리 가족은 영국인 집에서 홈스테이를 하고 있는 중국 친구
의 초대로 영국인 집을 방문했다. 이 집은 3층인데, 그 친구는 이 집 2
층에 방 한 칸을 세 들어 살고 있다. 언제 보아도 부족함 없이 만족스
러운 미소를 띠고 다니는 그 중국 친구가 나는 부러웠다. 이 집 주인
인 영국인 부부는 마침 외출 중이라 직접 보진 못했지만, 집 안 어디
에나 심심치 않게 걸려 있는 사진 속에서 이들이 매우 단란한 가족임
을 알 수 있었다.

중국 친구가 차려준 음식을 먹으면서 정면으로 보이는 사진 속의 모
습을 보니 마치 고향집에 온 듯 푸근한 느낌이 들었다. 집 안 여기저기
에 걸려 있는 그림들에서 풍기는 이미지도 편안하고 안락한 분위기를
연출하는 데 한몫을 했다. 벽에 걸린 그림들은 대부분 풍경화로, 산속
풍경이나 호숫가의 모습을 그린 것들이었다. 나도 그림을 좋아하고 예
술가의 길을 걷고자 하는 사람이라 그런지 비록 내가 그린 그림은 아
니지만 그림이 많이 걸려 있는 방에 들어가니 더 정이 갔던 것 같다.

우리 가족은 빈 손으로 가긴 뭐해서 손수 음식을 만들어 주는 그
중국 친구를 위해 자주색 케임브리지 후드티를 선물로 사 들고 갔다.
그 친구는 그 자리에서 바로 그 옷을 입어보고 무척 기뻐했다. 그런

반응에 선물을 준 아버지도 뿌듯해 하시는 것 같았다. 우리는 중국 친구가 차려 주는 음식을 맛있게 먹고 자신의 방을 구경시켜 주겠다는 그를 따라 2층으로 올라갔다.

2층에 있는 그의 방에는 작은 노트북과 침대, 그리고 책상과 작은 의자가 있었다. 침대 옆에는 정원으로 난 큰 창문이 있었는데, 답답했던 마음이 한눈에 뻥 뚫린 것만 같았다. 그의 방을 둘러본 뒤에 다락으로 올라갔는데 그 계단은 굉장히 좁았다. 그래도 그 좁은 계단을 타고 위로 올라가니 그 위에는 일인용 안락의자와 작은 소파 그리고 테이블이 놓여 있었다. 그 옆에도 역시 커다란 창문이 나 있었는데, 창문을 여니 밖에서 새들 지저귀는 소리가 듣기 좋았으나 들이치는 비에 이내 창문을 닫을 수밖에 없었다.

그런 다음 마당으로 나가 보니 집 뒤로 펼쳐진 넓은 마당은 여기서 살고 싶다는 생각이 절로 들게 만들었다. 마당 한쪽 켠에는 그물 침대와 덤플링을 할 수 있게 만들어 놓은 공간도 있었다. 그때 마침 이슬비가 조용히 내리고 있었다. 내리는 비를 맞으면서도 그곳에 더 있고 싶다는 생각이 들게 했던 것은 새들 지저귀는 소리와 빗속에서도 가만히 불어오는 싱그러운 바람이었다. 떨어지지 않는 걸음을 애써 돌려 조용히 내리는 비를 맞으며 부러움과 아쉬움 속에서 그 집을 떠나왔다.

모래로 조각하는 예술가

　세상에 모래로 조각을 한다고? 이게 도대체 말이나 되는 소리인가? 하지만 나는 보았다. 모래로 아름다운 조각품을 만들어내는 신기한 광경을…. 애초에 뭉치려고 하면 이내 바람에 다 날아가 버리는 것이 모래가 아닌가. 그런데 이런 모래로 예술품을 만들 수 있다는 사실이 난 무척 신기했다. 이 모래 조각가가 만들고 있던 것은 다름 아닌 힘없이 쭈그려 웅크리고 있는 개의 모습이었다. 마치 자신의 처지를 조각품으로 나타내고 있는 것처럼 그 모습이 못내 안타까웠다. 그도 그런 식으로 사실은 구걸을 하고 있는 것이었다. 그 앞에 한두 푼 떨어져 있는 동전들이 그 같은 사실을 대신 말해주고 있었다. 그런데 그는 사람들이 동전을 주고 가건 말건 아랑곳하지 않고 계속 작업을 했다. 난 왜 그가 그 같은 아까운 재능을 더 발전시킬 생각을 하지 않고 사람들에게 소리 없는 아우성으로 강요 아닌 강요를 하면서 구걸을 하는지 쉽게 이해할 수가 없었다. 짐작해 보건대 그 이유는 돈 때문이었을 것 같다.

　인간 생활에 편의를 제공하기 위해 고안된 돈이라는 것이 어쩌다 사람을 저리도 비참하게 만들어 버렸는지 말없이 조각에만 열중하던 그의 모습이 아직도 머릿속에 생생하다. 돈이 있을 땐 인간적인 대우를 받지만 그 돈이 한순간의 잘못이나 실수로 탕진되고 나면 그보다 비참한 삶이 또 어디 있는가? 이런 안타까운 현실에 측은하다는 생각이 들어 나도 그 앞에 1 파운드짜리 동전 두 닢을 놓아 주었다. 하루빨리 가난한 사람이 이 땅에서 온전히 사라지고 모두가 풍족하고 차별 없는 생활을 할 수 있는 날이 왔으면 좋겠다.

거지의 당당한 구걸

보통 길거리에서 보는 거지들은 어떤 모습을 하고 있는가? 초췌하고 남루한 옷차림에 며칠은 안 감았을 것 같은 머리, 가까이 가기도 싫을 정도로 꾀죄죄하고 냄새나는 모습이 연상된다. 하지만 이런 상식을 과감히 깨버린 실로 어이없는 거지가 있다면 믿어지겠는가? 한눈에 봐도 깨끗한 얼굴에 단정한 머리, 흠 잡을 데 없는 복장, 이런 사람이 거지라니…. 도저히 믿어지지가 않았다. 그러면서 그는 아무에게나 가서 당당하게 이런 말을 하는 것이었다, "I would like to drink a cup of tea. Please give me a coin."

그 잘생긴 거지는 내게도 와서 그와 같은 말을 했다. 그의 말을 그대로 직역하게 되면 '내가 차 한 잔 마시길 원한다'가 되지만 의역을 하게 되면 '내가 지금 차 한 잔 마시고 싶으니까 동전 가진 것 있으면 좀 주세요.'라는 말이 된다. 그런데 거지도 거지 나름이지 어디 하나 흠 잡을 곳이라고는 없는 깨끗한 얼굴에 훤칠한 키, 단정한 옷차림을 한 사람에게 그 누가 동전을 쉽게 내주겠는가? 나는 열심히 일을 해야 얻을 수 있는 것이 돈이라는 사실이 잘 알고 있기에 그 당시 돈을 가지고 있었지만 주지 않았다. 일하지 않는 자, 먹지도 말라는 말도 있지 않는가!

그런데 나중에 와서 다시 생각해 보니 그때 그래도 돈을 좀 줄 걸 하는 생각이 들었다. 나중에 그 거지는 하도 사람들이 돈을 주지 않아 실망을 해서 그런지 구석진 곳에 쭈그리고 앉아 눈물을 흘리고 있었다. 그 모습이 너무 마음에 걸렸다. 하지만 돈을 주면 어디 다른 곳으로 술을 마시러 갈 것 같아 돈 대신 빵을 사다 주려고 잠깐 근처 마트에 들어갔다 나오니 그 사이 그 잘생긴 거지는 이미 자리를 떠나고 없었다. 다음에 한 번 더 길거리에서 그 거지를 만나게 되면 꼭 빵을 사다 줄 생각이다. 그러면서 난 그에게 이렇게 말할 것이다. Cheer up!

한밤의 기도 모임

어느 날 저녁이었다. 어머니가 밖에 나갔다 오시더니 마기 아주머니 얘기를 하시면서 내게 이런 제안을 하셨다. "조금 있다가 라운드 처치에서 한국서 온 선교단이 주도하는 기도 모임이 있는데 너도 한번 가보지 않겠니?" 그날 저녁에 딱히 할 일은 없었기에 난 어머니의 제안을 받아들이기로 했다. 그런데 시내에서 마기 아주머니와 만나기로 했는지 옆 카페에서 조금 시간을 보냈다. 잠시 후에 마기 아주머니가 남편인 필립 아저씨와 함께 오셨다. 그러면서 어머니와 아주머니는 친근하게 대화를 주고 받으시며 교회로 옮겨 갔다.

그렇게 마기 아주머니와 어머니는 서로 편하게 대화를 하시는데 나와 필립 아저씨는 말없이 이들의 뒤를 따라갈 수밖에 없었다. 그런데 당초 예정된 시간보다 조금 일찍 교회에 도착하는 바람에 굳게 잠겨 있는 교회 문 앞에서 또 좀 더 기다릴 수밖에 없었다. 머쓱해진 나는 필립 아저씨에게 이런 제안을 하였다. "Would you like to see my pictures?" 그러자 필립 아저씨는 "Sure!"라고 대답하셨다. 휴대폰을 꺼내 한 점 한 점 넘기면서 그림을 보여드리는데 스코틀랜드의 하이랜드에 있는 성을 그린 그림이 나왔다. 그 그림을 보신 필립 아저씨는 이렇게 말하셨다. "Wow! Fantastic!" 듣기 좋으라고 해 주신 말인지 아니면 정말 그림이 좋아서 그런 말을 하신 건지는 모르지만 아무튼 'Fantastic!'이라는 한마디에 기분이 좋아졌다.

그렇게 그림을 필립 아저씨께 보여드리고 있노라니 곧 교회 문이 열렸다. 교회 내부로 들어가니 작지만 아담한 분위기가 눈앞에 펼쳐지고, 왠지 모르게 몸도 마음도 편안해지는 것을 느낄 수 있었다. 중앙에 강단을 사이에 두고 양옆으로 있는 의자에 앉아서 사람들이 어떤 방식으로 기도하는지를 바라보았다. 영어를 잘하지 못했던 나는 영국인들이 무슨 말을 하는지 알아들을 수 없었다. 처음에는 각자 기도를 하고 찬양을 한 뒤 한국에서 오신 어떤 목사님이 앞에 나오셔서 자신이 어떤 경로로 이곳까지 오게 되었는지를 장황하게 한국어로 설명하셨다. 통역은 옆에 있던 한국인 여학생의 몫이었다.

그런데 설교를 너무 길게 하시는 바람에 지루해져서 약간 짜증이 나기도 했다. 듣는 사람들에게도 꼭 필요한 이야기라면 모를까 굳이 안 해도 되는 자질구레한 이야기까지 늘어놓으시는 것 같아 답답해졌다. 그렇게 목사님의 설교가 끝나자 이번에는 중앙에서 둥글게 모여 기도를 하기 시작했다. 기도하는 사람들 중에는 무엇이 그렇게 서러운지 엉엉 우는 사람도 있었다. 아마도 성령이 충만해져서 그런 듯했다. 그렇게 작지만 뜻 깊었던 한밤의 기도 모임은 내가 살아온 인생에 또 한 페이지를 장식하며 역사의 뒤안길로 조용히 사라져 갔다.

아침부터 찾아온 변호사

어머니는 언제부터인가 이곳에서 알게 된 케리 아주머니와 정기적으로 성경 공부를 하신다. 이 아주머니의 직업은 변호사인데, 나는 그 같은 사실을 전혀 모르고 있었다. 어머니가 그런 사실을 미리 알려 주시기 전까지는 말이다. 지금까지 몇 차례 이 아주머니가 우리 집을 방문하신 적이 있는데, 아주머니는 내 그림에 지대한 관심을 갖고 계셨다. 그래서 내가 아주머니께 내 그림도 보여드린 적이 있었다. 말로는 좋다고 하시는데 이것이 과연 정말 좋아서 그런 것인지 아니면 일부러 듣기 좋으라고 하는 말인지 쉽게 판단이 서질 않았다.

나는 어머니와 아주머니가 성경을 가지고 이런저런 대화를 나누는 모습을 뒤에서 지켜보며 그림을 그렸는데, 미루어 짐작하건대 상당히 어렵고 난해한 내용 같았다. 워낙이 성경에 대해 알 수 없는 거부감을 가지고 있는 나였기에 성경에 관련된 내용은 솔직히 별로 궁금하지도 않고 알고 싶지도 않았다. 많이 알아봤자 갈등과 분쟁, 대립이 생긴다고 생각하기 때문이다. 이제까지도 그래왔고 이것은 시간이 지날수록 더 심각해질 우려도 있다.

특히 기독교적 신앙이나 가치관을 가진 사람이 성경을 한순간 누군가의 한마디로 잘못 해석하게 되면 돌이킬 수 없는 상황이 발생한다. 그렇기 때문에 성경과 관련된 부분은 항상 신중을 기해 생각해 보아야 할 것이며, 확실히 딱 한 가지로 정리될 수 있는 문제가 아닌 이상 더더욱 남이 무심코 던지는 말에 현혹되지 말아야 할 것이다.

나는 이 변호사 아주머니와 어머니가 정기적으로 하시는 이 성경 공부를 어떤 시각으로 바라보아야 할지는 잘 모르겠다. 부디 서로 생각을 나누고 의견을 공유해서 충돌을 최소화하고 서로 부족한 부분을 보완해 주는 그런 아름다운 만남이 되었으면 좋겠다.

한밤의 합창

이날은 저녁에 지저스 칼리지에서 콘서트가 있다고 하여 구경하러 갔다. 지저스 칼리지는 집에서 조금 멀리 떨어져 있기는 하지만, 그래도 집 안에 가만히 앉아 있는 것보다는 나을 것 같아 어머니를 따라 집을 나섰다. 집에서 나올 때 옷을 얇게 입고 나와서인지 저녁 바람이 약간 쌀쌀하게 느껴졌다. 시작하는 시간에 맞추어 가려고 급하게 서두르시는 어머니에 반해 난 느릿느릿 여유를 부리며 뒤따라 갔다.

예수님의 이름을 본뜬 지저스 칼리지는 작지만 아담한 분위기를 풍겼다. 하지만 결국 시간이 늦어 콘서트가 열리는 건물 안으로 부랴부랴 들어갔다. 들어가자마자 일단 입장권을 구매한 후 뒷자리에라도 앉으려고 주위를 둘러보았다. 하지만 늦게 들어온 탓에 많은 사람들로 발 디딜 틈이 없었다. 어쩔 수 없이 제일 구석진 곳에 마련되어 있는 의자에 가서 앉을 수밖에 없었다. 그런데 그곳에 앉으니 합창단의 뒷모습을 보면서 노래를 듣게 되었다. 아무래도 자리를 잘못 잡은 것 같아 뒤늦게 후회를 했지만 이미 합창이 시작되어 자리를 옮기는 것이 불가능한 상황이었다.

합창단은 남자 반 여자 반으로 인원이 균등하게 배분되어 있는 듯했는데 무슨 말인지 잘 알아들을 순 없었지만 그래도 무엇을 전달하려는지는 은연중에 파악할 수 있었다. 중간에 영어로 노래를 부르고 같은 곡을 독일어로 바꾸어 부르기도 했는데 난 그 느낌이 달라졌다는 사실을 별로 알아차리지 못했다. 노래를 세 곡 정도 부른 후에 잠깐 쉬는 시간이 있었다. 마침 합창단 바로 앞에 빈자리가 생겨 자리를 옮겨 앉았다. 그렇게 앉아 있자 주최하는 사람들이 음악 CD를 판매하고 다녔다. 하나 정도 구매를 하고 싶었으나 어머니의 반대로 안타깝게 무산되었다.

잠시 뒤 2부 순서가 시작되었는데 합창은 밤 10시가 넘도록 이어졌다. 처음에는 듣기 좋았지만 이것이 너무 길어져 졸리기도 하고 온몸에 좀이 쑤셨다. 그저 얼른 끝나기만을 바랄 뿐이었다. 그로부터 정확히 20분 후, 마침내 합창이 끝났다. 움직임이 버거워진 나는 어머니의 부축을 받으며 그 자리를 떴다. 그리고 집으로 돌아오는 길에 난 이런 생각을 했다. 역시 음악이 미술보다 관객들의 호응도 많이 얻고 돈벌이도 되는구나. 그러면서 의도하지는 않았지만 깊은 한숨이 나오는 것은 어쩔 수가 없었다.

풀밭 위의 점심 식사

이날은 일요일이었다. 아침에 혼자 영국 교회에 가서 예배를 드리고 난 뒤 나는 사람들과 좀 더 교제를 하고 싶었다. 나의 이런 뜻을 평소 알고 지내는 영국 친구에게 전하니 그 친구는 예배 후에 지저스 그린 공원에서 그런 모임이 있다면서 나를 선뜻 그쪽으로 안내해 주었다. 그런데 그 교회에서 공원까지 가는 길이 은근히 멀고 너무 느린 속도로 이동해서 그런지 점점 짜증이 나기 시작했다.

그 영국 친구 외에 또 한 명의 중국 친구도 동행했는데 둘 다 자전거를 타지 않고 끌고 가면서 나랑 일부러 보조를 맞춰 주려고 했다. 그렇지 않아도 걸음이 느린 나를 배려해서 같이 속도를 맞춰 주는 것은 고마웠지만, 그것이 너무 느려지다 보니 더운 날씨에 지루하고 따분한 생각만 자꾸 들었다. 그래서 난 그 두 친구들을 무시하고 혼자 발길을 돌려 집으로 돌아오려고 했다. 두 사람은 굳이 내가 없어도 전혀 신경을 쓰지 않을 것 같은 화기애애한 분위기여서 뒤에서 혼자 말없이 느릿느릿 따라가는 내 존재는 이미 잊혀진 것 같았기 때문이었다.

그런데 사실은 그것이 아니었다. 뒤에서 따라오던 내가 갑자기 사라진 것을 뒤늦게 알아챈 그 친구들은 부랴부랴 자전거를 타고 내 뒤를 쫓아온 것이었다. 그들의 이런 행동에 왠지 나 혼자 멋대로 판단해 아무런 말도 없이 그들에게서 도망치듯 한 걸음이 무척 부끄럽게만 느껴졌다. 그러면서 사실 누구나 표현을 잘하지 못하고 서툴고 어려워서 그렇지 알고 보면 보이지 않는 끈끈한 유대로 연결되어 있구나 하는 사실을 실감할 수 있었다.

공원에 도착하니 이미 먼저 와서 풀밭 위에 돗자리를 깔고 앉아 있는 한 무리의 사람들을 만날 수 있었다. 그리고 그 옆에 놓인 바구니에는 누군가 손수 만든 정성이 가득 담긴 여러 가지 음식들도 들어 있었다. 요즘같이 사람들의 생각이 이기적으로 변해가는 이 시점에 나 아닌 다른 누군가를 위해 시간을 들이고 돈을 들여 음식을 만든다는 것은 결코 쉬운 일이 아니었을 것이다. 음식을 준비한 사람이 누군지는 몰라도 그렇게 자신의 이익보다 다른 사람을 위해 헌신하는 그 마음이 무척이나 고맙게 느껴졌다. 그렇게 풀밭 위에 앉아 음식을 먹었다. 맛으로 먹었다기보다는 준비한 사람의 정성과 성의를 생각하고 먹으니 훨씬 더 맛있게 느껴졌다.

내가 그 자리에서 무엇을 먹었는지는 잘 기억나지 않지만, 나는 그렇게 어떤 사건이나 사물에 대해 의견을 나누고 타인의 생각을 경청하는 교제의 장이 좀더 활성화되었으면 좋겠다는 생각을 하고 있다. 교회가 종교적인 형식의 틀에 너무 얽매여 사람들의 생활을 억압하고 구속하며 그 집단에 속한 사람들에게 일방적인 희생을 알게 모르게 강요한다면, 그것은 이미 종교적 공동체가 존재하는 의미를 망각하고 훼손시키는 행위라고 나는 생각한다. 본래 인간이 종교를 가지는 궁극적 목적은 삶의 질을 높이고 진정으로 행복해지기 위함인데 이 본래의 취지와는 다르게 너무 제한된 틀에 얽매여 있는 것만 같아 난 그것이 늘 불만이었고 안타까웠다. 이런저런 생각을 하며 음식을 먹다가 가방에 스케치북이 있다는 사실이 생각나 그것을 꺼내 다른 사람들에게 보여주기 시작했다.

사실 진정한 예술가는 언제 어디서나 나처럼 일방적으로 다른 사람들에게 관심을 구걸하는 것이 아닌, 굳이 알리지 않아도 남들이 먼저 나를 알아보고 관심을 가질 때까지 겸손의 미덕을 지키며 차분히 기다려야 하는 법인데, 나에게는 솔직히 그런 겸손이 없는 것만 같다. 그도 그럴 것이 지난날 너무도 힘들게 살아온 나였고, 비슷한 처지에 있던 학생과 공공연히 비교당하고 무시당한 적도 있었기에 그런 굴욕을 두 번 다시 겪고 싶지 않다는 마음이 많은 세월이 지난 지금까지도 내 마음속에 응어리로 남아있기 때문일 것이다.

사실 언제 어느 때나 겸손하게 행동해야만 남들에게 좋은 인상을 심어줄 수 있고, 원만한 인간관계가 만들어질 수 있다는 사실을 잘 알고 있는 나였지만, 그러기엔 이미 돌이킬 수 없는 강을 건너온 상태고, 유독 나만 좀 더 겸손하게 행동하라는 말은 너무도 잔인하게 들리기 때문에 난 억지로 겸손해지고 싶지 않다. 그렇게 한참 사람들이 하는 칭찬에 도취되어 그림 자랑을 하고 있는데 근처에 있던 어떤 중국인 여학생이 내 그림을 보고 싶었는지 곁으로 오며 좀 보여 달라고 했다. 이전까지는 그런 경우가 한번도 없었고, 내가 내 존재를 드러내며 좀 알아달라고 사정을 해도 여자들은 미동조차 하지 않았는데 그림에 대한 내 노력과 열정이 남들에게 감동을 주었는지는 몰라도 먼저 다가온 그 여학생의 호의에 난 또 한 번 속으로 눈물을 흘렸다.

내 그림을 하나하나 보여주며 어설픈 영어 실력이지만 그래도 최대한 성의껏 설명을 해 주었다. 그 여학생도 물론 전부 다 알아들었다고 보긴 힘들었지만 나중에 기회가 되면 또 보여 달라는 말을 잊지 않았다. 난 그 여학생의 이런 마음이 고마왔다. 그래서 난 내 모습이 남들에게 조금 비굴하게 보일지라도 내 그림에 관심을 갖고 빈말이라도 칭찬을 해 주는 사람이 있다면 그에게 먼저 다가가 볼 생각이다. 자기 일이 아니면 조금의 관심도 갖지 않는 현대사회에서 마냥 남들이 날 알아주고 다가오기만 기다리는 것은 너무 소극적으로 보이며, 그렇게 되려면 너무 많은 시간이 걸린다는 사실을 잘 알고 있기 때문이다. 이렇게 많은 생각을 하게 만들었던 풀밭 위의 점심 식사.

난 이날 남들에게 비록 조금 비굴한 모습을 보이긴 했으나 다른 한편으로는 지난날의 나약했던 모습을 던져 버리고 더 넓은 세상을 향해 힘차게 날아오르려는 나의 날개에 조금씩 자신감이 실리는 것을 느낄 수 있었다. 이제 내게도 나름대로 자신 있는 분야, 더 이상 남들에게 무시를 당하지 않아도 되는 분야, 여기에 더하여 다른 사람들에게 꿈과 희망을 심어줄 수 있는 분야가 있기에 세상을 원망하기보다는 지금 내게 주어진 것에 감사와 만족을 느끼며 다가오는 희망찬 미래를 꿈꾸고 싶다. 나의 이 꿈이 온전히 이루어지는 날에는 분명 나의 노력과 열정에 감동을 받아 내게 먼저 손을 내밀어주는 사람을 만나게 되리라고 믿는다.

독일인 가족의 초대

부활절 다음날인 이날은 어떤 독일인 의사 가정에 식사 초대를 받았다. 그 독일인의 집이 워낙 멀리 떨어져 있어 버스를 타고 갈 수밖에 없었다. 아침 일찍 출발했는데도 이 날 따라 버스 노선이 바뀌어 약속된 장소와는 다른 곳에서 내릴 수밖에 없었다. 마중을 나오겠다는 그 독일 아저씨와 연락이 제대로 이루어지지 않아 버스에서 내리고도 한참을 걸어가야만 했고, 그곳에서도 또 한참을 기다릴 수밖에 없었다. 한참 만에 겨우 독일인 아저씨와 연락이 된 어머니와 나는 그분을 따라 왔던 길을 되돌아갔다. 버스에서 내린 곳 근처에 주차장이 있었는데, 그 주차장에 세워둔 아저씨의 차를 타고 또 한참을 이동했다.
그렇게 도착한 그 독일 아저씨의 집은 한눈에 보아도 입이 떡 벌어질 정도로 으리으리한 궁전을 방불케 했는데 마당에 작은 연못까지 있는 집이었다. 독일인 아저씨를 비롯하여 아저씨의 부인, 부활절이라 마침 부모님 집을 방문한 세 명의 딸, 두 명의 손녀가 함께 대식구를 이루고 있었다. 거의 점심때쯤 되어 그 집에 도착했지만, 점심이라고 보기에는 조금 이른 감이 있는 브런치를 했다. 그 집의 식당은 정원으로 난 넓은 테라스에 설치되어 있어, 그렇게 잘 꾸며진 정원에서 식사를 하니 마치 숲 속에서 식사를 하는 듯 상쾌한 기분이 들었다. 식탁으로 옮겨진 음식들은 시리얼을 비롯하여 과일, 그리고 초콜릿이었다. 여기서도 역시 초콜릿에 계속 손이 가는 것은 어쩔 수가 없었다. 그리고 주인 아저씨가 자꾸 더 먹으라고 주시는 바람에 그 제안을 뿌리칠 수가 없어 날름날름 받아먹었다.

식사를 하는 동안 그 집 아주머니께 내 그림을 보여 드렸다. 다른 사람들은 아무도 내 그림에 관심이 없었으나 오직 이 아주머니만이 관심을 보이셨다. 그러고는 자신이 그린 그림 또한 보여 주셨다. 그 그림들은 연필로 그린 소묘였는데, 이미 액자에 들어가 있어 한눈에 보아도 깔끔하게 잘 정돈된 느낌을 받았다. 그것은 고양이가 하품을 하고 있는 모습과 어느 조신한 소녀의 초상화로, 연필의 터치가 거칠지 않고 포근한 인상을 주어 더 그렇게 느껴졌는지도 모르겠다. 식사 후에는 다 같이 산책을 나갔지만, 난 그 당시 몸이 좋지 않아 그 집 소파에서 쉬고 있었다.

모두들 산책에서 돌아온 후에는 또 한 번의 식사를 했는데 이번에는 닭고기가 나왔다. 먹음직스럽게 살이 오른 닭고기였다. 군침이 돌아 계속 그것만 먹고 싶다는 생각이 들었다. 그래서 내가 마지막으로 남은 닭다리 하나를 마저 뜯으려고 옆 사람에게 저쪽 끝에 놓여있는 닭다리를 건네 달라고 부탁하자 어머니는 너무 매너 없이 행동한다고 만류하셨다. 결국 그 닭고기는 아무도 먹지 않아 쓰레기통으로 들어가는 비극적인 최후를 맞이하고 말았다. 무척 아까웠다.

원래는 이 독일인 가정에서 본래의 식사 시간과는 별도로 세 번의 식사를 했으나 그 집에서 한 두 번의 식사까지는 무엇을 먹었는지 기억이 나는데 남은 한 끼의 메뉴가 기억나지 않는다. 부득이 그것에 대해 기록하지 못한 것이 유감스럽다. 그리고 나서 그 집에 우리와 같은 목적으로 초대된 프랑스 누나가 운전해 주는 차를 타고 무사히 집으로 돌아올 수 있었다.

친절한 톰 선생님, 캔버스와의 소중한 만남

어느 날이었다. 나보다 먼저 외출하신 어머니가 불현듯 전화를 해오셨다. 유화를 시작해 보지 않겠느냐는 내용이었다. 처음에는 반신반의했지만 어머니가 유화도 할 줄 알아야 한다고 자꾸 권하셔서 결국 시작하게 되었다. 워낙에 유화에 대한 좋지 못한 기억이 있어 유화를 시작하는 것이 내키지 않고 부담스럽게만 느껴졌지만 누드만 다루지만 않는다면 해볼 만할 것 같았다.

그런데 알고 보니 유화를 가르쳐 주는 곳은 상당히 멀리 떨어진 곳이었다. 그쪽까지 가는 버스가 있긴 하나 버스를 타려면 정류장까지 또 돌아가야만 해서 어쩔 수 없이 걸어서 가기로 했다. 매일 그렇게 다닌다면 무리가 되겠지만 일주일에 한 번 정도는 해볼 만할 것 같았다. 그곳에서 만난 톰(Tom)이란 이름의 선생님은 나에게 캔버스는 물론 유화물감까지 빌려주시겠다는 제안을 하셨다. 너무 고마우신 분이셨다. 그리고 선생님은 내게 항상 "Good try!"라는 말을 해 주셨다.

이전까지는 캔버스에 그리는 것이 참 부담스럽고 어렵게만 보였으나 톰 선생님을 만나게 되면서 캔버스에도 자연스럽게 관심을 갖게 되었다. 유화물감을 사용하기 전에 먼저 쉽게 접할 수 있는 색연필로 일단 캔버스에 대한 부담을 줄이고자 했다. 이렇게 초심으로 돌아가 다시 시작한다는 기분으로 시도하니 캔버스 사용이 훨씬 쉽고 편해졌다.

난 이날 이후로 캔버스의 매력에 빠져들어 계속 그와 같은 캔버스를 찾아다니기 시작했고, 어렵지 않게 같은 종류의 캔버스를 찾아낼 수 있었다. 그래서 난 요즘 캔버스에다 그리는 작업과 스케치북에 하는 작업, 거기에 더하여 아크릴에 이르기까지 여러 소재를 섭렵하는 중이다. 캔버스가 그저 어렵고 난해한 것만은 아니라는 사실을 내게 몸소 일깨워 주신 톰 선생님. 난 한국에 돌아가도 이분을 잊지 못할 것 같다.

제2부

런던과의 재회

이날은 아침부터 런던에 가기로 계획이 되어 있는 날이었다. 아침 일찍 걸어서 케임브리지 역으로 가 킹스 크로스 행 급행열차에 몸을 실었다. 이번에는 지난번과는 다른 루트로 특별히 템즈 강 크루즈를 하기로 계획되어 있었다. 일단 킹스 크로스 역에 도착해 런던 지하철(UNDERGROUND)을 탔다. 런던의 지하철은 노선을 서로 연결하는 통로나 객차의 폭이 우리나라 지하철보다 많이 좁았다. 차 안은 좁은데 사람은 많으니 금세 숨 쉬기가 힘들어졌다. 그래도 참고 이동해 버밍험 궁전 앞으로 갔다.

궁전 앞에는 웬일인지 많은 인파들로 북적이고 있었다. 무슨 일인가 하고 보니 바로 엘리자베스 여왕의 마차 행렬을 보려고 기다리는 사람들이었다. 난 속으로 영국 여왕이 얼마나 대단한 사람이길래 이토록 많은 사람들이 그녀를 보려고 기다리고 있는지 잘 이해가 안 되었다. 사람들 사이에 서서 한참을 기다려도 그녀는 나오지 않았다. 그래서 포기하고 하이드 파크 쪽으로 방향을 돌렸는데 뒤에서 요란한 북소리가 들려왔다. 여왕의 행렬을 보지 못하고 온 것이 못내 아쉬워지는 순간이었다. 저녁에 집에 돌아와 TV 뉴스를 보고 안 사실이지만, 바로 그 시간 엘리자베스 여왕의 손자인 윌리엄 왕자의 딸, 그러니까 여왕의 증손녀가 태어났던 것이다. 사실 나야 그녀를 봐도 그만, 안 봐도 그만이지만 부모님께서는 두 분 다 많이 아쉬워하는 눈치셨다.

행렬이 시작되었지만 이미 지나온 길을 다시 돌아가기에는 너무 멀리 와 있었다. 어쩔 수 없이 그대로 하이드 파크로 발길을 돌렸다. 이 공원은 시내 중심에 위치해 있었는데, 공원 안에 새들이 뛰놀고 잔잔히 물결치는 호수도 있었다. 그렇게 새들이 주변에서 왔다 갔다 하는 공원 벤치에 앉아 미리 준비해 간 빵으로 간단히 허기를 달랬다. 빵을 먹으려고 입을 막 벌리는데 근처의 새들이 날아와 날 쳐다보며 불쌍한 표정을 지었다. 마음이 약해진 난 굶주린 새들을 위해 내가 먹으려던 빵을 조금 떼어 땅에 놓아 주었다. 그랬더니 며칠은 굶은 듯이 많은 새들이 빵 부스러기를 쪼아 먹으려고 여기저기서 떼거지로 날아들었다. 그 모습을 멀리서 지켜보던 난 왠지 측은한 마음이 들었다.

하이드 파크를 지나 걸어서 근처에 위치한 지하철 역으로 갔다. 그렇게 크루즈 타는 곳으로 이동했는데 배가 출발하기로 예정된 시간보다 조금 일찍 도착해서 빅 벤이 보이는 근처에서 따가운 햇살을 받으며 출항 시간까지 기다렸다. 이내 시간이 다 되어 선착장으로 가 크루즈에 몸을 실었다. 크루즈는 이층으로 되어 있었는데 바람이 불어오는 야외 선실로 바로 올라갔다. 야외 선실에 마련된 의자에 앉아 있으니 바닷바람이 기분 좋게 불어왔다. 싱그러운 바람에 몸이 나른해지는 듯했다.

그렇게 출항을 해 런던 아이(London Eye) 부근에서 몇 명의 사람들을 더 태운 뒤 계속 바람 부는 위대한 항로에서 항해를 했다. 런던 아이를 지나 타워 브리지 밑으로 배가 지나갔다. 처음에는 과연 어떻게 항해를 하는지 궁금해 야외에 마련된 선실에 앉아 있었으나 한 시간가량 지속되는 항해에 추위를 느껴 밑으로 내려갔다. 확실히 아래층으로 내려가니 많은 사람들의 체온에서 느껴지는 온기 때문인지 아까와는 반대로 오히려 덥기까지 하였다.

그렇게 한 시간가량에 걸친 항해 후 도착한 곳은 시간이 시작되는 곳인 그리니치(Greenwich) 천문대였다. 그리니치 천문대는 높은 언덕 위에 위치해서 그곳까지 올라가느라 다리에 힘이 풀리고 땀이 뻘뻘 나는 것은 어쩔 수가 없었다. 경도 0도를 나타내는 자오선에 서서 기념 사진을 찍고 실내에 마련된 박물관에 들어갔다. 박물관에 들어가 보니 그 옛날 영국인들이 목숨을 걸고 바다로 나가려고 하는 모습을 표현한 그림이 많이 있었다. 난 그림에서 뿜어져 나오는 섬세한 터치와 사람을 끌어당기는 오묘한 기운을 느꼈다. 그만큼 그 당시 사람들에게는 바다로 나가는 일이 중요했음을 간접적으로 느낄 수 있었다. 그림 외에도 별자리의 위치를 파악하고 이동하는 경로에 따라 시간을 측정하기 위해 만들어진 천체망원경도 볼 수 있었다. 난 그 모든 것들이 평소 생활에서는 쉽게 접하기 힘든 것이라 신기하기만 했다.

그렇게 그리니치 천문대를 구경하고 나서 아래로 내려와 국제해양박물관에 들어갔는데 폐관 15분 전이라 제대로 구경하지도 못하고 얼른 밖으로 나와야만 했다. 나는 사실 다리가 너무 아파 안으로 들어가지 않고, 그래도 보시겠다고 들어가신 부모님을 카페 안에서 기다릴 수밖에 없었다. 그런데 안으로 들어가신 부모님께서는 폐관 5분 전이라고 알리는 방송이 나와도 나오지 않으셨다. 박물관 직원의 나가라는 말에 어쩔 수 없이 밖으로 나오긴 했지만 그래도 부모님이 나오시지 않아 점점 겁이 나기 시작했다. '어쩌면 좋지?' 발을 동동 구르고 있는데 정확히 폐관 3분 전이 되어서야 부랴부랴 나오시는 부모님을 만날 수 있었다.

너무 다급하고 신경이 곤두섰던 나머지 배가 고팠다. 마침 저녁 시간도 다 되어 가고 있었기 때문에 근처에 있는 누들 전문 식당에 들어갔다. 그 식당에서는 음식이 맛있었다기보다 직원이 친절하게 대해 주어서 그런지 더 맛있게 느껴졌다. 그 식당에서 서빙을 하는 직원들 모두가 친절해 보였으나 그중에서도 유독 중국인처럼 보이는 사람이 유창한 영어 실력으로 친근감을 표시하니 왠지 모르게 편안한 기운이 느껴졌다.

그렇게 저녁 식사를 하고 런던 시내로 돌아가는 배를 타기 위해 다시 선착장으로 갔다. 하지만 선착장에서는 고요한 바닷바람이 이미 마지막 배가 떠났다는 사실을 말해주고 있었다. 하는 수 없이 기차역으로 갔다. 원래는 지하철을 찾아보려 했으나 근처에 지하철역이 없어 기차역으로 가 기차를 타고 이동했다. 기차를 타고 킹스 크로스 역까지 가려고 보니 한 번에 가는 것이 없고 BANK라는 곳까지 가야만 했는데, 여기서 말하는 BANK가 은행이라는 뜻 말고 강둑이란 뜻으로 쓰이고 있었다.

BANK로 가는 기차 안에서 그때까지 조용히 침묵을 지키고 있던 안경이 다시 두 동강 났다. 그런데 당장은 아무런 조치를 취할 수가 없어 안경이 벗은 상태로 BANK에서 킹스 크로스 역까지 왔고, 그곳에서 케임브리지로 돌아오는 기차를 탈 수가 있었다. 아침 일찍부터 돌아다니니 몸이 많이 피곤했고, 안경까지 부러진 상태로 돌아오게 되니 지난번에 런던을 방문했을 때보다 더 많은 것을 보고 느꼈음에도 왠지 마음이 불편했다.

〈불멸의 타워 브리지〉

꿈꾸는 Paris

이번에는 프랑스 파리로 무대를 옮겨 보고자 한다. 사실 파리는 내가 옛날부터 꼭 한번 가 보고 싶었던 곳 중 한 군데였다. 원래는 해저 터널을 지나가는 유로스타를 타고 파리로 가고 싶었으나 아쉽게도 유로스타는 타지 못하였고 도버에서 배를 타고 바다를 건넜다. 그때까지만 해도 파리에서 벌어질 비극은 꿈에도 생각하지 못한 채 마냥 어린아이처럼 기대되고 설레었다. 배를 탄 시각은 밤 9시 무렵이었는데 피곤한 몸을 누일 곳도 없이 쭈그리고 앉아 있을 수밖에 없었다. 거기다 배를 오래 타고 가는 것이 아니었기 때문에 제대로 잘 수도 없었다.

프랑스 땅에 도착하자 먼동이 트고 있었다. 그날은 그렇게 한숨도 자지 못하고 꼼짝없이 밤을 지새웠던 것이다. 하지만 그것은 어쩔 수 없이 감수해야만 하는 부분이었다. 모든 상황이 그저 내가 생각하는 대로 흘러갈 수만은 없기 때문에 현재에 충실하고 어쩔 수 없는 부분은 조금 손해를 보더라도 기꺼이 인내하고 받아들일 줄 알아야만 진정한 어른으로 성장할 수 있을 것이라고 생각한다.

그렇게 파리에 도착해 제일 처음 간 곳은 노트르담 성당이었다. 세계적으로 유명한 이 성당에 들어가기 위해 긴 줄을 서서 겨우 들어가니 안에는 사람들로 발 디딜 틈이 없었다. 하지만 마침 미사가 진행되는 중이어서 그런지 경건하고 엄숙한 분위기였다. 성당 안 한쪽 구석에 설치되어 있는 작은 전광판에서도 정숙해 달라는 문구가 나오고 있었다. 이 문구는 특별히 세계 여러 나라에서 오는 사람들을 위해 저마다 다른 언어로 번역되어 나왔는데 그중에는 한국어도 있었다.

그렇게 성당 안을 둘러보고 밖으로 나와 이번에는 배를 타러 갔다. 배를 타는 곳까지는 또 한참을 이동해야만 했는데, 센(Seine) 강변에서 사진을 찍는 데 정신이 팔려 계시는 부모님을 두고 먼저 갈 수가 없어 한참 지체하다 보니 같이 간 사람들 무리 속에서 낙오되고 말았다. 그래도 먼저 간 사람들이 배를 타는 선착장 앞에서 기다려 주어서 다시 무리에 합류할 수 있었지만 왠지 그들에게 미안한 생각이 들었다.

조금 기다려 배를 타니 배에서도 여기저기서 사람들이 사진을 찍는다고 정신이 없었다. 배에서는 프랑스 사람으로 보이는 한 여성 가이드가 설명을 해 주었는데 그녀는 먼저 프랑스어로, 다음에는 영어로 같은 내용을 설명했다. 무슨 내용인지 정확히 알아들을 수는 없어도 그녀의 유창한 언어에 감탄을 하지 않을 수 없었다.

배를 타고 에펠탑 근처까지 갔다가 돌아오는 길에 자유의 여신상과 만나게 되었다. 이것을 보고 미국에 있어야 할 자유의 여신상이 왜 여기 있는 것인가? 하는 의문이 들었다. 하지만 이 의문은 금세 풀렸다. 가이드가 원래 자유의 여신상은 프랑스가 만든 것인데 프랑스가 미국에 선물해 준 것이라고 설명해 주었다. 오래 묵은 때를 제거하기 위해 잠시 철거되는 운명을 맞은 미국의 자유의 여신상과는 달리 프랑스 자유의 여신상은 멀리서 봐서 그런지는 몰라도 크기는 작았지만 매우 튼튼해 보였다.

그다음으로 간 곳은 루브르 박물관이었다. 루브르 박물관에서는 대낮부터 뜨겁게 애정 행각을 하는 커플을 볼 수가 있었다. 그전까지 루브르 박물관에 대해 엄청난 기대를 하고 있었던 나에게 찬물을 끼얹기라도 하는 듯 그 커플은 뜨겁게 키스를 하고 있었다. 루브르 박물관을 들어가 보고 싶었으나 그 규모에 기가 눌려 근처에서 간단히 빵과 주스로 허기를 달랜 뒤 오르세 미술관으로 갔다.

오르세 미술관으로 이동하는 중 길거리에서 파는 그림들을 볼 수 있었다. 주로 에펠탑을 그린 그림들이 많았는데, 마치 진짜인 듯한 섬세한 터치가 매우 인상적이었다. 그 그림들 모두는 종이로 만든 액자에 끼워져 있었는데, 그전까지는 종이로 어떻게 액자를 만들 수 있을지 상상을 하지 못했지만, 이들이 만들어 놓은 것을 직접 보니 확실히 감을 잡을 수 있었다. 그러면서 한편으로는 지난날 액자 없이 그저 스케치북을 낱장으로 뜯어 전시했던 내 그림들에게 왠지 미안한 생각이 들었다. 그렇게 종이로 액자를 만들어도 훨씬 깔끔하고 보기가 좋아 나도 종이로라도 액자를 만들어 전시할 걸 하는 아쉬움이 들었다. 센강을 사이에 두고 루브르 박물관에서 오르세 미술관으로 이동할 때 본 이 광경은 내게 많은 자극을 주었다.

오르세 미술관에서는 사실 장애인에게 주어지는 특권을 이용하면

길게 늘어선 행렬을 무시하고 들어갈 수도 있었으나 긴 줄을 기다려 들어갔다. 미술관 안에서는 휠체어를 타고 여기저기에 전시되어 있는 그림들을 둘러 보았다. 다른 그림들은 눈에 잘 들어오지 않았지만, 여기서 내게 강한 인상을 남긴 것은 곱사등의 화가 로트레크의 그림이었다. 그의 사생활에 대한 이야기를 듣고 보니 그림에서도 어딘지 모르게 내 그림에서 풍기는 이미지와 비슷한 무언가를 느낄 수 있었다. 그림체로 보아 막 휘갈긴 듯한 그의 날카로운 듯하면서 오묘한 선을 보며 그가 어떤 심정으로 그림을 그렸는지를 조금은 이해할 수 있을 것 같았다. 로트레크도 자신의 신체적 장애 때문에 열등감을 가지고 있었다고 하는데, 그의 그림은 마치 그 같은 사실을 대변하기라도 하는 듯 했다.

로트레크의 그림 말고 다른 그림은 내 눈에 들어오지 않았다. 어머니는 로트레크가 태어날 때부터 선천적으로 장애가 있었다고 하셨지만, 그에 대해 좀 더 알고 싶어 관련된 자료를 찾아보니 선천적인 장애가 아니라 소년 시절에 다리를 다쳐 불구가 되었다고 나와 있었다.

이렇게 점차 세계로 비상의 날개를 펼치다 보니 나와 비슷한 처지의 화가가 과거에도 있었다는 사실을 알게 되었다. 지금 내게 있는 문제가 단순히 나에게만 해당되는 것이 아니라는 것을 알게 되니 그동안의 상처입고 짓이겨진 마음에 조금은 위로가 되는 듯하였다. 적어도 잠시 뒤 있을 에펠탑의 악몽이 시작되기 전까지는 말이다.

에펠탑의 악몽

그런 다음 개선문으로 이동했다. 가뜩이나 밤을 꼼짝없이 새웠던 데다 또 거의 하루 종일 걸으니 나중에는 하늘이 노래지는 것만 같았고, 시야의 확보가 점점 힘들어지는 듯했다. 그렇지만 기왕 파리까지 어려운 걸음을 한 터라 개선문을 좀 더 가까이에서 보고 싶어 샹젤리제 거리로 이동을 했다.

샹젤리제 거리로 가는 도중 도로를 사이에 두고 건널목을 건너야 했는데 신호가 바뀌려고 하는 순간에 무리하게 건너가니 차를 운전하는 프랑스인이 프랑스어로 알아들을 수 없는 욕을 하는 것이었다. 분명 무리하게 건너려고 했던 우리에게 더 과실이 많겠지만, 한편으로는 조금 빨리 가겠다고 보행자를 배려하지 않고 자신의 입장만 내세우는 그 사람의 태도가 무심하고 야속하게 느껴졌다.

그렇게 샹젤리제 거리로 가던 중 원래 이집트에 있어야 하는 오벨리스크가 웅장한 자태를 뽐내며 거리에 서 있었다. 이것을 보고 약간 의아했지만 그 의문은 프랑스가 이집트에서 강탈해온 것이라는 사실을 알게 되면서 이내 풀렸다. 오벨리스크가 서 있는 광장으로 더 가까이 가서 보니 탑을 받치는 지지대에 그림이 그려져 있었는데, 그 그림으로 이집트에 있던 오벨리스크를 어떻게 운반했는지 알 수 있었다. 더 가까이에서 살펴보니 오벨리스크의 단면과 구조, 그리고 만든 목적과 역사적인 의의를 유추해낼 수 있었다.

그렇게 오벨리스크를 지나 개선문이 보이는 광장으로 갔을 때였다. 이때부터 다시는 떠올리고 싶지 않은 악몽이 시작되었다. 그것은 바로 갑자기 아버지가 온데 간데 없이 사라져 버리셨던 것이다. 이야기를 하면서 아버지 뒤에서 따라오던 어머니와 나는 그 사실을 뒤늦게 깨닫고 더럭 겁이 나기 시작했다. 하지만 이내 정신을 가다듬고 그 자리에 서서 기다려 보았다. 나중에는 그 자리에서 쭈그리고 앉아서 기다렸지만 그런데도 아버지는 나타나지 않으셨다.

사실 여기까지는 그런대로 참을 수 있었다. 아버지와는 나중에 만나게 될 것이라는 믿음이 있었기에 아버지와 헤어진 것에 대해서는 별로 걱정을 하지 않았으나 자꾸 주변에서 알짱거리는 커플들 때문에 내가 아직도 혼자라는 사실이 무척 창피하고 한심스럽게만 느껴졌다. 그러면서 아버지가 혹시나 에펠탑으로 먼저 가신 것은 아닐까 하면서 그쪽으로 한참을 걸어갔다. 에펠탑이 높이 솟아있어 가까운 줄 알았더니 실제로는 상당히 먼 거리였다. 하지만 개선문 못지 않게 붐비는 에펠탑 근처에서 아버지를 찾기란 불가능했다. 급기야 에펠탑 근처에서 서성이고 있는 경찰에게 도움을 요청했다. 그 당시 어머니가 알고 계셨던 정보라고는 호텔 이름이 이비스라는 것과, 지하철 1호선 종점 근처라는 사실 단 두 가지뿐이었다. 경찰에게 남편을 잃어버렸다며 울상을 지으시는 어머니 모습이 무척 안타까웠다. 난 그 경찰이 차로 호텔까지 태워주지 않을까 기대를 했지만, 그 경찰은 어머니를 위로해주는 듯하면서도 어딘지 모르게 귀찮다는 표정을 짓고 있었다.

그렇게 어머니가 경찰에게 사정을 이야기하시자 그 근처에 있던 다른 경찰 두 명이 무슨 일인가 싶어 우리 쪽으로 다가왔다. 아버지를 잃어버리고 돈도 전혀 가지고 있지 않은 우리의 사정을 전해 들은 경찰들이 호주머니에 있던 동전을 꺼내 차비를 만들어주며 지하철을 타라고 가까운 지하철역 위치를 알려 주는 것이었다. 하는 수 없이 경찰들이 알려 주는 지하철역으로 또 20분을 걸어서 이동했다.

지하철역까지 가는 도중 건널목에서 난 또 하나의 악몽과 마주치게 되었다. 그것은 바로 벌건 대낮부터 남들의 시선을 전혀 의식하지 않는 한 커플의 과감한 애정 행각이었다. 그 커플은 건널목 앞에서 신호를 기다리면서 또 뜨겁게 키스를 하기 시작해 보는 나로 하여금 민망하게 만들었다. 그들은 지하철역까지 따라오며 지하철역 앞 매표소에서도, 계단에서도, 심지어 지하철 안에서도 계속 키스를 하는 것이었다. 서로 얼마나 좋으면 저럴까 싶었지만 눈이 자꾸만 그 쪽으로 가는 것은 어쩔 수 없었다. 그러면서 한편으로는 무척 부럽기도 하고 난 지금까지 대체 무얼 하고 살았나 하는 지난날에 대한 후회와 원망이 물밀듯이 밀려왔다.

이비스 호텔이 있는 곳까지는 중간에 지하철을 갈아타야만 했는데, 그나마 다행한 것은 그들이 지하철 갈아타는 곳까지 따라오지는 않았다는 것이었다. 그렇게 지하철을 갈아타고 종점까지 갔는데 이것은 또 무슨 운명의 장난인지 호텔 이비스는 종점에 없었다. 그러자 어머니는 한 정거장 전에 보이더라고 말씀하셨다. 왜 그 중요한 사실을 그제야 말하시는지 그런 어머니가 얄미웠다. 하는 수 없이 종점에서 한 정거장 전 역까지 또 약 20분간을 걸었다.

급기야 마음속에서 끓어오르는 분노를 도무지 주체하지 못할 정도에 이르러 난 머리를 싸매며 결국 그 자리에 주저앉아 굵은 눈물을 뚝뚝 떨어뜨렸다. 이 눈물은 단순히 아버지를 갑작스럽게 잃어버려서 서러워 흘렸던 눈물이 아니라 한 번에 여러 가지 악몽이 연달아 일어나자 혼자 힘으로는 도저히 감당해내기가 어려워 그것이 서러워 흘리는 눈물이었다. 그렇게 호텔 이비스 쪽으로 걸어가면서도 난 계속 울고 있었다.

호텔 이비스 앞에 거의 다 왔을 때쯤 어머니에게로 낯선 전화가 한 통이 걸려왔다. 아버지였다. 호텔에 가서 만난 아버지는 개선문 사진을 찍으러 잠시 멀어진 사이 어머니와 내가 사라졌더라고 말씀하셨다. 혼자 그 근처에서 약 한 시간 반 가량을 우리를 찾다가 도저히 안 되어서 택시를 타고 곧장 호텔로 오신 것이라고…. 이번 일로 인해 즐거워야 할 파리 여행이 다시는 기억하고 싶지 않은 악몽으로 내 인생의 한 페이지를 장식했다.

〈불타는 에펠탑〉

전설의 황금빛 궁전 베르사유

이튿날 아침 일찍부터 간 곳은 베르사유 궁전이었다. 베르사유 궁전은 건물 전체가 황금빛으로 도금된 궁전이었는데, 이것만 보아도 그 당시 왕가의 사람들이 얼마나 호화롭고 사치스러운 생활을 했는지 미루어 짐작할 수 있었다. 이 궁전에 들어가려고 사람들이 끝도 없이 줄을 서 있었다. 여기서는 나만이 가지는 특권을 이용해 그 행렬을 무시하고 장애인 전용 통로를 통해 안으로 들어갈 수 있었다. 거기다 걸어서 궁전 안을 둘러보려면 얼마 지나지 않아 힘들어질 것 같아 휠체어를 빌려 타고 궁전 내부를 둘러보았다.

궁전 내부에는 유독 그림들이 많이 전시되어 있었는데 그것들을 보겠다고 여기저기서 몰려든 사람들 틈에 끼어 휠체어를 타고 다니는 것이 본의 아니게 다른 사람들에게 피해를 주는 것 같아 무척 미안한 생각이 들었다. 장애가 무슨 특권도 아니고 적어도 남들에게 피해는 주지 말자는 것을 생활신조로 삼고 있는 난 휠체어를 탄다는 것 자체가 상당히 굴욕적인 일로만 느껴졌다. 하지만 다른 선택의 여지가 없었기 때문에 그건 불가피한 선택이었다. 궁전 안은 좁은데 사람은 많으니 그야말로 정신이 없었고, 구경을 했다기보다는 다른 사람들의 눈치를 보느라 조마조마해서 전시되어 있는 그림들이나 조각들은 제대로 살펴보지도 못했다.

그렇게 겨우겨우 궁전 안을 둘러보고는 마리 앙투아네트의 정원으로 이동했는데 그 정원은 어찌나 넓은지 정원 안에서도 왔다 갔다 하는 미니 열차가 운행되고 있었다. 나는 궁전을 보는 것에 이미 싫증이 나서 별도의 궁전이 마련되어 있는데도 들어가지 않고 계속 주변 공원을 산책하며 맴돌고 있었다. 공원 안에는 야외식당은 물론 거대한 호수에다 아름드리 우거진 가로수 길까지 있었고 잡상행위를 하는 사람들도 많았다. 잡상인들은 주로 에펠탑 모형을 들고 다니며 하나에 1유로라며 팔고 있었는데 왠지 구매를 강요한다는 느낌이 들었다. 이런 장사를 많이 하는 사람들은 주로 흑인들이었는데 그들의 묵직한 한숨과 며칠 동안 씻지 않은 듯 꾀죄죄하고 남루한 옷차림은 왠지 측은하다는 생각을 들게 만들었다.

공원 안을 왕복하는 셔틀 열차는 15분마다 한 대씩 있었다. 타는 사람이 그렇게 많았던 것은 아니었지만 그래도 빈자리 없이 사람들이 다 앉아 있었다. 날이 너무 더워 나는 아이스크림을 먹고 싶다는 생각이 간절해졌다. 원래는 야외에 마련된 식당에서 식사를 할 생각이었으나 그러기에는 시간이 부족한 것 같아 서빙하는 사람의 성의를 무시하고 도로 나올 수밖에 없었다. 그 대신 그 옆에 야외 매점에서 파는 사이다와 아이스크림으로 허기를 달랬다. 그 전까지 무척 목이 말랐기에 마침내 사이다를 마시게 되니 한껏 포만감에 기분이 좋아졌다. 그렇게 공원 안을 조금 더 둘러 보았는데 잘 손질된 잔디밭과 쓰레기 하나 없이 깨끗한 풍경이 기억에 남는다. 이렇게 전설의 황금 궁전 베르사유의 기억도 내가 살아온 인생의 한 페이지를 장식했다.

〈황금궁전 베르사이〉

바람 부는 위대한 항로

베르사유 궁전을 둘러보고 난 뒤에는 영국으로 돌아가기 위해 곧바로 덩크르크 항구로 이동했다. 항구까지는 꼬박 세 시간이 걸리는 지루한 시간이었지만 다른 선택의 여지가 없이 그대로 차 안에 앉아 있을 수밖에 없었다. 입국 심사를 받고 다시 차로 돌아와 우리가 타고 갈 페리가 들어오기만을 기다리고 있었다. 그러자 조금 뒤 어디선가 불현듯 큰 배가 눈앞에 나타났다. 배가 항구에 정박하자 이내 배에 실려 있던 차들이 기다렸다는 듯이 쏟아져 나왔다. 실려 있던 차들이 배에서 다 나오자 이번에는 대기하고 있던 차들이 배 안으로 들어갔다.

배 안으로 차들이 들어가기 전 아버지께서 항구를 배경으로 사진을 찍어주시겠다는 제안을 하셨다. 처음에는 또 나가기가 성가시고 번거로워서 아버지의 제안이 썩 내키지 않았다. 그래도 아버지께서 계속 그 뜻을 굽히지 않으셔서 나는 결국 잠시 차에서 내려 뒤의 항구를 배경으로 사진을 찍었다. 평소에는 가만히 서 있어도 무릎이 온전히 펴지지 않고 구부정한 자세로 사진이 나왔는데, 이날 찍은 사진에서는 그런 부자연스러운 모습을 전혀 찾아볼 수가 없었다. 부자연스럽다기보다는 내가 봐도 꽤 의젓하고 늠름해 보였다. 이날따라 왜 그렇게 사진이 잘 나왔는지 모르겠지만 그래도 기분은 무척 좋았다.

그렇게 뒤로 항구가 있고 배가 정박해 있는 고요한 분위기에다 바닷바람까지 싱그럽게 불어오니 그야말로 영화의 한 장면 같았다. 내가 여러 번 보고 또 보았던 영화 〈타이타닉〉이 떠올랐다. 돌아오는 배 안의 갑판 위에서도 불어오는 바람을 맞으며 지는 태양을 배경으로 사진을 찍으니 내가 마치 〈타이타닉〉의 주인공이 된 것만 같은 착각에 빠졌다. 그런데 영화와는 달리 아쉬운 점은 내가 혼자라는 사실이었다. 그렇게 배는 잔잔한 물결이 일렁이는 조용한 바다를 말없이 항해하고 있었다.

끝나지 않은 비극

그렇게 끝날 것만 같았던 비극은 사실 거기서 끝이 아니었다. 소리 없이 찾아온 또 한 번의 비극은 그 전까지 붙들고 있던 작은 희망의 끈마저 묵사발로 만들어 버리고야 말았다. 이 비극은 런던에 다시 도착해서부터 시작되었는데, 그 당시 런던에 도착한 시각이 아마 밤 11시쯤이었을 것 같다. 당초 가이드는 버스가 킹스 크로스 역까지 운행된다고 말했지만, 런던에 도착하니 갑자기 계획이 변경되어 시내 한복판에서 기차표를 끊어 줄 테니 킹스 크로스 역까지 직접 가서 케임브리지 행 기차를 타라는 것이었다. 아니 그럼 처음부터 말을 그렇게 하질 말지 왜 갑자기 노선을 바꿔 훨씬 더 돌아가는 길로 가야만 하는지 그 가이드가 원망스러웠다.

그래서 런던 시내 한복판에서 택시를 타고 기차역으로 이동했는데, 이때 시각이 밤 12시였다. 다행히 택시 요금은 가이드가 미리 지불해서 내릴 때 따로 돈을 낼 필요는 없었으나 문제는 그 다음이었다. 시간이 너무 늦다 보니 역은 한산했다. 그런데 열차 출발 시각을 알리는 전광판을 보고는 난 충격을 받을 수밖에 없었다. 그 이유는 킹스 크로스 역에서 케임브리지까지는 급행열차로 가면 40분이면 충분한 거리인데, 중간에 열 개가 넘는 작은 역들을 모두 경유하는 완행 열차밖에 없다는 문구가 전광판에서 나왔기 때문이었다. 그럴 바에야 돈을 좀 더 내는 한이 있더라도 택시를 타고 케임브리지까지 한 번에 가는 편이 더 효율적일 것 같은 생각이 들었으나 이런 나의 생각은 반영되지 않았다.

그렇지 않아도 긴 여행의 피로가 쌓여 있는데 이렇게 이중삼중으로 달갑지 않은 일이 연달아 이어지니 그 자리에 그저 주저앉고만 싶어졌다. 그렇다고 그곳에서 죽치고 앉아 있을 순 없기에 울며 겨자 먹기로 중간의 모든 역을 경유하는 그 열차를 탈 수밖에 없었다. 출발 전 방송을 들어 보니 경유하는 역은 총 12개였다. 이 순간만큼은 하늘이 원망스러웠다. 여행을 마치고 난 다음에도 파리에 대한 기억은 다시는 떠올리고 싶지 않은 비극으로 내 마음 한구석에 남게 되었다.

내분

이날은 또 다른 여행 계획이 잡혀있던 날이었다. 행선지는 아일랜드. 연이은 여행 일정 탓에 몸에 쌓인 피로가 가시기도 전에 또 다른 여행을 하게 되어 무척 피곤했다. 하지만 『비상』이 발전하는 계기가 되고, 또 그 속에서 다른 사람들과 만날 생각을 하게 되니 마음이 벅차오르고 설레는 것을 느낄 수 있었다.

이날도 여행할 때면 늘 타던 장소에서 여행사에서 마련해준 미니 버스를 타고 관광버스가 있는 곳으로 이동해야 했다. 그런데 런던 시내로 가는 줄만 알았던 미니 버스가 내 예상과는 달리 공항 쪽으로 가는 것이었다. 난 택시 기사가 왜 그러는지 처음에는 이해가 안 되었지만, 같이 가려는 사람들이 공항 근처에서 합류하는 것을 보고 나중에서야 그 이유를 알 수 있었다. 원래는 그렇게 오래 걸리는 거리가 아닌데 그날따라 답답하고 비좁은 차 안에서 네 시간 동안 쭈그리고 앉아 있으려니 기분이 묘해지면서 슬슬 분노가 치밀어 오르기 시작했다.

오후 다섯 시 반쯤 출발했는데 밤 9시 반이 되어도 택시는 고속도로 위를 달리고 있었다. 이건 좀 너무한 것 아닌가 싶어 참다못해 혼자 버럭 화를 냈다. 아니 그렇게 오래 걸릴 거면 미리 양해를 구하고 화장실 한 번은 가게 해 주었어야 하는 것이 아닌가? 나 혼자만의 생각일 수도 있겠지만, 괜히 공항 쪽에서 타려는 사람들까지 픽업을 하겠다고 무리하게 움직이니 더 짜증이 났던 것인지도 모르겠다.

옆에서 가만히 듣고 계시던 아버지께서도 결국에는 화장실이 급해지셨는지 덩달아 기사에게 항의를 하시기 시작하자, 옆에 앉아 있던 스위스 사람도 가세했다. 이에 당황한 기사는 조용히 해 달라고, 조금만 더 있으면 관광버스가 있는 곳에 도착한다고 짜증 섞인 말투로 응수를 했다. 그 기사 아저씨는 관광버스가 있는 곳까지 사람들을 데려다 주기만 하면 되는 것이었지만, 전혀 예상치 못했던 사람들의 반응에 당황하는 기색이 역력했다. 즐거워야 할 여행이 처음부터 짜증과 불만 섞인 좋지 않은 감정들로 시작하게 되니 기분이 이상해졌다.

여행의 본래 목적은 답답한 일상에서 잠시라도 벗어나 마음의 여유를 찾고 궁극적으로는 삶의 질을 향상하고 행복을 추구하기 위한 것이다. 이런 목적과는 달리 자신의 편의를 제공하기 위해 도와주는 사람을 마치 종처럼 부리며 원하는 대로 해 주지 않으면 불평과 불만, 그리고 항의를 하면서 깔보고 괄시하게 되는 안타까운 상황을 생각하자 난 마음이 몹시 불편해졌다. 시간이 지난 뒤 다시 생각해 보니 그 기사도 일부러 그러려고 했던 것은 아니었을 텐데 조금 더 인내하지 못하고 화를 냈던 나 자신이 부끄럽게만 느껴졌다. 이런 우여곡절 끝에 밤 10시가 넘어서야 관광버스에 도착해 같은 목적지로 여행하는 사람들과 만날 수 있었다.

어둠 속에서 눈물 흘리고 계셨던 예수님

그렇게 코치를 타고 항구로 이동했다. 처음 만나는 사람들과 또 새로운 여행을 한다는 생각을 하게 되니 마냥 기쁘고 설레었다. 택시 기사와의 작은 말다툼만 없었더라면 즐거운 마음으로 여행이 시작되었을 텐데 그러지 못한 것이 못내 아쉬웠다. 네 시간 동안 쉬지 않고 달린 코치는 새벽 두 시가 되어서야 웨일즈 지방의 피쉬 가든이란 작은 항구에 도착했다. 이 항구에서 배를 타고 아일랜드까지는 다시 서너 시간이 걸려 무척 지루한 항해가 될 수밖에 없었다.

잠은 자야겠는데 늘 침대에서 편안하게 자던 터라 메고 간 작은 가방을 베게 삼아 누웠지만 잠이 올 리가 없었다. 배 안에는 체면은 아랑곳하지 않고 여기저기 널브러져 새우잠을 자는 사람들이 많았다. 그런 모습들을 가만히 지켜보니 마치 빈민촌의 생활을 방불케 했다. 난 그렇게까지 해서 잠을 자고 싶진 않았기에 자려고 누웠다가 다시 일어나 이번에는 미리 준비해 간 작은 스케치북에 그림을 그리기 시작했다. 그런데 무슨 이유에서인지 의외의 그림이 나왔다. 그것은 다름 아닌 눈물 흘리고 계시는 예수님의 모습이었는데, 그것을 그리면서도 내가 왜 그런 그림을 그리는지 이해가 되지 않았다. 스스로 짐작하건대 이는 무엇보다 그렇게 아무 데서나 널브러져 잠을 청하고 있던 사람들의 모습이 안스러워 보이고, 남들은 쉽게 누리지 못하는 특권을 누리면서도 주어진 상황에 만족하지 못하고 불평불만만 늘어놓는 내 모습이 안타까워서였던 것 같다. 사실 모든 상황이 그저 자신이 원하는 대로 이상적으로 흘러가기를 바라는 것은 무척 이기적인 생각이다.

중요한 것은 아무리 작고 사소한 것이라도 그것에서 감사와 만족을 찾으려는 자세다. 그런데 자신들도 모르는 사이에 언제부터인가 빨리 빨리 서두르는 문화에 이미 익숙해진 사람들은 이런 자세를 갖는 것이 무척 힘든 일이다. 나는 내 자신의 무한한 가능성을 믿기에 누군가 내게 조언을 해 주면 겸허한 자세로 받아들이고 어떤 상황에서도 감사와 만족을 찾기 위해 노력할 것이다.

어느 멕시코인 여학생과의 동석

그렇게 배가 아일랜드 쪽 항구에 도착해 다시 코치로 돌아왔을 때였다. 그때는 마침 먼동이 터오고 있었는데, 배 안에서 그야말로 밤을 지새운 나는 몹시 피곤했다. 지친 기색을 뒤로 하면서 배에 타기 전까지 내 옆자리에 앉아 계시던 아버지께 이제는 좀 다른 사람과 앉고 싶다는 의사를 밝혔다. 나의 이런 의사표시가 듣는 아버지의 입장에서는 조금 서운하셨을 수도 있지만, 난 언제 어디서나 내 마음을 잘 숨기지 못하고 직설적으로 표현하는 타입이라 아버지께 조금 죄송하다는 생각이 들어도 뜻을 굽히지 않았다.

그렇게 난 내 옆자리를 비워 두고 잠시 혼자 앉아 있었다. 그러자 잠시 뒤 뒤에서 어떤 여학생이 비어 있는 내 옆자리로 와서는 앉아도 되는지를 묻는 것이었다. 나로서는 전혀 마다할 이유가 없었고 이게 웬 횡재냐 싶어 "Here is free?"라고 물어보는 그녀의 질문에 얼른 "Yes, here is free."라고 대답하였다. 그런데 그녀는 나의 부정확한 발음 탓인지 잘 알아듣지 못하는 눈치였다. 그래서 난 같은 대답을 두 번이나 할 수밖에 없었다. 그러자 그녀는 그제야 알아들었는지 입가에 미소를 띠며 "Thank you."라는 말을 하며 내 옆자리에 앉았다.

평소 이런 기회는 자주 있는 것이 아니었기에 내게 그 같은 기회가 생긴 것에 대해 난 무척 행복했다. 난 그녀가 내 옆자리에 앉자마자 기다렸다는 듯이 그녀에게 이런 질문을 하였다. "Where are you from?" 이 질문 역시 그녀는 잘 못 알아듣는 것이었다. 그래서 내가 묻고자 하는 질문의 핵심이 되는 country라는 말만 따로 물어 보았다. 그제야 그녀는 나의 질문이 자신의 국적을 물어보는 질문임을 알아챘는지 멕시코에서 왔다고 대답했다.

그렇게 이야기를 나누고 있는데 그때 마침 앞좌석에 앉아 계시던 어머니께서 바나나와 귤, 그리고 식빵을 들고 내게로 오셨다. 어머니로부터 그 음식을 건네받는 손이 멋쩍었고, 그 여학생도 혹시 배가 고프진 않을까 걱정이 되었다. 그래서 내 가방 속에 들어 있던 초콜릿을 꺼내 그녀에게 보여주며 "Do you like chocolate?"이라고 물어보았다. 그런데 그녀는 내게 자신은 초콜릿을 좋아하지 않는다고 대답했다. 그러자 나는 "Do you want anything else?"라고 또 다른 질문으로 받아 쳤다. 그런데 그녀가 하는 말은 "I'm full."이었다. 그러면서 내가 자신을 처음 만났음에도 먼저 말을 걸어오며 먹을 것을 나눠주려고 하는 태도에 감동을 받았는지 "Thank you."라는 말도 잊지 않았다. 일부러 그런 소리를 들으려고 했던 질문은 아니었지만 나의 부정확한 발음에도 아랑곳하지 않고 내가 하는 말을 최대한 알아들으려 애쓰는 그녀의 태도가 난 무척 고마웠다.

그러는 사이 코치는 이내 항구를 떠나 한산한 고속도로를 달리고 있었다. 또다시 지루해진 나는 다시 스케치북을 꺼내어 그 자리에서 또 그림을 그리기 시작했다. 이때 그린 것은 일전에도 한번 그렸던 적이 있는 유니콘이었는데, 귀에 이어폰을 꽂고 핸드폰에서 나오는 노래를 듣고 있던 그녀가 그것을 보았는지 내게 이런 말을 하였다. "It's a nice drawing." 일부러 듣는 내가 기분 좋으라고 해 주는 말 같지는 않았다. 내가 그 같은 사실을 미리 눈치챌 수 있었던 이유는 그녀의 맑아 보이는 눈동자에 진심이 담겨 있음을 읽을 수 있었기 때문이었다. 약간 거만한 생각일 수도 있지만 과거에 도서관 봉사를 하면서 이미 자기계발 서적을 수없이 독파한 까닭에 심리 분석에는 이미 도가 튼지 오래라 독심술에는 어느 정도 자신이 있었다. 그러자 난 또다시 내 폰에 찍어 놓은 그림들을 그녀에게 보여주며 막 자랑하기 시작했다. 자꾸 이러면 안 된다는 사실을 알고 있으면서도 지난날 남들에게 무시당했던 기억이 떠올라 나도 모르게 그녀에게 내 그림을 보여주며 구차하게 관심을 구걸하고 있는 내 자신을 발견할 수 있었다.

기약 없는 기다림, 불쌍한 거리 화가

어느덧 코치는 더블린 시내에 도착해 있었다. 주섬주섬 짐을 챙겨 제일 먼저 들어간 곳은 식당이었다. 아침 식사를 하기 위해서였다. 그때 시각이 오전 10시쯤이었는데 아침치고는 조금 늦은 감이 있어 얼른 식당으로 들어가 자리를 잡고 앉았다. 그런데 멀지 않은 곳에 중국인으로 보이는 아저씨가 홀로 앉아 식사하고 있는 모습을 발견하게 되었다. 그래서 난 내 영어 실력도 한 번 시험해 보고 또 다른 사람에게 그림을 보여 주고 싶어져 그에게 다가가 말을 걸었다. 원래는 "Where are you from?"이라고 물어보아야겠지만 이미 그가 중국인이라는 확신이 있었기에 "Are you from China?"하고 물어보았다. 그러자 그는 "Yes. I'm from China."라고 대답했다. 그러면서 나는 또 "Do you like drawing?"이라는 질문을 하면서 그에게 내 폰에 저장해 놓은 그림을 보여 주었다.

그런데 그는 별로 자세히 들여다보는 것 같지도 않았고, 진심을 담아서 내 그림이 좋다고 칭찬을 하고 있는 것 같지도 않았다. 그의 그런 태도에서 악의적인 의도는 느껴지지 않았으나 사람의 눈은 원래 거짓말을 하지 않는다. 약간 흔들리고 있는 그의 눈동자에서 이 사람은 내 그림을 별로라고 생각하고 있는데 대놓고 그런 말을 할 수 없어 얼버무린다는 것을 유추해낼 수 있었다.

그래서 난 이내 대상을 바꿔 다른 곳을 바라보며 그 근처에서 다리를 꼬고 앉아 차를 마시고 있는 가이드 아주머니에게 다가갔다. 이 아주머니께서 갑자기 대놓고 그림을 보여 주긴 좀 뭣해서 일단 "Where do you live?"라는 질문을 먼저 하면서 관심을 끌고, 나에 대한 호기심이 유발되는 질문이 나오도록 유도하였다. 이 또한 과거에 마르고 닮도록 보았던 인간관계론 내지는 대화법에 관한 책에서 습득한 지식이었다. 그 아주머니는 자신은 브리턴이란 도시에 산다고 대답하였다. 그런데 난 솔직히 그녀가 어디 사는지에 대해서는 별로 궁금하지 않았기에 이 정도면 충분히 나에 대한 관심이 유발되었을 것이라 짐작하고 가이드 아주머니한데도 그림을 보여 주기 시작했다. 그런데 이 아주머니가 내게 하는 칭찬 역시 듣는 나에게는 진심이 담겨져 있지 않은 것 같았다. 이번에도 그녀의 흔들리는 눈동자에서 난 그 같은 사실을 엿볼 수 있었다.

그렇게 아침 식사를 마치고 도보로 이동한 곳은 맥주 제조 공장이었다. 그 공장에서 생산되는 것은 아일랜드의 유명한 기네스(Guiness) 맥주였는데, 술에 대해 상당히 부정적으로 보고 있는 내게 맥주 공장으로 가는 길은 썩 유쾌하지 않았다. 계속 또 다른 누군가에게 말을 걸어보고 싶어 정작 맥주 공장에는 전혀 신경을 쓰지 않았다. 그 맥주 공장에 들어가는 것은 의무가 아닌 선택 사항이었다. 그러다 보니 같이 간 사람들 대부분이 들어가지 않았다. 입장료 18 유로까지 감수하면서 들어가 볼 만한 가치를 난 느끼지 못했다. 하지만 그래도 한번 들어가 보시겠다는 아버지를 막을 수는 없었다.

안으로 들어가신 아버지를 두고 먼저 갈 수가 없어 근처에 자리를 깔고 쭈그리고 앉아 또 그림을 그리기 시작했다. 근처에는 앉아 쉴 만한 의자가 없었기 때문에 그야말로 땡볕에서 그림을 그리게 되었다. 이때 그린 것은 개를 안고 벽에 기대앉아 사람들에게 먹을 것을 구걸하고 있는 거지였다. 그 거지는 자신도 배가 고프면서도 개를 위해 지나가는 사람들에게서 얻은 음식을 개의 입속에 넣어주는 모습을 하고 있었다.

나는 이런 모습을 이미 케임브리지에서 수도 없이 봐왔다. 그곳에서 본 광경을 내가 왜 그때 아버지를 기다리며 그리게 된 것일까? 아마도 그 당시 내 자신의 처지가 누군가를 위해 자신의 가진 것을 기꺼이 나눠주는 그 거지의 모습과 상당 부분이 닮아 있었기 때문이었을 것이다. 그렇게 맥주 공장 앞에서 꼬박 한 시간 반가량을 기다렸다. 그렇게 땡볕 속에서 쭈그리고 앉아 그림을 그리고 있는 모습을 어머니가 사진을 찍어 놓으셔서 나중에 보게 되니 내 모습이 무척 처량하고 불쌍해서 금방이라도 눈물이 나올 듯했다.

그림 그리는 어린 소녀

근처에서 꼬박 한 시간 반을 기다린 후에야 맥주 공장에서 나오시는 아버지와 다시 만날 수 있었다. 그리고 난 뒤 우리는 식당으로 이동해 점심을 먹었다. 점심 식사 후에는 더블린 시내를 한 바퀴 돌아보며 시내 구경을 하였다. 영국의 도시들과 크게 다르지 않은 일상적인 번화가의 풍경이었다. 더블린 시내에는 리피(Liffey)라는 작은 강이 흐르고 있었는데, 이 강가에서 사진을 찍으며 즐거운 시간을 보냈다. 그렇게 있다 보니 시간은 어느덧 5시를 향해 가고 있었다. 다른 일행들과 만나기로 한 장소에 먼저 도착한 우리 가족은 근처에 있는 세인트 스테판스 그린(St. Stephen's Green) 공원 안으로 들어갔다.

그 공원 안에 있는 작은 강가에서 어떤 소녀가 강물을 바라보며 조용히 그림을 그리고 있는 것이 아닌가. 가까이 가보니 그 어린 소녀는 작은 스케치북에 강의 풍경을 그리고 있었는데, 아직 미숙해 보이긴 해도 선에서 느껴지는 느낌과 분위기가 융합되어 편안한 느낌을 주었다. 그래서 나도 이에 질세라 그 소녀 뒤에서 스케치북을 꺼내들고 그림을 그렸다. 여기서 내가 그린 것은 강가의 오리였다. 마침 강가에는 오리뿐 아니라 비둘기도 많이 있었는데, 그 소녀는 그렇게 뒤에서 다른 사람들이 시끄럽게 떠드는 소리와 왔다 갔다 하는 비둘기, 꽥꽥거리며 느릿느릿 뒤뚱거리며 걷는 오리들 사이에서도 전혀 흐트러짐 없이 오로지 자신의 그림에만 열중하고 있었다.

그림은 고도의 집중력을 요구하는 작업인데 그 소녀는 아직 어린 나이였지만 벌써부터 그림을 그리는 자세가 잡혀 있는 것처럼 보였다. 그러다 우연히 그 소녀와 눈이 마주치게 되었는데, 그 소녀는 자신이 그림을 잘 그린다는 착각에 빠져 있는 듯 뒤에서 말없이 자신을 바라보며 그림을 그리고 있던 내 존재를 알아채고 가소롭다는 듯이 코웃음을 쳤다. 소녀의 겸손하지 못한 태도에 자존심이 상한 나는 다가가서 따져 볼까 하는 생각해 보았지만, 나보다 어린애를 상대로 그래봤자 괜히 나만 이상한 사람으로 비춰질 것만 같아 그만두었다.

〈더블린: 미라클 브리지〉

Tram

한참 감상에 젖어 그림 그리고 있는 소녀를 보고 있으니 어느덧 시간이 다 지나 오후 5시를 가리키고 있었다. 이제는 호텔로 들어가야 할 시간인데 당연히 다시 코치를 타고 호텔로 가는 줄로 알고 있던 나의 예상은 보기 좋게 빗나갔다. 호텔까지 가는 이동 수단은 코치가 아니라 전차(Tram)였던 것이다.

이 전차는 어떤 목적으로 만들어진 이동 수단인지는 몰라도 그 형태가 놀이동산에 가면 흔히 볼 수 있는 모노레일과 비슷하게 생겼다. 차이가 있다면 그 크기가 놀이동산의 모노레일보다는 조금 더 크다는 점을 들 수 있다. 그런데 그 이동 속도가 매우 느리고 꼭 필요한 이동 수단으로 보이지도 않았는데 왜 이런 전차가 운행되는지 나는 그 이유를 쉽게 알 수 없었다. 차라리 자동차나 자전거로 이동하는 것이 더 효율적일 것만 생각이 들었다. 당연히 그 나라 사람들의 편의를 제공하기 위해 고안된 이동 수단일 텐데, 난 왠지 전차를 타면서 괜히 아까운 자원이 낭비되고 있는 것만 같았다.

게다가 그날 처음 탔던 전차는 한 번에 호텔이 있는 곳까지 운행되는 것이 아니어서 중간에 내려 다른 노선으로 갈아타야 하는 번거로움이 있었다. 그렇게 우여곡절 끝에 호텔에 도착할 수 있었다. 호텔에 도착하니 보란 듯이 떡하니 호텔 문 앞에 서 있는 코치가 그날따라 그렇게 얄미워 보일 수가 없었다.

숲 속에 두고 온 낭만

이튿날에는 코치를 타고 아일랜드 국립공원인 위클로(Wicklow) 산으로 갔다. 경사가 완만한 산을 한참 지나 코치는 나무가 우거진 파워스코트(Powerscourt) 정원에 도착했다. 이 정원에는 잘 가꾸어진 나무들과 오염되지 않는 깨끗한 공기 속에 동물들이 많이 살고 있었다. 좀 더 안쪽으로 들어가자 푸르른 녹음과 새들이 나무에서 지저귀는 소리, 그리고 싱그러운 바람이 나를 반갑게 맞이해 주었다. 그 정원은 매우 넓었는데 마치 영화 〈나니아 연대기〉에 등장하는 동물들이 금방이라도 어디선가 불쑥 튀어나올 것만 같았다.

정원 안을 여기저기 둘러보다 우연히 두 마리의 천마가 서로 마주보며 하늘로 날아오르려는 포즈를 취하고 있는 동상을 발견하게 되었다. 그 뒤로는 분수가 있었다. 비록 동상이긴 하였으나 가만히 보고 있으니 정말 살아서 힘차게 날갯짓을 하며 비상하려는 듯한 그 천마들의 의지를 읽을 수 있었다. 천마들을 보고 감탄하면서 다른 곳으로 가 보았는데, 이번에는 애완동물의 묘지와 만나게 되었다. 처음에는 애완동물들이 한 일이 뭐가 있다고 묘지까지 만들어 주나 싶어 그 취지를 파악하기 힘들었으나 이내 지난날 안타깝게 죽어간 내 강아지가 생각나 나도 모르게 눈시울이 붉어졌다. 다들 잊고 싶지 않은 추억들일 텐데 잠시나마 그런 다른 사람들의 마음을 이해하지 못한 내가 부끄럽게 느껴졌다. 이런저런 생각을 하며 작은 무덤에 묘비명까지 거창하게 쓰여 있는 모습을 보니 마음이 왠지 불편했다. 그래서 난 그 자리를 뜰 수밖에 없었다.

다음으로 본 것은 환호하는 천사의 동상이었다. 이 천사의 동상은 멀리서 볼 때는 형태를 파악하기 힘들었으나 가까이에서 보니 조각된 결이 무척 예리하고 섬세했다. 그 조각이 결코 쉬운 작업이 아니라는 사실을 난 분명히 알 수 있었다. 천사의 동상은 마치 뭔가 기쁜 일이 있는 것처럼 두 팔을 하늘로 높이 들고 환호하고 있었는데, 그것을 바라보고 있는 나 역시 그런 메시지가 간접적으로 전해져 왔다.

그다음으로 본 것은 타워벨리였다. 얼핏 오벨리스크와 비슷하게 생겼는데 한 가지 다른 점이 있다면 안으로 출입할 수 있게 만들어 놓은 통로가 있다는 점이었다. 타워벨리 안에 구부구불 휘어진 계단을 타고 위로 올라가자 밑에 있는 나무들과 멀리 있는 풍경까지 한눈에 들어왔다. 높은 곳에 올라가서 내려다 보아서 그런지 숲 속의 풍경이 마치 영화의 한 장면처럼 낭만적으로만 느껴졌다. 그렇게 해서 나는 그곳에서 느꼈던 낭만을 그 숲 속에 남몰래 숨겨두고 왔다.

한숨과 통곡의 호숫가

다음으로 간 곳은 위클로우(Wicklow) 산 정상에 있는 호숫가였다. 그 호수는 물빛이 검정색인 것으로 유명했는데, 비록 울창하게 나무가 있는 곳은 아니었지만 그래도 제법 분위기 있고 낭만적인 곳이었다. 다들 그 호숫가에서 사진을 찍느라 정신이 팔려 있었다. 나도 호수 근처로 가 보려고 힘겹게 걸음을 옮겼는데 여행의 강행군에 몸에 무리가 갔는지 올바로 서 있지 못하고 비틀거리며 중심을 잡기가 힘들었다. 그래도 호수를 보겠다는 일념 하나로 간신히 호수 근처까지 갔으나 주변의 지형이 가파르고 불어오는 바람에 밀려 몸이 자꾸만 뒤로 넘어지려 하는 것이었다. 그곳에서 예쁜 여학생과 사진을 찍고 싶은 마음이 간절했지만 아쉽게도 호숫가 근처에서는 성공하지 못했다. 이 정도의 허약한 체질로 여자와 사진을 찍을 생각을 감히 하다니….

지금의 나는 여자에 대한 좋지 못한 과거의 기억을 온전히 청산하지 못한 것과 허약한 체질, 극도로 약해진 자신감이라는 무거운 짐을 지고 있다. 어떤 순간에서도 꺾이지 않는 나의 불굴의 의지와 열정에 감동을 받아 날 도와주려는 여자가 옆에 있었으면 좋겠다는 사실을 오래전부터 해 왔다. 하지만 철저히 제도화된 틀 속에서 공부하는 기계로 전락해 버린 오늘날의 여학생들에게 이런 모습을 기대하기란 무척 힘들다고 생각한다. 그러면서 이런 상황을 받아들여만 하는 안타까운 현실에 또다시 난 눈시울이 붉어질 수밖에 없었다.

불사조의 강림

그렇게 한숨과 통곡의 호숫가를 지나 다음으로 간 곳은 어떤 폭포였다. 이 폭포의 물은 높은 곳에서 낮은 곳으로 아주 비스듬하게 흐르고 있었다. 이런 형태의 폭포는 지금까지 본 적이 없어 무척 신기하고 이색적으로 보였다. 이 폭포 옆에서 난 드디어 여자와 사진을 찍는 데 성공했다. 서로 자신들끼리 주고받는 말이 왠지 중국어 같아서 당연히 중국인인 줄 알았는데, 그들은 중국인이 아니라 태국인들이었다. 이 여학생들은 다섯 명이 항상 무리를 지어 다녔는데 난 그중 두 명의 여학생들을 양옆으로 두고 혼자 조금 높은 곳에 올라서서 포즈를 취했다. 비록 어머니의 도움으로 연출된 상황이었지만 한 번에 한 명도 아니고 여학생 두 명과 함께 사진을 찍으니 무척 기분이 좋아졌다.

나와 함께 사진을 찍어주는 여학생 두 명도 뭐가 그렇게 즐겁고 좋은지 알 순 없지만 분명히 입가에 환한 미소를 띠고 있었다. 그래서 이날 이 순간만큼은 마치 내 안의 불사조가 날개를 활짝 펼치며 강림하는 것처럼 유쾌한 느낌을 받았다. 그러면서 잠시나마 나를 옭아매고 있던 쇠사슬이 풀리는 것처럼 보였다. 역시 나를 결박하고 있는 쇠사슬의 굴레에서 온전히 풀려 나려면 여자 문제가 해결되어야만 한다는 느낌을 받을 수 있었다.

어느 화가와의 조우

그다음으로 간 곳은 숲 속에 있는 중세 기념비와 거대한 묘지였다. 이곳에서는 야외에서 캔버스에 열심히 그림을 그리는 어떤 할아버지 한 분을 만날 수 있었다. 그런데 그는 무슨 자신감에서인지 자신의 그림을 판매하고 있었다. 이런 행위는 보통 자신감으로는 하기 힘들 텐데 그의 과감한 행동에 나는 적잖이 충격을 받았다. 사실 그림이 작품으로 가치를 인정받으려면 정식으로 갤러리나 미술관과 같은 곳에서 전시를 한 후에 판매되어야 한다고 생각한다. 그런데 이런 절차를 무시하고 길거리에 나가 그림을 아무리 늘어 놓은들 팔릴 리 만무하지 않나 싶었다.

그래도 나는 같이 그림을 그리는 사람으로 이 할아버지가 어떻게 작업하는지를 잠시나마 지켜보았다. 할아버지는 유화물감처럼 포장된 재료를 사용하고 계셨다. 그 할아버지께 지금 유화 물감으로 그리시냐고 물어보자 그는 유화 물감이 아니라 아크릴물감이라고 입가에 인자한 미소를 띠며 대답해 주셨다. 상황이 이렇게 되자 난 이 할아버지께 내 그림을 보여드리고 싶다는 생각이 들었다. 그래서 얼른 이를 행동에 옮겼다. 폰을 꺼내어 내 그림을 이 할아버지께 보여드리는데 너무 많아 빨리빨리 대충 넘어가는 내 그림들을 보고 계시면서도 전혀 당황하거나 어색한 느낌 없이 연신 내 그림에 대해 칭찬을 해 주셨다.

이날 난 이 화가 할아버지와 처음, 그것도 단 한 번 만났음에도 그의 섬세한 붓 터치와 안정감 있는 구도에 많은 자극을 받았다. 그러면서 나도 나중에 그림을 팔아 세계적으로 유명한 작가가 되리라는 꿈을 가지게 되었다. 사실 이전까지 미술이 내가 가야 할 길이라는 확신을 갖지 못했다. 하지만 이제는 다른 분야에서는 재능을 제대로 펼치지 못했지만 미술만큼은 날 배신하지 않을 것이라는 믿음으로 불가능을 가능으로 만들고 싶다. 지금까지 누구도 이루지 못한 신화를 이루기 위해 난 앞으로도 최선의 노력을 다할 것이다.

우연히 만난 독일인 가족

이후 저녁을 먹으러 찾아 들어간 식당은 더블린에서도 유명한 아이리쉬 팝(Irish Pub)이었다. 그곳에서 우리는 어떤 독일인 가족을 만날 수 있었다. 처음에는 전혀 독일인인지 몰랐지만 그들끼리 하는 말을 들어 보니 독일어였다. 옆에 계시던 어머니께서 독일어로 그들에게 먼저 말을 거셨다. 그러자 그들은 무척 반가워하는 기색이었다. 어머니나 아버지는 두 분 다 독일어를 할 줄 아시는데 나만 독일어를 몰라 그 앞에서 소외되는 느낌이 들었다. 영어로 하면 되겠지만 나도 그들과 독일어로 대화를 해 보고 싶었다. 외국어의 가치가 중요시되면서 독일어처럼 비중이 낮고 많이 쓰지 않는 언어를 배우려 하는 사람들을 이해하지 못했으나, 이 순간만큼은 독일어를 모르는 내가 왠지 창피하고 한심스럽게만 느껴졌다.

그래서 나도 뭔가 잘하는 분야가 있다는 사실을 그들에게 알리고 싶어 그림을 보여주기 시작했다. 그중 아버지로 보이는 사람은 별로 내 그림에 관심을 보이지 않았는데, 어머니와 고등학생 딸은 내 그림에 지대한 관심을 보였다. 비록 자신들과는 아무런 관련도 없는 데도 그렇게 주의 깊게 하나하나 살펴보는 그 어머니와 딸이 무척 고마웠다. 그들은 내 그림을 보며 연신 감탄했다. 이전까지 서로 알고 지내던 사이도 아니었지만 왠지 그 순간만큼은 그림으로 서로 다른 언어의 장벽을 뛰어넘어 하나가 되는 듯한 느낌을 받았다.

본래 그림이란 매체의 특성상 굳이 심미안이 없다 하더라도 서로 다름을 이해하고 받아들이는 깊은 교제의 장이 될 수 있다고 나는 생각한다. 그런데 최근에는 이 분야에서조차 저마다의 개성을 무시한 채 틀이나 형식을 너무 따지려 하는 상황이 못내 안타깝다는 생각이 들었다. 그렇게 더블린 시내의 한 펍에서 우연히 만난 독일인 가족도 내가 살아온 인생의 한 페이지를 장식하며 시간의 뒤안길 속으로 멀어져 갔다.

거리에 울려 퍼진 구슬픈 트럼펫 소리, 그리고 가슴 아픈 굴욕

　식당에서 저녁을 먹고 밖으로 나왔을 때였다. 거리에는 여러 사람들이 악기를 들고 나와 연주를 하고 있었다. 난 음악에 별로 관심이 없기 때문에 거리에서 연주되는 악기의 소리를 들으려고 삼삼오오 모여 있는 사람들 틈을 비집고 지나갈 수밖에 없었다. 길거리 밴드가 연주하는 것을 가까이서 보진 않았지만 그들의 그런 식으로 거리에서 연주를 하고 있는 까닭은 아무래도 구걸일 것 같았다. 거리에서 연주하는 밴드를 지나 전날 그랬던 것처럼 다시 전차를 타고 호텔로 돌아가려고 정거장 쪽으로 가고 하는데, 이번에는 광장 한복판에서 트럼펫을 들고 구슬픈 연주를 하고 있는 노신사와 만나게 되었다. 악기에서 나오는 그 소리가 무척 감미롭고 듣기 좋았다. 그러면서 한편으로는 애처롭고 안타까운 여운을 남기고 있었다.

　트럼펫 소리에 감상에 젖어 가만히 서 있는데 뒤에서 뭔가가 툭 하고 날아와 내 등을 맞히고 땅으로 떨어졌다. 땅에 떨어진 것을 주워보니 그것은 초콜릿이었다. 그 과자는 포장을 뜯지 않은 상태였다. 이것이 갑자기 어디서 날아온 것인가 싶어 주변을 두리번거리자 한 무리의 여학생들이 멀리 떨어지지 않은 곳에서 자신들끼리 키득거리며 손으로 입을 가린 채 웃고 있는 모습을 발견할 수 있었다. 그 과자는 아무래도 그 여학생들 중 한 명이 던진 듯했다. 내가 이런 추측을 할 수밖에 없었던 이유는 그 당시 거리는 여기저기서 연주되고 있는 악기들 소리로 약간 어수선하고 시끄럽긴 했어도 바람은 전혀 불지 않았고, 불어오는 바람에 날아온 것이라 보기에는 무리가 있었기 때문이었다.

　대체 무슨 이유로 내게 과자를 던졌는지 알 수 없었지만 여기에는 아무래도 나 같은 장애인을 차별하고 무시하는 의도가 숨겨져 있는 것 같아 기분이 언짢아졌다. 그렇지 않아도 자존감이 낮은 나이기에 누군가 한마디만 해도 이리저리 흔들리며, 아직 과거의 기억과 상처가 아물기도 전에 이런 굴욕을 당하니 기분이 묘해지면서 더럭 눈물이 나오려고 하는 것을 간신히 참았다. 세계 어디를 가도 장애인을 대하는 시선은 별로 곱지 않다. 단순히 그 나라가 후진국이고 교육의 질이 떨어져서 그런 것이라기보다는 어느 사회나 사회적인 약자에 대한 인식을 완전히 극복하지는 못한 듯했다. 눈물이 나오려고 하는 것을 애써 참으며 그들이 내게 과자를 던진 자리에 한참을 멍하니 서 있었다.

그림으로 마음을 선물하다

그림을 그리는 나로서는 어쩌면 여자의 마음을 사로잡기 좋은 조건에 있는지도 모르겠다. 여기에 내게 있는 장애로 연민의 감정을 불러일으키면 여자의 마음을 사로잡을 수 있을지도 모른다. 하지만 내가 번번이 같은 실수나 잘못을 반복하는 이유는 남들이 나에게 해주는 조언을 귀담아 듣지 않고 언제나 성급하게 행동하며 고집이 세다는 것을 들 수 있다.

어차피 인생에서 끝까지 남는 사람은 거의 없다는 사실을 난 알고 있다. 그래도 주변의 여자를 볼 때마다 왠지 자꾸 눈이 가고 욕심이 생긴다. 그래서 나와 같이 사진을 찍었던 태국의 다섯 여학생들 중 유독 짧은 단발이 잘 어울리는 한 여학생을 위해 초상화를 그렸다. 문제는 이것을 어떻게 그 여학생에게 보여 주느냐 하는 것인데 좀처럼 기회가 오지 않아 계속 눈치만 보고 있었다. 그러다 문득 아주 좋은 기회를 잡게 되었다.

이 일은 영국으로 돌아오는 배 안에서 실행에 옮겨졌다. 그때 마침 그 여학생은 친구들과 둘러앉아 식사를 하는 중이었다. 난 그 순간이 아니면 다른 기회는 잡기 힘들 것 같아 용기를 내어 그 여학생에게 다가가 그림을 보여 주었다. 그러자 그 여학생은 무척 기뻐하며 내가 그린 자신의 초상화를 보며 참 아름답다고 해 주었다. 하지만 이 여학생의 말은 사실 거짓말이었다. 내가 보아도 영 호감이 가지 않고 이상해 보였는데 어딜 봐서 아름답다고 하는지 이해가 안 되었다.

원래 어떤 사물이나 풍경을 그릴 때 사진을 보고 그리면 아무 것도 보지 않고 상상해서 그린 것과는 현격한 차이가 나타난다. 이는 단순히 창의적인 발상을 하느냐 아니냐의 차이이지만, 나중에 나오는 결과물을 보게 되면 그것은 하늘과 땅의 차이로 커진다. 나중에 집에 돌아와서 이번에는 사진을 보고 그 여학생의 얼굴을 그려 보았는데 이번에는 확실히 나아졌다는 것을 알 수 있었다. 그러면서 한편으로는 부탁도 하지 않았는데 내가 먼저 나서서 그려주겠다며 이상한 그림을 그려 선물이라고 주고 나니, 그 여학생에게 왠지 미안한 생각이 들었다. 비록 진심이 담기지 않은 빈말이긴 했으나 나를 생각해 일부러 그런 반응을 보여주는 그 여학생이 고마웠다.

재회의 증표

배는 다시 영국의 땅인 홀리헤드 항구에 도착했다. 배에서 내린 후에는 웨일즈 지역에 있는 스노우도니아란 마을로 점심을 먹으러 갔다. 웨일즈 쪽은 정말이지 오염되지 않는 청정 자연 그 자체였다. 넓은 초원 위로 양들이 한가로이 풀을 뜯고, 보고만 있어도 답답했던 마음 한 구석이 뻥 뚫리는 듯한 느낌이었다. 웨일즈 쪽으로 가는 길에 잠시 또 다른 어떤 호숫가에 들렀는데 그 모습의 뒤에 산을 배경으로 하고 있어 무척 아름다웠다.

마침 그때 여우비가 부슬부슬 내리고 있어서 시야 확보가 힘들었고, 안개까지 끼어 있어 호수의 모습을 제대로 볼 수 없었다. 호수를 지나 조금 더 안쪽으로 들어가니 나무가 우거진 숲 속에 마을이 나타났고, 맑은 공기와 휴식 공간 그리고 식당과 매점을 겸하고 있는 대형 캠핑장이 나타났다. 이 캠핑장에는 이미 먼저 온 사람들로 문전성시를 이루고 있었다.

점심을 먹으러 식당에 들어갔을 때 난 다시 한 번 용기를 내어 그 단발머리 여학생에게 다가갔다. 난 영어에 자신이 없었기 때문에 그 여학생에게 미리 하고 싶은 말을 적어서 보여주었다. 그 내용은 6월 말에 있을 내 전시회에 초대하고 싶다는 내용이었고, 메일 주소를 묻는 내용이었다. 갑자기 다가가 뜬구름 잡는 식으로 말을 거는 것보단 미리 하고 싶은 말을 적는 철저한 준비를 해서 말을 거니 확실히 전하고자 하는 메시지가 좀 더 효율적으로 전해지는 듯했다.

내가 적어 놓은 메모를 받아보고는 그 여학생도 내게 흔쾌히 자신의 메일 주소를 알려 주었다. 그런데 전시회에 초대하고 싶다는 내용에 대해서는 앞으로 자신의 일정이 어떻게 될지 몰라 올 수 있을지 모르겠다는 반응을 보였다. 그러면서 그때 가서 올 수 있을지 여부를 알려주겠다는 말을 적어 주었다. 내 전시회에 오는 것은 어디까지나 의무가 아닌 선택 사항이어서 난 더 이상 말을 잇지 못하였다. 하지만 그 여학생이 내 전시회에 와 주었으면 참 좋겠다는 혼자만의 상상은 머릿속에 계속되고 있었다.

점심을 먹은 후 다시 코치를 타러 가다가 나중에 다시 만날 것을 기약하기 위해 그 여학생에게 뭔가 특별한 선물을 해 주고 싶은 마음이 불현듯 들어 근처 매점으로 들어갔다. 사실 점심을 먹고 난 뒤에도 그 매점에 들어갔지만 적당한 것이 눈에 띄지 않아 도로 나왔는데, 출발 직전 다시 들어간 매점에서는 그래도 뭔가는 골라 가야겠기에 급하게 양 모형으로 만들어진 열쇠고리를 샀다. 사실 양 모형의 열쇠고리와 팔찌 사이에서 잠시 고민이 되기도 했다. 그런데 그 주변에 양들이 많아서인지 팔찌보다는 양 모형의 열쇠고리를 택했다.

계산을 하고 막 가지고 나오려는데 점원이 "봉투 필요하세요?" 하고 묻길래 처음에는 "No, thanks."라고 대답하였으나 가만 생각해 보니 성의 없이 물건만 건네주는 것보다는 그래도 봉투에 넣어서 주는 편이 낫겠다는 생각이 들었다. 그래서 점원이 치우려던 봉투를 다시 달라고 해서 급하게 열쇠고리를 봉투

속에 넣었다. 그 봉투는 알록달록한 서로 다른 색깔의 동그라미로 장식이 되어 있었다. 그러고는 망설이지 않고 자신의 친구들과 아이스크림을 먹으며 주차장 쪽으로 걸어가고 있는 그 여학생에게 그것을 건네주었다. 내게서 작은 봉투를 받아든 그 여학생은 뜻밖의 선물을 받게 되자 무척 기뻐하는 눈치였다. 연신 고맙다는 말을 내게 하였다.

그 여학생의 그런 반응에 괜히 멋쩍어진 나는 그 여학생보다 먼저 코치로 돌아왔다.

어찌 보면 나와 그 여학생이 다시 만날 가능성은 극히 회박하지만 그래도 그 짧은 순간 동안이나마 나를 기억해 달라는 메시지를 전하고 싶었기에, 설사 다시 만나지 못 한다 하더라도 원망과 후회는 하지 않을 생각이다. 학창 시절에 친구니 우정이니 하면서 무리지어 다니며 그렇게 친했던 사람들도 세월이 지나고 여유를 찾기 힘든 생활을 하다 보면 생애 마지막 순간까지 진정으로 함께 할 사람은 거의 없다고 생각하기 때문이다. 언제가 될지 모르지만 인연이 닿는다면 또 어디선가 다시 만나게 될 것이라고 믿으며, 난 오늘도 삶의 매 순간순간에 의미와 가치를 부여하고 끝까지 나 자신보다 다른 사람을 먼저 배려하는 삶을 살 생각이다. 설사 내가 가지고 있는 것을 남들에게 다 나누어 주고 나 자신은 아무것도 없는 상처뿐인 영광으로 남게 되는 한이 있더라도….

비상 4

오래된 기억 속의 향수

〈운명의 가로수길〉
- RED -

제1부

시간이 갖는 의미

　바쁘게 살아가는 현대인들에게 하루 중 잠시의 여유라도 찾기란 여간 힘든 일이 아니다. 언제부터 사람들에게 그렇게 불안하고 무엇이든 빨리 하려는 심리가 생겼는지 모르겠다. 이렇듯 빨리빨리 서두르는 경향은 사람의 마음을 초조하게 만들고 될 일도 잘 안 되게 한다. 그리고 뜻대로 되지 않으면 괜히 짜증만 나게도 한다. 한 가지 일을 하더라도 처음부터 차분히 여유를 가지고 하다 보면 비록 시간은 예정보다 조금 더 걸리겠지만, 작지만 큰 기쁨을 만끽할 수 있다. 늘 시간에 쫓겨 허둥대고 짜증내며 불안하고 초조한 마음으로 살면 그 사람의 인생은 항상 불행할 수밖에 없다. 지금 내 자신에게 필요한 삶이 어떤 것인지 다시 한 번 깊이 생각해 볼 필요가 있겠다. 가진 것 없고 남들 보기에 초라한 삶을 산다 할지라도 모든 일에 감사하며 차분히 여유를 가지고 생활하다 보면 어느 순간 삶의 진정한 의미를 깨닫게 되는 날이 올 것이라고 나는 생각한다.

　지금도 여전히 째깍째깍 소리를 내며 시간은 자꾸 흘러만 가고 있는데 이 쉬지 않고 계속 지나가는 시간 속에서 우리는 대체 무엇을 갈망하는가? 자신의 희망차고 밝은 미래를 영위하기 위해서 짧은 시간이라도 그 소중함을 알고 의미 있게 보내야 한다. 다 알고 있는 사실이지만 그래야 후회가 남지 않는다. 시간의 중요성은 바로 이런 점에서 의미와 가치를 부여받는다. 잠시의 시간이라도 헛되이 보내지 말고, 가치 있고 의미 있게 보낸다면 진정 시간의 중요성을 깨달은 것이라 할 수 있다. 짧은 시간을 얼마나 가치 있고 의미 있게 보냈느냐에 따라 그 사람의 운명이 결정된다. 나중에 자신이 살아온 과거를 되돌아보며, 밝고 희망찬 미래를 영위하기 위해 시간의 중요성을 인식할 필요가 있다.

오래된 기억 속의 향수

여기서는 내가 지금까지 살아온 인생에서 하나의 중요한 획을 긋는, 의정부에 시절에 대한 흩어져 있는 기억들을 한곳에 모아보고 이를 통해 지난날을 회상해 보고자 한다. 갑자기 앞뒤 순서가 맞지 않지만, 오래된 기억 속의 향수로 아직까지도 남아 있는 기록이 있어 이것을 바탕으로 이 기록이 훼손되고 내 기억 또한 지워지기 전에 이 기억에 대해 먼저 다루고, 그런 다음 영국 이야기로 넘어가려 한다. 여기서 가리키는 의정부라는 동네는 굳이 내가 향수를 느낄 만한 고향과 같은 곳이라 말할 순 없지만, 빈번한 이사와 병원에서 보낸 오랜 시간들 때문에 다른 지역에서 살았던 기록이 따로 없어 고향의 향수를 느낄 수 있는 곳으로 의정부를 선택했다.

오랜 세월이 흐른 지금에 와서 생각해 보아도 그 시절 내가 의정부에 대해서 느꼈던 감정은 뭔가 조금 특별하다. 그도 그럴 것이 당시에는 지금보다 훨씬 몸 상태가 좋지 않아 나 혼자 걸어다니지 못하고 늘 누군가에 손에 이끌려 부축을 받으며 생활했기 때문이다. 그 이전에 서울의 한 대학병원에서 다리 인대 늘리는 수술을 했지만, 재활 치료의 실패로 자신감을 많이 상실해 버린 직후인 데나 지금 내가 다니는 병원의 신경과 전문의 선생님을 알기 전이었다는 사실도 한몫을 한다.

늘 누군가의 손에 붙들려 학교에 다니면서 나는 점점 더 작고 초라해져만 가는 내 모습을 발견하게 되었다. 다른 멀쩡한 사람들은 자신의 발로 원하는 대로 여기저기 다니는 것이 지극히 당연한 것이겠지만, 유독 나 자신에게만큼은 그것이 도무지 불가능한 일이었다. 그렇게 쓰러지고 상처 입은 몸을 추슬러 지금의 내가 불사조처럼 다시 일어서게 되기까지 상당한 시간과 노력, 그리고 인내가 필요했다. 혼자 잘 걸어다니지 못하는 나는 여러 사람을 힘들게 만들었고, 큰 짐처럼 본의 아니게 신세를 질 수밖에 없었던 그 시절의 나를 떠올리면 정말 마음이 아프다.

이 시기에는 특히 외할아버지의 도움을 많이 받았는데 할아버지가 돌아가시고 오랜 세월이 흘렀음에도 그때 할아버지께 신세진 것이 아직도 마음 한구석을 불편하게 만들고 죄책감을 떨칠 수가 없다. 높으신 연세에도 어디 하나 편찮으신 곳 없이 건강하시던 할아버지가 어느 날 갑자기 조용히 역사의 뒤안길로 사라지셨다. 내가 조금 더 일찍 지금의 의사 선생님을 만났더라면 할아버지는 아직 살아계실지도 모르는데…. 끝내 흐르지 못한 회한의 눈물이 지금 이 순간 조용히 내 마음 한구석에서 갈 곳을 잃고 메아리치고 있다.

첫사랑의 잊을 수 없는 상처

내가 살아온 인생에서 큰 심경의 변화를 가져온 한 사람을 소개하려고 한다. 그 당시 나는 우리 동네 성당의 중·고등부 캠프에 참가한 적이 있었다. 이 캠프에서 말없이 과묵한 표정으로 앉아 있던 내게 먼저 호의를 가지고 다가왔던 여학생이 있었다. 캠프에서 별다른 일이 없었지만 캠프가 끝나고 일상으로 다시 돌아오게 되면서부터 나는 이 여학생과 급속도로 친해졌다. 지금 와서 다시 생각해 보면 나 혼자만의 착각이었을지도 모르겠다. 왜냐하면 이 여학생은 이미 사귀는 남자 친구가 있었으니까….

서로 친해진 계기는 그 여학생의 연락처를 알게 되면서였다. 그 여학생이 내게 먼저 호의를 품고 다가왔으니 나는 당연히 내게 일말의 호감을 가지고 있는 줄로만 알았다. 하지만 그것은 아닌 듯했다. 그 여학생은 단지 나같이 불편한 사람을 보면서 일종의 측은지심을 느꼈던 것에 불과했던 것 같다. 그렇지 않으면 그 당시 아무것도 내세울 것 없고 몸까지 불편한 내게 굳이 먼저 다가올 이유가 없질 않은가? 그때 내가 연락처를 묻자 그 여학생이 자신의 핸드폰 번호를 알려 주면서 내게 했던 말이 아직도 생생하다. 지금 작업 거는 거냐고….

솔직히 틀린 말은 아니었으니 난 그 질문에 쉽게 답을 하지 못했다. 그러면서 나같이 못나고 부족한 사람이 과연 이 여학생을 좋아해도 될까? 하는 의문이 들었다. 철저히 외모지상주의로만 돌아가는 현대 사회에서 이 여학생은 몸이 불편한 나를 보면서도 항상 미소로 화답해 주었고, 문자 한 통을 보내도 바로바로 답장을 보내 주었다. 그런 그 여학생의 마음이 너무 고마웠고 그러는 사이 자꾸만 욕심이 생겨났다. 단순히 문자를 주고 받는 사이가 아닌 실제 공간에 한 순간만이라도 같이 있고 싶어졌고, 이 욕심은 점점 더 커져 통화도 해 보고, 정말 그 여학생과 사귀고 싶을 정도에 이르게 되었다.

하지만 그 여학생의 입장은 단호했다. 점점 더 본능에 충실해지려고만 하려는 나를 어느 순간부터 거부하기 시작했다. 더 이상 날 보며 미소를 띠지도 않았고, 길거리에서 우연히 마주쳐도 모르는 척 지나가버리고 문자도 더 이상 답이 오지 않았다. 그래서 난 너무 서운하고 마음이 아팠다. 다른 여학생들과는 비교도 안 될 정도로 예뻤고, 날씬한 키에 얼굴에 항상 미소를 띠고 다니니 금상첨화가 따로 없었다. 정말 조금만 더 시간적 여유가 있었더라면 혹시 이 여학생이 그 당시 사귀는 남자 친구와 헤어지고 내게 오지 않을까? 하는 기대도 잠깐 했었다. 그러나 그것은 헛된 꿈, 헛된 희망이었다.

혹시 내가 지금 살고 있는 곳으로 이사를 오지 않고 계속 의정부에서 살았더라면, 그래서 길거리에서 우연이라도 볼 수 있는 사이가 유지되었더라면 이야기는 많이 달라졌을지도 모르겠다. 하지만 난 그 곳을 떠나왔고, 오랜 세월이 흐른 지금은 더 이상 이 여학생을 그리워하고 마음에 두어봤자 나만 더 힘들어지고 불행해진다는 사실도 알고 있다.

사람이 진정 어떤 한 사람을 좋아하고 마음에 품고 있으면 나중에라도 언젠가 한 번은 꼭 다시 만나게 되지 않을까? 이 또한 헛된 기대고 이뤄지기 힘든 소망이겠지만, 혹시나 하는 마지막 한 가닥 희망을 난 끝까지 간직하고 싶다. 그러면서 나중에 혹시 다시 만나게 되면 내 손으로 직접 쓴 이『비상』을 건네주면서 이런 말을 전하고 싶다. 그때 나는 정말로 너를 좋아했고 너랑 같이 있고 싶었다고…. 하지만 이제는 그럴 수 없다는 사실을 누구보다 잘 알고 있기에 이렇게 바꾸어 말할 것이다. 부디 늘 행복하라고, 짧은 시간이었지만 함께 할 수 있다는 사실이 마냥 좋았고 가슴 벅찼다고….

아는 것이 힘이다

무엇이든지 간에 잘 모르면 그만큼 손해를 보게 된다. 아무도 대신 가르쳐주지 않는다. 우리는 오직 자기 자신만의 힘에 의지해서 살아갈 뿐이다. 그런 면에서 세상이란 참 냉정한 것 같다. 우리가 만나는 대부분의 사람들은 실은 별로 믿고 의지할 대상이 못 된다. 한순간 틈을 보이면 그 빈틈을 파고들어 그것을 약점으로 삼고 자신에게 이익이 될 만한 것들을 빼가는 경우가 많다. 물론 다 그렇다는 말은 아니지만 많은 사람들이 친구의 존재를 믿고 의지했다가 낭패를 본 사례를 난 여럿 봐 왔다. 예를 들어 어떤 학생 두 명이 평소에는 둘도 없는 친구였는데 시험이라는 난관이 이 둘의 사이를 갈라놓게 되면서 더 이상 죽마고우와 같은 관계가 아닌, 반드시 뛰어넘어야만 하는 경쟁 상대가 되어 버린다.

이런 면에서 획일화된 오늘날 주입식 교육은 비난받아 마땅하지만, 이미 우리나라 교육 실태는 돌아올 수 없는 강을 건넌 상태다. 정형화되고 일률적인 지식이라도 알기를 강요받고, 그렇다고 모르는 상태로 내버려두면 그만큼 손해를 보니 달리 선택의 여지가 없다. 그렇기에 세상 사람들은 많이 아는 사람에게 경의를 표하고 칭송을 보내지만, 단 한순간 단 한 번의 실수로 공든 탑이 한순간에 무너져 내릴 수 있다는 사실에는 의심의 여지가 없다.

인간이란 어쩌면 처음부터 그럴 수밖에 없는 존재일까? 우리 사회는 지금 이 순간에도 학생들을 하나의 인격을 가진 소중한 존재가 아닌 그저 시험문제 답만을 기계적으로 추려내게 만든다. 뿐만 아니라 술과 담배 같은 암적 요소에 무방비로 노출시키고 있다. 술, 담배, 도박, 마약 등은 이미 오래전부터 이 사회에서 무가치하고 유해한 요소로 분류되어 왔다. 모두 중독성을 가지고 있기 때문에 한번 빠져들면 다시 헤어 나오기 어렵다. 적당한 술과 담배는 도움이 된다고 생각하는 사람들이 있지만, 그것은 근거 없는 말이라고 나는 생각한다. 그 '적당히'라는 것의 기준은 처음부터 존재하지도 않았으니까 말이다. 현대사회를 살아가는 학생들은 자기 자신도 모르는 사이에 아무런 감정이 없는 기계가 되어가면서도 아는 것이 힘이라 믿는 사회를 살고 있다.

추억의 산장

영국으로 다시 돌아오기 전 난 아주 특별한 경험을 했다. 그것은 바로 어머니 친구의 산장에 다녀온 것이다. 이 아주머니와는 내가 아주 어릴 적부터 알고 지냈던 사이였는데, 그래서인지 아주머니의 말투나 행동은 언제나 익숙하면서도 포근한 기운이 느껴진다. 아주머니와 어머니는 과거 독일에 계실 때 토론 그룹에서 만나 친해지셨고, 이 인연으로 나와도 아주 각별한 사이가 되었다. 아주머니께서 최근 시골에 집을 새로 지으셨는데, 내가 영국으로 돌아오기 얼마 전 서울의 아주머니 본가에 식사 초대를 받은 적이 있었다. 그때 얼마 전에 새로 지은 아주머니 집에 한번 가 보고 싶다고 부탁을 드리니 정말 그 기회를 만들어 주신 것이었다.

시골에 지은 집에서는 해가 뜨고 자는 모습이 너무 아름답다며 이 광경을 보고 내게 예술적 영감이 떠오르기를 바라는 차원에서 해주신 배려였다. 지하철역에서 아주머니와 만나 시골집으로 이동하는 내내 과연 어떤 곳일까 궁금하고 설레는 마음을 감출 수가 없었다. 새로 지은 집에 도착해 보니 산속에 터를 잡고 그 위에 4층 집이 지어져 있었다. 주변에는 이 집 말고는 아무것도 없었다.

이 집은 겉으로 보기에 무척 아담했는데, 얼마간의 공사 지연으로 아직도 내부 인테리어 작업이 진행되고 있었다. 집 안으로 들어가서 물을 틀어 보니 요즘 며칠 쌀쌀한 날씨 탓에 물이 제대로 공급되지 않았다. 그 상태로 물이 계속 나오지 않으면 다시 짐 싸들고 나와야만 하는 웃지 못할 상황이 벌어질 뻔했지만, 아주머니께서 헤어 드라이기로 수도관의 얼어 있는 부분에 열을 가하자 물이 나오기 시작했다. 그렇게 추억의 산장에서의 4박 5일이 시작되었다.

폭포와 마주 서다

이튿날이었다. 아주머니가 집 근처에 폭포가 있다고 하시면서 조금 있다 날이 밝으면 폭포를 보러 가자는 제안을 해 오셨다. 나로서는 마다할 이유가 없었기 때문에 당장이라도 폭포에 가 보고 싶다는 설렘에 가슴이 두근거렸다. 오전 10시쯤 돼서 폭포에 갈 차비를 하고 집 밖으로 나왔다. 아주머니 말로는 집에서 폭포까지는 약 700m 거리라고 하셨다. 아주머니는 세 살배기 손자를 데리고 계셨는데, 이 아기와 보조를 맞춰 걸으니 속도가 나지 않아 혼자 먼저 갔다 오겠다는 한 마디를 남기고 폭포까지 종종걸음을 쳤다.

그런데 아무리 걷고 또 걸어도 폭포는커녕 그림자도 보이지 않았다. 바로 앞에 펼쳐지는 황량한 벌판이 그렇게 무심하게 느껴질 수가 없었다. 그렇게 속으로 투덜거리면서 걷다 보니 갈림길이 나왔다. 세 갈래로 나눠진 갈림길에서 바로 앞으로 보이는 작은 나무다리를 건너 폭포가 있을 법한 산 쪽으로 곧장 들어가니 그곳에 재인이란 이름의 폭포가 있었다. 그런데 워낙 구석진 곳에 있는 폭포다 보니 찾는 사람이 거의 없었다. 폭포까지 접근할 수 있는 유일한 통로인 계단도 작은 문으로 굳게 잠겨 있었다.

하지만 기왕에 갔는데 폭포를 제대로 못 보고 오면 아쉬움이 남을 것 같아 개구멍으로 몸을 숙이고 들어가 계단을 내려갔다. 일일이 계단이 몇 개인지 세어보진 않았지만 아주머니 말로는 총 200개라고 하셨다. 그래서 난 금지된 문을 넘어 200개의 계단을 내려갔다. 머릿속에는 온통 폭포를 좀 더 가까이에서 보고 싶다는 생각밖에 없었다. 그래서 살을 에는 듯한 차가운 바람과 200개의 계단이라는 난관 앞에서도 끝까지 내려가 보았다.

보통 폭포를 떠올리면 물이 흐르는 소리와 산새들의 울음소리가 들려야 정상인데 재인폭포는 그 어떤 소리도 내지 않고 조용히 침묵을 지키고 있었다. 폭포로 들어가는 입구에는 이정표가 설치되어 있었는데 사진에 나온 폭포는 보기만 해도 답답했던 가슴이 뻥 뚫릴 만큼 시원함이 느껴졌지만, 사진에 나온 것과는 달리 폭포에 물이 흐르지 않고 있으니 왠지 무섭다는 느낌이 들었다. 그래도 폭포를 보았다는 것에 의미를 부여하고 200개의 계단을 다 내려가 그 자리에서 본 협곡의 풍경과 뒤돌아서서 정면으로 보이는 폭포를 촬영하고 혼자 자축하며 내려왔던 계단을 다시 올라갔다. 그렇게 한 번에 많은 계단을 오르락내리락하니 숨이 턱까지 차오르고 무척 힘들었다. 이마에는 어느새 땀이 송골송골 맺혀 있었다.

그 순간의 경치를 놓치고 싶지 않아 산장으로 다시 돌아와서는 찍은 사진을 스케치북에 담았다. 협곡의 사진을 촬영한 것은 크레파스로 표현했고, 폭포를 찍은 사진은 수채화로 표현했다. 어떻게 보면 같은 장소이지만 보는 시각과 쓰는 재료에 따라 완전히 다른 느낌의 결과물이 나왔다. 크레파스로 표현한 협곡의 모습은 어둡지만 그래도 정감이 가고 뭔가 생기가 넘치는 느낌이 났지만, 물감으로 그린 폭포의 모습은 붉은 계열의 색을 너무 많이 써서 그런지 그린 내가 봐도 약간 무서운 느낌이 들었다. 이는 아마 물이 흐르지 않고 조용히 침묵을 지키고 있던 폭포의 모습에서 어딘지 모르게 중압감을 느껴 왠지 빨리 그 자리를 뜨고 싶던 내 내면의 외침을 간접적으로 전하고 있는 듯했다.

〈공포의 폭포〉

〈침묵의 협곡〉

대안학교 교사 형님의 연애학 개론

이튿날에는 한 대안학교에 선생님으로 계시는 어떤 형이 산장에 방문하셨다. 그 형이 온다는 소식을 듣고 난 무척 기뻤다. 왜냐하면 내게 진지한 대화를 할 수 있는 상대가 되어줄 것만 같은 느낌이 들었기 때문이었다. 그 형은 특히 성대모사를 잘하셨다. 놀라우리만큼 리얼한 연기에 이내 산장 안은 웃음바다가 되었다.

그 형과 나는 거실에서 동침(?)을 했는데 난 소파에서 자고, 그 형은 바닥에 이불을 깔고 주무셨다. 한눈에 보면 아픈 곳이라고는 전혀 찾아볼 수 없이 유머러스하고 젊음의 패기가 넘쳐보였다. 그 형이 구체적으로 어디가 불편하신지 물어보고 싶었지만 그러면 실례될 것 같아 그만두었다. 그 형은 잘 때도 털모자를 쓰고 잤는데 왜 그런 행동을 하는지 궁금해서 물어보자 털모자를 잠깐 들어올리며 벗겨진 머리를 보여주셨다. 아무래도 거기에는 뭔가 사연이 있는 듯했다. 그 형은 그렇게 말을 하지 않고 모자를 벗는 행동으로 대답을 대신하셨다.

나는 워낙 새벽에 일찍 일어나는 타입이라 그날도 새벽 5시 40분에 일어났다. 일어나자마자 약을 먹고 약 한 시간가량 형님과 진지한 대화를 나누었는데 그 형이 해 주시는 이야기의 요점은 다음과 같았다.

첫째, 이성 관계에 있어서 너무 빨리 자신을 드러내거나 섣부르게 행동하지 마라.

둘째, 자신의 내면을 끊임없이 갈고 닦아라. 그러다 보면 저절로 사람들이 주변에 모이게 된다.

셋째, 동성 친구를 많이 만들어라. 그래야만 건너건너 여자도 소개받을 수 있다.

하지만 이런 말을 하는 자신도 여자를 만나본 적은 많지만 아직 결혼 단계에는 이르지 못한 노총각이었다. 과연 타당성이 있는 가르침인지 쉽게 판단이 서지 않았지만, 아무래도 나보다 세상을 더 산 경험자이시고 여자도 많이 만나 보았다는 사실은 인정할 수 밖에 없었다.

그러면서 그 형은 자신의 친구 두 명의 사례를 들어 주셨다. 한 친구는 S대를 나와 맨날 자기 자랑만 하는 미대생이란다. 또 다른 한 명은 휠체어를 타고 다니지만 언제나 겸손하고 밝은 미소를 띠고, 검소하고 융통성 있는 경제생활을 하며, 굳이 자신을 내세우며 남들에게 자신을 알아달라고 하지 않아도 왠지 같이 있고 싶다는 생각이 드는 뇌성마비 장애인의 사례였다. 과연 어느 쪽이 남들 보기에 더 선망의 대상이 되고 같이 있고 싶다는 생각이 들게 할까? 여러분들의 선택은 전자입니까? 후자입니까?

산장의 이정표를 세우다

이날은 오후 늦은 시간이 될 때까지도 집 안에 가만히 있었다. 어디로든 나가 보고 싶었지만 마땅히 갈 곳도 없고, 어쩔 수 없이 한자리에 가만히 앉아 그림을 그릴 수밖에 없었다. 더군다나 조금 있다 오후 늦은 시간에는 어느 모임에 속한 선생님들이 오신다기에 중간에 자리를 비우기도 어중간한 상황이었다. 한두 분도 아니고 한 번에 열 분이 넘는 선생님들이 오신다니 어떤 분들이신지 무척 궁금했다.

그래서 말없이 그림을 그리고 있었는데 갑자기 대안학교 교사 형님이 어디선가 나무판자를 들고 오셨다. 그러면서 그 위에 색연필로 크게 'ㅇㅇ사랑방'이라고 쓰고, 밑에는 작은 글씨로 이렇게 적으시는 것이었다. 코 앞 M, 연락처로는 자신의 핸드폰 번호를 적어놓은 듯했다. 팩스 번호(기증 바람). 이렇게 적어놓으신 후 나에게 바탕 채색을 부탁하셨다. 마침 나도 다른 사람들에게 무언가 도움이 되는 일을 하고 싶었고 딱히 할 일이 없었던 탓에 수채화 도구를 들고 위에는 파란색, 밑에는 녹색으로 열심히 색칠을 했다. 한 가지 색깔로 단색 처리를 할 수도 있었지만, 내가 굳이 다른 두 가지 색깔을 선택한 이유는 그렇게 해야만 찾는 사람들 눈에 잘 띌 것 같고 디테일한 효과가 날 것만 같아서였다. 물감을 다 칠하고 햇빛에 잠시 말린 뒤 산장으로 올라오는 입구로 내려갔다. 나무 막대기 두 개로 지지대를 만들어 세우고 서로 못을 박아 움직이지 않게 고정시킨 뒤 들고 간 나무판자를 그 위에 꽂았다.

이정표를 다 만들었지만 고정시킬 만한 것이 없어 조금 문제가 되었다. 주변에 파이지 않는 흙더미와 세찬 바람 때문이었다. 하는 수 없이 주변에 있는 큰 돌 몇 개를 주워 임시로 기대어 세워 놓는 수밖에는 없었다. 그런데 세찬 바람이 불자 힘들게 설치한 이정표가 뒤로 넘어지고 말았다. 그래서 처음부터 다시 설치해야 하는 상황에 이르게 되었다. 다시 흩어진 돌을 한곳에 모아 지지대를 만들고 이정표를 설치했다. 이번에는 좀 더 많은 양의 돌을 들고 와 빈틈없이 튼튼하게 설치했다. 그렇게 하니 확실히 세찬 바람이 불어도 견뎌내었다. 이정표를 다 설치하고 난 뒤 그 앞에서 망치를 들고 기념으로 사진을 찍었다. 그렇게 나도 누군가에게 도움이 되는 뿌듯한 일을 한 것만 같아 몸도 마음도 벅차오르는 짜릿한 성취감을 만끽할 수 있었다.

작가와의 만남

그날 저녁에는 작가와의 만남이란 시간이 있었다. 여기서 가리키는 작가란 바로 나를 지칭하는 말이었다. 내가 과연 작가라고 불릴 만한 자격이 있는지 모르겠지만, 그래도 왠지 작가라고 불리니 기분이 좋았다. 사랑방 선생님들 앞에서 내가 그 동안 그린 그림을 한 장 한 장 넘기며 이 작품의 제목은 무엇이며 무엇을 뜻하는지, 어떤 심정으로 그렸는지를 간략하게 설명해 드렸다. 그중에는 내가 서울 평창동에서 전시회를 했을 때 오셨던 분도 한 분 계셨다.

내 그림의 특징은 검은색의 강렬한 터치가 유독 많은 것인데, 나는 이것을 지나온 과거에 대한 고뇌의 흔적이라고 설명드렸다. 확실히 그림에 검은색이 많이 들어가니 무게감과 입체감이 부여되는 듯했다. 그렇게 스케치북을 넘기다 아직 스케치만 해둔 것에 불과한, 이 네 번째 문집의 표지인 〈불멸의 투지〉라는 작품이 나왔다. 아직 미완성이긴 했지만 그래도 일단 스케치는 해 두었으니 이미 절반은 작업한 것이나 다름없었다. 그렇게 생각했기에 나는 비록 미완성이라 할지라도 그다지 부끄럽거나 창피하다는 생각을 하지 않았다.

〈불멸의 투지〉라는 작품에 대해 간략히 설명하자면 얼핏 오리처럼 보이는 붉은색 새가 두 날개를 활짝 펴고 어떤 둥근 물체 위에 서 있는 모습을 표현한 것이다. 예술적 안목이 없는 사람에게는 그렇게 보일 수 있지만, 심미안이 있는 사람에게는 붉은색 오리와 같이 생긴 새가 다름 아닌 불사조로 뜨거운 태양 위에서 또 하나의 태양을 배경으로 두 날개를 활짝 펴고 있는 모습으로 보일 것이다. 물론 사람마다 보는 눈이 다르겠지만 이 새가 불사조임에는 틀림없다. 왜 내 자신을 불사조에 비유했는가? 약간은 영웅 심리에서 나오는 일종의 과시적인 태도로 보일 수 있지만 그런 의도는 아니다. 어떤 힘든 고난과 시련이 닥쳐도 결코 포기하지 않는 불굴의 의지나 열정을 간접적으로 함축하고 있는 매개체로 불사조를 선택한 것이다.

오래전부터 불사조는 상상 속에서만 존재하는 전설의 새로, 뜨거운 화염으로 자신의 몸을 보호하고 영원히 죽지 않는 새라고 알려져 있다. 이런 불사조의 전설적 의미가 내가 살아온 인생과 상당 부분 중첩되는 것 같아 불사조를 메인 표지로 넣게 된 것이다. 이렇게 나는 불사조처럼 어떤 시련이나 고난이 닥쳐도 내 안의 뜨거운 열정과 투지로 그 장애 요소를 극복할 것이다. 또 그런 점에서 굳이 남들에게 나를 알아달라고 강요하지 않아도 남들이 먼저 내게 관심을 가지고 다가오는 영원히 죽지 않는 새로 모두의 마음속에 남고 싶다.

불사조는 뜨거운 화염 속에서 되살아난다! 이 말처럼 난 몇 번이고 뜨거운 화염 속에서 저 맑고 푸른 하늘 어딘가에서 빛나고 있는 희망을 찾기 위해 비상할 것이다.

병욱과의 재회

지난 석 달 동안 영국에 있으면서 사귄 병욱이라는 친구의 존재는 이미 전편에서 언급했으니 더 언급하진 않겠다. 그 당시 병욱이는 군 복무를 위해 한국에 들어와 있다고 기록했는데, 영국으로 다시 돌아오기 하루 전날 병욱이를 다시 만났다. 원래는 강남역에서 만나려고 계획을 세웠지만, 난 경기도 시골 산장에 있기 때문에 강남역까지 가기에는 너무 시간이 오래 걸릴 것 같아 약속 장소를 의정부터미널로 변경하였다. 병욱이는 원래 의정부에 살고 있었지만, 최근에 양주로 이사하는 바람에 양주터미널에서 만나도 될 것 같았는데, 병욱이는 의정부터미널이 나을 것 같다고 제안을 했다.

아주머니가 태워주시는 차를 타고 일단 전곡시외버스터미널에까지 나와 그곳에서 의정부 가는 버스에 몸을 실었다. 가까운 거리인 줄 알고 금방 내리겠지 하면서 앉아 있었는데 버스는 동두천터미널과 양주터미널을 지나쳐 한참을 갔다. 도중에 병욱에게서 카톡이 왔는데 내용인즉 20분 정도 늦을 것 같다는 문자였다. 원래 만나기로 정한 약속 시간은 점심시간인 12시 30분이었는데 20분 더 늦게 온다고 하면 거의 1시쯤이 되어야 만나게 된다는 얘기다.

먼저 의정부터미널에 도착한 나는 PC방이나 가야겠다는 생각을 했지만 의정부터미널은 시설이 워낙 낙후해서인지 PC방이라는 말만 있고, 어디에 있는지 알 수가 없었다. 설사 있다 해도 냄새나고 제대로 시설이 갖추어져 있지 않은 곳일 거라는 생각이 들어 굳이 가고 싶다는 생각이 들지 않았다. 하는 수 없이 병욱이가 도착할 때까지 자리에 앉아 기다리기로 했다. 그러다 문득 이런 호기심이 생겨났다. 혹시 내 『비상』 문집을 전혀 모르는 사람에게 한번 읽어보라고 주면 그 사람은 과연 어떤 반응을 보일까?

그 당시 나는 따로 제본된 『비상』 1, 2, 3집을 모두 가지고 있었기 때문에 한번 해 보면 재미있을 것 같았다. 그래서 한쪽 구석에서 열심히 휴대폰을 들여다보고 있었던 여학생에게 용기를 내어 말을 걸어 보았다. "저… 혹시 실례가 되지 않으신다면 이거 제가 직접 쓴 문집인데 한번 읽어보지 않으시겠어요?" 내가 이렇게 말을 걸자 그 여학생은 흠칫 놀라는 듯했다. 그래도 받긴 받아주었다. 내가 내 문집을 전혀 알지 못하는 그 여학생에게 왜 주고 싶은 생각이 들었는지는 모르겠지만 그 여학생의 반응은 가히 충격적이었다. 내게서 건네받은 내 문집을 열어 보지도 않고 인파 속으로 들고 사라지는 것이었다. 난 너무 어이가 없고 황당해서 멍하니 그 뒷모습을 바라보고 있을 수밖에 없었다.

그렇게 한참 서 있다 겨우 정신을 다시 차리고 이 여학생이 사라진 쪽으로 급히 뒤쫓아가 보았지만, 이 여학생의 모습은 어디에도 보이지 않았다. 잠시 뒤 그 여학생이 다시 모습을 나타냈다. 하지만 손에 내 문집은 들려 있지 않았다. 얼른 그 여학생에게로 가서 내가 좀 전에 드린 것 어떻게 하셨느냐고, 안 보실 거면 돌려달라고 얘기하자, 그 여학생이 하는 대답은 날 더욱 미치게 만들었다. "몰라요." 아니, 아무리 모르는 사람이라고 해도 그렇지 어떻게 그럴 수가 있나?

혹시나 싶어 여자 화장실에 가 보았다. 그 '혹시나'가 '역시나'로 바뀌는 순간이었다. 내 문집은 파란색의 큰 쓰레기통 안에 버려져 있었다. 너무 서운하고 마음이 아팠다. 잃어버리는 줄만 알았던 문집들을 다시 되찾은 것은 다행한 일이었지만, 그것을 찾은 곳이 다름 아닌 쓰레기통이라니….

그 여학생에게 가서 따져 물어보고 싶은 마음을 간신히 참았다. 아니 보기 싫음 처음부터 받질 말지 왜 받아놓고 버리느냔 말인가? 정말 열심히 그동안 경험해 왔던 사실들을 바탕으로 내 인생철학을 고스란히 담은 결과물인데, 다른 사람은 그것을 그저 한낱 종이쪼가리에 불과하다고 생각했던 것 같다. 어떻게든 정신을 차리자, 나는 마음속으로 최면을 걸었다.

그러고 있는 사이 병욱이가 도착했다. 그런데 병욱이는 나를 만나자마자 화장실에 갔다 오겠다며 날 조금 더 기다리게 했다. 방금 전 뼈아픈 경험을 했던 그 화장실로 말이다. 물론 병욱이와 그 여학생은 성별이 다르기 때문에 같은 장소라 할지라도 다른 곳으로 들어갔지만, 내 머릿속에는 이미 두 개의 독립된 공간이 아닌, 화장실이라는 큰 범주에 속하는 같은 공간으로 인식되어 버린 후였다.

옆에 있는 의자에 앉아 화장실로 들어간 병욱이를 기다리고 있는데, 이번에는 다른 여자가 내 옆에 와서 앉았다. 바로 옆은 아니었지만 그 여자와 나 사이의 거리는 불과 의자 하나 밖에 나지 않았다. 이 이름 모를 여자를 여학생이라고 지칭하지 않고 그냥 여자라고 표현한 데는 학생으로 보기에는 어딘지 모르게 약간 나이가 들어 보였기 때문이었다. 그러면서 이 여자는 자꾸 나한테 눈치를 주는 듯했다. 나는 속으로 내게 혹시 관심이 있나? 하는 도끼병 증세가 올라오는 것을 느낄 수 있었다. 그러나 방금 전 쓰레기통 속에 버려져 있던 『비상』에 대한 아픈 기억 때문에 더 이상 그 누구에게도 보여주고 싶지 않았다. '줘 봤자 어차피 또 버려질 건데...' 이런 생각에 그녀가 주는 눈치를 깨끗이 무시해 버렸다.

병욱이를 다시 만나 내가 의정부를 떠나올 때 공사가 한창이던 경전철을 타고 의정부 중앙역으로 한 정거장 이동했다. 의정부 경전철은 마치 놀이동산에서 볼 수 있는 작은 모노레일처럼 생겼다. 처음 의정부 경전철을 타 본 나는 무척 신기했다. 그렇게 중앙역으로 이동을 해서 점심을 먹으러 식당을 찾아가는데 병욱이가 자신이 아는 맛집이 있다며 그리로 가자고 해서 잠자코 따라갔더니 계속 이리 갔다 저리 갔다 헤매는 것이었다. 제대로 알고 가는 것인지 점점 의심스러워졌다.

한참을 헤매고 난 뒤 겨우 찾아 들어간 곳은 닭갈비집이었다. 닭갈비집에서 『비상』 3집에 들어 있는 병욱이에 대해 쓴 부분을 읽어보라고 하니 병욱이는 잠깐 고개를 숙이고 읽어보는 듯했다. 자신의 이야기가 쓰여진 페이지를 다 읽어본 후 병욱이의 반응은 이러했다. "감동이에요, 형. 근데 이건 제 얘기가 아니라 가상의 인물에 대한 얘기 같아요." 그의 겸손한 자세에 난 또 한 번 놀라지 않을 수 없었다.

병욱이와 같이 점심을 먹고 서점에 들렀다. 서점에 들어간 병욱이는 내게 좋은 책 있으면 추천해 달라고 부탁했다. 난 관심 분야가 심리학 쪽으로 편중되어 있어서 병욱이에게 『배려의 심리학』이란 책을 추천해 주었다. 그런데 마침 이 책은 재고가 없었다. 그래서 대신 『설득의 심리학』이란 책을 추천해 주었다. 『설득의 심리학』은 1권과 2권으로 구성되어 있는 줄 알고 있었는데, 어느새 완결편이라고 하면서 3권이 출판되어 있었다. 그런데 병욱이의 반응은 시큰둥하였다.

그러더니 이번에는 자신이 내게 책을 추천해 주는 것이었다. 좀 아까 의정부터미널에서의 일을 아직 병욱이에게 말하지도 않았는데 놀랍게도 병욱이가 골라준 책은 『상한 감정의 치유』였다. 이 모습을 본 나는 혹시 병욱에게 사람의 마음을 꿰뚫어볼 수 있는 초능력이라도 있는 건가? 하는 생각이 들었다. 그런데 병욱이는 선물이라며 이 책을 내게 사 주는 것이었다. 병욱이 마음이 너무 고마워서 겉으로 내색하진 않았지만 속으로는 눈물이 났다. 역시 병욱이는 뭐가 달라도 다른 학생임에 틀림없다고 난 속으로 확신했다.

서점에서 나와 처음 계획은 오락실에 가려고 했으나 위치를 파악하지 못해 오락실 가는 계획을 변경하고 차 마시는 카페로 들어갔다. 카페에 들어가 차를 마시며 병욱이에게 팸플릿과 내가 나온 기사가 실린

학교신문을 보여 주었다. 그런데 병욱이는 신문기사는 이미 페이스북에서 보았다며 팸플릿에만 관심을 보였다.

　그렇게 병욱이와 마주 보면서 대화를 하고 있는데 얼마 떨어지지 않은 가까운 테이블에 앉아 있던 여학생 두 명이 자꾸 내 쪽을 보며 눈치를 주는 것이었다. 여기서 나의 도끼병 증세가 또 도졌다. 그냥 쳐다보는 것이라고 넘기기에는 너무 잘 눈이 마주쳐지는 것만 같았고, 그 여학생 두 명은 이미 차를 마셨음에도 쉽게 자리를 뜨지 못하고 내 주변을 맴돌고 있는 것처럼 보였다. 그 여학생들의 그런 반응에 난 잠시 오만한 생각이 들었다. 하긴 뭐 나같이 젊은 나이에 벌써 개인전을 했다는 것은 쉬운 일이 아니지. 물론 또 나 혼자만의 착각일 수 있지만 난 적어도 그렇게 믿고 싶었고, 혹시 내게 먼저 다가오진 않을까 하는 희망의 끈을 놓치고 싶지 않았다. 하지만 그 여학생들은 결국 내게 다가오지 않고 자리를 떠 버렸다. 그들의 그런 행동을 보면서 만감이 교차했다.

제2부

혼자 영국으로

　지금까지 영국 외에도 필리핀, 일본, 중국, 태국 등에 해외여행을 다녀온 적이 있었다. 모두 다 학교에서 단체로 갔던 여행이었고, 내가 도중에 힘들어하면 사람들이 쉬라고 나를 배려해 주었다. 그런데 이번에 영국 여행은 조금 달랐다. 처음 영국으로 갈 때는 부모님이랑 같이 들어갔지만 중간에 비자 문제 때문에 잠깐 한국으로 돌아올 수밖에 없었다. 그렇게 한국으로 돌아가서 11월부터 다음 해 2월까지 석 달가량 머물다 아직 영국에 계시는 어머니에게로 혼자 다시 가게 된 것이다.

　한국에 있을 당시 나는 굳이 홀로 가는 무리한 행보를 하면서 영국에 다시 가야 할 필요성을 느끼지 못했다. 설사 혼자 갈 수 있다 하더라도 그렇게까지 영어에 목숨을 걸고 싶진 않았다. 왜냐하면 나에게는 이미 미술이라는 다른 영역이 있기 때문이었다. 사람이 살아가면서 한 가지만 확실히 잘 해도 충분히 먹고살 수 있다고 나는 생각한다. 너무 많은 것을 잘하려는 것은 욕심이요 집착이라고 생각한다. 물론 여러 가지를 한꺼번에 잘하면 좋겠지만 그것은 어디까지나 의무가 아닌 선택 사항이 되어야 한다. 그런데 영국에 홀로 계신 어머니는 자꾸 날 보러 혼자라도 오라고 하시지, 그렇다고 한국에 있자니 별로 할 일도 없고 시간만 버리고 있는 것만 같지, 달리 다른 선택의 여지가 없었다. 혼자 영국으로 가는 비행기에 몸을 실었다. 미리 아버지가 적어주신 약 먹는 시간을 적어놓은 작은 쪽지만을 의존하면서….

인천공항에서는 별 무리 없이 혼자 출국장까지 걸어가 비행기를 탈 수 있었지만 영국 히트로(Heathrow) 공항에 도착해서는 아무래도 몸 상태가 안 좋을 것 같아 휠체어를 주문했다. 그렇게 조치를 취해 놓고 혼자 비행기를 탄 나는 자그마치 11시간 40분을 날았다. 혼자 비행기를 타고 가는 나는 사실 걱정을 많이 했다. 과연 무사히 갈 수 있을까. 어떻게 보면 무리한 도박일 수도 있지만 기왕 이렇게 된 것, 한번 나 자신의 한계를 한번 시험해 보고 싶어졌다. 그래서 아버지가 미리 적어주신 쪽지에 나온 대로 그때그때 시간 맞춰 약을 먹었다. 그런데 웬걸? 걱정했던 것과는 달리 몸에서 별다른 이상 증세를 보이지 않았다. 참 놀라웠다.

비행기를 타고 가는 동안에 처음 몇 시간은 나도 남들처럼 아무것도 하지 않고 가만 앉아 있었다. 하지만 오래 비행을 하니까 갑자기 그림이 그리고 싶어졌다. 그래서 입국 서류 작성하라고 나눠준 볼펜을 가지고 혼자 스케치북을 꺼내 그림을 그리기 시작했다. 비록 디테일한 표현은 힘들었지만 나름 형태는 잡히는 듯했다. 그렇게 해서 비행기 안에서 그린 그림이 말, 새, 나무, 고양이, 어느 여자의 초상화였다.

사실 이 여자의 초상화는 가상의 인물이 아니라 내가 지금 가는 케임브리지에 있는 한 여학생의 얼굴이었다. 사실 이전부터 이 여학생과 안면이 있었는데, 그녀는 보면 볼수록 영화배우 손예진을 닮은 듯했다. 이 여학생의 말로는 자신이 영화배우 누구 닮았다는 말은 많이 들었어도, 그 사람이 손예진이라는 말은 내게서 처음 듣는다고 하였다.

하지만 난 거짓말을 잘 하지 않는다. 듣기 좋으라고 하는 말도 아니었다. 물론 보는 눈에 따라 개인마다 차이는 있겠지만 내 눈에는 손예진처럼 보였고, 또 그런 말을 듣는 그 여학생 자신도 좋아하는 눈치였다.

마침 비행기에서 본 영화도 손예진이 출연한 영화 〈해적: 바다로 간 산적〉이었다. 영화가 그렇게 재밌는 것 같진 않아서 이 영화를 보다 해외 영화 〈캡틴 아메리카〉로 채널을 돌렸다. 그런데 두 영화 폭력적인 장면이 많아 자라나는 아이들이 보기에는 적절하지 않은 듯했다. 왜 영화나 드라마를 만들어도 누가 죽거나 가정불화에 휘말리거나 이도 아니면 금전 문제로 끊임없이 갈등하는 비교육적인 소재로 만드는 것일까? 오래전부터 그것에 대해 불만이 있었는데 갈수록 그 수위가 점점 높아지고 있는 것만 같다.

그렇게 그림을 그리다 영화를 보다 하는 사이에도 비행기는 비행을 계속했다. 문제는 히트로 공항에 도착해서였다. 공항이 워낙 넓기 때문에 비행기에서 내려 입국장까지 가는데 내 걸음으로 가면 한참 걸릴 것이었다. 그런데 비행기가 공항에 도착하자 휠체어가 이미 마중을 나와 있었다.

비행기에서 내려 입국 심사를 받고 짐 찾는 곳까지는 영국인 공항 직원이 동행해 주었다. 짐 찾는 것은 문제가 아니었지만, 입국 심사가 문제였다. 입국 심사를 받을 때 영어를 잘하지 못하는 난 내심 많이 걱정이 되었다. 그런데 괜한 걱정을 했던 것 같다. 별로 어려운 질문을 하지도 않았고, 세 가지 정도 물어보더니 "Ok, Good!" 하면서 도장을 찍어 주었다. 물어본 질문의 내용은 다음과 같았다. "Are you student? Who brings you out of airport?" 이 질문에 나는 어머니가 마중 나오기로 되어 있다고 대답했다. 그리고 마지막 세 번째 질문은

"Why does your mother come aboard?"이었다. 나는 이 질문에 대한 답은 간단히 "Take a taxi."라고 대답하였다. 답은 해 놓고 말이 맞지 않는 것 같아 머리를 싸매며 옆에 있던 영국 직원에게 "My English is bad?"라고 물어보았다. 그러자 그 영국인은 해맑게 웃으며 이렇게 대답해 주었다. "Very well." 일부러 듣기 좋으라고 해 주는 말이었지만 그렇게 말해주니 너무 고마웠다.

이렇게 해서 나의 두 번째 영국 원정기는 시작되었다. 이번에는 영국에서 또 어떤 새로운 경험을 하게 될지 무척 기대가 된다. 부디 『비상』의 네 번째 이야기를 멋지게 장식하는 후회 없는 시간들이 되길 간절히 소망한다.

〈포효하는 야생마, 뿌리 깊은 나무, 웅크린 고양이〉

St. John's College의 만찬

요즘 난 어머니와 함께 거의 매일 세인트 존스 칼리지 식당에서 하루에 한 번은 식사를 한다. 다른 칼리지에서 식사를 해 본 적이 없기 때문에 나에게 이 칼리지의 식당이 가지는 의미는 특별했다. 칼리지마다 교수와 학생 식당이 따로 구분되어 있는데, 어머니께서는 학생 식당을 주로 이용하셨다. 나오는 음식들은 비교적 입에 잘 맞았다. 그런데 한 가지 마음에 걸리는 것이 있다면 내가 식판을 운반하는 데 무리가 있어 어머니께서 내 식판까지 들고 오시는데, 그 모습을 볼 때면 난 마음이 괜히 무겁고 불편해진다는 것이다. 내가 건강하게 태어나지 못해 커서도 본의 아니게 어머니를 고생시키고 있는 것 같은 느낌이 들기 때문이다.

칼리지의 식당에는 학생들의 입맛에 맞는 피자와 주스는 항상 준비되어 있었다. 비록 고향 집의 어머니 손맛에서 느껴지는 따뜻하고 훈훈한 정은 없지만, 그래도 학교 측에서는 학생들을 위해 식사부터 시작해서 최대한 편의를 제공해 주고 있는 것 같았다. 식당 벽 한쪽에는 그림들이 전시되어 있는데, 예술적 감각이나 심미안이 없는 학생들은 별로 관심이 없거나 의식하지 못하는 것 같았지만 내게는 이 그림들 또한 상당히 인상적으로 보였다. 보통 음식 냄새가 많이 나고 혼잡한 식당에 그림을 전시해 놓는 경우는 많지 않은데 이 칼리지 식당의 그림들은 저마다 특유의 독특한 분위기를 자아내고 있었다. 그래서 난 식당에 전시되어 있는 그림들을 볼 때마다 편안한 느낌을 받고 왠지 친근하게 느껴진다. 내 전공이 미술이라서보다는 각기 다른 느낌을 내는 그림들의 정취에 매료되었다고나 할까?

전시되어 있는 그림들을 하나하나 자세히 들여다보면 그 안에서 또 어떤 새로운 영감을 얻을 수 있을 것 같기도 한데 보는 눈들이 많아 그렇게 티 나는 행동은 자제하고 있다. 만찬이라고 해서 늘 진수성찬이 나오는 것은 아니지만, 난 그래도 이 칼리지의 식사에 기꺼이 만찬이라는 평을 주고 싶다.

한 끼 식사를 해도 늘 시간에 쫓겨 얼른 밥만 먹고 나오는 사람들의 경우에는 밥 한 공기를 만들어내기 위해서 농민들이 얼마나 고생하면서 벼를 키우고 쌀을 얻어내는지 그 소중함을 알지 못할 것이다. 영국 인들의 주식이 비록 밥은 아니지만, 밥이나 빵이나 허기진 심신에 에너지를 충족시키기에 부족함이 없는 음식임에는 틀림없다. 그렇기에 쌀 한 톨, 빵 한 조각의 소중함을 알고 늘 감사하는 마음으로 먹어야 한다고 생각한다. 내게 이런 작은 것의 소중함을 몸소 느끼게 해주는 세인트 존스 칼리지.

식당 한 켠에서 언제나 그 자리를 지키고 있는 작자 미상의 명화들 처럼 그 가치나 의미가 퇴색되지 않고 많은 사람들의 허기진 배를 채워주는 아름다운 공간이 되었으면 좋겠다.

또 한 명의 Emily

어머니의 소개로 난 이곳에서 또 한 명의 에밀리와 알게 되었다. 이전에 알고 지냈던 에밀리는 작은 키에 마른 체격이었는데, 이번에 알게 된 에밀리는 약간 통통한 체격에 곱슬머리가 인상적이었다. 그녀는 원래 미국 출신인데 그녀가 살던 집 근처에 코리언타운이 있어서인지 한국말을 배우려고 하는 것 같았다. 나는 어머니께 이 또 한 명의 에밀리를 어떻게 알게 되었는지 물어보았지만, 어머니는 자세한 대답을 해주지 않으셨다.

지금까지 에밀리를 두 번 만났는데, 그녀가 같이 식사를 하면서 보여준 수첩에는 영어와 함께 어설픈 한국어도 같이 적혀 있었다. 또 그녀는 한국 가요에 아주 지대한 관심을 보였다. 내가 아는 한국 노래가 있느냐고 묻자 갑자기 이렇게 대답을 하는 것이었다. "누난 너무 예뻐." 이 가사가 어디서 나오는 노래인지는 잘 모르겠지만 분명한 한국어로 또박또박 발음하는 것이었다. 내게 직접 부탁을 한 것은 아니었지만 어머니를 통해 에밀리가 한국 가요를 배우고 싶어한다는 사실을 알게 된 나는 조금 오래되고 유행이 지난 노래이지만 자두의 '식사부터 하세요'라는 노래를 알려 주었다. 노래 가사를 이면지에 적어 주었는데 어색해 하면서도 읽어보려고 하는 그녀의 모습에서 난 알 수 없는 희열을 느꼈다.

잘 모르는 사람에게 좀 더 많이 알고 있는 사람이 어떤 지식을 전수해 주고 이끌어주는 역할은 매우 중요하다. 이때 오만과 자기중심적인 사고로 잘 못하는 사람의 기를 죽이고 비난하며 깎아내리는 듯한 태도나 말투는 좋지 않다. 무언가를 배우고 알아가려는 사람에게는 모르는 지식에 대한 부담감 내지는 거부감을 최소화하고 친구처럼 편안한 분위기에서 명령조의 지시가 아닌 부탁이나 권유가 되어야 한다고 생각한다. 그래야만 상대방의 호응을 불러낼 수 있고, 배우고자 하는 열의를 높일 수가 있다.

이 또 한 명의 에밀리에 대해서는 알고 있는 지식이 아직 별로 없어 이 이상의 기록은 남기기는 힘들 것 같다. 앞으로 남은 영국에서의 시간 동안 그녀와 얼마만큼의 친분이 쌓이고 가까워질진 모르지만 서로 다른 문화 다른 나라에서 오는 언어의 한계를 뛰어넘어 나는 에밀리에게 한국어를 가르쳐주고, 에밀리는 나에게 영어를 가르쳐주는 Give and Take의 관계로 서로 부족한 부분을 보완해 주고 이해하면서 좋은 친구가 되기를 바란다. 시간이란 장벽이 나와 또 다른 에밀리와의 사이를 갈라놓기 전까지는….

비밀의 방

요즘 나는 어머니가 공부하시는 칼리지의 어머니 연구실을 자주 이용하고 있다. 어머니가 노트북을 그곳에 가져다 놓으셨기에 『비상』을 쓰려면 어쩔 수 없는 선택이었다. 일단 연구동에 들어가면 계단을 오르게 되어 있는데, 이 계단 2층에 연구실이 있다. 열쇠로 문을 열면 열자마자 또 다른 문이 나오고 이 문마저 열고 안으로 들어가게 되면 한쪽에는 부엌, 또 다른 한쪽에는 화장실이 있다. 부엌과 화장실 외에 방이 두 개 더 있는데, 화장실 바로 옆에는 다른 사람이 쓰고, 문을 여는 것과 동시에 맞은편 방이 바로 어머니 연구실이다.

다섯 평 남짓의 방에서 나는 낮에는 주로 그림을 그리고, 저녁에는 이곳에서 『비상』 작업을 하고 있다. 낮 시간에는 대부분 수업에 들어가신 어머니 대신 내가 이 연구실을 쓰고 있다는 사실이 알려지면 어머니가 곤경에 처하게 될까 봐 나로서는 이 공간을 쓰는 것이 무척 조심스럽다. 하지만 딱히 뭐라고 하는 사람도 없고, 일일이 따라다니면서 감시하는 사람도 없으니 큰 문제를 불러올 것 같지는 않다.

내가 거의 매일 뻔질나게 이 연구실을 찾는 이유는 그날그날 하루를 생활하면서 보고 느낀 것들이 기억에서 잊혀지기 전에 얼른 기록해 놓기 위해서이다. 한 가지 골치 아픈 문제가 있다면 어머니께서 내게 맡긴 열쇠로 문을 열고 들어갈 때는 큰 무리 없이 들어갈 수 있는데, 문을 닫고 나올 때 열쇠가 구멍에서 잘 빠지지 않는다는 점이다.

어머니 연구실의 존재를 알게 된 날부터 꾸준히 『비상』에다 내가 살아온 나날의 기록을 남겨 놓고 있다. 나는 자신 없고 하기 싫은 일을 다른 사람의 강요나 타의에 의해서 하는 것이 아니라, 내가 진정으로 좋아하고 자신감 넘치는 일에 투자를 하고 싶다. 그렇게 생각하기에 나는 오늘도 조용히 분위기 속에서 열심히 타자를 치고 있다.

한인교회 집사님의 저녁 초대

토요일 오후였다. 이날은 특별히 한인교회의 한 집사님 가정에서 나와 어머니를 저녁 식사에 초대해 주신 날이다. 원래는 이 집사님과 독일인 교회 앞에서 만나기로 계획이 되어 있었는데, 갑작스레 계획이 변경되어 가는 도중에 집사님과 만나게 되었다. 이 집사님은 아직 젊은 나이인데도 전 세계 여러 곳에서 살았던 경험이 있으셨다.

집사님께서는 약간의 독일어를 비롯해서 중국어에 영어, 그리고 한국어에 이르기까지 총 4개국의 언어를 구사하신다. 훤칠한 키에 인자한 미소를 띠고 계시지만 한 가지 흠이 있다면 그것은 다름 아닌 대머리였다. 원래는 대머리가 아니었다고 하시는데, 어느 날부터인가 하나둘 빠지기 시작한 머리카락이 신경 쓰여 아예 다 밀어 버렸다고 하셨다.

집사님 댁은 독일인 교회에서도 상당히 멀리 떨어진 곳에 있었다. 복잡한 시내를 지나서도 차는 한참을 더 달렸다. 시내를 벗어나자 이번에는 드넓고 광활하게 펼쳐진 들판이 눈에 들어왔다. 집사님이 자기 집으로 가는 차 안에서 뜬금없이 "저 푸른 초원 위에 그림 같은 집을 짓고…"라는 가사로 시작되는 노래를 부르셨는데, 왜 그런 행동을 하셨는지 집사님 댁에 도착한 후에야 이유를 알 수 있었다.

집사님에게는 두 명의 딸이 있다. 이 아이들은 아직 나이는 어리지만 잘만 키우면 나중에 큰 예술가로 성장할 소질이 있어 보였다. 이 아이들은 어릴 때부터 외국에서 살아서 그런지 영어를 거의 영국인처럼 구사하였다. 가만히 있어도 저절로 영어가 술술 나오는 듯했다. 이렇게 사람은 살아온 환경의 영향을 받는 것 같다. 우리는 한 테이블에 나란히 앉아 내가 그린 그림을 보여주기도 하고 즉석에서 같이 그림도 그렸는데, 나와 그림을 그리기 전에는 성의 없이 대충 그리던 아이들이 나와 함께 그리자 갑자기 몰라볼 정도로 수준이 향상되었다. 아마도 강렬하면서도 힘 있는 나의 터치에서 영향을 받은 듯했다. 이것이 바로 교육의 힘이구나 하는 사실을 실감할 수 있었다.

그렇게 그림을 그리고 난 후에는 다 같이 저녁 식사를 했다. 메뉴는 잔치국수였는데 어쩌면 내 입맛에 맞지 않을 것 같아 내심 걱정이 되었지만 다행히 잘 맞았다. 그런데 아버지의 '뽀뽀'라는 말에 큰딸이 갑자기 아버지인 집사님 무릎에 올라앉더니 불현듯 입맞춤을 하는 것이었다. 난 그때 이미 국수를 다 먹고 난 뒤여서 천만다행이었지만 만약 먹는 중간에 그와 같은 행동을 봤더라면 입안에 들어있던 내용물이 나도 모르게 다 튀어나왔을 것으로 예상된다. 아무리 부녀지간이라지만 아직까지 제대로 여자와 입맞춤 한 번 못 해본 내 눈앞에서 그와 같은 상황이 연출되니 갑자기 식은 땀이 뻘뻘 나기 시작했다. 애써 태연한 척하면서 계속 앉아 있었지만 갈수록 그 자리가 불편해지는 것을 느낀 나는 얼마 못 가 자리를 박차고 일어날 수밖에 없었다.

식사 후에는 간단한 티 타임이 있었다. 집사님이 내 그림 중에 유독 동물이 많이 등장하는 것을 알아보시고 이 근처에 작은 동물원이 있다고 알려 주셨다. 그 말에 그 동물원에 한 번 가보고 싶다는 생각이 간절해졌지만 집사님께 데려다 달라고 하면 실례가 될 것 같아 차마 입을 열지 못했다.

그렇게 도란도란 얘기를 나누고 있으니 어느덧 저녁 9시가 다 되어 가고 있었다. 집사님 댁을 떠나오기 전에 두 딸들을 위해 내 전시 팸플릿과 내가 그린 그림 중 하나인 〈침묵의 야자수〉 그림을 선물로 주고 왔다. 막판에 가서 마음에 드는 그림 있으면 하나 고르라고 하니까 바로 〈침묵의 야자수〉를 골랐기 때문이었다.

집으로 돌아오는 집사님의 차 안에서도 사실은 내내 마음 한구석이 불편하였다. 대체 무엇이 내가 다른 사람들과 원만한 인간관계를 형성하는 데 자꾸만 장애 요소를 만드는 것인지 그 무언가 때문에 마음이 아팠다. 유독 저녁 바람이 쌀쌀하게 느껴지는 밤이었다.

한인교회 사람들과의 재회

나는 아무리 많은 세월이 흘러도 이곳 한인교회 사람들을 못 잊을 것 같다. 한때 교회 사람들의 지속적이지 않고 순간적인 관심에 불만을 품고 방황을 한 적도 있었지만, 그것은 사실 다른 어디를 가도 다 마찬가지였다. 다들 자신만의 삶이 있고 할 일이 있는데, 만사를 제쳐 두고 나에게 관심을 안 가져준다고 어린애처럼 징징거렸던 때가 있었다. 하지만 시간이 지나면서 내가 아직 정신적으로 성숙하지 못해서 그런 것이었구나 하는 사실을 깨닫게 되었다.

모처럼만에 다시 찾은 한인교회에서 어찌된 영문인지 목사님께서 사람들이 교회에 잘 정착하지 못하는 이유가 자신의 탓이라는 자책 섞인 설교를 하셨다. 그 모습을 먼발치에서 지켜보고 있었던 나는 순간 가슴이 뭉클해졌다. '아닙니다, 목사님. 그것은 목사님 잘못이 아니에요.'라고 그 순간 외치고 싶었으나 예배 중이라 그러지 못했다. 그러면서 목사님은 설교 시간에 어떤 초등학생이 예수님께 쓴 편지를 읽어 주셨는데 이 편지의 내용 또한 나에게 깊은 감명을 주었다. 편지의 내용은 밀린 집세를 내지 못해 고민하던 어머니를 보면서 예수님께 밀린 집세 50만 원만 마련해 주십사고 기도하는 어떤 초등학생 아들의 간절한 편지였다.

예배 후 2층 실내체육관 같은 곳에 올라가서 모처럼만에 다시 만난 한인교회 사람들과 이야기를 나누는데, 그날 새로 온 청년부 학생 두 명이 있어서 저마다 나는 누구고 전공은 무엇이며 목사님 말씀을 듣고 무엇을 느꼈는지 한마디씩 나누는 시간이 있었다. 내 차례가 되어 내 소개를 하려는데 옆에서 이전부터 알고 있던 누나가 대신 내 소개를 해 주었다. 그런데 그 누나는 나에 대해 굳이 하지 않아도 될 말까지 해서 기분이 좀 상했다. 그 내막은 내가 이곳 케임브리지에 무엇을 하러 왔느냐에 관한 것이었는데, 그 누나는 다른 청년부 학생들에게 내가 놀러온 것이라며 농담 섞인 발언을 하는 것이었다.

나는 지금 여기 이곳 케임브리지까지 놀러온 것은 전혀 아니다. 한국에 가만히 있어도 될 일을 굳이 10시간이 넘게 비행기를 타고 온 목적은 나 자신의 올바른 자아를 완성하고 더 넓은 세계를 향해 비상하기 위해서이다. 그러면서 나에 대해 잘 모르면서 함부로 말을 하는 그 누나가 조금 섭섭했다. 정작 말하는 사람은 장난이나 농담으로 한 말이어도 듣는 상대방 입장에서 그것을 농담으로 듣지 않으면 오해의 소지가 생기고 문제가 될 수 있다고 나는 생각한다.

청년부 모임이 끝나고 이제 모두들 또 다시 일상으로 돌아가야만 하는 시간이 다가왔다. 비록 일주일에 한 번밖에 없는 짧은 만남이지만 결국은 여기에 만족하는 수밖에 없는 듯했다. 교회 문턱을 나서기 전 문 앞에서 내가 손예진 닮았다고 생각하는 그 여학생과 함께 사진을 찍었다. 지나고 나면 한순간의 아련한 추억이 되는, 나만의 오래된 기억 속의 향수로 오래 간직하고 싶었기에 말이다.

사랑과 분노의 앵글리아 러스킨

주말이 지나고 또 새로운 한 주가 시작되는 월요일이었다. 이날 오후에는 무료로 영어를 가르쳐 주는 곳이 있어 어머니를 따라 그곳을 찾아갔다. 그곳은 앙글리아 러스킨(Anglia Ruskin) 대학 안에 있었는데, 일주일 동안 무료로 영어를 가르쳐 주는 프로그램을 기획하고 있었다. 집에서 조금 멀리 떨어져 있어서 달리 다른 이동 수단이 없었던 나와 어머니는 꼼짝없이 그곳으로 걸어갈 수밖에 없었다. 그런데 가는 길을 미리 정확히 파악하지 못해 근처에 가서 길을 좀 헤맸다. 이때부터 사실 나는 조금씩 짜증이 나기 시작했다.

한참을 헤매다 찾아 들어간 교실에서는 첫날 첫 수업부터 간단한 쪽지 시험을 보는 것이었다. 길을 헤매면서 간신히 도착한 것도 사실 따지고 보면 기분이 썩 좋은 일은 아닌데, 거기다 시작하는 첫날부터 시험을 본다고 하니 마음속에서는 분노지수가 주체하기 힘든 수준으로까지 급속도로 올라갔다. 마음 같아서는 시험지를 찢어 버리고 그 자리를 박차고 나오고 싶었으나 어머니의 얼굴을 봐서 끓어오르는 분노를 간신히 참았다. 시험문제는 전부 객관식 문항으로만 이루어졌는데, 첫 장만 좀 찍다가 뒤로 가서는 최소한 50문항이 넘는 문제들을 보며 풀어볼 만한, 아니 찍어볼 만한 필요조차 느끼지 못해 아예 찍지도 않았다. 더 이상 지난날 내가 받은 주입식 교육처럼 시험문제 답만을 추려내는 기계가 되고 싶지 않았기 때문이었다.

간단한 시험이 끝나자 휴식 시간을 주었다. 그래서 잠시 밖에 나와 머리를 좀 식혔다. 그냥 어머니를 무시하고 집에 갈까도 생각해 보았지만 그렇게 하면 어머니와의 사이마저 악화될 것만 같아 어쩔 수 없이 다시 교실로 들어갔다. 가서 수업을 마저 듣는 동안 난 내내 얼굴에 인상을 쓰고 있었다. 그도 그럴 것이 내가 잘 못하고 자신 없는 일에 억지로 의미와 가치를 부여하기보다는 내가 잘하고 자신 있는 분야에 투자를 하고 싶다는 생각이 머릿속을 계속 맴돌고 있었기 때문이었다. 무슨 일이든지 강제성을 띠고 자의가 아닌 타의로 하게 되면 처음부터 차라리 하지 않는 것이 낫다고 생각하는 나였지만 도저히 혼자 나올 수가 없었다.

나는 하나의 인격을 가진 생명체로 태어나 하루가 다르게 급변하고 있는 현대사회에서 사람들이 뭔가에 대해 알기를 갈망하고, 그것을 위해 교육받는 궁극적인 목적은 바로 남과 다름 즉, 차이를 인정하기 위해서라고 생각한다. 그런데 허울뿐인 이곳의 현실에서도 또 한 번 분노하지 않을 수 없었다. 그렇게 첫날 수업은 분노로 시작해서 분노로 끝이 났다.

둘째 날에도 사실 처음부터 기분이 썩 좋진 않았다. 이날은 아침 일찍부터 수업이 있었는데, 그 전날 교실을 옮긴다는 소식을 듣고 바뀐 교실로 찾아 들어갔다. 그렇게 바뀐 교실로 찾아 들어가서도 조금 있으니까 또다시 교실을 옮긴다는 소식이 날아왔다. 마음속에서 분노로 가득 찬 불사조의 뜨거운 화염이 이글거렸지만, 그렇다고 여기까지 와서 또 박차고 나갈 순 없는 일이어서 또다시 참고 넘길 수밖에 없었다. 바뀐 교실은 상당히 멀리 떨어진 곳에 있었다. 그렇게 우여곡절 끝에 바뀐 교실로 찾아가 수업을 들었다. 조금 있으니 휴식 시간을 주었다.

휴식 시간이 되어서 일단 선생님은 밖으로 나가셨다. 선생님이 밖으로 나가시자 갑자기 여기저기서 사진 세례가 이어졌다. 나와 어머니도 그곳에 모인 사람들과 같이 사진을 찍었다. 그곳에 모인 사람들은 대부분 중국인들이었는데, 단체로 어학연수를 온 듯했다. 단체 사진을 다 찍고 내 자리로 돌아가 그림을 그리려고 했는데 옆에서 어떤 중국인 여학생이 날 붙들었다. 웬일인가 싶어 돌아보니 그 중국인 여학생이 내게 같이 사진을 찍자고 제안하는 것이었다.

원래 어떤 사람에 대해 잘 모르는 상태에서 같이 사진을 찍기란 쉬운 일이 아니지만 내 입장에서는 굳이 마다할 이유가 없었기 때문에 흔쾌히 같이 사진을 찍었다. 나와 사진을 찍고 나자 이번에는 이 여학생이 어머니와도 같이 사진을 찍는 것이었다. 오래 살다 보니 나를 모르는 여자가 먼저 내게 사진을 같이 찍자고 하는 날도 있구나 하는 생각에 기분이 묘해졌다. 그전까지는 사실 기분이 별로 좋지 않아 뾰로통해 있었는데, 이 여학생의 그런 제안에 불사조의 분노의 화염이 조금은 가라앉는 듯했다.

조금 뒤 선생님이 다시 들어오셔서 또 계속 수업이 진행되었다. 조금 더 수업을 받은 뒤 끝이 났다. 그런데 어머니는 수업이 끝나자 빨리

나가고 싶어 하시는 눈치를 보이셨다. 난 아까 같이 사진을 찍은 중국인 여학생과 조금이라도 대화해 보고 싶어 서울 평창동 전시 팸플릿을 그 여학생에게 보여주며 어설픈 영어로 물어보았다. "What's your name?" 여학생은 중국어로 자신의 이름을 알려 주었다. "My name is…"까지는 영어랑 똑같이 갔는데 그 뒤에 자신의 중국 이름을 알려 주니 알아듣기 힘든 난해한 말이 되어 버렸다.

그다음으로 물어본 질문은 이것이었다. "Have you ever been interested in pictures?" 그러자 이 중국인 여학생은 내게 이렇게 반문을 하였다. "Give me this one?" 원래 물어보고자 하는 질문에 대해서는 답을 안 하고 내가 먼저 한 질문을 다시 질문으로 답을 하니 기분이 묘했다. 그래도 싫은 내색을 하지 않고 "Yes."라고 대답하였다.

내가 그다음으로 물어본 질문은 이것이었다. "How long do you stay here in Cambridge?" 그런데 이 여학생은 이곳 케임브리지에 얼마 동안 머물 것이냐고 묻는 질문을 자신의 나이를 물어보는 질문으로 잘못 알아들었는지 갑자기 자신은 열다섯 살이라고 하는 것 같았다. 이전에는 서로 원활한 의사소통이 되지 않는다는 것이 무엇인지 잘 몰랐고, 설사 그런 느낌이 든다 해도 그냥 지나치는 경우가 많았지만 이 순간만큼은 무척 답답했다.

총 5회 수업 중에 이제 두 번의 수업을 했으니 이제 남은 시간은 사흘이다. 남은 사흘 동안 이 중국인 여학생과 얼마만큼 가까워질지는 모르고 시간의 장벽에 가로막혀 지속적인 관계가 유지되지 않는다 하더라도 그것에 연연하지 말고 매 순간에 의미와 가치를 부여하면서 삶의 질을 한층 더 높여볼 생각이다.

내게 팸플릿을 건네받은 그 중국인 여학생은 무척 기뻐하는 눈치였다. 얼른 자신에 가방에 넣으면서 연신 "Thank you."라고 하는데 난 괜히 멋쩍어졌다. 사실 엄밀히 따지면 그렇게 대단한 일도 아닌데 이 여학생은 얼굴에 잔뜩 미소를 띠며 내게 호의를 보였다. 다음날 다시 이 여학생과 재회하게 되면 궁금한 내용을 미리 종이에 적어 놓고 물어볼 생각이다. 사전에 아무런 준비도 없이 갑자기 뜬구름 잡는 듯 말을 거니까 무슨 말을 해야 할지도 잘 모르겠고 머릿속이 하얘지는 것만 같았다. 그래서 미리 철저한 준비를 해 볼 생각이다. 사람들 앞에서 발표나 강연, 설교 등을 하려 할 때는 미리 간단히 무슨 말을 해야 하는지에 관한 아우트라인, 즉 메모가 무척 중요하구나 하는 사실을 이때 절실히 느낄 수 있었다.

그런데 그 중국인 여학생은 나에 대해 잘 알지 못하는 상황에서 나의 어떤 모습에 매력을 느끼고 호의를 보이며 같이 사진을 찍자고 제안해 온 것일까? 이 또한 세월이 흘러도 풀리지 않는 의문으로 내 마음속에서 메아리치게 되지 않을까 싶다.

셋째 날에는 큰 스케치북을 들고 가서 수업을 들었다. 선생님은 앞에서 설명 아니 설명이라고 하기보다는 거의 유튜브에 있는 동영상을 보여주었지만, 난 그 영상에 별로 관심이 없었고, 알고 싶은 내용도 아니었기에 선생님 바로 앞에서 그림을 그리며 대놓고 딴청을 피웠다. 그 영상물은 네스 호의 낸시라고 불리는 기이한 생명체에 관한 내용이었는데, 흉측하게 생긴 몰골이 무엇을 뜻하는지 가늠하기 어려운 탓에 굳이 보고 싶지가 않았다. 나로선 그 시간이 그저 괴롭기만 하였다. 아무튼 그렇게 시간은 계속 지나갔다.

넷째 날에는 미술품에 관한 이야기가 오갔는데, 난 그때 내가 만든 페이스북 페이지를 모두에게 공개하며 본의 아니게 자랑을 하게 되었다. 내가 앞에서 그림을 보여주며 한국말로 설명을 하면 어머니가 옆에서 영어로 번역을 해 주시는 식으로, 말하자면 일종의 프레젠테이션이 시작되었다. 처음부터 끝까지 내가 그린 그림들을 다 보여주고 싶었으나 그렇게 하기엔 시간이 너무 많이 걸릴 것 같아 중간에 발표를 마칠 수밖에 없었다.

그렇게 또 시간은 지나 어느덧 일주일로 기획된 수업의 마지막 날이 왔다. 마지막 날에는 솔직히 가고 싶지 않았다. 끝까지 출석을 하면 무슨 수료증 같은 것을 준다는데 내겐 그것이 별로 중요한 것이 아니었기에 그깟 종이쪼가리 한 장 받으러 간다는 것이 좀 웃긴다는 생각이 들었다. 하지만 기왕 이렇게 된 것, 지금까지 해 온 것들이 아까워서라도 결국 마지막 날까지 모두 출석을 했다. 마지막 날에는 그전까지 수업을 해 오시던 선생님이 아니라 다른 분이 수업을 진행하셨다. 그런데 수업이 무척 지루하고 재미가 없었다. 다른 사람들에게는 계속 질문을 하시면서 내게는 아무런 질문도 하지 않으시는 선생님이 야속하게만 느껴졌다.

그렇게 억지로 수업을 듣고 내게 날아온 수료증을 받아보고는 난 경악을 금치 못하였다. 그 이유는 내 이름이 잘못 나와 있었기 때문이었다. 너무 어이가 없고 황당해 따져볼까 하는 생각도 했지만 그렇게 하면 왠지 나만 나쁜 사람처럼 보일 것 같아 그만두었다. 뭔가 억울하다는 느낌을 떨쳐버릴 수가 없었지만 한숨과 후회 속에 집으로 돌아올 수밖에 없었다. 이 사람들에게 따져봤자 아무런 의미가 없다는 사실을 난 잘 알고 있었기 때문이었다.

어둠 속의 바닷가

때는 금요일 저녁이었다. 이날부터 일요일 오후까지 Explore Course 에서 주관하는 작은 여행이 계획되어 있었다. 그래서 약속된 시간이 다가오기만을 기다리며, 나는 그림을 그리며 나와 어머니를 픽업하러 와 주시겠다는 영국인 목사님을 기다리고 있었다. 원래 출발하기로 예정되어 있던 시간이 오후 5시 30분이었는데, 목사님은 정해진 시간에 딱 맞추어 나와 어머니를 태우러 오셨다. 난 듣지도 보지도 못한 다른 동네에 간다고 하니까 과연 어떤 곳일까? 하고 내심 기대를 많이 했다.

목사님의 차를 타고 출발 전 일단 들른 곳은 어떤 편의점 앞이었다. 그곳에 들른 이유는 같이 가기로 미리 예정된 다른 중국인 여학생을 태우기 위해서였다. 그녀는 키가 상당히 작았는데 중국인임에도 영어를 거의 완벽에 가까운 수준으로 구사하고 있었다. 처음 차를 탈 때는 조수석에 탔는데 뮤리엘이 동승하자 난 그녀와 대화해 보고 싶다는 생각에 뒷좌석에 앉아 계시던 어머니와 자리를 바꾸었다.

그렇게 해가 저물 무렵 여행은 시작되었다. 가는 도중 나는 뮤리엘과 상당히 많은 대화를 나누었다. 취미가 무엇이냐는 것에서부터 시작해서 주고받는 대화의 깊이가 깊어져 우리나라 한국의 교육의 문제점에 이르기까지, 처음엔 조금 어색했지만 그렇게 대화를 주고받고 서로를 알아가면서 다름의 경계가 허물어지기 시작했다.

대화를 한참 주고받고 있다 보니 고속도로를 벗어난 차는 어느덧 작은 마을을 지나고 있었다. 영국인 목사님은 지나고 있는 마을의 이름이 Little Snoring이라고 알려 주셨다. 여기서 Snoring은 잠잘 때 코고는 소리를 의미하는데, 그렇게 마을 이름을 정한 것이 재미있었다. 그러면서 영국인 목사님은 조금 더 가면 Great Snoring이란 마을도 있다고 알려 주셨다.

짙게 깔린 어둠 속에서도 차는 꼬박 두 시간을 멈추지 않고 달렸다. 그렇게 도착한 곳은 노퍽(Norfolk)의 셔링엄(Sheringham)이라는 바닷가 어촌 마을이었다. 그 시간에는 이미 어둠이 짙게 깔린 후여서 여기가 어딘지 바로 앞도 분간하기가 힘들었다. 도착한 그 마을이 셔링엄이라는 사실도 나중이 되어서야 겨우 알게 되었다. 마을에 도착하자 차는 어떤 바닷가 앞에 세워졌다. 그래서 잠시 내려 어둠 속의 바닷가를 보러 나섰다. 너무 어두워 앞에 무엇이 있는지 분간하기 힘들었지만 휴대폰 라이트에서 나오는 불빛에 의지해 앞으로 계속 나아갔다.

바닷가에 들어서자 철썩철썩 파도치는 소리가 들려왔다. 움푹움푹 들어가는 제법 큰 돌멩이의 자갈밭을 지나 어둠 속의 바닷가 뿜어내는 나름의 정취에 점점 빠져들었다. 주변은 어두웠지만 어둠 속에 갇힌 바닷가는 분명 무언가를 갈망하면서 울부짖고 있는 듯했다. 파도의 울음소리가 그날따라 왠지 더 애처롭게만 들리는 것 같았다. 그렇게 어둠 속의 바닷가를 한 번 돌아보고 라이트하우스(Light House)라는 이름의 작은 교회로 가서 같이 여행할 다른 일행들을 만났다. 이것으로 셔링엄 바닷가 마을에서의 일정이 시작되었다.

작은 전시실

이날 저녁부터는 한 영국인의 가정에서 이틀간 홈스테이를 했다. 홈스테이를 하려는 집 주인 부부가 자신들의 집에 올 손님을 맞이하러 라이트하우스 교회에 미리 나와 있었다. 앤디 아저씨와 클라라 아주머니를 처음 보았을 때 그들의 인자한 미소에서 나는 지금까지 느끼지 못했던 편안함을 찾아볼 수 있었다. 엄밀히 말하자면 자신들과는 아무런 상관도 없는 사람들인데도 전혀 남이라고 생각하는 것 같지가 않았고, 그래서 더 정이 갔던 것 같다. 아저씨께서는 어찌나 친절하시던지 내 걸음이 조금 서툰 것 같으니까 내가 부축해 달라고 하지도 않았는데 친히 날 붙들어 주셨다.

아저씨, 아주머니를 따라 그들이 사는 집에 들어갔을 때 난 놀라움을 금치 못했다. 이유인즉 온 집 안이 전부 그림들로 발 디딜 틈이 없었기 때문이었다. 마치 하나의 작은 전시실에 와 있는 듯했다. 그분은 나만큼이나 그림에 대한 열정이 넘치는 분이신 듯했다. 그 중에서 두 작품이 이 집에서 가장 돋보였다. 하나는 한 10호짜리의 작은 캔버스 세 개를 붙여 놓고 계속 같은 그림을 늘어지듯 그리면서 하나의 그림으로 보이게끔 해 놓은 것이었다. 내용은 태양의 밝은 빛을 표현한 것처럼 보였는데 내게 심미안이 부족해서인지 왜 그런 식으로 그림을 그렸는지 쉽게 이해가 되지 않았다.

나머지 다른 하나는 100호 캔버스에 그려져 있었던 붉은색 건물의 형상이었다. 미루어 짐작하건대 이 붉은 건물은 아마도 교회를 암시하고 있는 듯했다. 이 작품은 아저씨의 작품이 아닌 아저씨 딸의 작품이었다. 붉은색이 많이 들어간 그 그림은 확실히 강렬하면서도 열정이 넘치는 듯한 느낌을 주었다. 나는 깊이 있는 효과를 주려 할 때면 붉은색이 아닌 검은색을 주로 사용해 왔기 때문에 내가 그린 그림과 대비되는 인상을 받았다.

이 밖에도 다른 여러 풍경을 그린 것을 비롯하여 많은 그림들이 집 안 곳곳에 전시되어 있었다. 나도 그림을 그리는 사람으로 아저씨 집에 걸려 있던 그림들에 감동받아 그 집을 떠나는 날 아저씨를 위해 선물로 그림 한 점을 드렸다. 소묘로 표현한 바닷가 풍경이었는데 풍경화를 소묘로 그렸다는 사실이 약간 성의 없이 대충 그렸다는 인상을 줄 수도 있었지만, 아저씨는 전혀 이와 같은 사실에 개의치 않으시고 기쁘게 내 그림을 받아 주셨다. 그러면서 메일 주소를 알려 주시면서 다음에 또 오라는 말도 잊지 않으셨다. 무척 고마운 아저씨였다. 난 아마 앤디 아저씨를 영원히 못 잊을 것만 같다.

부러진 안경

서링엄 바닷가 마을을 여행하면서 예상치 못한 사고가 발생하였다. 그것은 한국에서 새로 해 온 내 안경이 두 동강 난 것. 내가 이곳을 올 때 안경 닦는 수건을 가져가지 않은 것이 화근이었다. 내가 안경을 벗어 닦으려고 옷에 쓱쓱 문지르자 어느 순간 갑자기 안경알 사이를 잇는 코 받침대가 부러져 버렸다. 그 순간에는 적잖이 당황스러웠다. 혹시 이 부러진 안경 때문에 부득이 한국으로 돌아가야만 하나 하는 생각이 순간 내 머릿속을 스치고 지나갔다. 하지만 앤디 아저씨가 내 안경이 부러졌다는 사실을 아시고는 일요일인데도 급히 근처 가게에 가서서 순간접착제를 구해 오셨다.

자신의 일도 아닌데 마치 자기 일처럼 생각하고 손수 접착제까지 구해 오시는 주인아저씨의 친절과 호의가 무척 고마웠다. 앤디 아저씨가 어렵게 구해 온 접착제로 내 안경의 부러진 부분을 이어 붙이는 고도로 어려운 작업이 펼쳐졌다. 과연 정말 잘 붙게 될까? 걱정되는 마음을 감출 수가 없었다. 하지만 나의 이런 걱정과는 달리 아저씨는 안경을 서로 붙이는 데 성공하셨다. 나는 한숨을 돌리며 이제부터는 아무리 작고 사소한 것이라 할지라도 함부로 다루지 말아야겠다는 결심을 하게 되었다.

그리고 바다는 침묵을 지켰다

이튿날 아침 일찍 다시 라이트 하우스 교회로 갔다. 조금 있다가 전날 보고 왔던 바닷가로 다시 나갔다. 그때까지도 일행이 된 사람들끼리 어색한 분위기가 감돌고 있었다. 나도 누군가와 대화를 해 보고 싶었지만, 지난날의 일회용에 불과했던 인간관계에 받은 상처와 아픈 기억이 많아서인지 쉽게 입이 떨어지질 않았다. 그러면서 속으로 제발 이 여행이 그저 한순간 보고 끝나는 것이 아닌 지속성 있는 관계로 발전되기를 기대했다. 하지만 이 기대는 결국 또다시 헛된 꿈, 헛된 희망이 되어 버렸다.

바닷가에서는 파도치는 바다를 배경으로 원반 던지기와 족구가 시작되었다. 둘 다 내게는 조금 과격한 운동인 것 같아 나는 근처 바위 위에 앉아 사람들이 뛰노는 모습을 물끄러미 바라보는 수밖에 없었다. 나중에 원반은 나도 두 번 던져 보았는데 두 번 다 엉뚱한 방향으로 날아가 버렸다. 운동이 끝나고 단체 사진을 찍었다. 한 번은 바닷가를 등지고, 나머지 한 번은 파도치는 바닷가를 배경으로 하고 찍었다.

운동과 사진을 모두 마치고 타고 온 차를 세워둔 곳으로 돌아가는데 어떤 중국인 여학생 두 명이 저만치 앞서 가다 뒤따라오던 나를 돌아보며 반갑게 인사를 했다. 난 드디어 올 것이 오고야 말았구나, 하는 생각을 하지 않을 수 없었다. 그 여학생 두 명이 반갑게 내게 인사를 건네는데 생각보다 몸이 먼저 반응을 하는지 나는 하마터면 뒤로 자빠질 뻔했다. 간신히 정신을 차리고 나도 멋쩍게 그 여학생들에게 인사를 건넸다. 그러면서 내가 어떤 상황에 있는지 알지 못해 놀란 듯 두 눈을 동그랗게 뜨고 있는 그 여학생들에게 나는 이런 말을 했다. "That's OK. I have a problem with the brain." 나의 이 말뜻을 알아들은 건지 못 알아 들은 건지 쉽게 감이 잡히지 않았다. 하지만 난 그들의 표정을 보면서 아직도 추가적인 설명이 더 필요하구나, 하는 생각이 들었다. 이 두 명의 중국인 여학생도 뮤리엘과 마찬가지로 중국인이라는 신분에 맞지 않게 영어에서 중국어로, 중국어에서 영어로 곧잘 왔다 갔다 마음대로 바꾸어 말을 하는 것이었다.

이 두 명의 중국 여학생 중 한 명은 같이 여행을 했던 한 아주머니의 딸이었고, 나머지 다른 한 명은 그녀의 사촌이었다. 수지 아주머니의 딸인 멜로디는 짧은 단발머리가 유난히 아름다웠다. 멜로디는 한국말도 약간 할 줄 알았는데 내가 자신보다 나이가 많다는 사실을 알게 되자 새침데기 어린 소녀처럼 수줍은 표정을 지으며 어색한 발음으로 오빠라고 불러주었다.

바닷가를 돌아보고 다시 라이트 하우스 교회로 돌아갔다. 교회 안에서 서로 빙 둘러앉아 한참 동안 성경을 읽고 토론을 했다. 내가 받은 성경은 우리말 성경이었지만 토론하는 내용은 영어였다. 쉬운 말은 곧잘 해도 어렵고 깊이 있는 영어는 잘 알아듣지 못했기에 나는 한쪽 구석에서 그림을 그렸다. 성경에 대해 한참을 토론하고 나눠주는 간단한 음식으로 허기를 달랜 뒤 다시 오전에 갔던 바닷가로 갔다. 분명 같은 장소였는데 접근하는 방향이 달라 처음에 난 이 두 곳이 전혀 다른 곳인 줄만 알았다.

오후에 간 곳에는 드넓고 광활한 초원이 펼쳐져 있었다. 싱그럽게 불어오는 바람의 기운을 느끼며 나는 정말로 바람에 내 몸이 날고 있는 것만 같은 느낌을 받았다. 그것은 진정한 나의 비상이었다. 그러면서 멜로디와 사진을 같이 찍었다. 넓게 펼쳐진 초원을 가로질러 걷다가 마침 하트 모양으로 파여진 구덩이를 발견하였다. 내 마음속에 억눌려 있던 고독한 늑대가 고개를 쳐드는 듯했지만 난 차마 멜로디에게 그 뜻을 전하지 못했다. 왠지 그렇게 사람 많은 곳에서 너무 여자를 밝히면 분위기가 어색해질 것만 같았고, 그런 목적으로 온 여행이 아니었기에 마음이 무거웠다. 조금 더 앞으로 가서는 바닷가 해변을 따라 방향을 바꾸어 왔던 길을 되돌아갔는데, 이번에는 바닷가 해변에서 하트 모양의 돌이 발견되었다. 또 다시 늑대는 외로움에 울부짖었지만 이번에는 어머니의 저지로 차마 말을 꺼내지 못하였다.

바다를 다시 한 번 둘러보고 나서 시내로 구경을 갔다. 시내로 가는 도중 여러 가지 벽화와 만날 수가 있었다. 벽에다 그린 그림이지만 하나같이 이 마을의 역사를 전달하고 있어 인상적이었으며 의미심장한 느낌을 주었다. 바닷가 옆에 펼쳐져 있던 초원에서 내가 두 개의 하트 모양을 발견하면서 꿈꾸던 것... 하지만 나의 꿈은 결국 이루어지지 않았다. 단 한순간만이라도 그래 보았으면 좋겠다는 생각을 하고 있고,

이런 내 꿈은 많은 세월이 흘러도 내 안에 억눌려 있는 욕구가 충족되지 못하는 한 계속 나를 따라다니며 괴롭힐 것만 같다. 그렇게 침묵과 한숨 속에서 나는 어느덧 뉘엿뉘엿 저물어가는 노을지는 바닷가를 떠나고 있었다.

〈Sheringham〉

Light House

다음날에는 라이트 하우스 교회의 예배에 참석하게 되었다. 다른 때 같았으면 휑하던 교회 앞마당이 이날만큼은 주일이라 그런지 주차된 차들로 빽빽이 채워져 있었다. 갑자기 변해 버린 분위기에 순간 적응이 안 되어 약간 당황스러웠다. 예배 시작 시간은 오전 10시 30분이었지만 10시쯤부터 사람들로 북적거렸다. 이런 화기애애한 분위기가 참 좋다고 난 생각한다. 하지만 정도가 지나쳐 질서나 규범이 통용되지 않는 방종의 상태가 되어선 안 된다고 생각한다.

　처음에 찬양으로 시작되어 어느 다른 교회들과 별로 다르다는 느낌을 받지는 못했는데, 목사님 설교가 시작되자 확실히 다른 교회와는 뭔가 다르다는 느낌을 받았다. 이유인즉 그 교회 목사님으로 보이는 뚱뚱한 할아버지가 앞에 나와 강론을 하시는데 다른 사람들과 똑같은 차림으로 허물없고 편안한 분위기 속에서 설교를 하셨기 때문이었다. 영어로 무슨 말을 그렇게 장황하게 하시는지는 몰라도 설교 내용보다는 기도와 축복 위주로 예배를 진행하시는 목사님의 모습에서 난 남다른 인상을 받았다.

　지금까지 내가 봐 왔던 영국 교회들은 너무 형식적인 틀에 얽매여 있거나 아니면 너무 자유로운 분위기로 흘러가는 것만 같았는데, 이 라이트 하우스 교회로 말할 것 같으면 어느 정도 중간선상에 머무르고 있는 것 같았다. 한 분이신 그분을 찬양하고 경건한 자세로 예배를 드리는 곳이 교회여야 한다고 생각한다. 어쩌면 나부터 고질적인 틀에 사로 잡혀 있는지도 모르겠지만 말이다.

　예배는 두 시간가량 이어지는 듯했다. 솔직히 말해 중간에 조금 졸기도 했다. 역시 청자의 입장에서는 화자의 이야기가 너무 길어지면 자연스레 졸음이 오는 것 같았다. 무슨 일을 할 때 정도의 차이에 따라 그 행위가 지니는 의미는 상당히 미묘해진다. 그렇기에 짧고 굵게 적당한 선에서 끊을 줄 알아야 하고, 이것이 바로 오늘날을 살아가는 현대인들에게 가장 중요한 덕목이 되어야 한다. 하지만 그 적정선을 유지한다는 것은 무척 어렵다. 그래서인지 어딜 가나 적정선을 유지하지 못하는 목사님의 설교는 항상 지루하게만 느껴진다.

　많은 세월이 흘러도 잊히지 않을 또 하나의 소중한 추억을 만들어준 바닷가 해변 마을의 작지만 알찬 교회 Light House. 교회에서 함께한 시간을 되새겨 보며 그 사이 창밖으로 추적추적 내리는 비를 말없이 바라보며 다시 케임브리지로 돌아오는 목사님의 차 안에 앉아 있었다. 그 지나온 시간의 도로 위에서 또 하루가 저물고 있었다.

들통난 비밀

이날이 오기 전까지는 내가 어머니의 연구실을 쓰는 것에 대해 아무런 문제가 없었다. 그런데 이날이 있고 난 뒤 숨기고 있던 비밀이 들통나 버렸다. 사건의 전말은 이러했다. 청소부 아주머니가 갑자기 나타난 것. 칼리지에서는 연구실을 사용할 때 두 명이서 한 방을 같이 쓰는 경우 상대방에게 자기가 와 있다는 사실을 알리기 위해 현관문을 열어 놓아야 하는 모종의 규칙이 있었다. 정확히 말하면 이곳은 보통 연구실이 아닌 완전히 기숙할 수 있는 공간이었다.

이날도 난 어머니 연구실로 향하고 있었다. 그런데 웬걸? 방문이 열려 있는 것이 아닌가? 나는 그래도 옆방 사람이겠거니 하면서 별생각 없이 방문을 열고 안으로 들어갔다. 그런데 마침 방 안을 여기저기 다니며 청소를 하시는 청소부 아주머니와 눈이 딱 마주쳤다. 나와 눈이 마주치자 그녀는 적잖이 당황하는 것 같았다. 그러면서 나를 따라 어머니 연구실로 들어오면서 나에게 이런 질문을 하였다. "Is this your room?" 난 이 질문에 다음과 같이 대답을 하였다. "Here is my mother's office." 내가 이렇게 대답을 하자 그녀는 "OK."라는 말을 하고는 다시 방문을 닫고 나가 버렸다.

또 좀 있으니 이번에는 옆방 사람이 어머니의 연구실로 들어오는 것이었다. 그는 턱수염이 그득하게 난 남성이었는데 방문을 열고 들어와서는 좀 전에 청소부 아주머니가 내게 했던 질문과 같은 질문을 내게 하였다. 연달아서 두 번이나 어머니의 연구실에 불청객이 출현하자 난 속으로 괜히 이 공간이 불편해지기 시작했다. 그래서 그대로 밖으로 나와 길거리를 배회했다. 앞으로 어떤 난처한 일이 벌어질지도 모르는 상황이었다. 그 난처한 상황에 어떻게 대처해야 할지 쉽게 판단이 서지 않아 머리도 식힐 겸 밖으로 나온 것이다.

이렇게 해서 어머니와 내가 암암리에 지켜오던 비밀은 들통나 버렸다. 그것도 참으로 어이없게….

나 혼자만을 위한 영화관

요즘 난 Central Library라는 시립도서관에서 틈나는 대로 DVD를 빌려보고 있다. 이제는 내 이름으로 도서관 회원 카드를 만들었기 때문에 더 이상 도서관 직원들의 눈총을 받지 않아도 된다. 또 원래는 DVD 하나 빌릴 때마다 꼬박 2파운드씩 내야 했지만, 언제부터인가 도서관 직원들이 내게 돈 달라는 말을 하지 않았다. 이유인즉 몸이 불편한 장애인이나 노약자들은 DVD를 무료로 빌릴 수 있는 규정이 있었기 때문이었다.

어떤 면에서 보면 한국에 멀쩡한 집 놔두고 영국까지 굳이 하지 않아도 될 행보를 하면서 비싼 집세를 내고 살면서 아무런 혜택을 받지 못했는데, 이것은 하나의 혜택이라면 혜택이었다. 난 이렇게 빌린 DVD를 어머니 연구실인 비밀의 방에 와서 본다. 원래 영화는 영화관에서 봐야 제 맛이지만 영화관은 꽉 막힌 느낌에 답답하고 무엇보다 사람들의 팝콘 먹는 소리와 콜라 마시는 소리에 자꾸 신경이 쓰여 영화에 집중을 할 수 없다. 비밀의 방에서 보는 영화도 그렇게 따지면 답답하긴 마찬가지이지만 적어도 잡다한 소음 공해는 없으니 편하게 영화를 볼 수 있다.

지금까지 내가 이렇게 빌려 보았던 영화 중 가장 재미있고 볼만했던 것은 〈나니아 연대기〉였다. 얼핏 〈해리포터〉나 〈반지의 제왕〉과 같은 말이 좀 안 되는 판타지 영화였지만, 이 영화를 보는 내내 눈을 뗄 수가 없었고, 숨 막히는 액션에 박진감이 넘쳤다. 본래 싸우고 부수고 때리고 죽이고 하는 액션 영화를 좋아하는 편은 아니지만, 액션이 아니면 멜로나 로맨스 영화밖에 없고 그런 영화들은 보는 내내 자꾸 염장이 질려서 싫고, 이를 제외하면 액션밖에 남지 않기 때문에 달리 선택의 여지가 없었다. 비록 설정된 각본에 고도로 발달된 컴퓨터 그래픽이 난무하는 영화였지만 후회는 없었다. 난 앞으로 남은 5개월의 기간 동안 내게 주어진 이 작은 혜택을 마음껏 누리려 한다.

세 사람의 만남

오늘은 원래 재남 아줌마를 만나기로 약속이 되어 있던 날이었다.

그런데 어머니에게는 바로 직후에 마기 아줌마와도 약속이 잡혀 있었다. 난 처음에 어머니가 재남 아줌마와 만나고 장소를 옮겨 다른 곳에서 마기 아줌마를 만나실 줄 알았는데, 우연치 않게 이 두 아주머니가 어머니를 사이에 두고 다 같이 만나는 자리가 만들어졌다. 좀처럼 만들어지기 힘든 자리였는데 이렇게 흥미로운 광경을 목격할 수 있게 되어서 무척 기뻤다. 주고받는 대화가 어떤 내용인지는 알 수 없었지만, 이 두 아주머니는 금방 공감대가 형성되는 듯했다. 원래 서로 안면이 있었던 것 같지는 않았는데 일단 재남 아줌마는 영어를 잘하시니까 영국인인 마기 아주머니와도 전혀 문제없이 대화를 하셨다.

이것을 기쁘다고 해야 할지 아니면 부럽다고 해야 할지 모르겠지만 난 정말 두 아주머니가 어머니를 사이에 두고 다 같이 친하게 지내셨으면 좋겠다. 두 아주머니 모두 친절했고 상냥했으며, 딱 봐도 왠지 모르게 고향 마을 아주머니들에게서 느끼는 것 같은 정이 느껴진다. 내게는 두 아주머니 모두 고맙고 감사한 분들이시다. 부디 시간이라는 장벽 앞에 이 두 명의 아주머니와 어머니 사이가 퇴색되지 않고 오래도록 아름답고 깊은 우정으로 발전하기를 바란다. 시간의 장벽 앞에서 번번이 무너지고 실망하는 것은 나 한 사람으로 충분하기 때문에 어머니만은 그렇게 되지 않기를 바라는 마음이다.

엇갈린 운명, 그리고 어머니의 작은 행복

이날은 오후 늦게 인터내셔널 카페에서 영국인 대학생 친구들과 작은 모임이 있었다. 이전에도 한 번 이 모임에 참석했던 적이 있었지만, 그때는 무책임한 사람들의 행동에 실망하고 중간에 나온 적이 있었다. 그런데 한 번 그랬다고 계속 그러진 않을 것 같고, 집에 가만있는 것보다는 나을 것 같아 다시 한 번 참석하게 되었다. 이 모임은 매주 금요일 오후 5시에서부터 저녁 7시까지 이어진다고 했다.

이번에는 비록 말은 잘 못 알아들어도 끝까지 있어 보자는 생각으로 다른 사람들이 대화를 주고받는 가운데서 스케치북과 펜을 가지고 묵묵히 그림을 그렸다. 여기서는 친구들의 초상화를 주로 그렸는데, 어떤 것은 봐줄 만했지만, 다른 것은 누군지 모를 정도로 내가 봐도 시원치 않았다. 영국 대학생들은 하나같이 친절하고 온순해 보인다. 그들은 언제나 입가에 미소를 짓고 있다.

나는 그 시간 내내 말없이 그림을 그렸다. 옆에 있는 친구들이 먼저 말을 걸어와도 워낙 그림에 몰두해 있었기 때문에 대답을 잘 해 주지 못하였다. 아니면 지난날 좋지 못한 기억 때문인지 내가 먼저 말을 걸려고 해도 쉽게 입이 떨어지지를 않았다. 어쩌면 그래서 난 그림에 더 매진하게 되었고, 남들에게는 없는 열정과 끈기가 생긴지도 모르겠다.

일정한 간격으로 놓인 테이블 위에는 사인펜을 비롯하여 각종 펜들이 놓여 있어 내가 이것들을 사용해 그림을 그리자, 나중에는 나의 열정이 그곳에 있던 다른 남학생에게도 전해졌는지 그도 A4지에다 사인펜으로 그림을 그리기 시작하는 것이었다. 그림의 내용은 직사각형 모양의 평범한 집 앞에 들판이 있는 풍경화였는데, 쓰는 선이나 디테일한 표현력이 예사롭지 않았다. 그는 미술을 전공으로 하는 학생도 아니었고, 심심해서 취미로 그린 것이었으나 놀라우리만큼 강한 터치와 섬세한 표현력이 돋보였다. 그 남학생과 나는 마주 앉아 서로 경쟁하

듯 그림을 그렸다. 확실히 내가 좋아하는 일을 하고 있으니 시간이 금방 지나가는 듯했다.

그러는 사이 같이 저녁을 먹자고 제안하신 어머니에게 내가 있는 곳을 일찌감치 문자로 알려 드렸다. 여기서 작은 오해가 생겨났다. 이 모임의 이름이 Barn이었는데 Barn을 한글로 써서 어머니께 보냈더니 어머니께서는 반을 방으로 잘못 이해하시고는 비밀의 방인 연구실에 가셔서 굳게 잠긴 문 앞에서 문을 두들기며 한참을 기다리셨다는 것이다. 이 사실을 뒤늦게 알게 된 나는 내가 잘못한 것이 아니었음에도 괜히 어머니께 죄송한 느낌이 들었다. 그래도 어떻게든 어머니와 만나게 되었으니 다행스러운 일이었다.

그림을 그린다고 허기진 배를 채우고 난 뒤 어머니와 근처 작은 마트에 들어가서 장을 보았다. 그런데 난 오래 서 있는 것이 힘들기 때문에 어머니가 필요한 물건을 사서 계산하러 오실 때까지 카운터 옆 작은 의자에 앉아 어머니가 오시기를 기다리고 있었다. 그렇게 어머니를 기다리고 있는 도중 갑자기 옆에서 쨍그랑 하는 소리가 들렸다. 손님의 실수로 와인 병이 깨진 것이었다. 난 물끄러미 깨져 버린 와인 병을 바라보고 있었다. 그러면서 참 아깝다는 생각이 들었다. 원래 술을 좋아하는 편이 아니고 술이라면 입에 대어본 적도 없었던 나였지만, 시큼한 와인 냄새가 바로 앞에서 진동하니 괜스레 한번 마셔보고 싶다는 생각이 들었다. 하지만 이를 실천으로 옮기진 않았다.

와인이 깨졌다는 사실이 알려지자 마트 측에서는 병을 깬 손님에게 새 와인을 건네주는 것이었다. 그리고 직원이 와서 대걸레로 깨진 병을 말없이 치우기 시작했다. 이 광경을 지켜보고 있는데 어머니가 나타나셨다. 깨진 와인을 뒤로하며 마트를 나오는데 좀처럼 발길이 떨어지질 않았다. 왠지 모르게 자꾸 신경이 쓰였고, 한번 마셔보고 싶다는 생각이 들었기 때문이었다. 밖으로 나와 어머니와 둘이 집으로 가는데 어머니께서 재미있는 이야기를 해 주셨다. 이 이야기가 솔직히 재미있는지 모르겠지만 달리 뭐라 표현할 적절한 단어가 떠오르지 않아 재미있는 이야기라고 일단 해 두겠다.

이야기의 내용은 이 날 어머니가 경험하신 일이다. 어머니께서 대학 도서관에서 독일어로 된 책이 필요해서 찾으시는데 그 책이 있어야 할 자리에 다른 책이 꽂혀 있었다는 것이다. 그래서 도서관 직원에게 물어보니 그 책이 어머니가 찾는 책이 맞다고 했다는 것이다. 하지만 제목이 전혀 달라 혼동할 수밖에 없으셨단다. 도서관 측에 다시 문의해 보니 도서관 측의 대답이 놀랍더라고 하셨다. 그 이유는 책의 원래 표지가 얇아 책을 보호하기 위해 도서관 측에서 임의로 두꺼운 표지를 만들어 겉모습을 완전히 다른 책으로 바꾸어놓았다는 것이다.

아무리 책이 얇아도 그렇지 책을 빌려주는 도서관에서 기존의 표지 디자인을 무시하고 임의로 표지를 바꾸는 행위는 명백한 저작권 침해라고 생각한다. 표지 디자인을 바꾼 것에 불과했지만 그렇게 하면 사람들이 책을 찾는 데 어려움이 있을 수 있기 때문에 난 별로 바람직하지 않은 처사라고 생각한다. 그런데 어머니께서는 이 책이 꼭 필요했는데 도서관에 없는 줄 알고 거의 포기를 하셨다가 마침내 찾게 되니 매우 기쁘고 행복하셨다. 내가 여기에 찬물을 끼얹으니 어머니는 기뻐해야 할지 말아야 할지 모르겠다고 하셨다. 바뀐 표지 때문에 고생은 좀 했지만 그래도 어머니는 필요한 책을 찾으셔서 뿌듯해하셨다.

Trinity College의 구세주

이날은 별로 특별한 이유도 없이 왠지 기분이 좋지 않았다. 이곳에서 점차 행동반경을 넓히고 새로운 사람들은 만날 때마다 늘 일회용에 불과한 관계가 불만이었고, 어차피 마음을 열고 다가서 봤자 오래 지속되기 힘든 관계라면 애초에 마음을 열지 않는 것이 더 낫다고 생각하고 있기에 새로운 사람을 만나는 것이 두렵고 무서웠다. 내가 기껏 용기를 내 먼저 다가가도 돌아오는 반응들이 하나같이 좋지 못해 난 여기서 적잖은 상처를 받았다.

이날은 일요일이었는데 아침부터 영국 교회에 가서 예배를 드렸다. 그날따라 컨디션이 좋지 않아 어머니에게 붙들려 교회로 들어갔고, 안에 들어가서도 다른 사람들은 서서 예배를 드릴 때 난 온전히 서지 못하고 가만 앉아 있었다. 좋지 않은 컨디션 탓인지 본의 아니게 내 얼굴에는 짜증 섞인 표정이 가득했다. 그 모습을 옆에서 지켜보시던 어머니는 예배를 드리다 말고 갑자기 중간에 나가자고 하셨다. 난 그래도 끝까지 있고 싶었으나 어머니의 뜻이 하도 완강하여 그 뜻을 따르기로 하였다. 사실 그래도 그 자리에 가만 앉아 있으면 예배 끝나고 점심도 제공해 주고, 다른 사람들과 교제할 수 있는 시간이 주어지는데 끝까지 있지 못하고 나온 것이 무척이나 아쉬웠다.

마침 점심시간이 다 되어 갈 무렵이라 어머니가 세인트 존스 칼리지에 가서 점심을 먹자고 하셨다. 그런데 가다 보니 어머니는 신분증을 안 가져 오신 사실이 뒤늦게 생각나신 모양이었다. 그래서 칼리지 안으로 들어가지 못하고 문 앞에서 어쩔 줄 모르고 서 있는데 마침 반대쪽에서 오는 한인교회의 청년 한 사람을 만나게 되었다. 훤칠한 키에 잘생긴 이 청년은 트리니티 칼리지(Trinity College) 소속이었다. 당황해하는 어머니를 위해 기꺼이 자신의 칼리지로 안내해 주었다. 식사까지 대접해 주는 그 친구가 구세주처럼 고마웠다.

처음에는 나보다 큰 키에 나이 많은 형인 줄 알았지만 알고 보니 나보다 두 살이나 아래였다. 점심을 먹는 자리에서 그는 옆에 앉아 있던 자신의 친구와 유창한 영어로 대화를 했는데, 그의 그런 행동이 나의 한심하고 초라한 처지와 대비되어 겉으로 표현은 안 했지만 속이 많이 상하고 마음이 아팠다.

내가 만약 몸만 불편하지 않았더라면 나도 여기서 외국 친구를 사귀는 데 어려움이 없을 테고, 그렇게 외국 학생들과 의견을 나누고 정보를 공유하면서 나 스스로를 더 발전시킬 계기를 가질 수 있었을 텐데... 그럴 수 없는 나의 현실이 너무도 가혹한 운명으로 다가왔다. 내게 있는 이 문제는 마치 영원히 풀기 힘든 쇠사슬로 내 마음을 옭아매고 있으며, 앞으로도 그렇게 쉽게 풀릴 것 같지가 않다. 이런저런 생각을 하면서 난 조용한 침묵 속에 설움을 삼키며 밥을 먹었다.

CATS의 비극

난 여기서 일회용에 불과한 관계라도 좋으니 나와 같은 또래 친구를 원했다. 그래서 여러 가지 나름대로 수소문해 본 결과 이곳에 CATS 라는 아트스쿨이 있다는 사실을 알게 되었다. 나름 CATS에 대한 정보를 알아보니 그 곳은 내 또래 학생들이 많이 다니는 아트스쿨로 이름이 알려져 있었다. 그래서 나름 비장한 각오를 가지고 CATS와 접촉을 시도해 보았다. 무슨 말을 하는지 정확한 내막을 혼자서는 파악하기 힘들어 그다음날 어머니와 같이 다시 CATS를 방문했더니, 여기서는 터무니없이 비싼 수업료를 요구하였다. 한 달가량 수업을 하는데만 파운드 가까운 금액을 요구하는 것이었다.

도저히 상상할 수 없는 어마어마한 금액에 내가 CATS에 다닐 수 있는 길은 허망하게 좌절되고 말았다. 어머니는 그렇게 큰돈을 선뜻 낼만한 가치가 있는지 판단이 서지 않는다고 하셨다. 나중에 CATS에 다니는 중국인 여학생의 이야기가 나오지만, 그 이야기는 나중을 위해여기서는 더 언급하지 않겠다.

나는 꼭 돈을 많이 들여야 좋은 작품이 나오고 비싼 도구를 써야 멋진 그림을 그릴 수 있는 것은 아니라고 생각한다. 우리나라의 기준으로 내 느낌을 이야기하자면 하다못해 가까운 동네 문방구에서 파는 3,000원짜리 싸구려 도구를 써도 그것을 제대로만 사용한다면 족하다고 여기기 때문에 굳이 값비싼 도구는 사치라고 생각한다. 이는 특정 재료의 값을 떠나 그림을 좋아하고 뜨거운 열정과 각오가 있다면 누구나 예술가로서의 자질이 있다고 볼 수 있다. 그렇기에 CATS의 안타까운 비극은 그저 한순간 스쳐 지나가는 인연으로 종결되었다. 내 마음속에 고요한 여운만을 남기며….

전해지지 않는 마음

　금요일 저녁이었다. 그다음날 한글학교에 갈 수 있는지 여부를 확인하기 위해 집사님께 전화를 드렸다. 그런데 집사님이 나랑 통화를 하시고 나서 어머니께 전할 말이 있다 하시면서 어머니 전화로 다시 걸겠다는 말씀을 하셨다. 나는 그러지 말고 바로 어머니를 바꿔 드릴 테니 잠시 기다려 주시라고 집사님께 말씀드렸다. 그러고는 어머니께 전화를 넘겨드렸다. 그런데 밖에서 들려오는 어머니 목소리가 심상치가 않았다. 무슨 일인가 하고 귀를 쫑긋 세우며 들어 보았으나 잘 들리지 않았다. 그래서 집사님과 통화를 마친 어머니께 물어보았다.

　어머니가 해 주시는 이야기는 다음과 같았다. 어떤 한국인 여학생이 갈 곳이 없어 갈 곳을 찾고 있는데 혹시 폐가 되지 않는다면 현재 어머니와 나만 살고 있는 우리 집에서 홈스테이를 해도 되겠느냐는 내용이었다. 그러려면 내가 지금 현재 자는 방을 비워 주고, 어머니께서는 다시 거실 바닥에서 잠을 청해야만 하는 리스크가 따른다. 난 이 리스크를 감수하고서라도 그 여학생이 오기를 바랐지만 이 기대는 하룻밤 사이에 무너져 버리고야 말았다.

　나중에 집사님을 통해 전해들은 내용은 이러했다. 그 여학생은 잘 곳이 없는 것이 아니라 현재 랭귀지스쿨 기숙사에서 생활하고 있는데 한국인이다 보니 아무래도 기숙사에서 대충 먹는 음식보다는 한국 음식을 해 먹고 싶어 그 같은 사연을 집사님께 전했다는 것이다. 그러면서 잠시 동안만이라도 좋으니 지낼 곳을 좀 알아봐 달라고 부탁을 드렸단다. 하지만 이 여학생은 이미 기숙사비를 지불했고, 기숙사 측에서 이미 받은 기숙사비를 환불할 수 없다는 것이다. 그 밖에도 이런

저런 복잡한 이유 때문에 지낼 곳을 더 알아보지 않아도 된다고 얘기가 되었단다.

잠시 호박이 넝쿨째 굴러온다며 좋아했던 나였지만 이 기대가 또다시 실망으로 바뀌면서 번번이 이렇게밖에 되지 않는 나 자신의 모습이 참 딱하다는 생각이 들었다.

Queen's College의 특별한 오르간 연주

이날은 원래 한글학교에 가는 날이었다. 그런데 나를 데리러 와 주시는 집사님과 연락이 잘 되지 않아 한글학교 가는 일이 아쉽게 무산되었다. 중간에 남는 시간 동안 어머니와 나는 집 근처의 퀸스 칼리지 (Queen's College)에서 특별한 오르간 연주가 있다는 것을 알고 그것을 들으러 갔다. 퀸스 칼리지는 킹스 칼리지와 더불어 케임브리지의 중요한 칼리지 중 하나로, 이곳에는 '수학자의 다리'라고 이름 붙여진 조그만 다리가 있다. 이 칼리지로 출입하려면 반드시 이 '수학자의 다리'를 지나가야 한다.

퀸스 칼리지 안으로 들어가니 크지 않은 규모의 잘 손질된 잔디밭이 있고, 두 갈래의 갈림길이 있었다. 이 갈림길 중 왼쪽으로 들어가니 역시 작은 잔디밭과 적당한 규모의 건물이 양 옆으로 세워져 있었는데 모두 무척이나 오래되어 보였다. 칼리지 채플 안에 들어가서 내부를 살펴보니 얼핏 풍기는 분위기는 킹스 칼리지와 흡사했지만 킹스 칼리지와는 규모 면에서 현격히 차이가 났다. 내부를 한번 둘러보고, 저마다 긴 초가 꽂혀 있는 테이블과 의자가 합쳐진 채 양쪽으로 서로 마주볼 수 있게 설치된 계단식 의자에 앉았다.

이내 한 연주자가 위에 올라가서 오르간을 연주하기 시작했다. 연주는 약 한 시간 가량 이어지는 듯했다. 연주는 중간에 약간의 간격을 두고 다음 곡을 연주하게 될 때 잠깐 쉬었다가 또 연주하는 방식으로 이어졌다. 그런데 어떻게 된 영문인지 중간에 곡이 끝나고 다른 곡이 시작되어도 아무도 박수를 보내지 않는 것이었다. 보통 이럴 때는 마땅히 박수가 나와야 정상인데 혼자 손뼉을 치시는 어머니의 손이 괜히 멋쩍게 느껴질 정도였다.

그렇게 이 오르간 연주는 어머니 외에는 다른 누구에게서도 박수를 받지 못하였다. 애당초 어떤 일을 행함에 있어 대가나 보상을 바라고 일을 시작하는 것은 잘못된 생각이지만, 그래도 아무런 대가나 보상을 전혀 바라지 않고 일을 한다는 것은 사실상 무리가 있다. 그런데도 위에서 오르간 연주를 하는 사람은 다른 사람들의 그 같은 시큰둥한 반응에도 아랑곳하지 않고 묵묵히 오르간 연주를 했다. 이 모습을 보면서 진정한 프로의 정신은 바로 이런 것이 아닐까? 하는 생각을 하게 되었다. 이날 이 오르간 연주는 그 누구에게서도 박수를 받지 못했다는 점에서 특별한 의미를 부여받았다고 할 수 있겠다. 이렇게 해서 나는 또 한 번의 색다른 오르간 연주를 경험하게 되었다.

뒤늦게 도착한 초대장

이날도 한글학교에 가기로 했던 날이었다. 이제부터는 한글학교가 시간을 바꿔 매주 토요일마다 미술 수업을 진행한다고 한다. 오랜만에 한글학교 어린 친구들을 만난다고 생각하니 전날부터 마음이 설레밤에 잠도 제대로 오지 않았다. 점심 때쯤 집사님이 데리러 오시겠다고 하셔서 일찌감치 혼자 점심을 먹고 집사님이 오시기만을 기다렸다.

원래 예정된 시간은 12시 30분이었는데 12시 20분쯤이었던 것 같다. 집사님께서 조금 늦는다는 문자를 보내 오셨다. 그 문자를 받아보고 답장을 보내지 않고 기다리고 있었는데 조금 뒤에 집사님이 전화를 하셨다. 내용인즉 지금 길에 차가 공사 관계로 너무 막혀 꼼짝도 안 한다는 것이었다. 그래도 어떻게든 갈 테니 준비하고 있으라는 내용이었다. 알겠다고 하고 전화를 끊고 앉아 있는데 또 조금 뒤 다시 집사님이 전화를 하셨다. 받아보니 차가 너무 막혀 이대로 가면 한글학교에 늦겠다고 하시면서 오늘은 집사님 혼자 가시겠다는 내용이었다. 잔뜩 기대를 하고 있었는데 어이 없이 이 기대가 무너져 내리자 황당했고 뭐라 말이 나오질 않았다. 그러면서 조금 있다 세 시쯤에 시간이 되느냐고 물어보셨다. 너무 기가 막혀 어안이 벙벙해 있던 터라 대답을 얼버무려 버렸다.

그렇게 그날 한글학교 가는 일은 무산되고 말았다. 그렇게 시간을 보내고 또 약속된 시간이 다가오자 마음이 부풀어 오르기 시작했다. 그런데 정확히 세 시에 전화가 왔다. 지금 출발하는데 한 20분쯤 걸린다는 내용이었다. 그러면서 아까 사실 안 막히는 길로 왔으면 되었을 텐데 미처 그 생각을 하지 못했다고 미안하다고 사과하시는 집사님의 음성이 들려왔다. 기가 막혀서 도무지 말이 나오질 않았다. 그래도 집사님께 화를 낼 수는 없는 노릇이었다. 간신히 마음을 진정시키며 알겠다고 하면서 전화를 끊었다. 하지만 20분이 되어도 집사님은 오지 않으셨다. 여기서 또 한 번 분노로 가득 찬 불사조가 구슬픈 울음소리를 내기 시작했다. 이로부터 10분이 더 지나니 문자 한 통이 도착했다. 밖에 있으니 나오라는 집사님의 문자였다. 문을 열고 밖으로 나가려는데 문밖에 집사님이 서 계셨다. 난 깜짝 놀랐다.

그렇게 집사님을 만나서 간 곳은 바로 집사님 댁이었다. 집사님 댁은 3층으로 이루어진 상당히 넓고 큰 집으로, 위층은 집사님의 두 아들이 각각 차지하고 있었다. 집사님에게는 원래 아들이 세 명인데 이 중 첫째와 셋째는 같이 살고, 둘째는 혼자 런던에 가 있다고 하셨다. 집사님 댁에서 내가 그동안 그린 그림을 찍은 사진을 보여드리면서 이야기를 나누었다. 물론 내가 이전에 썼던 세 권의 『비상』 문집도 들고 갔다. 내용이 참 흥미롭다고 관심을 보이시던 집사님은 나중에 읽을 테니 빌려달라고 하셨다. 난 흔쾌히 그 제안을 받아들였다. 사실은 속으로 화가 조금 나 있었지만 집사님 앞에서 티를 내진 않았다.

얘기를 하시면서 집사님은 여러 가지 음식을 내오셨다. 내게는 그 모든 것이 시큰둥했지만 주시니 일단 먹긴 먹었다. 그중 제일 맛있었던 것은 역시 달콤한 초콜릿이었다. 이 밖에도 딸기, 주스, 비스킷 등이 있었으나 계속 초콜릿에 손이 가는 것은 어쩔 수가 없었다. 그 자리에는 어머니도 같이 계셨는데 어머니는 한 자리에서 커피를 두 잔이나 마셨다. 커피에 들어가 있는 카페인이라는 성분이 숙면을 방해한다는 사실을 아시면서도 말이다.

그렇게 도란도란 담소를 나눈 뒤에는 ASDA에 장을 보러 갔다. 오래서 있지 못하는 나는 장을 보는 내내 제대로 서 있지 않고 앉을 곳을 찾아 이리저리 헤매었다. 두 분이 장을 보는 사이에 나는 왔다 갔다 하는 것을 최소한으로 줄이고 카운터 앞에서 집사님과 어머니를 기다리고 있었다.

그런데 장을 다 보고 집으로 돌아왔을 때 어머니의 휴대폰이 없어졌다는 사실을 뒤늦게 알게 되었다. 혹시 집사님 차에 떨어뜨렸나 집사님께 전화를 걸어 보니 없다고 하셔서 어머니는 ASDA 계산대에 놓고 왔나 보다고 심히 걱정을 하셨다. 어머니는 잠시 동안 거의 패닉 상태에 빠지셨다. 핸드폰 케이스 안에 중요한 카드들이 다 들어 있었기 때문이었다. 그렇게 조금 있으니 집사님께서 다시 전화를 하셨다. 휴대폰을 차 안에서 찾았다는 것이었다. 그러면서 그 다음날 교회에서 어머니께 드리겠다고 하셨다. 그 소식을 전해 들은 어머니는 안도의 한숨을 내쉬셨다. 참 여러 가지로 기분이 묘해지는 저녁이었다.

처녀들의 저녁 식사

이날은 어머니께서 셔링엄에 갔을 때 알게 된 앤이라는 이름의 타이완 출신 아가씨와 그녀와 함께 사는 미란다와 베스를 우리 집으로 저녁 식사에 초대하셨다. 원래 계획되어 있었던 것이 아니었기에 나로서는 조금 당황스럽기도 했다. 하지만 나는 영국에서 인맥을 넓히고 또 영국인들과 의견을 공유하고 소통하는 시간이 무척 즐겁다. 그래서 갑작스러운 초대에도 흔쾌히 응해준 앤과 그녀의 친구들에게 상당히 고마운 마음을 들었다.

이날 저녁 메뉴는 잡채였다. 굳이 잡채로 메뉴가 선정된 이유는 한국에서 어학연수를 한 적이 있는 앤은 잡채를 좋아하는데 영국에 와서는 자신이 좋아하는 잡채를 한 번도 먹지 못했다는 사연을 어머니에게 이야기했기 때문이었다. 조금 이른 시간이긴 했지만 오후 5시부터 찾아온 앤과 그녀의 친구들과 함께 거의 8시가 될 때까지 많은 이야기를 나누었다. 사실 앤과 많은 대화를 나눈 것은 내가 아니라 어머니이신데 이럴 때면 어김없이 영어를 잘 하지 못하는 내가 참 한심스럽고 초라하게만 느껴진다. 앤은 독일어에도 많은 관심이 있는 듯했다. 난 뭔가 자꾸 알려고 노력하고 열정을 보이는 그녀의 모습에서 알 수 없는 신비로운 느낌을 받았다.

앤은 자신이 좋아하는 음식이라 그런지 잡채를 금세 세 그릇을 먹어 치웠다. 그렇게 맛있게 먹어 주니 잡채를 만드느라 고생하신 어머니도 매우 흡족해하시는 듯했다. 그 사이에 어중간하게 끼어 이러지도 저러지도 못하고 있던 나는 앤과 그녀의 친구들, 그리고 어머니가 식사를 하며 도란도란 담소를 나누는 모습을 먼발치에서 지켜볼 수밖에 없었다. 나에게 관심 좀 가져달라고 나랑도 좀 대화를 하자고 마음 속으로는 계속 외치고 있었으나 이내 소리 없는 아우성이 되어 뿔뿔이 흩어져 버렸다. 그들의 대화를 가만 듣고 있자니 금세 여러 가지 언어가 뒤섞여 무슨 말을 하는지 알아들을 수 없는 혼돈의 상태에 이르고 있었다. 나도 대화에 끼어들고 싶었으나 도무지 적당한 말이 떠오르질 않았고 그래서 더 답답했다.

식사 이후에는 내가 시내에 있는 마트에서 사온 푸딩으로 만든 디저트가 나왔다. 나는 이 푸딩을 좋아해서 자주 사 먹지만 다른 사람들은 이것을 몰랐나 보았다. 디저트를 먹기 전에 그들에게 내 그림을 보여주었다. 앤의 친구 중 이전부터 알고 지내는 베스는 워낙 그림에 관심이 많고 또 잘 그리기 때문에 내 그림에 관심을 가져 주었지만, 앤과 다른 친구 미란다는 내 그림을 보고도 아무런 반응을 보이지 않아 마음이 아팠다. 그렇게 대화할 상대가 있어도 저마다 추구하는 가치가 다르고 전공 분야가 다르기 때문에 어쩔 수 없이 보이지 않는 선이 개입될 수밖에 없다. 누구도 이 불변의 사실을 거스를 수는 없다고 생각한다. 그렇게 잡채를 먹으며 이야기를 나누는 사이 어느덧 저녁이 늦어져 앤과 그녀의 친구들은 어두워지는 시간의 뒤안길로 조용히 사라져 갔다.

어둠 속의 추억

나는 요즘 어머니와 같이 자주 칼리지에서 저녁을 먹고 오곤 한다. 이렇게 하면 따로 시간을 들여 음식을 만들 필요도 없고 저렴한 가격에 한 끼 식사를 해결할 수 있기 때문이다. 그런데 이제 이럴 수 있는 기간도 얼마 남지 않았다는 사실이 난 무척 안타깝다.

어머니와 나는 칼리지에서 저녁을 먹고 근처 마트에서 간단한 장을 보고 집으로 돌아오는 날이 많다. 어머니와 이런저런 이야기를 나누며 어두워진 공원을 지나올 때면 캠 강의 시원한 물소리도 들을 수 있고, 그와 더불어 마음이 편안해지는 것을 느낀다. 처음부터 일 년 동안만 있을 계획이었지만, 난 여기서 보내는 시간을 최대한 후회 없이 누리고 싶다. 비록 늘 다니는 길이고 별로 특별한 일이라고는 볼 수 없지만 나는 어머니와 여기서 보내는 시간에 후회가 없었으면 한다. 그래야만 앞으로도 무슨 일이든지 자신감 있게 할 수 있는 추진력이 생길 것만 같고, 나 스스로도 한 단계 더 성장할 수 있는 계기가 마련될 것 같기 때문이다.

저녁 시간에 이렇게 어머니와 걷는 것도 내게는 잊을 못할 소중한 추억으로 기록되었다. 나중에 많은 세월이 흘렀을 때 지금의 이 기록을 되돌아보면서 이곳에서 보냈던 시절을 회상하며 오래된 기억에 대한 향수를 느끼게 될 날을 고대한다.

폭주특급

이날은 또 한 번 여행을 가기로 계획이 잡혀져 있던 날이었다. 이날도 거의 저녁때가 다 되어서 출발하게 되었다. 목적지는 런던 근교에 위치하고 있는 켄트(Kent)라는 곳이었다. 원래 출발하기로 예정되어 있던 시간은 오후 5시 15분이었다. 모이는 장소는 내가 지금 머무는 곳에서 한참 떨어져 있는 곳이었다. 예정보다 일찍 약속된 장소에 가서 누군가가 픽업하러 오기만을 기다렸다. 그런데 기다리는 차는 오지 않고 어떤 아저씨 한 분이 나타났다. 이 아저씨는 바로 이 여행을 주관하는 총책임자인 레이첼 아주머니의 남편이었다. 수학과 교수님인 사이먼 아저씨 얘기가 자신은 금요일까지 일을 해야 하기 때문에 어쩔 수 없이 부인을 먼저 보내고 자신은 뒤늦게 가는 것이라고 했다.

사이몬 아저씨와 같이 조금 더 기다리자 이번에는 한 젊은 부부가 나타났다. 아무래도 우리의 일행인 것 같았다. 영어를 잘 하지 못하는 난 그들이 무슨 말을 하는지 알아들을 수 없었지만 분위기를 보면서 대충 느낌으로 이들이 나와 어머니를 목적지인 켄트까지 데려다줄 사람들임을 알게 되었다. 그래서 그들이 차를 세워둔 곳까지 또 한참을 걸어갔다. 알고 보니 내가 머물고 있는 집 근처였다. 쓴웃음을 지으며 그들의 차를 얻어 타고 켄트로 출발했다.

베키라는 이름의 아주머니가 운전을 했는데, 뒷좌석에 앉아 그녀가 운전하고 있는 모습을 가만 지켜보니 본인은 애써 별로 티를 안 내려고 했지만 운전 실력이 왠지 미숙하다는 사실이 확연히 눈에 띄었다. 거기다 금요일 저녁 시간에 출발을 해서인지 차가 많이 막혔다. 어쩔 수 없이 중간에 졸기도 했지만 아무리 졸다 깨어도 좀처럼 주변 풍경이 달라지는 것 같지 않았다.

한참 후에 교통량이 많은 큰 도로를 벗어나자 차는 어두워진 산속으로 들어갔다. 가고자 하는 목적지가 산속에 있는 곳이구나, 하는 사실을 나는 미루어 짐작할 수 있었다. 그런데 산길로 들어서자 갑자기 베키 아주머니는 난폭 운전을 하기 시작했다. 차가 많이 안 다니는 곳이어서 그런지 아니면 장거리 운전에 피곤해서 얼른 가서 쉬고 싶다는 생각이 들어서인지 그녀는 여태까지 순한 양처럼 남의 눈치를 보며 차를 몰다가 갑자기 비포장도로를 거친 황소처럼 질주하는 것이었다. 마치 놀이동산의 롤러코스터를 타고 있는 듯한 느낌이었다.

그녀의 난폭 운전에 처음에는 이 이야기의 제목을 어둠 속의 질주라고 할까 생각해 보았지만 그건 너무 평범하고 식상한 것 같았다. 늘 평범한 것에서 탈피하고자 하는 나는 그녀의 난폭 운전에 과감히 '폭주

특급'이라는 제목을 붙이게 되었다. 그렇게 해서 도착한 곳은 산속의 성 같은 곳이었다. 이 성은 워낙 넓어 마치 동화책에서나 나오는 궁전을 방불케 했다. 이렇게 해서 난 또 다른 여행 일정을 켄트 근처의 산속 궁전에서 시작하게 되었다.

사슴과의 조우

이튿날이 밝았다. 독방에서 홀로 잠을 잔 나는 한국에 있는 친구랑 아침부터 카톡을 주고받느라 일찍 일어났는데도 약을 늦게 먹는 바람에 아침 8시 30분이 될 때까지 몸이 좋지 않았다. 하는 수 없이 체면을 구기며 어머니의 부축을 받으며 식당으로 가서 아침으로 주는 빵을 먹었다. 아침 식사 후에는 강당 같은 넓은 곳으로 가 성경에 대해 일장 연설을 하시는 어떤 할아버지 목사님의 설교를 들었다.

사실 난 그렇게 사람을 앞에 두고 혼자 떠드는 식의 강연을 별로 좋아하지 않는다. 그렇게 하면 아무리 알찬 내용이라도 듣는 사람에게는 부담이 되지만, 화자의 입장에서는 청자들이 자신만 바라보고 자신을 주목하고 있다는 책임감이 생겨 더 많은 말을 하게 된다. 그럴 때 전하고자 하는 내용이 너무 짧아도 곤란하지만 또 너무 길어도 곤란하다. 그래서 적정선을 유지하는 것이 참 중요한데 이 적정선을 유지한다는 것은 어려운 일이다. 내용이 너무 길어 도저히 들을 수가 없었던 난 조용히 뒤로 가 구석진 곳에서 혼자 그림을 그렸다. 그렇게 오전 시간에는 내내 강연만 하는 것이었다. 무척 지루했다. 난 잘 알아들을 수도 없고 설사 알아들을 수 있다 하더라도 별로 알고 싶은 이야기가 아니었기 때문에 그 같은 행동을 했다.

점심을 먹고 오후 시간에는 외출하는 시간이 있었다. 가는 도중 길을 잘못 들어 약간 헤매긴 했지만 우리 팀의 목적지는 크놀(Knole)이란 사슴이 뛰노는 넓은 공원이었다. 그곳에 대한 안내 책자를 펼쳐보니 멋진 뿔을 뽐내고 있는 수사슴이 찍혀 있었다. 그 멋진 모습에 매료되어 당장 스케치북에 옮겼다.

도착하고 보니 정말로 엄청나게 큰 뿔을 달 사슴들이 왔다 갔다 하고 있었다. 평소 동물을 좋아하고 동물의 세계를 마음속으로 깊이 동경하고 있는 나는 사슴 한 마리를 보면서도 그 순간의 느낌을 잊지 않기 위해 느림의 미학으로 나만의 가치를 부여하고자 한다. 그렇게 살아 있는 사슴을 가까이서 보게 되니 느낌이 새로웠다. 더 가까이 다가가 사슴과 사진을 찍고 싶었으나 예리하고 날카롭게 자란 뿔을 보니 잘못하면 받칠 수도 있을 것 같아 쉽게 가까이 가질 못하였다. 마치 한 송이 장미를 앞에 두고 만질까 말까 꺾어서 가져가고는 싶은데 왠지 그러면 가시에 찔릴 것 같아 고민되는 상황이랄까? 그래도 어쨌든 사슴과 같이 사진을 찍긴 찍었다. 그런데 사슴이 내 쪽을 보지 않고 자꾸만 다른 곳으로 도망을 가는 것 같아 사진이 잘 잡히지 않았다. 아니 어쩌면 뿔 달린 사슴에 받치는 것이 두려워 도망을 치고 있는 것은 나였는지도 모르겠다.

사슴들은 들판에 난 풀을 뜯어 먹고 있었는데 이성적인 판단이 불가능한 동물인지라 그런지 먹고 아무 데나 실례를 한 흔적이 여기저기 있었다. 사슴의 뿔을 피해 왔다 갔다 하던 난 어쩌면 알지 못하는 사이에 사슴들이 실례한 것을 밟았는지도 모르겠다. 아무렴 어떤가?

평소 내가 동경하던 동물의 때 묻지 않은 세계가 바로 눈앞에 있고, 사슴들이 사람을 무서워하고 사람들의 접근을 피할 줄 알았는데 피해 다닌 것은 사슴이 아니라 사람이라니… 웃지 못할 상황이 연출되었다.

그렇게 사슴들과 만나면서 내 안에 또 다른 선한 마음을 가지고 있는 나 자신과 만날 수 있었다. 비록 인간적인 감정이 없는 동물이라 할지라도 난 그들이 보내는 눈빛만 가지고도 내게 어떤 메시지를 전하고자 하는지를 미루어 짐작할 수 있었다. 그렇게 사슴들과 만나는 소중한 시간을 가지고 다시 차를 타고 산속의 궁전으로 되돌아왔다. 돌아오는 차 안에서 나는 그때 그곳에서 만났던 사슴들의 평화로운 삶이 누군가의 손에 의해 더럽혀지지 않고 언제까지나 계속되길 마음속으로 간절히 바랐다. 차창 밖에는 이슬비가 조용히 내 마음 한구석을 말없이 적셔오고 있었다.

너무도 아쉬운 이별

이제는 다시 지루한 일상으로 돌아가야 할 시간이다. 이날 오전에도 그 전날과 같은 지루한 강의가 이어졌다. 이번에는 애써 뒤로 나가지 않고 앉은 자리에서 연사를 앞에 두고 대놓고 그림을 그렸다. 성경에 대한 이야기는 언제나 지루하고 따분했다. 굳이 귀담아 듣고 싶은 생각이 들지 않았고, 그런 종교적인 이야기에는 처음부터 관심이 없었기 때문에 난 연사가 무슨 말을 하건 전혀 개의치 않고 그림만 그렸다.

첫 번째 강의가 한 시간 정도 지난 후에 잠시 휴식 시간이 있었다. 그 시간에는 모두 뒤로 가 나란히 서서 단체 사진을 찍었다. 난 공교롭게도 제일 중앙에 서게 되었다. 그렇게 단체 사진 촬영 후에는 두 번째 강의가 이어졌다. 이 역시 약 한 시간 가량 이어지는 듯했다. 이때는 앞으로 가 앉지 않고 뒤에서 그림을 그렸다. 그러고 나니 점심시간이 되었다. 점심 먹으러 가기 전 내 마음 속에 갑자기 이상한 욕심이 생겨났다. 그것은 내가 만든 페이스북 페이지를 모두에게 보여주고 싶다는 생각이었다. 어떻게 보면 나의 이런 욕심이 겸손을 모르고 남들 앞에 내 존재를 드러내며 잘난 척하고 싶어 한다는 불손한 의도로 비춰질 수도 있지만 남들 입장에서야 어떻게 생각하건 나 스스로에 대한 나의 관점은 사뭇 달랐다.

그 이유는 나는 지금까지 내가 해 온 어떤 일에 대해 자부심을 가진 적이 없었기 때문에 내 그림에 대한 다른 사람들의 의견은 앞으로 더 나은 작품을 만들기 위한 발판이자 디딤돌로 작용할 것으로 기대하고 있기 때문이었다. 나는 이제 겨우 내가 좋아하고 자신 있는 분야와 만나게 되었고, 이를 계속 갈고 닦아 누구도 흉내 낼 수 없는 나만의 작품을 창조하고 싶은 비전을 갖게 되었다. 이는 결코 오만이나 나 자신을 영웅시하는 것이 아닌, 그림을 통해 다른 사람들은 한 작품을 어떤 시각으로 바라보는지 그들의 생각이나 의견을 알아보고 싶은 건전한 소통의 장이라고 생각한다.

따지고 보면 누구나가 남들에게 인정받고 싶고 사회적으로 더 높은 곳으로 올라가고 싶어 하지만 나의 경우는 예외라고 생각한다. 물론 예외적 상황이란 무리수를 너무 많이 두어도 곤란하지만, 내게 해당되는 예외는 내가 몸이 불편하기 때문에 남들의 배려를 받을 수밖에 없다는 사실이다. 이는 내가 몸이 불편하다는 수식어를 앞에 붙이고 나 스스로에게 예외라는 상황을 만들고 부여한 것이 아니라, 남들이 내게 장애인이란 이름을 붙이고 여전히 나를 사회적 약자로 취급하기 때문에 난 이런 생각을 하지 않으려 해도 안 할 수가 없다.

그래서 행사를 주관하는 총책임자 레이첼 아주머니께 내 페이스북 페이지를 모두에게 공개하고 싶다는 의사를 밝혔다. 아주머니는 일단 점심을 먹고 시도해 보자고 하셨다. 그곳에 모인 사람들에게 미리 좀 광고해 주면 좋겠다는 생각을 했지만 나의 이런 뜻은 제대로 전달되지 않았다. 식사를 하는 자리에서 혹시 광고를 해 주지 않을까 하고 작은 기대를 했지만 이 자리에서도 그런 말은 나오지 않았다.

그것에 더하여 내가 미숙하게나마 다른 사람들과 영어로 대화하면서 밥을 잘 먹지 않고 있으니까 어머니께서 말 좀 그만하고 밥이나 먹으라고 하셔서 별로 나쁜 의도 없이 던져진 말에 또 한 번 서운하다는 생각이 들었다. 어머니께서는 내가 다른 사람들과 함께 하는 자리에서 어떨 때는 내가 너무 과묵하다며 다른 사람과 대화 좀 하라 하시지만, 그것과는 반대로 또 옆 사람하고 이야기를 하고 있어도 그것도 문제 삼으신다.

식사를 마치고 다시 강연을 들었던 강당으로 되돌아와 레이첼 아주머니의 노트북을 빌려 인터넷 연결을 시도해 보았다. 그런데 처음에는 정상적으로 연결되던 인터넷이 갑자기 연결이 되질 않았다. 그래서 혹시 재부팅을 하면 될까 해서 재부팅을 시도해 보았지만 그렇게 해도 결국 인터넷은 연결되지 않았다. 이에 가세해 어머니께서도 우리 차에 탄 다른 사람들이 기다리고 있으니 빨리 가자고 재촉하시니 정말 서운하다는 생각이 갑자기 폭발해 나도 모르게 어머니에게 소리를 질렀다.

설사 내가 잘못 생각하는 부분이 있어 다른 사람들은 그것을 지적하고 나무라는 상황이 발생한다 하더라도, 어머니만은 언제나 내 편에 서서 나를 변호하고 남들에게 내 논리의 정당성을 이해시켜 주시는 방향으로 가야 한다고 나는 생각하는데, 어머니의 생각은 반대다. 엄마니까 남들은 잘 하지 못하는 따끔한 말도 하는 것이라고 말씀하신다. 그렇게 난 아쉬운 마음을 뒤로하고 케임브리지로 돌아올 수밖에 없었다. 돌아오는 차 안에서 내 마음 한구석에서는 아쉬움의 눈물이 끝없이 흐르고 있었다.

잘못 전송된 메시지

요즘 한인교회 사람들은 오래전부터 계획한 수련회 준비로 무척 분주하다. 그래서 단체 카톡방을 만들어 놓고 서로 의견을 교환하는데 회비와 관련하여 의견 차이가 있어 약간 심각한 대화가 오간 적이 잠시 있었다. 확실히 금전적인 문제를 다루는 것은 누구에게나 그렇게 유쾌한 일은 아니다.

이렇게 약간 심각한 대화가 오가던 이 단체 카톡방에 어머니의 한순간 실수로 분위기에 엄청난 반전이 일어났다. 자세한 내막은 이렇다. 이날도 칼리지에서 저녁을 먹고 나와 어머니가 자주 머무시는 시지윅 사이트를 지나가게 되었다. 그런데 어머니는 갑자기 배가 아프다며 황급히 화장실로 들어가셨다. 나는 뒤에서 천천히 걸어가며 멀어져가는 어머니의 뒷모습을 물끄러미 바라보고 있었다.

그런데 그렇게 한참이 지나도 어머니는 나타나지 않으셨다. 기다리다 못해 내가 카톡으로 어머니께 "엄마 어디예요?"라는 메시지를 보내자 어머니는 그 메시지를 화장실 안에서 받아보시고 나에게 "시지워 화장실 안이야."라는 답장을 내게 보낸다는 것이 잘못되어 단체 카톡방에 있는 서른한 명의 사람들에게 동시에 전송되었다. 당시 분위기가 약간 미묘했던 단체 카톡방에 어머니가 실수로 보낸 메시지가 분위기를 180도 바꿔 놓았다.

그런데 어머니는 요즘 한인교회 사람들을 만나는 것을 조금 꺼리신다. 대놓고 싫은 내색을 하시는 것은 아니지만 이 사건 때문에 좀 창피해하시는 것 같다. 하지만 비록 잘못 전송된 메시지였지만 결과적으로 긍정적인 반응을 불러왔기 때문에 나는 다행스럽게 생각한다. 나도 메마른 땅에 단비와 같은 존재로 많은 사람들의 기억 속에 되도록 좋은 인상만을 남기고 떠나고 싶다.

개 같은 날의 오후

이날은 월요일마다 가는 뉴넘의 세인트 마크 교회의 로버트 선생님을 통해 새로 알게 된 미술 선생님 댁을 방문하러 가는 날이었다. 지금까지 내가 그린 그림들을 이 새 선생님께 보여드리려고 모두 가방에 넣었더니 가방이 제법 무거워졌다. 처음에는 멋모르고 걸어갔는데, 막상 가다 보니 길이 너무 멀어 무진 고생을 했다. 날씨도 별로 좋지 않아 오락가락하는 비를 맞으며 걸어갔더니 도착할 때쯤 되니 숨이 턱까지 차오르고 하늘이 노래지는 것 같았다. 그래도 내가 좋아하는 분야이고 내 전공과 관련해서 도움을 줄 수 있는 분을 만난다는 생각에 비를 맞으며 무거운 짐을 들고 가도 별로 힘이 든다는 느낌이 들지 않았다. 오히려 가슴이 벅차오르고 기대되는 마음에 심장이 두근거렸다. 과연 어떤 분이실지 무척 기대가 되었다.

그렇게 고생을 하면서 간신히 약속 시간에 맞춰 선생님 댁에 도착했다. 자신을 모렌(Moureen)이라고 소개한 그녀는 꽤 연세가 들어 보였다. 그녀의 인자한 미소는 멀리서부터 걸어오느라 피곤한 나에게 무척 편안한 인상을 주었다. 모렌 선생님 댁에는 그림이 무척 많이 걸려 있었다. 액자에 들어 있는 그림에서부터 작은 크기의 아담한 캔버스에 그린 그림까지…. 내가 지금까지 동경해 오던 또 하나의 신비한 세계였다. 그러면서 선생님은 자신이 그림을 그리는 데 필요한 재료는 준비를 해 놓을 테니 다음에 올 때는 그냥 몸만 오라고 하셨다. 비록 일주일에 한 번, 그것도 한 시간 반 정도의 짧은 수업이지만 내가 지금까지 접해보지 않은 캔버스에 그릴 수 있도록 도와주시겠다는 그녀의 제안이 무척 고마웠다.

캔버스에 작업할 수 있는 재료는 아크릴과 유화가 있는데 유화는 취급이 어렵고 재료값도 많이 나가니 아크릴로 작업하는 것이 좋겠다고 선생님은 말씀하셨다. 이렇게 해서 이제부터 일주일에 한 번 정기적으로 모렌 선생님과 수업을 하게 되었다. 이로써 나도 이제 단순히 스케치북에 그리는 차원을 넘어서 당당히 캔버스에 그리는 도약을 이루게 되었고, 작품으로 새로운 의미와 가치를 정립할 수 있게 되는 발판이 마련되었다. 집으로 올 때는 버스를 타고 돌아왔다. 선생님은 친절하게도 밖에까지 배웅을 나오시면서 버스는 몇 번을 타야 하고 어디서 내리면 되는지 알려 주셨다.

앞으로 추가되는 작품들은 과연 내 인생에 어떤 영향을 미치게 될까? 벌써부터 기대가 된다.

내 그림을 선물하다

우리나라에서는 교회 밖에서 성경 모임이나 성경 공부를 하면 이단이라고 치부하는 경우가 많은 것 같다. 언제부터 이단이나 각종 사이비 종교가 판을 치는 세상이 되었는지는 모르지만 이단과 관련된 정보를 접하게 되면 나도 모르게 안타깝다는 생각이 든다. 과연 어떻게하면 교회를 제대로 다니고 예수님을 믿는 것에 온전한 의미와 가치가 부여될 수 있을까? 이 의문에 대한 해답은 많은 시간이 흘러도 찾지 못할 듯싶다. 난 솔직히 어떻게 하면 그분을 제대로 믿게 되는지 잘모르겠다.

그러던 차에 한인교회에 나오시는 집사님들과 목사님을 주축으로하는 성경 모임에 참석할 기회가 생겼다. 사람들이 모인 곳은 영국에와서 정착하신 지 얼마 안 된 모 대학 교수님 댁이었다. 그 집 벽에는못은 박혀 있었으나 뭔가 걸린 것이 없어 첫눈에 무척 황량해 보였다.그래서 나는 교수님께 내 그림 한 점을 선물해 드리기로 마음먹었다.그래도 일단 할 것은 하고 말을 꺼내야 했기에 성경 공부가 끝날 때까지 잠자코 기다리고 있었다. 사실 난 성경 읽는 것에 큰 관심이 없다.많이 아는 것으로 인해 갈등과 분쟁 대립이 생긴다면 그 지식은 의미가 없다고 생각하고 있는 나이기에 성경 내용이 잘 와 닿지 않는다. 그래서 그 시간이 지루하고 따분하게 느껴질 수밖에 없었다. 마침내 성경 공부가 끝나고는 점심을 먹었는데 이날 점심은 바비큐와 잔치국수였다.

식사 후에 교수님께 내 그림 하나를 선물해 드리고 싶다는 의사를 밝혔다. 교수님께서는 많은 그림 중에 어떤 것을 선택할까 꽤 고민하시는 듯했다. 교수님은 잠시 망설이시다 이내 마음을 정하시고 결단을 내리셨다. 교수님께서 고르신 그림은 펀팅하는 모습을 그린 그림이었다. 하필 그것이라니…. 못내 아깝다는 생각이 들었다. 하지만 이미 뱉어버린 말을 다시 주워 담을 수는 없는 일이었다. 그래서 일단 확실한 결정을 하신 건지 확인하고 그림은 나중에 액자에 넣어 드리기로 했다. 나중에 다시 생각해 보니 그것은 참 탁월한 생각이었던 것 같다. 원래는 돈을 받고 팔아야 값어치가 부여되겠지만, 이런들 어떻고 저런들 어떠하리. 한 사람이라도 내 그림을 좋아하고 그것을 통해 즐거움을 얻게 된다면 그보다 더 값지고 보람찬 일은 없다고 생각한다.

그림으로부터 나온 용기

내 마음속에는 언제부터인가 나와 같이 그림을 그리는 친구가 있었으면 좋겠다는 소망이 있었다. 그래서 시험 삼아 나와 같이 그림을 그리는 친구를 만들어 보려고 스케치북 들고 다니는 사람이 없나 주위를 둘러보기 시작했다. 그렇게 해서 그림 그리는 티가 나는 사람, 그중에서도 여자를 골라 그 사람이 들고 다니는 것이 스케치북 같아 보이면 일단 한번 말을 걸어보는 시도를 하기 시작했다. 내게 심미안이 얼마나 발달되어 있는지는 모르겠지만, 난 그렇게 해서라도 낯선 땅에서 친구라는 존재를 만들고 싶었다.

열심히 찾아다닌 결과 난 비로소 그림 그리는 중국인 여학생을 한 명 알게 되었다. 처음에는 한국 사람처럼 보여서 한국말로 말을 걸어 보았지만 그 여학생은 중국인이었다. 작고 아담한 키의 그녀는 한 번에 스케치북을 세 개나 들고 스치듯 내 옆을 지나갔다. 그 순간 난 무엇인가에 홀린 듯이 그녀를 따라가기 시작했다. 처음에는 용기가 나지 않아 그냥 지나칠까 하는 생각도 들었지만 내 마음은 이미 그녀를 향하고 있었다. 그녀가 들고 가는 스케치북 안에 과연 무엇을 그려 놓았는지 궁금해 뒤따라가 불러 세운 후 스케치북을 좀 보고 싶다고, 혹시 실례가 되지 않는다면 좀 보여줄 수 있겠느냐고 물으니 그녀는 흔쾌히 자신의 스케치북을 내게 보여 주었다.

그 당시 그녀는 현금지급기에서 돈을 찾으려 하고 있었는데 자신의 은행 계좌에 돈이 없는지 한숨을 내쉬며 상당히 절망하고 있는 듯했다. 어쨌든 그녀로부터 건네받은 스케치북을 받아 펼쳐 보니 그림은 없었다. 그 대신 무슨 사진을 붙여 놓은 것과 붓글씨를 써놓은 것이 전부였다. 처음에 두 개의 스케치북까지는 보았지만 마지막 세 번째 스케치북은 보지 못했다. 잘 알지도 못하는 사람이 자꾸 보여 달라고 하면 왠지 부담스러워할 것 같아서였다.

나는 내가 폰에 찍어 놓은 그림을 그녀에게 보여주었다. 하지만 그녀는 처음이라 낯설고 어색해서였는지 내 그림을 별로 유심히 들여다보지 않았다. 나는 그녀에게 전화번호를 물었다. 하지만 그녀는 알려 달라는 전화번호는 알려 주지 않고 그 대신 자신의 메일 주소를 알려 주는 것이었다. 그래도 어쨌든 소기의 목적은 달성한 것 같아 처음 만난 날은 그렇게 헤어졌다.

그렇게 시간이 지나고 나는 별로 기대는 하지 않았지만 그래도 혹시나 하는 마음에 그녀에게서 받은 메일 주소로 한 번 메일을 보내 보았다. 그 당시 처음 보냈을 때는 읽지도 않고 답장도 없어 그대로 끝나나 싶었다. 내가 아무리 먼저 호의를 가지고 잘해 보려 해도 상대방 측에서 나를 밀어내 버린다면 혼자 북 치고 장구 쳐 봤자 아무런 의미가 없기 때문이었다.

하지만 뒤늦게 답장이 왔다. 내가 보낸 메일을 그녀가 제때 받아보지 못했던 이유는 그 메일이 그녀에게 스팸 메시지로 전달되었기 때문이었다. 그러면서 그녀는 나와 친구가 된다면 자신으로서도 상당히 기쁠 것 같다는 말을 적어 놓았다. 생판 모르는 사람이 갑자기 찾아와서 그림 보여 달라 하고 연락처를 알려 달라고 하면 솔직히 유쾌한 일로 받아들일 수만은 없다. 하지만 그녀는 전혀 싫어하는 기색 없이 내게 정성스레 답장을 보내 주었고, 자신이 현재 중요한 인터뷰를 앞두고 있어 언제 시간이 날진 모르지만 시간이 나면 내게 연락을 하겠다고 적어 놓았다. 나는 그 마음이 너무 고마웠다. 바로 그다음날 그녀가 내게 시간이 되느냐는 연락을 먼저 해 왔다. 그때가 바로 내가 세상에서 최고로 행복했던 순간이었다.

내 생애 최고로 행복했던 순간

이 제안을 거절할 내가 아니었다. 당장에 '언제 어디서 만날까?'라고 답장을 보냈다. 하지만 한참이 지나도 답장이 오지 않았다. 그래도 혹시나 하는 마음에 아직 확답도 받지 않았지만 무작정 밖으로 나갔다. 반신반의하면서 걷고 있는데 마침내 그녀에게서 답장이 왔다. CATS 근처에 있는 라운드 처치(Round Church)로 나오라는 내용이었다. 그래서 열심히 그쪽으로 가고 있는데, 다시 메일이 오기를 카페 루즈로 오라고 갑자기 약속 장소를 멋대로 바꾸는 것이었다.

나는 라운드 처치는 알고 있어도 카페 루즈는 어딘지 몰라 많이 당황했다. 그래서 지나가는 사람들을 불러 세우면서 닥치는 대로 카페 루즈가 어딘지 묻기 시작하였다. 하지만 아무한테나 물으니 좀 기피하면서 피해 가는 사람도 있었다. 점점 시간은 다가오고 그녀가 먼저 가서 기다리고 있을지도 모르는 일이기에 내 마음은 바짝 타들어가는 것만 같았다. 그러던 와중에 어떤 중년의 영국인 부부에게 말을 걸었는데, 그들은 너무 당황을 해서 중심을 잡지 못한 채 길을 묻는 나를 애써 붙들어 주며 직접 그곳까지 안내해 주었다. 그들의 친절이 너무 고마웠다.

카페 안으로 들어갔으나 그녀의 모습은 보이지 않았다. 아무래도 먼저 돌아갔나 싶어 실망을 하고 도로 나가려는데, 마침 그녀가 카페 안으로 들어왔다. 그녀는 자신의 몸집보다도 큰 가방을 들고 왔다. 내가그 안에 무엇이 들어 있는지 궁금해 좀 보여 달라고 하자 그녀는 그 안에서 하드보드지 같은 두꺼운 종이에 그린 자신의 그림을 보여주는 것이었다. 거기에는 앞뒷면으로 그림이 그려져 있었는데, 앞면에는 어떤 학생이 공부하는 책상과 의자를 그려 놓았고, 뒷면에는 어떤 중국집 외관을 그려 놓았는데, 하도 진짜 같아 감탄이 절로 나올 정도였다.

차를 마시는데 메뉴판을 봐도 이해를 잘 하지 못하는 난 그저 그녀가 주문하는 것과 같은 차를 마실 수밖에 없었다. 그녀가 주문한 것은 홍차였다. 홍차 두 잔에 올리브 작은 열매가 다였는데 가격은 상당히 비싼 듯했다. 내가 충분한 돈을 가지고 있지 않아 걱정을 하자 그녀는 걱정 말라고 자신이 내겠다고 하였다. 여자한테 얻어먹는다는 것이 어떻게 보면 자존심 상하는 일이 될 수도 있지만, 달리 다른 선택의 여지가 없었다.

차를 마신 후에는 저녁을 먹으러 중국집으로 이동을 했다. 사실 그 중국집은 근처에서 별로 멀리 떨어져 있지도 않았는데 그녀는 자신이 들고 있는 큰 가방이 무겁다며 일단 현금지급기에서 돈을 찾은 후 택시를 타자고 했다. 처음에 만났을 때는 그녀의 은행 계좌에서 돈이 별로 나오지 않아 좌절을 하는 듯한 눈치였으나, 두 번째 만났을 때는 한 번에 10파운드짜리 지폐가 스무 장 정도 나오는 것 같았다. 어디서 그렇게 지원을 받는지는 모르지만, 그녀는 돈이 많다고 그 많은 돈을 약간 헤프게 쓰는 것 같았다. 택시를 타기 전 근처 마트 앞에서 구걸하고 있는 여자 거지를 보자 그녀는 거지에게 동전 몇 닢을 주며 자신이 가지고 있는 담배 한 개비도 넘겨주었다. 그러면서 그녀는 그 거지에게 담뱃불을 빌리는 것이었다.

그녀가 언제부터 담배를 피우게 된 것인지는 알 수 없지만 그녀는 자신이 피우던 담배를 아무렇지도 않게 길바닥에 버렸다. 바로 옆에 쓰레기통이 있는데도 그런 행동을 하는 그녀가 난 쉽게 이해되지 않았다. 이 같은 사실들로 내가 질이 좋지 않은 이상한 여자와 엮이게 되었다고 좋지 않은 시선으로 보는 사람도 있을 수 있겠지만, 착한 것 내지는 좋은 것만 추구하다 보면 결국 남는 것은 아무것도 없다고 나는 생각한다. 그러면서 그녀는 길 가는 어떤 아저씨에게 나를 소개하며 나를 한국의 유명한 예술가라고 하는 것이었다. 그 아저씨는 나에 대해 전혀 궁금해 하지도 않았는데 말이다. 약간 어이가 없고 당황스러웠지만 그래도 기분은 좋았다.

그렇게 조금 있다 택시를 타고 이동한 중국집에는 이미 많은 사람들로 발 디딜 틈이 없었다. 그 중국집 사람들은 마치 그녀와 아주 오래전부터 친분이 있는 사람들인 듯했다. 이번에도 난 그녀와 같은 음식을 선택했고, 계산 역시 그녀가 했다. 너무 얻어먹는 것만 같아 상당히 미안했다. 그녀와 식사를 하는 도중에 대뜸 그녀가 이런 질문을 했다. "Are you happy now?" 그녀가 나에게 왜 그런 질문을 하는 것인지 쉽게 판단이 서지 않았다. 식사를 마치고 나자 그녀는 자신의 몸집보다도 큰 가방을 꺼내 그 안에 든 내용물을 중국집 사람들에게 보여주면서 자랑을 했다. 갑자기 그녀가 왜 그렇게 자신의 그림을 자랑하고 싶었는지는 알 수 없지만 단순한 자랑만 하는 것 같지는 않았다.

조금 뒤 그녀는 내 팸플릿까지 가져가 나 대신 사람들에게 자랑을 하기 시작했고, 그런 그녀의 행동에 중국집 사람들도 지대한 관심을 보였다. 그녀가 왜 그런 행동을 했는지는 모르지만 이것을 가지고 고마워해야 할지 싫어해야 할지 판단이 서지 않았다. 다음에 그녀를 언제 또 다시 만나게 될진 모르지만 나는 그녀에게 내가 줄 수 있는 도움이라면 기꺼이 도와주고 싶다.

그렇게 그날 저녁은 그녀가 식사를 다 하고도 하도 차를 오래 마시는 바람에 밤 10시가 넘도록 이어졌다. 여자한테 얻어먹는 주제에 다 먹었다고 먼저 일어날 수가 없어 그녀가 차를 다 마실 때까지 기다릴 수밖에 없었다. 그러면서 그녀는 차를 다 마시고 또 택시를 타고 자신이 머무는 곳으로 갔다. 난 그녀와의 만남을 언제까지든 최대한 오래 지켜내고 싶다.

만약 그녀를 처음 길에서 만났을 때 그냥 지나쳐 갔다면 아무 상관없는 사람이 되었겠지만 한 번에 스케치북을 세 개나 들고 가는 그녀의 행동은 단숨에 내 마음을 사로잡았고, 내가 보낸 메일에 답을 하지 않아도 그녀 입장에서는 전혀 아쉬울 것이 없는 상황이었지만 뒤늦게라도 답장을 보내오면서 나를 유명한 예술가라고 불러 주며 각별히 생각해 주는 그녀가 마냥 고마웠다.

비상 5

바람 부는 미래를 향해

〈운명의 천마〉
- BLUE -

제1부

혼자 간 동물원

　나 혼자 동물원에 갔던 날이다. 아침부터 어머니가 정성스레 싸 주신 김밥과 빵과 사과, 그리고 하리보(젤리)를 가지고 조금 멀리 떨어진 린턴(Linton)이라는 이름의 동물원에 다녀왔다. 그것도 혼자 버스를 타고서 말이다. 지금까지 버스를 타본 적이 없어서 과연 혼자 잘 다녀올 수 있을지 나 스스로도 걱정이 되었다. 그런 걱정을 뒤로하고 일단 한번 부딪쳐보기로 마음먹었다.

　린턴 동물원은 캠브리지에서도 약 30분가량 떨어진 외진 곳에 위치해 있었는데, 버스를 타고 이동하면서도 길을 정확히 파악하지 못해 약간 헤맸다. 그래도 어렵지 않게 동물원에 도착할 수 있었다. 입장권을 끊고 안으로 들어가자 그 동물원에는 새들만 많이 있었고 동물들은 별로 찾아볼 수 없었다. 동물이 있어야 할 우리 안도 수리를 하는 듯 전체적인 분위기가 조금 어수선했다. 그리고 동물원이라는 살아있는 동물과는 연관성이 별로 없는 공룡 모형도 있었다. 평소 동물을 좋아하고 동물의 세계를 동경해 왔던 나는 기대했던 것과는 다른 현실에 조금 실망할 수 밖에 없었다.

　동물원에서 내가 본 것은 얼룩말과 캥거루, 토끼 그리고 하마가 전부였다. 재규어나 표범 그리고 호랑이와 같은 고양잇과 동물들도 보고 싶었으나, 그들 대신 고양이 한 마리가 그들의 입장을 대변이라도 하듯 종종걸음을 치며 내게 다가왔다. 아무리 사람과 친근한 고양이라도 막상 가까이 다가오니 왠지 부담스럽고 무서웠다. 고양이는 원래 야생성이 강해서 아무리 사람들이 잘 대해 주어도 야생의 습성을 끝내 버리지 못하고 집을 나가는 경우가 많다. 그런 사실을 아는지 모르는지 그때 나를 말없이 물끄러미 바라보고 있던 고양이의 눈동자는 왠지 슬픔에 잠겨 있었다.

얼룩말을 보면서 어머니가 싸 주신 김밥을 먹는데 먹기 전에는 멀리 떨어져 있어서 그것이 무엇인지 알아보지 못했다. 시간이 지나 좀 더 가까이 다가오니 비로소 난 그것이 얼룩말이라는 것을 알아볼 수 있었다. 얼룩말은 드넓은 들판 위에 외로이 혼자 있었는데, 조용히 싱그럽게 불어오는 바람이 그 얼룩말의 심정을 간접적으로 느낄 수 있게 해 주었다.

얼룩말 우리의 맞은편에는 토끼장이 있었다. 토끼장에는 검은색과 흰색 토끼들이 서로 짝을 이루어 한곳에 올망졸망 모여 있었는데, 그 모습이 참 귀엽고 깜찍했다. 내가 가지고 있는 하리보라도 몇 개 우리 안으로 넣어주고 싶었으나 토끼들이 그렇게 한곳에 모여 있었던 이유는 사실 다른 곳에 있었음을 뒤늦게 알게 되었다. 그것은 바로 먹이였다. 만화에서 보면 토끼들이 당근을 좋아한다고 알려 주는 경우가 많은데, 실제로 먹이통에 들어있던 것은 당근이 아니라 마른풀이나 식물의 씨앗 같은 것들이었다.

그렇게 토끼들이 먹이를 먹는 모습을 보고 있자니 나도 괜히 배가 고파졌다. 하지만 그때는 이미 준비해 간 김밥을 다 먹은 후여서 아쉬운 대로 난 그 앞에서 하리보라도 꺼내어 먹었다. 그런 나를 쳐다보는 토끼들은 자신들에게도 먹을 것이 할당되어 있음에도 내가 먹는 하리보에도 관심이 있다는 사실을 그 눈에서 읽어낼 수 있었다. 하지만 난 결국 토끼들에게 하리보를 나눠주지 않고 나 혼자서만 다 먹어치웠다.

토끼장 근처에는 캥거루 우리도 있었다. 캥거루들은 흡족한 표정을 지으며 작은 살구를 아주 맛있다는 듯이 우적우적 씹어 먹고 있었다. 그날 따라 그들이 먹고 있었던 그 살구가 유난히 맛있어 보였다. 내가 소리 없이 다가가 일부러 한번 놀라게 해 보자 그전까지는 먹는 데만 정신이 팔려 있던 캥거루가 갑자기 인기척을 눈치챘는지 화들짝 놀라 다른 곳으로 멀리 달아나는 것이었다. 그들이 그런 행동이 난 무척 신기하게만 보였다. 원래 야생동물은 사람을 무서워하지 않는다. 하지만 그 캥거루들의 경우는 약간 달랐다. 맛있어 보이는 살구를 먹으면서도 경계심을 늦추지 않는 모습을 난 분명히 느낄 수 있었다.

캥거루 우리 근처에는 하마 우리가 있었다. 하마들은 두 마리가 짝을 이루어 마주 보면서 무언가를 또 열심히 먹고 있었다. 식사 중이었던 하마들은 오직 먹는 데에만 정신이 팔려 내가 다가가도 미동도 하지 않았다. 그렇게 애써 찾아온 나를 무시라도 하는 듯 그들의 행동이 그날따라 그렇게 무심해 보일 수가 없었다. 캥거루 우리를 끝으로 나의 동물원 관람은 끝이 났다.

동물원을 떠나오기 전 아쉬운 마음에 무언가 기념하는 의미에서 새끼 사자의 사진이 들어 있는 열쇠고리를 샀다. 내 마음속 갈 곳 없는 외로움의 실체를 그 새끼 사자가 눈치채기라도 했는지 비록 사진에 불과한 것이긴 했지만 나를 말없이 물끄러미 바라보고 있던 그 사자의 두 눈동자가 왠지 슬퍼 보였다.

공동체란 무엇인가?

나란 존재가 어떤 집단이나 단체를 구성하는 일원으로 소속감을 가지려면 어떻게 해야 할까? 난 단체 행동을 할 때 혼자 따로 떨어져 개인행동을 하거나 무임승차하는 사람은 뻔뻔하고 양심이 없는 사람이라고 생각한다. 이는 공동체에 소속될 만한 자격이 없는 사람이다. 최근에는 개인주의와 이기주의의 폐해로 남을 배려하지 않고 자기중심적으로만 세상과 사물을 바라보고 판단하는 사람이 많은데, 그런 식으로 인간관계에 보이지 않는 선을 긋고 남의 일이라고 경시하고 외면한다면 그 끝에 있는 것은 절망과 허무뿐이라고 생각한다.

나란 존재는 언제나 소중하고 고귀하다. 그런데 이를 왜곡 해석하기 때문에 나는 언제나 남들에게 배려를 받아야 할 사람이고 남들은 날 위해 봉사하고 헌신해야 한다고 생각한다면 큰 착각을 하고 있는 것이다. 나도 공동체를 구성하는 일원으로 자부심을 갖고 책임감 있는 모습을 다른 사람들에게 보여줄 필요가 있다. 그럴 때 저 사람에게 저런 면이 있었어? 하고 놀라며 사람들은 나한테 먼저 관심을 갖기 시작할 것이고, 그 작은 관심이 모여 나중에는 내가 없으면 나를 찾게 만드는 상황이 벌어지도록 하는 것이 내 인간관계의 궁극적인 목표이다.

첫 수업

이날은 내가 처음으로 미술 개인지도를 받으러 가는 날이다. 월요일

마다 가서 그림을 그리는 어떤 교회의 미술 선생님이 소개해준 모렌 선생님 댁에 처음으로 정식 수업을 받으러 가는 것이다. 그 선생님 댁까지는 버스를 타지 않으면 갈 수 없는 상당히 먼 거리였는데, 난 초행길이라 아직 어떻게 가는지 경로를 파악하기도 전에 같이 가자는 어머니를 남겨두고 홀로 집을 나섰다.

버스 정류장까지 가는 것은 좋았는데 기사 아저씨한테 내가 가려는 행선지를 이야기하니 분명히 그쪽으로 가는 버스인 것 같은데도 고개까지 가로젓는 바람에 어쩔 수 없이 울며 겨자 먹기로 정류장 근처에 있는 택시를 탈 수밖에 없었다. 그것은 불가피한 선택이었다. 기껏 어렵게 건너 건너 알게 되고, 미술 도구까지 지원해 주겠다는 선생님을 실망시킬 수가 없어 거금 7파운드라는 택시비를 들일 수밖에 없다. 택시를 타니 금방 그 선생님 집 앞에 도착할 수 있었다. 선생님이 여기까지 무엇을 타고 왔느냐는 질문에 워낙이 정직하게 살아온 나는 여기까지 오는 버스를 찾지 못해 택시를 타고 왔다고 대답했다. 그러자 선생님은 상당히 놀라는 표정이셨다.

첫 수업은 잘려진 키위의 단면을 보면서 검은 종이에 옮기는 것이었는데 그날따라 그 키위가 유난히 먹음직스럽게 보였다. 그래서 넘어오는 군침을 참을 수가 없었다. 나중에 키위를 다 그리고 나자 선생님께서 그것을 먹으라고 주셨다. 하지만 막상 먹으려고 보니 그리고 있을 때는 그렇게 맛있게 보이던 키위가 다 그린 뒤에는 그렇게 작고 볼품없어 보일 수가 없었다.

검은 종이에 파스텔로 그린 후에는 작은 캔버스에 그것을 그대로 옮기는 작업을 하였다. 마음 같아서는 캔버스에 옮기는 작업까지 끝내고 캔버스를 집으로 가져가고 싶었으나 돌아가는 버스 시간이 되었다는 선생님의 말씀에 아쉬움을 뒤로한 채 돌아오는 버스에 몸을 실을 수밖에 없었다. 끝까지 아쉬움이 남는 첫 수업이었다. 그래도 내가 어디 가서 이런 친절한 선생님을 만날 수 있을까? 하는 생각에 영국에 머무는 동안 이 선생님과의 관계를 최대한 유지할 생각이다. 그리고 그것을 통해 내 작품의 질이 한층 더 향상되었으면 하는 작은 소망이 있다.

반복된 무리한 행보

이날도 모렌 선생님께 가는 날이었다. 이때까지도 아직 선생님 댁에 가는 길을 제대로 파악하지 못해 상당히 애를 먹고 있었다. 이날도 혼자 집을 나섰는데 갑자기 무슨 바람이 불었는지 난 어느새 선생님 댁까지 걸어가고 있었다. 혼자 버스를 타는 것에 자신이 없었고, 나의 서툰 영어 발음 때문에 가고자 하는 행선지를 버스 기사에게 전달할 자신 또한 없었기 때문이었다. 그래서 난 무모한 행동인 줄 알면서도 또다시 무리한 행보를 하고야 말았다. 버스 정류장 근처에 택시가 있었으나 타지 않았다. 또 7파운드를 택시값으로 내느니 차라리 조금 고생을 하더라도 그 돈을 아껴 미술 재료를 사는데 쓰는 것이 훨씬 더 현명하고 효율적일 것 같았기 때문이었다.

가는 길은 무척 힘이 들었다. 내리쬐는 뜨거운 햇빛에 온 몸이 땀으로 흥건히 젖었으며, 숨은 턱까지 차오르고 흐르는 땀이 안경에 묻어 시야 확보가 매우 힘들어졌다. 중간에 그냥 돌아갈까 하는 생각도 했지만 난 그래도 이왕 이렇게까지 고생을 했는데 아무런 수확 없이 빈 손으로 돌아가면 나 자신이 너무 한심해질 것만 같았기에 투덜투덜 불평을 하면서도 난 그 걸음을 멈추지 않았다.

이런 말도 있지 않은가? "인내는 쓰나 열매는 달다." 그렇게 온몸을 땀으로 적셔가면서도 나중에 단 열매를 생각하며 난 계속 스스로를 다독였다. 요즘에는 사람들이 너무 편한 것만 추구하려는 경향이 있고, 문명사회 속에서 조금이라도 힘든 일은 피하려 하지 않는가.

우여곡절 끝에 난 모렌 선생님 댁에 도착할 수 있었다. 이 일을 계기로 무슨 일이든지 조금 해 봐서 안 된다고 포기하거나 다른 사람에게 맡겨 버리지 말고 죽이 되든 밥이 되든 끝까지 내 힘으로 이겨내야만 한다는 다짐을 하게 되었다.

톰 선생님에게 진 빚

이날은 톰 선생님에게 가는 날이었다. 아침 일찍 집을 나서 상당히 멀리 떨어진 거리를 걸어갔다. 일주일에 한 번씩 걸어갔다 걸어오길 반복하는 거리였다. 그런데 갈 때는 몰랐는데 가서 그림을 그리고 있는 도중 갑자기 몸이 안 좋아졌다. 아무런 징조 없이 갑자기 찾아온 증상이라 무척 당황스러웠다. 나중에는 온몸에 식은땀이 흐르고 손도 많이 떨려 도무지 붓을 제대로 쥘 수가 없었다.

괜찮으냐는 톰 선생님의 걱정스러운 질문에 난 차마 말을 잇지 못하였다. 그 이유는 세 가지로 구분할 수 있었는데, 첫 번째 이유로는 톰 선생님께서 날 생각해 주시는 그 마음이 너무 고맙고 감사해서였다. 요즘같이 인간 대 인간 사이에 오가는 정이 자꾸만 사라져 가고 이기적이고 계산적인 마인드로만 생각을 하는 현대사회에서 사실 나 아닌 다른 사람에게 그렇게까지 신경을 쓰고 관심을 갖기란 쉬운 일이 아니다. 그런데 톰 선생님의 걱정해 주시는 모습에서 고향 집의 익숙한 아저씨 같은 훈훈한 정을 엿볼 수 있었다.

두 번째 이유는 다른 사람들에게 내가 힘들어하는 모습을 보이기 싫었기 때문이었다. 내게 무슨 큰 병이라도 있는 양 다른 사람의 오해를 살 우려가 있기 때문이었다. 아무래도 장애인을 대하는 인식이 고울 수만은 없는 것이 사실이었기 때문에 다른 사람들의 눈치가 계속 보였다.

세 번째 이유로는 내 스스로에게 무척 화가 났기 때문이었다. 이전에도 잘 있다가 갑자기 몸이 안 좋아질 때가 종종 있었는데 이럴 때는 아무리 부정하려 해도 나는 역시 장애인이구나 하는 사실을 실감할 수밖에 없었다. 나 스스로 아무리 체력을 키우려 노력해도 아무래도 인위적인 힘으로 증상을 완화시키다 보니 한계가 있을 수밖에 없고 몸 상태가 불안하게 바뀔 때가 많아 난 그것이 늘 불만이었다.

그래도 나는 떨리는 목소리로 톰 선생님께 혹시 차를 가지고 계신 분이 있거나 운전을 할 줄 아신다면 좀 태워줄 수 없겠느냐는 말을 간신히 이었다. 그러자 선생님은 자신은 자전거를 타고 다녀 차가 없다고 하셨고, 그 대신 택시를 불러주겠다고 하셨다. 그런데 내가 돈이 없다고 하자 선생님은 선뜻 호주머니에서 10파운드짜리 지폐를 내게 쥐어주시며 이 정도면 택시 타는 비용으로 충분할 것이라고 하셨다. 그 친절이 너무 고맙고 감사해 난 속으로 눈물을 흘릴 수밖에 없었다.

영국인들은 대부분 친절하다. 이들은 비록 자신과는 상관없는 다른 사람의 일이라 할지라도 최대한 관심을 가지려고 노력하며, 불쌍하거나 불편한 사람을 보면 많이들 도와주려고 한다. 이렇게 순수하고 보고만 있어도 마음 한구석이 훈훈해지는 따뜻한 정을 우리 사회에서도 찾을 수 있기를 손꼽아 고대한다.

로빈슨 칼리지의 정원

요즘 난 로빈슨 칼리지에 자주 간다. 이전까지는 근처에 이렇게 크고 작은 칼리지들이 넓게 분포하고 있는지 잘 몰랐는데 차츰 행동반경을 넓히고 아는 사람들이 많아지다 보니 칼리지라는 개념이 조금씩 정립되기 시작하였다. 케임브리지에는 총 31개의 칼리지가 있는데, 난 이제 거의 모든 칼리지를 한 번씩 돌아본 셈이다. 각 칼리지마다 자신들을 상징하는 문장을 만들어 놓았는데 로빈슨 칼리지의 문장은 바로 '천마'였다.

뒤늦게 알게 된 로빈슨 칼리지에는 뒤로 작은 정원이 나 있었다. 다른 칼리지들과는 차별화된 이 특징 때문인지 유독 더 정이 가는 것 같았다. 이 정원 속에 있으면 아름드리 나무가 우거진 가로수 길과 넓은 잔디밭, 그리고 작은 구름다리가 특유의 고풍스러운 분위기에 한몫을 하고 있다. 여기에 더하여 새들이 나무 위에서 지저귀는 소리, 시원한 물소리, 오리들이 뒤뚱거리며 꽥꽥거리는 소리가 내겐 특히 더 인상적이었고, 그래서 더 편안하게 느껴졌는지도 모르겠다.

정원과 연결되어 있는 식당에서는 바로 옆에서 정원을 바라보며 식사를 할 수 있게 만들어 놓았다. 테이블을 야외에까지 갖다 놓아 마치 영화의 한 장면을 방불케 하면서 낭만적으로 식사를 할 수 있다. 이 칼리지에서만 누릴 수 있는 바로 이런 특징 때문인지 야외에서 다리를 꼬고 앉아 애정 행각을 하며 식사를 하는 학생들이 많았다.

　　이런 분위기에 매력을 느껴 스케치북을 들고 가 그곳에서 그림을 그린 적도 있었다. 그때 여기서 내가 스케치북에 담았던 풍경은 사실 그곳의 조용한 분위기를 담은 그림이 아니었다. 그것은 두 개의 십자가 사이에 서서 팔을 양옆으로 활짝 벌리고 계시는 작은 예수님의 형상이었다. 내가 그곳에서 그렸던 그림이 왜 그런 것이었는지 당시에는 이유를 찾지 못했다. 특별한 이유가 있었다기보다는 그저 마음 가는 대로 내면의 소리를 듣고 그것을 표현한 것인 줄만 알았는데, 이제는 내가 왜 그곳에서 그런 그림을 그릴 수밖에 없었는지 그 이유를 알 것만 같다.

　　이유는 다름 아닌 예수님의 품 안에서 평화와 안식을 찾으려고 했던 내 내면의 소리를 들었기 때문이었다. 난 지금까지 존재 자체가 불완전하고 나약하기만 한 인간이란 대상에 너무도 많은 의미와 가치를 부여하고 여기에 집착해 왔다는 사실을 깨달을 수 있었다. 거는 기대가 크면 클수록 나중에 그 기대치가 충족되지 않았을 때의 실망 또한 크다는 지극히 당연한 이치를 난 너무 늦게 깨닫고 있는 것만 같다.

　　한편으로는 이런 남부럽지 않은 좋은 환경에서 공부를 하는 이곳 학생들이 부럽기도 하였지만, 다른 한편으로는 이들이 제도화된 틀 속에 갇혀 감정 없는 기계가 되어가지나 않을까 우려가 들기도 했다. 나에게 이런저런 많은 생각과 깨우침을 주었던 로빈슨 칼리지의 정원, 그곳에서 그림을 그리고 식사를 했던 기억 또한 내게는 또 하나의 소중한 추억이 되었다.

〈 십자가 뒤의 슬픔 〉

다시 찾은 일리(Ely)

일리(ELY)! 그 추억이 담긴 장소를 다시 찾았다. 이번에는 부모님과 셋이서 기차를 타고 갔는데 다시 찾은 이 곳은 그때 그 풍경을 그대로 유지하며 나를 반겨 주었다. 때마침 대주교 카테드랄에서는 오픈 유니버스티(Open University)의 졸업식이 예정되어 있었고, 앞마당에서는 아트 상품을 판매하는 행사가 진행되고 있었다. 졸업식 때문인지 많은 사람들로 북적이고 있었다. 마치 나를 위해 준비된 행사인 것처럼….

난 야외에 설치된 천막에서 파는 아트 상품들에서 눈을 뗄 수 없었다. 그곳에서도 역시 나의 걸음을 멈추게 만들었던 것이 바로 종이 액자였다. 이전까지는 종이 액자에 대한 개념을 잡을 수 없었는데 파리에 갔을 때 한 번 보고, 이곳에서 종이 액자와 재회를 하게 되니 감회가 새로웠다. 내가 눈을 떼지 못하고 계속 그 자리에 서 있으니 그런 나를 바라보며 판매원이 사겠느냐고 물어 왔다. 솔직히 사 보고 싶었으나 왠지 그렇게 하면 내 지난날의 그림들에게 실례를 하는 것만 같았고, 부모님께서도 반대하실 것만 같아 쉽게 대답할 수 없었다.

　종이 액자 파는 곳을 둘러보고 난 뒤에는 성당 앞에서 사진을 찍었다. 웅장하고 고풍스러운 멋을 내는 중세의 건물 앞에서 사진을 찍으니 다른 곳에서 찍었을 때보다 분위기 있고 멋있게 보였다. 그 후 막 졸업식을 끝내고 나오는 행렬을 뚫고 교회 안으로 들어가 보았다. 밖으로 나오려는 사람들 틈에 뒤섞여 발 디딜 틈이 없었고, 그런 상황이 혼란스럽기만 하였다. 원래는 안으로 들어가려면 입장료를 내야 하지만 이날은 특별히 행사가 열리는 탓에 돈을 받지 않았다. 하지만 그토록 기대했던 교회 안에 들어갔어도 사실상 별로 볼 것은 없었다. 아니 그보다는 사실 사람들이 하도 많아 제대로 보지 못했다고 하는 표현이 더 어울릴 것만 같다.

　아쉬움을 뒤로하고 밖으로 나와 근처 벤치에 앉아 있는데 한 무리의 오리들이 혹시 먹을 것이 떨어져 있나 주변에서 열심히 눈치를 살피고 있었다. 콩 한 쪽도 나눠 먹자는 생각을 인생철학으로 삼고 있는 나는 이런 오리들이 불쌍해 먹을 것을 나누어주지 않을 수 없었다. 처음에는 장난삼아 바나나 껍질을 던져주었는데 며칠은 굶은 듯한 오리 떼가 갑자기 달려들어 그것을 먹으려고 하다가 이내 아무 맛도 없다는 사실을 눈치챘는지 실망하는 기색이 역력했다. 그래서 이번에는 제대로 된 과자 부스러기를 던져 주었다. 그러더니 삽시간에 그것을 먹겠다고 여기저기서 덤벼드는 오리들로 정신이 없었다. 얼마나 배가 고팠으면 저러나 싶은 생각이 들었다. 마지막 남은 한 조각까지 모두 던져 주고 나서야 그곳을 떠나올 수 있었는데 난 그때 일리에서 보았던 오리들의 그런 행동을 앞으로도 못 잊을 것만 같다.

21세기 무한 경쟁의 시대! 그 험난한 시공간 속에서 지금의 나도 그때 그 오리들처럼 다른 사람들에게 관심을 구걸하는 모습을 보이지 않으려면 작은 것 하나에서도 늘 기쁨과 감사를 찾고 끝까지 노력하는 자세가 절실히 필요하다는 생각을 했다.

두 번째 풀밭 위의 점심 식사

오전에 영국 교회에 나오는 한인들끼리 함께 점심 식사를 하기로 되어 있어 그 모임에 참석하게 되었다. 예배 후 모인 장소는 근처의 넓은 공원이었다. 날이 무척 좋아 햇볕이 쨍쨍 내리쬐는 가운데 잔디밭 위에 돗자리를 깔아 놓고 자리를 잡았다. 난 왜 하필이면 땡볕에 자리를 잡는지 쉽게 이해가 되지 않았다. 한국 같았으면 그렇게 조금만 앉아 있어도 온몸이 땀으로 범벅이 되었을 텐데 다행히 불어오는 싱그러운 바람 탓인지 땀은 별로 나지 않았다. 같은 한국 사람들이라고 하니까 언어의 장벽이 없이 가만있어도 말이 술술 쏟아져 나왔다. 원래 사람들과의 대화를 중시하고 또 최대한 다른 사람과 소통하는 것을 좋아하는 나이기에 더할 나위 없이 좋은 기회였다.

사람들과 만나는 것을 매우 좋아하는 나였지만 지난날 아픈 기억의 여파로 자신감이 많이 위축된 현재는 무슨 말을 해야겠다고 생각은 하고 있다가도 막상 그 순간이 닥치면 머릿속이 하얘지는 경향이 있다. 새로운 사람을 만나는 것이 마냥 즐겁고 신나는 일은 아니다. 일정 시간이 지나면 망각될 가능성도 있고, 하루에 열두 번도 더 왔다 갔다 변덕스럽고 바쁜 세상사에 치여 두텁고 친근한 관계를 형성하기란 매우 힘들기 때문이다.

이럴 때 중요한 것은 짧은 순간이라도 의미와 가치를 부여하고 거기서 만족을 찾는 것이다. 생각은 이렇게 하고 있으면서도 늘 같은 실수나 잘못을 반복하기만 하는 나 자신이 미웠고 한심스럽게만 느껴졌다. 이런저런 생각을 하며 미리 준비된 것은 아니었지만 따갑게 내리쬐는 햇볕 아래에서 인근 피자 가게에서 주문해 온 피자를 먹었다. 원래는 그곳에서 한국 사람들과 좀 더 시간을 보내고 싶었으나 곧 다른 일정이 있어 아쉬움을 뒤로한 채 자리를 뜰 수밖에 없었다.

아비 마을의 축제

그다음 일정은 다른 영국 교회의 야외 행사였다. 한인들만 모여 있었던 그 자리에 영국인은 아니지만 영국인 교회에 나오시는 중국인 아저씨가 계셔서 그분이 운전하는 차를 타고 곧바로 아비 마을로 옮겨 갔다. 도착한 곳은 넓은 잔디 위에 펼쳐진 마을 축제 행사장으로 시끄러운 음악 소리와 함께 많은 사람들로 붐비고 있었다.

난 처음에 그곳에 모인 사람들 모두 어떤 교회에 소속되어 있는 종교 단체인 줄 알았는데, 실제로는 근처 아비라는 마을에 사는 주민들이었다. 사실 내가 이 아비 마을의 축제를 찾은 이유는 따로 있었다. 그 이유는 바로 전날 이 마을 한 교회의 Art Cafe에서 그린 내 그림을 전시하는 행사가 있었기 때문이었다. 사실 사람을 보러 갔다기보다는 내가 그린 그림을 보러 갔다고 하는 것이 더 맞는 표현이다.

그 전날 내가 그렸던 그림은 두 장인데, 하나는 보름달 속에서 앞발을 올리고 있는 말의 모습이었고, 나머지 하나는 고양이가 입을 벌리며 하품하는 모습이었다. 그 당시 내가 왜 그런 그림을 그린 것인지는 알 수 없지만 난 어느 순간부터 내가 그린 그림대로 내 인생이 흘러가고 있다는 사실을 깨달을 수 있었다. 얼핏 보면 같은 동물이라는 사실을 제외하면 전혀 연관성이 없는 소재였지만, 난 동물들의 때 묻지 않은 순수함이 좋고 그 안에서 만족과 즐거움을 느낀다. 그래서 더 동물이라는 소재에 애착을 가지고 친해져 보려고 노력하고 있다. 야외에 마련된 작은 천막에서 어렵지 않게 그 전날 그렸던 내 그림들을 다시 만날 수 있었다. 비록 액자는 없었지만 전시해 놓고 보니 나름 그럴싸하다는 느낌이 들었다. 그래서 그 앞에서 연신 사진을 찍었다. 그런데 생각하는 것만큼 좋은 각도가 나오지 않아 두세 번 지우고 새로 찍기를 반복했다.

그 넓은 잔디밭에는 사람들이 저마다 리어카를 끌고 와 장사를 하고 있었다. 혹시나 종이 액자가 있나 다시 찾아보았으나 유감스럽게도 종이 액자는 그곳에 없었다. 리어카 위에 진열해 놓은 물건들 중에는 화장품이나 음료수, 책, 그리고 음식들도 있었다. 다른 것에는 그다지 큰 흥미를 느끼지 못했기 때문에 별로 눈에 들어오지 않았다. 그중에 한 가지 반가운 것은 역시 초코 케이크였다. 시선을 사로잡는 먹음직스러운 모습에 저절로 손이 갈 수밖에 없었다. 그리고 또 한 가지 눈에 띄는 것이 있었다면 자전거 페달을 돌려 그 힘으로 주스를 만드는 모습이었다. 나도 한번 마셔 보았는데 그 맛이 일반적으로 시중에서 유통되는 것과는 사뭇 다르다는 느낌을 받았다. 날이 더워서 그런지 그날따라 그 주스의 맛이 그렇게 시원할 수가 없었다. 그렇게 난 아비 마을의 축제 속에서 있었다.

한여름 날의 뱃노래

바야흐로 무더운 여름날이었다. 오후 늦게까지 지루한 시간을 보내고 있던 나는 그날 저녁에 트리니티 칼리지에서 특별한 공연이 있다는 사실을 뒤늦게 알게 되어 공연을 보러 갔다. 공연은 캠 강의 배 위에서 하는 합창이었는데 일렁이는 물결 위에 중심을 잡고 가만히 서 있기조차 힘들 텐데, 배 위에서 어떻게 합창을 하겠다는 것인지 그 사실이 무척 신기하기만 했다.

부푼 기대와 설레는 마음을 가지고 공연이 있는 칼리지를 찾아갔다. 공연의 시작 시간은 저녁 7시 반이었다. 자리를 잡고 강가에 앉아 있는데 깨끗한 복장으로 잘 차려입은 한 무리 사람들이 미리 밧줄로 고정시켜 놓은 배 위로 올라서는 것이었다. 그리고 마지막으로 흰 양복을 입은 지휘자로 보이는 중년 남자가 배 위로 올라섰다. 처음에는 그들이 그 상태로 서서 합창을 할 줄 알았는데 그들은 그렇게 서 있

지 않고 작은 배 위에 나란히 열을 맞춰 앉았다. 그리고는 잠시 침묵
이 흘렀다.

　잠시 뒤 합창이 시작되었다. 그들은 뱃머리에 앉아 지휘자에 지휘에
맞춰 노래를 불렀다. 칼리지 채플에서 부르는 종교적인 노래와는 달리
그 노래들은 무척이나 감미로웠다. 강을 사이에 두고 양쪽 강변에 사
람들이 앉아 있으니 건너편에서 앉아 있는 사람들을 볼 수 있었다. 그
런데 자리를 잘못 잡은 탓인지 합창하는 사람들을 뒤로 보면서 노래
를 들으니 기분이 약간 묘했다. 좀 더 일찍 와서 좋은 자리를 잡았더라
면 하는 후회가 드는 순간이었다.

　공연은 밤 열 시가 다 되도록 계속되었다. 사실 하절기라 시간이 늦
어도 별로 어두워진다는 느낌을 받지 못했다. 그래서 넋 놓고 그들의
합창에 심취해 가만히 듣고 있으니 시간 가는 줄 몰랐다. 하지만 계속
앉아 있으니 기온도 점점 내려가는 것 같고, 몸도 점점 안 좋아지는 것
만 같아 아쉬움을 뒤로한 채 합창을 하고 있는 중간에 조용히 강가를
떠나올 수밖에 없었다. 물론 끝까지 다 듣고 오면 더 좋았겠지만 그 여
름밤 배 위에서 있었던 합창에 대해서는 이미 충분한 인상을 받았기
때문에 더 이상의 후회는 없었다.

종이 액자 만들기

이 날은 갑자기 무슨 바람이 불었는지 나는 불현듯 종이 액자를 만들어보고 싶다는 생각을 하게 되었다. 그래서 스케치북을 적당한 크기로 오려내어 종이 액자 만들기에 도전해 보았다. 먼저 치수를 재고 종이 크기에 맞게 오린 뒤 테이프로 고정시켰다. 자칫 잘못하면 누더기처럼 액자 틀이 너덜너덜해질 것이라는 사실을 알고 있었지만 처음으로 시도해본 탓에 그것은 어쩔 수 없이 감수해야만 하는 부분인 줄 알았다.

그런데 사실 그것은 내가 무지했기 때문이었다. 테이프를 앞으로 말고 뒤로 붙이면 얼마든지 깔끔한 액자가 만들어질 수 있었는데 난 그 같은 사실을 몰랐던 것이다. 그래서 내 멋대로 액자를 만들었더니 역시나 엉망이 되고 말았다. 종이 액자로 말할 것 같으면 굳이 비싸게 돈 들이지 않아도 나름 괜찮게 만들 수 있다는 장점이 있지만, 이를 반대로 뒤집어 보면 벽에 붙일 때 벽과 그림의 경계가 모호해질 수 있다는 단점도 가지고 있다.

다른 사람들은 종이 액자의 이런 취약점을 보완하기 위해서 약간 두꺼운 하드보드지를 사용하고 있는 것 같았는데, 난 하드보드지가 아닌 그저 스케치북 한 장을 오려내어 시도해본 것에 불과했기 때문에 그렇게 분위기가 난다는 느낌을 받지는 못했다. 그래도 나름 혼자 힘으로 무언가 의미 있는 일을 시도해 보았다는 것에 만족해야 할 것 같았다. 그림을 더욱 빛나게 해 주는 것이 바로 액자이지만 시중에서 거래되고 있는 액자는 대부분 가격이 너무 비싸고 무거워 취급과 운반이 용이하지 않다는 단점이 있다.

종이 액자는 이 단점을 획기적으로 보완함으로써 경제적 부담을 최소화했다는 점에서 상당한 의미가 있다고 나는 생각한다. 이제 첫 단추는 끼워졌다. 문제는 이제 앞으로 얼마나 멋진 종이 액자를 만드느냐 하는 것인데 잘할 자신은 없지만 최대한 혼자 힘으로 할 수 있는 것들은 시도해 볼 생각이다. 그럴 때 내 그림이 하나의 작품으로 그 가치를 인정받고 더 높은 세계로 한 단계 더 비상할 수 있는 계기가 마련될 것이라고 생각한다. 이 굳건하고 강인한 신념으로 난 오늘도 그림으로 다른 사람들에게 기쁨과 행복을 나누어주고 싶다는 꿈을 꾼다.

제2부

가자! 대륙으로

지금부터 쓰는 이야기는 베니스를 출발해 그리스, 크로아티아 일대를 돌아보고 다시 베니스로 귀환하는 크루즈 선에서 있었던 일이다. 새벽 4시, 다른 날 같았으면 아직도 꿈나라에 있을 시간이었지만, 이 날만큼은 내게는 거의 세계 일주나 다름없는 크루즈 여행이 예정되어 있었다. 우리 가족은 이른 새벽부터 일어나 부푼 기대를 안고 택시를 타고 스탠스테드 공항으로 갔다. 새벽 시간이었는데도 공항 안은 벌써 많은 사람들로 붐비고 있었다.

그런데 공항에서 우리 가족에게 갑자기 날아온 비보가 있었으니 그것은 바로 인터넷으로 비행기 티켓 체크인을 미리 하지 않아 내지 않아도 될 돈을 물어야 한다는 사실이었다. 5분만 투자했으면 그런 손해는 보지 않아도 될 수 있었는데, 그렇게 큰 금전적 손해를 본 것에 무척이나 속이 쓰렸다.

공항에 도착하자마자 급하게 화장실을 다녀 오는데 문득 아무도 줄을 서 있지 않는 저먼 윙스(German Wings) 항공사 마크가 눈에 띄었다. 얼마 전 탑승객 전원이 사망한 비행기 추락 사고가 생각났다. 사고의 원인은 이후에 부조종자의 고의적인 행동으로 밝혀졌다. 사람이 아무도 없는 저먼 윙스를 보니 왠지 안타깝다는 생각이 들었다.

그다지 오래 기다리지 않고 우리가 예약한 라이언 에어(Ryan Air) 비행기를 탔다. 라이언 에어도 저가 항공이다 보니 의자와 의자 사이의 간격이 매우 좁았고, 물 한 잔까지도 돈을 받고 팔았다. 게다가 단거리 비행이다 보니 비행기 규모도 매우 작았다. 새벽부터 일찍 나오느라 아침을 못 먹어 허기가 진 탓에 미리 준비해 간 음식들로 위장을 달랬다.

단거리 비행이었지만 나는 비행기 안에서도 그림을 그렸다. 그린 그림은 울고 있는 소녀상이었는데, 그 당시에는 왜 그런 그림이 나오는지 몰랐지만 시간이 지나자 자연스럽게 난 그 이유를 알 수 있었다. 한 가지 특별한 점이 있다면 대상이 지난번에 그린 예수님에서 소녀상으로 바뀌었다는 것일 뿐이었다. 그런데 여기서 눈물이라는 공통점은 나의 지나온 과거를 대변이라도 하는 듯, 내가 그린 그림이지만 그날따라 그렇게 처량해 보일 수가 없었다.

어쩌다 전 세계적으로 돌아가는 사회 풍토가 가진 자는 대우받고 못 가진 자는 천대받게 되었을까? 널리 인간을 이롭게 하라는 홍익인간의 이념에 의거하면 돈이나 외모로 사람을 평가해선 안 된다. 이는 태어날 때부터 누구에게나 있는 인간의 존엄성과 관련된 문제이며, 존엄성이야말로 절대적인 기준이 되어야 한다고 나는 생각한다. 그런데도 사람이 다른 사람을 볼 때 일반적으로 제일 먼저 보게 되는 것이 바로 외모와 재산인 것 같다. 난 그런 것들로 그 사람의 가치를 평가하기보다는 인성과 재능으로 평가해야 한다고 생각한다. 하지만 오늘날의 사회는 이미 자본주의와 황금만능주의, 그리고 외모지상주의와 같은 편협하고 제한된 사고의 틀 속에 머물러 있는 상태이다. 별로 연관성 없는 뜬구름 잡는 이야기처럼 들릴 수 있으나 난 근본적으로는 같은 맥락이라고 생각한다. 이런 안타까운 현실을 잘 알고 있으면서도 어쩌지 못하는 이른 새벽녘의 스탠스테드 공항이었다.

폭우 속의 베니스

스탠스테드 공항을 출발한 비행기는 이탈리아 트레비소(Treviso) 공항까지 두 시간 가량 비행했다. 도착한 트레비소 공항은 출발지 스탠스테드 공항과 마찬가지로 작은 규모의 공항이었다. 비행기에서 막 내리자 빗줄기가 더 거세지는 것만 같았다. 트레비소 공항에서 베니스까지는 버스로 이동했는데, 내리는 비는 베니스에 도착해도 그치지 않았다.

베니스에 도착하자마자 찾아 들어간 곳은 작은 이탈리아 레스토랑이었다. 점심을 먹기 위해 들어갔는데 문득 테이블 위에 미리 꽂혀 있는 막대 과자가 눈에 들어왔다. 왠지 재미있을 것 같아 난 이것을 가지고 담배 피우는 시늉을 내며 장난을 쳤다. 담배가 몸에 해롭다는 사실은 익히 알고 있었지만, 막상 그렇게 생긴 과자를 보니 한번 피워봤으면 하는 생각이 들기도 하였다.

레스토랑에서 먹은 음식은 정통 이탈리안 푸드였는데 피자와 스파게티, 라자네가 바로 그것들이었다. 이탈리아에 왔으니 정통 이탈리안 음식을 먹어보는 것은 당연한 것이 아닌가. 그런데 음식을 다 먹은 뒤 청구된 계산서를 보고는 경악할 수밖에 없었다. 그 이유는 자릿세를 포함해 테이블에 미리 꽂아 놓았던 막대 과자 값까지 청구되어 있었기 때문이었다. 나는 그렇게 막대 과자를 달라고 한 적이 없는데 왜 그 값까지 치러야 하는지 그 까닭이 쉽게 이해되지 않았다.

더 이해가 안 되었던 것은 바깥에 있는 테이블에서 식사를 하면 자릿세는 안 받는다는 사실이었다. 그런데 바깥에서 식사를 하게 되면 왠지 지나가는 차들이 뿜어내는 매연까지 그대로 마시게 될 것 같아 별로 호감이 가지 않았다. 식사를 하고 나오니 어느새 비가 그쳐 있었고, 언제 비가 왔느냐는 듯 따가운 햇볕이 내리쬐고 있었다.

그 길로 바로 크루즈를 타러 가기에는 아직 시간이 많이 남아 베니스 중앙역으로 갔다. 역까지 가는 도중에 본 베니스의 풍경은 사방이 온통 물로 뒤덮여 가까운 거리여도 보트를 타고 이동해야만 했는데 그 모습이 무척 인상적이었다. 그리고 보트들이 여러 개의 작은 다리 밑으로 지나다니고 있었다.

도중에 들린 베니스 중앙역에서 독일어를 하시는 할머니 두 분을 만났다. 이 할머니들과 유창한 독일어로 대화하시는 어머니의 모습을 보자 언어의 장벽에 부딪혀 아무 말도 하지 못하는 나는 고개가 절로 떨구어졌다. 독일의 한 도시에서 태어난 나는 두 살 때 한국으로 들어왔는데, 만약 그때 한국에 가지 않고 계속 독일에 있었더라면 지금쯤 독일어는 잘 할 수 있었을 텐데 하는 생각이 물밀듯이 밀려오는 순간이었다. 그 할머니들은 서로 자매이지만 각각 다른 지역에 살고 계신데 동생이 언니를 베니스 비엔날레에 초대해 같이 여행을 하고, 독일로 돌아가려고 기차를 기다리고 계신다고 하였다. 그러면서 우리에게 어디서 왔느냐, 여기에서 무엇을 할 것이냐 하는 질문을 하셨다.

할머니들과 대화를 좀 더 나눈 뒤 역에서 나와 이탈리아어로 퐁떼

(ponte)라 불리는 다리를 건너고, 세상에서 제일 맛있다는 이탈리아 아이스크림(젤라토)을 먹으며 시내를 한 번 돌아본 뒤에 크루즈에 승선할 수 있었다.

움직이는 거대 호텔

우리가 탄 코스타 델리지오자(Costa Deliziosa)라는 이름의 초호화 크루즈 선은 총 11층으로 되어 있었다. 그중 4층부터 8층까지가 객실이었는데 이 객실은 배가 움직이면서 바다를 볼 수 있는 객실 천 개와 사방이 벽으로 막혀 바다를 못 볼 수 없는 객실 수백 개로 나눠져 있었다. 최대 3천 명까지 수용할 수 있고 배 안에는 극장, 면세점, 온천장, 야외풀장, 카지노시설, 게임시설에 흡연실까지 갖추어져 있었다. 배에 처음 들어갈 때 출입카드를 배포하고 신원 확보를 위해 개인 사진을 촬영하고 있었다. 이 배의 옥상으로 올라가게 되면 농구장에 테니스코트가 있었고, 태양빛을 그대로 받으며 선텐을 할 수 있게 해 놓은 간의의자 겸 침대까지 준비되어 있었다. 내게는 너무 과분한 것 같아 과연 내가 이 호화 크루즈 시설을 이용해도 되는지 의문이 들기도 하였다.

이 배에서 일하는 직원들은 대부분 친절했는데, 어떨 때는 영어를 쓰고 또 어떨 때는 이탈리아어를 써서 나를 당황하게 했다. 이 크루즈 선의 일정은 베니스를 출발해 이탈리아 발리(Bari), 그리스의 코르푸(Corfu)와 미코노스(Mykonos), 산토리니(Santorini), 크로아티아의 두브로브니크(Dubrovnik) 일대를 돌아보고 다시 베니스로 돌아오는 것이었다. 그렇게 나는 이 인위적으로 만들어진 초호화 크루즈 선을 타고 더 넓은 세상을 향한 원대한 도전을 시작했다. 저 넓은 바다 어딘가에서 나를 부르고 있는 희망이라는 이름의 작은 섬을 찾아….

석양의 저녁 식사

크루즈는 정확히 오후 5시에 베니스 항구를 떠났다. 잠시 뒤 7시부터는 3층 식당에서 저녁 식사가 준비되어 있었다. 식당 안에는 각 테이블마다 번호가 매겨져 있었는데, 다른 식사 때는 몰라도 저녁 식사만큼은 지정된 좌석에서 식사를 해야 했다. 그렇게 해서 우리 테이블에 같이 앉은 사람들은 이스라엘 중년 부부와 일본인 가족이었다. 처음에는 분위기가 약간 어색했지만 시간이 지날수록 이들과 친해질 수 있었다.

식당은 3층 말고도 2층과 9층에 더 있었는데, 2층 식당에서는 아침 식사만 할 수 있었고, 9층 식당에서는 아침 7시 30분부터 언제든지 가면 마음대로 식사를 할 수 있었다. 그리고 2층과 3층, 9층 식당 모두 식사를 하면서 밖을 내다볼 수 있게 큰 창문이 나 있었다. 다른 층의 식당에서는 누릴 수 없었지만, 3층에서 식사를 하게 되면 드넓게 펼쳐져 있는 바다를 한눈에 볼 수가 있었다.

저녁 식사를 하는 동안 마침 태양이 바다 저편으로 빨갛게 물들이면서 지고 있었다. 그 모습이 너무 아름답고 인상적이어서 이를 미리 준비해 간 작은 스케치북에 그대로 옮겼다. 영원히 잊지 못할 크루즈 선에서의 첫날은 그렇게 지는 태양과 함께 바다 저편으로 점점 멀어져 갔다.

한밤의 축제

이튿날, 저녁 식사 후에는 댄스 타임이 있었다. 우리는 처음에는 이같은 사실을 모르고 있었지만, 다른 사람들의 말을 듣고 저녁 식사 후에 그런 행사가 있다는 사실을 알게 되었다. 중앙 홀에 모여 저마다 추고 싶은 춤을 추었는데 그중에는 그 배에서 일하는 직원도 있었고, 어린 꼬마도 포함되어 있었다. 나오는 노래의 박자에 맞춰 춤을 추었는데 다들 춤 실력이 수준급이었다. 딱히 누가 가르쳐준 것도 아니었을 텐데 어쩌면 그렇게 다들 하나같이 딱딱 맞아떨어지는지 신기하기만 했다. 나중에는 어떤 남자아이가 어디선가 갑자기 튀어나와 머리를 바닥에 대고 춤을 추었는데 어딘가 조금 어색해 보이기는 했지만 대단한 솜씨였다. 비록 나는 춤을 잘 추지 못하지만 자리에 앉아 사람들이 춤추는 모습을 보고만 있어도 저절로 흥에 겨워 어깨가 들썩이고 절로 발을 구르고 있는 것을 느낄 수 있었다.

조금 있으니 싸이의 '강남스타일'이 나왔다. 오랜만에 듣는 한국 노래라 한편으로는 반가웠지만, 그 배에 탄 사람들은 대부분 한국말을 모르고 유행도 한참 지난 것이라 그 전까지 한자리에 모여 춤을 추던 사람들이 뿔뿔이 흩어져 버렸다. 이를 보고 나는 괜히 한국 노래가 차별을 받는 것 같은 생각이 들었다.

춤이나 노래를 즐기는 시간은 잠시나마 일상생활 속에서 받은 스트레스를 잊어 버릴 수 있는 시간이다. 문제는 그렇게 해서 풀리는 스트레스보다 다람쥐 쳇바퀴 돌듯 반복되는 일상 속에서 받는 스트레스가 더 많다는 점이다. 상황이 이러니 사실상 인생에서 어느 것 하나 만족스러운 일을 찾기란 매우 힘들다. 그런데 어차피 인생은 스트레스의 연속이고 이는 받기 싫다고 해서 안 받는 것이 아닌, 어쩔 수 없이 감수해야만 하는 부분이라고 나는 생각한다.

우리 모두 일상생활에서 받는 스트레스를 최소한으로 줄이고 진정으로 후회 없는 삶을 살게 되었으면 한다. 열심히 일한 당신, 떠나라! 한순간이라도 마음의 평안을 되찾고 일상생활에서 받은 스트레스를 저 하늘 멀리 날려 보내는 그날까지…

갑판 위의 아침

이튿날, 다른 날보다 일찍 눈을 뜬 나는 바다를 향해 나 있는 객실 밖의 작은 발코니로 나가 보았다. 마침 잔잔한 파도가 일렁이고, 어디선가 바람이 불어오고 있었다. 왠지 그 파도를 보고 있으니 마음이 더 편안해지는 것을 느낄 수 있었다. 이런 분위기에 딱 어울리는 노래가 나의 휴대폰에 저장되어 있다는 사실이 생각나 그 노래를 한번 틀어 보았다. 그것은 Celine Dion의 'My Heart Will Go On'이라는 노래로 영화 〈타이타닉〉의 OST로 쓰인 곡이었다.

영화에서 타이타닉은 빙하에 부딪쳐 침몰하는 비극적인 운명을 맞았다. 갑자기 그렇게 타이타닉이 생각나 나도 모르게 마음속에서 소리 없이 눈물이 주르룩 흘러내렸다. 그렇게 가만 앉아 있으니 〈타이타닉〉에서 레오나드로 디카프리오와 케이트 윈슬렛이 갑판 위에서 팔을 벌리고 있는 장면이 불현듯 떠올랐다.

여기서 타이타닉은 영국에서 만든 배였고, 모든 편의 시설을 다 갖추고 있는 초호화 크루즈였는데, 잘못된 설계로 빙하에 부딪치게 되자 그 큰 배가 두 동강 나면서 결국은 바다에 가라앉고 말았다. 나는 그 영화에서 인간의 끝없는 욕심과 한순간의 잘못된 판단이 얼마나 큰 비극을 불러올 수 있는지를 어렵지 않게 읽어낼 수 있었다. 그러면서 갑자기 시상이 떠올라 절로 시 한 편이 만들어졌다.

내가 만약 그대의 별이 된다면

내가 만약 그대의 별이 된다면
오직 그대만을 비춰 주겠어.
붉게 물든 태양이 지는 저 바다 너머
다시 떠오르는 내일을 그대를 위해 선물하겠어.

내가 만약 그대의 별이 된다면
오직 그대만을 위한 삶을 살겠어.
조용한 파도가 일렁이는 그 자리에서
항상 너를 기다리겠어.

내가 만약 그대의 별이 된다면
오직 그대만을 위해 노래하겠어.
밤하늘의 별이 지는 저 산 너머
그대를 위해 눈물 흘리겠어.

내가 만약 그대를 위한 별이 된다면
오직 그대만을 위해 꿈을 꾸겠어.
아무도 찾지 않는 무인도에서
그대에게 물들고 싶어.

바위 마을(Stone Town)의 나른한 오후

그 이튿날 배에서 내려서 간 곳은 이탈리아 발리(Bari)였다. 배에서 내리자 한 무리의 버스들이 선착장 근처에서 대기하고 있었다. 우리는 원래 발리 시내로 갈 예정이었으나 배에서 처음 내리다 보니 어디로 내려야 하는지 출구를 찾지 못해 헤매다가 그만 발리로 가는 셔틀버스를 놓쳐버리고, 발리 시내가 아닌 근처의 알베로벨로(Alberobello)라는 작은 마을로 가게 되었다. 버스를 타고는 약 한 시간가량 이동했다. 그런데 버스에 너무 늦게 타는 바람에 순방향이 아닌 역방향으로 난 자리에 앉게 되어 금방 속이 메스껍고 울렁거리기 시작했다. 그야말로 고역이었다. 사실 배 안에서 별로 늦게 나온 것도 아니었는데, 이미 다른 사람들로 좌석이 다 차 있어서 달리 선택의 여지가 없었다.

한 시간가량을 이동한 뒤 버스에서 내려 또 10분간을 도보로 이동했다. 그렇게 도착한 알베로벨로는 온통 얇은 돌로 트룰리(Trulli)라는 이름의 집을 지은 작은 마을이었다. 돌로 지어진 이 집들은 시멘트같은 접착 재료를 쓰지 않고 지어진 것이 특징이라 했다. 가이드가 앞에 나와 설명하는데 이날은 영어 가이드를 위한 표가 매진된 상태여서 어쩔 수 없이 독일인 가이드가 해 주는 설명을 들을 수밖에 없었다. 가뜩이나 영어도 잘하는 편이 아니어서 이해가 힘든데 독일어로 하는 설명을 들으려니 하나도 귀에 들리지 않았고, 근처 어디 가서 계속 앉아만 있고 싶었다. 그래서 적당한 장소를 찾아 설명은 안 듣고 그늘진 곳에서 혼자 휴식을 취했다.

이때 시간이 오후 2시쯤이어서 한창 더울 때였다. 그렇지 않아도 내리쬐는 태양으로 땀이 뻘뻘 나는데 사방이 온통 딱딱한 돌로 되어 있는 집들 가운데 서 있으니 왠지 더 답답해지는 것만 같았다. 그래도 마을 분위기는 참 정겹고 좋았다. 어떤 집에서는 여러 가지 악세서리를 진열해 놓고 팔고 있었는데, 그중에서 유독 나의 시선을 사로잡았던 것은 부엉이 모양의 작고 앙증맞은 열쇠고리였다. 다른 종류의 악세서리들도 많이 있었으나 그 부엉이 열쇠고리의 크고 귀여운 눈을 보고 있으려니 왠지 나도 모르게 갖고 싶다는 생각이 들었다. 그래서 하나 사고 싶었으나 부모님의 반대에 부딪쳐 사지는 못하였다.

알베로벨로 마을은 가운데 2차선 도로를 사이에 두고 양옆으로 나누어져 있었는데, 양쪽 마을 모두 가파른 경사면 위에 위치하고 있어 올라갈 때 무척 힘이 들었다. 마을을 둘러보다가 같은 테이블에서 저녁 식사를 하는 일본인 가족을 만나게 되었다. 그들도 모두 지친 듯한 표정을 하고 경사진 비탈길에 나 있는 계단 위에 앉아 있었다. 마을을 얼추 다 둘러본 다음에 다시 버스로 돌아가는 길에 날이 너무 더워 아이스크림을 사 먹었다. 아이스크림을 한입 먹으니 가뭄으로 메말라던 척박한 땅에 시원한 단비가 내리는 듯한 느낌이었다. 이날 나는 그렇게 아이스크림을 두 개나 먹었다.

아이스크림을 먹으며 왔던 길을 되돌아 10분 정도 버스가 있는 곳으로 걸어가야 했다. 하지만 타고 온 버스가 내렸던 장소에 없어서 근처에서 버스가 다시 오기를 기다릴 수밖에 없었다. 하는 수 없이 근처에서 한참을 서성거리자 버스가 어디선가 나타났다. 그 버스를 타고 또 한 시간 가량을 달려 다시 크루즈로 되돌아왔다. 뭔가 보고 온 것 같기는 한데 대체 무엇을 보고 온 것인지 아리송해지는 저녁이었다.

성지순례

그다음날 아침 일찍부터 배에서 내려 찾은 곳은 그리스의 코르푸(Corfu)라는 섬이었다. 그곳에서 높은 산 위에 위치한 사원을 찾아갔다. 언뜻 풍기는 분위기로 보아 처음에 그곳이 이슬람교 사원인 줄 알았다. 그런데 나중에 알고 보니 이슬람교와는 거리가 먼 그리스 정교의 사원이었다. 이 사원도 상당히 경사진 곳에 위치해 있었다. 이날은 독일어도 영어도 아닌 이탈리아어로 설명을 들었어야 했는데 뭐라고 설명해 주어도 이해를 하지 못하니 답답하기 그지없었다.

사원으로 올라가는 길목에는 사람들이 그림을 가져다 놓고 길거리에서 팔고 있었다. 그런데 그것을 구경하는 사람은 있어도 선뜻 사겠다고 나서는 사람은 없었다. 큰 캔버스 위에 그린 그림이었는데 그곳 풍경을 그린 듯했다. 섬세한 터치와 마치 금방이라도 철썩거리는 파도 소리가 들릴 것처럼 실감이 나는 그림이었는데 거리에서 파는 것이 못내 안타깝다는 생각이 들었다. 그 그리스 정교 사원에서도 역시 알아 들을 수 없는 이상한 언어로 설명을 하는 바람에 난 또 다시 근처에 있는 벤치에 앉아서 기다릴 수밖에 없었다.

그러고는 또 다른 장소로 이동을 했는데 그곳은 코르푸 섬을 지키는 성으로 높은 언덕 위에 세워져 있었다. 코르푸는 외교 무역의 요충지로 먼 옛날부터 외부 세력의 침략을 많이 받아왔다고 한다. 이 도시를 장악하게 되면 해상 무역의 실권을 손에 넣는 것이나 다름없었다. 그래서인지 도시의 성벽은 무척 견고해 보였다. 외부의 침입으로부터 자신의 것을 지켜내려는 굳건하고 강인한 의지를 엿볼 수 있었다. 그 성안에는 여러 가지 유물들을 전시해 놓은 작은 전시실도 있었다. 이 전시실 안에 전시되어 있는 것들은 대부분 대리석으로 만든 석고상이었는데, 대리석의 특성상 잘 부식된다는 결점에도 불구하고 보존 상태가 흠 잡을 곳 없이 완벽했다. 석고상은 두상부터 전신상에 이르기까지 여러 가지 형태로 저마다 차별화된 면모를 뽐내고 있었다. 석고상 외에도 그 시대에 사용했던 지도나 도자기도 전시되어 있었다.

전시실을 지나 좀 더 위로 올라가니 전망대처럼 보이는 큰 탑이 하나 나왔다. 이 탑을 배경으로 하고 사진을 찍었다. 그렇게 자꾸 높은 곳으로 올라가니 나중에는 성 아래 풍경이 마치 장난감처럼 한눈에 들어왔다. 마지막 관문을 앞에 두고 너무 힘들어 더 올라가지 못한 나는 먼저 올라가신 부모님을 밑에서 기다렸다. 사실은 나도 끝까지 다 올라가고 싶었으나 경사가 너무 가파르고 숨이 턱까지 차오르고 땀도

삐질삐질 났던 탓에 끝까지 올라가 보진 못했다.

그 정상에는 왠지 어울리지 않게 십자가 하나가 우뚝 세워져 있었는데 이는 아래에서도 충분히 볼 수가 있었다. 난 왜 이곳 분위기에 어울리지 않는 십자가가 있는지 그 이유를 알 수 없었다. 하지만 그곳에서 느껴지는 분위기로 미루어 그 십자가의 의미는 그 성을 지키다가 안타깝게 목숨을 잃은 사람들의 넋을 기리기 위한 일종의 기념비일 것이라고 짐작했다. 십자가의 의미를 되새겨 보면서 어느새 나는 다시 크루즈 선으로 향하고 있었다.

잃어버린 전설, 그리고 폐허가 된 도시

다음날 들른 곳은 그리스의 델로스(Delos)라는 이름의 작은 섬이었다. 이 섬에는 항구가 없어 미코노스 섬에서부터 보트로 갈아타고 섬으로 들어가게 되었다. 그리스라는 나라는 본래 6천여 개의 섬으로 이루어진 섬나라라고 한다. 그런데 현재는 나라의 재정이 부족하고 다른 나라들에서 빌려 쓴 돈을 갚지 못해 빚더미 위에 앉아 있는 위태로운 나라다.

미코노스에서 보트로 갈아타고 들어간 델로스 섬은 이곳이 본래 도시였다고는 믿기 힘들 정도로 황폐해져 있었다. 델로스 섬이 그렇게 폐허가 된 까닭은 그 당시 해상무역의 길목이었던 델로스 섬에 도달한 로마군이 협상에 실패하자 군대를 이끌고 쳐들어와 도시를 파괴했기 때문이었다. 그러고는 무참히 사람들을 살해하고 값진 물건들을 약탈

해 갔으며, 살아남은 사람들은 모두 포로로 잡아갔다고 한다.

　수 천년의 세월과 전쟁이 휩쓸고 지나간 흔적을 보자 마음 한구석이 아려왔다. 말이 통하지 않는다고 해서 무력으로 타인을 굴복시키고 제압하는 행위는 어떠한 순간에도 정당화될 수 없고, 정당화되어서도 안 된다고 생각한다. 저마다 살아온 생활양식의 차이가 있고 추구하는 가치관 또한 달랐던 그리스 섬들은 서로 독자적인 문명을 꽃피웠는데, 이를 자신들의 이익과 욕심에 눈이 먼 로마 사람들이 무참히 짓밟은 것이었다.

　델로스 섬은 그야말로 이글거리는 태양빛을 그대로 받고 있어 견디기 힘들 정도로 더웠다. 무너진 아폴론 신전과 아폴론 신을 수호하는 원래 열여섯 마리가 있어야 할 사자상이 네 마리밖에 남아 있지 않은 모습도 내 마음을 아프게 했다. 비록 내가 그 시대에 살았던 사람들과 동시대인은 아니었지만 말이다.

　섬을 떠나오기 전 들렀던 작은 규모의 박물관에서는 대리석으로 만들어진 여러 가지 조각상을 볼 수가 있었는데 거기에는 비너스 상도 있었다. 그리고 밖에 있던 사자상과 같은 종류의 사자상을 박물관에서도 볼 수가 있었는데 사자라고 보기에는 너무 비쩍 마른 형태가 눈에 띄었다. 그렇게 박물관까지 돌아보고 다시 미코노스를 경유해 크루즈 선으로 돌아가는 일정이었다. 크루즈가 다음 장소로 출발하기까지는 아직 조금 시간이 남아 미코노스 섬도 잠시 돌아보았다.

　미코노스는 일종의 관광지 차원으로 발달된 곳이어서 델로스와는 대조적으로 활기가 넘치고 많은 사람들이 살고 있었다. 그리스란 나라는 막대한 양의 빚을 어떤 형태로든 충당해야 했지만, 관광사업 말고는 별다는 산업이 없는 모양이다. 도시의 풍경은 아름다웠으나 나라에 빛이 그렇게 많다는 사실에 마냥 좋은 곳이라고 감탄만 할 수는 없었다.

그렇게 로마군에 의해 몰락한 슬픈 사연을 안고 있는 고대 그리스는 로마의 이름을 합쳐 지금 많은 사람들이 보고 있는 그리스·로마 신화를 만들어내었다. 로마군에 의해, 그리고 오랜 세월의 흐름에 참담히 무너진 그리스·로마 신화의 고향, 그 잃어버린 태초의 전설을 보고 크루즈로 돌아왔다.

당나귀를 타고 온 사나이, 그리고 절벽 위에 지어진 도시

그 다음날 들른 곳은 산토리니(Santorini)라는 그리스의 다른 섬이었다. 이 섬에 들어갈 때도 보트로 갈아타고 들어갔는데, 이 섬은 깎아지른 듯이 높이 솟은 절벽 위에 마을이 형성되어 있었다. 그리고 그 마을까지 올라가는 이동 수단은 케이블카와 당나귀, 두 가지 방법이 있었다. 물론 꼬불꼬불한 언덕길을 걸어서 올라갈 수도 있다. 조금 힘들겠지만 말이다.

본래 동물을 좋아하는 나는 이 선택의 기로에서 당나귀를 선택했다. 그런데 그 선택은 잘못된 것이었다. 당나귀를 타고 절벽을 가로지르는 가파른 경사면을 오르는 것이었는데, 돈을 받고 당나귀를 태워주는 사람이 나를 보더니 계속 'Not good'이라는 말을 하면서 내 차례가 되어도 다른 사람들만 먼저 태워주고 나를 태워주지 않았다. 아마도 그는 내가 장애인이라는 사실을 미리 꿰뚫어 보고 그런 말을 한 것 같았다.

　사실 한눈에 보기에도 내가 정상이 아니라는 티는 풀풀 나고 있기 때문에 딱히 꿰뚫어 본 것이라고 하기에도 무리가 있다. 하지만 한때 당나귀가 아니라 승마를 했던 전적도 있었던 나였기에 당나귀는 무리 없이 탈 수 있을 줄 알았다. 그러나 그것은 나 혼자만의 바람이자 착각이었다. 그대로 만약 혼자 당나귀를 탔더라면 난 지금쯤 또 다시 병원 신세를 지고 있을 것이다. 하지만 다행히 아버지와 함께 당나귀를 타게 되었고, 그래서 다행히 병원 신세 지는 일은 면할 수 있었다. 차례를 기다리고 있는 동안은 내가 좋아하는 동물에게까지 외면당하나 싶어 기분이 묘해졌다.

　비록 아버지와 함께 타긴 했지만 드디어 나는 당나귀를 얻어 타는 것에 성공해서 오르막길을 올라갔다. 그런데 얼마 못 가 당나귀가 자꾸 한쪽으로 기우는 바람에 떨어질 것만 같았다. 당나귀가 자꾸 길 가장자리로 가는 바람에 낭떠러지 떨어질 것 같아 오금이 저려왔다. 어쩔 수 없이 도중에 당나귀에서 내릴 수밖에 없었다. 그러자 당나귀를 몰고 가던 아저씨가 화를 내며 왜 탔느냐고 나와 아버지에게 고함을 지르며 따졌다. 괜히 당나귀를 탔다고 후회가 되는 순간이었다.

　당나귀를 타고 절반쯤 올라갔으니 나머지 절반은 걸어서 올라갔다. 그런데 마을이 있는 곳에 다다르자 한 남자가 대뜸 당나귀를 타고 있는 내 모습을 찍은 사진을 보여주며 4유로를 내라는 것이었다. 조금 어이가 없었다. 내가 사실 그 사내에게 사진을 찍어 달라고 부탁한 것도 아니었는데 왜 돈을 주어야 하는지 이해가 되지 않았다. 어떤 일을 행함에 있어 타인의 요구나 외부의 압력에 의해서가 아니라 자진해서 한 일에 대해서는 대가나 보상을 바라면 안 된다는 사실을 그 사내는 모르고 있는 듯했다. 그래도 기념이라 생각하고 사진을 사긴 샀는데 왠지 뒷맛이 개운하지가 않았다.

그렇게 마을로 들어서게 된 나는 어떻게 절벽 위에 마을이 생겨날 수 있었는지 그 사실이 무척 신기하기만 했다. 그 마을에는 식당이나 매점 그리고 기념품 가게들이 즐비해 있었는데, 그중에는 간혹 그림을 전시해 놓고 파는 화방도 있었다. 그 화방에 있던 그림들은 캔버스 위에 대부분 그곳 풍경을 그려 놓은 것이 많았다. 여기서도 섬세한 터치와 실감 나는 밀도가 눈에 띄었다. 이 화방에서는 그곳을 안내하는 책자를 샀다. 확실히 눈으로만 보고 가는 것보다 무언가 왔다 갔다는 기록을 가지고 가니 마음이 뿌듯했다.

좁은 골목들을 구경하고 난 후 나는 어느새 절벽 위 마을에서 해변으로 내려오는 케이블카를 타고 있었다. 케이블카를 타고 내려오니 훨씬 빠르고 간편했다. 해변에서 내려와 보트를 타기 직전 당나귀 때문

〈Stupid Donkey〉

에 안 해도 될 고생을 했지만 당나귀를 탔다는 사실을 잊고 싶지 않아 당나귀가 달린 열쇠고리를 샀다. 이 당나귀 열쇠고리는 머리 위에 나 있는 버튼을 누르면 불빛을 내며 당나귀 울음소리를 낸다. 이날 산 당나귀 열쇠고리는 지금도 내 핸드폰에 대롱대롱 매달려 있다. 시간이 지남에 따라 아련한 추억이 되는 이 당나귀에 내가 붙여준 이름은 스투피드 동키(Stupid Donkey)다.

그림을 선물 받은 일본인 가족

그날 저녁 나는 한 테이블에 앉아 같이 식사를 하는 일본인 가족에게 한 가지 약속을 했다. 그것은 바로 그 가족의 초상화를 그려 주는 것이었다. 사실은 내가 먼저 자진해서 한 제안이었는데, 그 일본인 가족은 흔쾌히 나의 제안을 받아들였다. 이들은 런던에 있는 집에서 레니라는 이름의 리트리버 한 마리를 키우고 있다는 얘기를 한 적이 있었는데, 난 그 레니의 사진을 보고 아예 레니와 그 가족을 종이 하나에 다 합쳐 그려 주었다. 손수 액자도 제법 그럴 듯하게 그렸다.

그런데 이것을 그들에게 종이 한 장만 달랑 전해주는 것은 성의 없는 행동이라는 생각이 들어 그 배 안에 있는 사진관에 들려 나의 어설픈 영어 실력으로 종이 액자 하나만 줄 수 없겠느냐는 말을 하자 직원이 손수 찾아다 주었다. 사실 액자라고 하기에는 조금 뭣한 파일 철에 가까운 것이었지만 그래도 없는 것보단 낫다는 생각에 그 안에 그림을 넣어 그들에게 전해주었다. 그러자 그들은 자신들의 보물이라며 무척 기뻐하였다. 정말로 그림이 마음에 들어서 그렇게 기뻐하는 것인지 아니면 내 성의를 생각해서 기뻐해 주는 것인지 그들의 진심은 확인할 길이 없었지만 그래도 마음만은 뿌듯해지는 순간이었다.

앞으로도 나는 계속 이렇게 그림으로 다른 사람들에게 사랑을 전하고 싶다. 그것을 통해 나 혼자만의 이익이나 나를 드러내고 과시하는 것이 아닌, 다른 사람을 먼저 생각하고 배려하는 그런 멋진 청년이 되고 싶다. 나를 아는 사람들의 기억 속에서 영원히 꺼지지 않는 작은 등불로 세상을 밝게 비추고 싶은 작은 소망이 내게는 있다.

폭우 속의 버려진 섬, 그리고 끝내 잡지 못한 손

이번에 간 곳은 크로아티아의 두브로브니크라는 곳이었다. 이전까지 크로아티아가 해안을 따라 이루어진 나라라는 사실을 전혀 모르고 있었는데, 이번에 새롭게 그 사실을 알게 되었다. 여느 때처럼 배에서 내려 대기하고 있던 버스로 갈아타고 한 10분 정도 이동했다.

두브로브니크 시내에서도 역시 많은 사람들이 야외에서 그림을 팔고 있었다. 소재는 무척 좋았으나 개성이 드러나지 않는 지극히 정형화된 그림으로 예술적 가치가 별로 없는 것을 판매하고 있었다. 그 모습이 무척 안타까워 보였다. 그러면서 한편으로 나중에 내가 아무리 돈이 없고 가난해진다 하더라도 그런 식으로 그림을 밖에 들고 나와 다른 사람들에게 관심을 구걸하는 비굴한 행동은 하지 않을 것을 다짐하게 되었다. 두브로브니크 시내에는 엄청나게 견고한 성벽이 있었는데 그것을 제외하고는 어디서나 볼 수 있는 평범한 시내 풍경이었다. 하지만 무슨 볼 것이 있다고 좁은 골목길 사이로 자꾸만 들어가려 하시는 부모님이 원망스럽게 느껴졌다.

두브로브니크 시내에서 다시 보트를 타고 로크룸(Lokrum)이란 작은 섬에 들어갔다. 원래 무인도였던 섬을 오스트리아 왕가에서 사서 별장으로 꾸몄고, 나중에 관광지로 개발된 곳이었다. 이곳에는 공작과 토끼들이 많이 살고 있었다. 모두 오스트리아에서 데려온 것으로 수의사가 정기적으로 이 섬을 방문해 그들의 건강 상태를 체크한다고 했다. 그런데 그 섬의 토끼들은 수의사가 방문하면 겁을 먹고 어딘가로 숨어 버려 수의사가 이를 찾는 데 상당히 애를 먹고 있다고 한다.

섬을 둘러보는데 처음부터 의도한 것은 아니었지만 나는 부모님과 떨어져 혼자 행동을 했다. 그러다가 미로를 눈앞에 두고 계단이 나타났는데 내가 그 앞에서 계단을 선뜻 내려가지 못하고 머뭇거리고 있으니까 옆에 있던 여자분이 내게 자신의 손을 잡으라고 내미는 것이었다. 왠지 학생이라고 보기는 힘든 약간 아주머니 같은 분이셨다. 전혀 예상하지 못한 그녀의 행동이 무척 고맙게 느껴졌지만 난 그 손을 잡지 못하였다. 아니 잡을 수 없었다. 왠지 내게 그 손을 잡을 만한 자격은 없는 듯했다. 내게 내민 그 손이 멋쩍어지는 순간이었다. 그래서 한 번 그 여자분에게 말을 걸어보고 싶었으나 계속 주변만 맴돌 뿐 도저히 용기가 나지 않았다. 그런 행동을 하고 있는 내가 스스로 생각해도 참 한심해 보였다.

섬을 한 바퀴 둘러보고 나오는데 갑자기 비가 억수같이 내리기 시작했다. 그리고 나는 내리는 비를 맞으며 그 속에서 날개를 활짝 핀 공작과 조우하게 되었다. 공작을 그렇게 가까이서 본 것도 처음이었고, 공작의 울음소리를 들어본 것도 처음이었던 나는 그 모습이 마냥 신기하기만 했다. 아마도 그 공작은 그렇게 울며 짝짓기를 하려고 암컷을 부르고 있는 듯했다. 나중에 알게 된 사실이지만 그 섬에는 아주 슬픈 사연이 있었다. 그 내막은 오스트리아 왕가의 왕권 찬탈과 금지된 사랑에 관한 내용이어서 듣는 나로 하여금 놀라움을 금치 못하게 만들었다. 섬의 경치는 그토록 아름다운데 어쩌다가 그런 불행한 일이 이 섬에서 일어나게 되었는지 참 안타까웠다. 이런 많은 생각을 하며 난 어느새 크루즈 선으로 돌아오고 있었다.

에이또의 조그만 사랑 이야기

에이또는 일본인 아저씨의 아들이다. 그는 세 살 정도밖에 안 되는 작은 꼬마였는데 벌써부터 여자를 밝히고 있었다. 다음 글에 나오지만 에이또는 정말로 옆 테이블에 앉아서 식사를 하고 있는 금발머리의 영국인 작은 꼬마 여자에게 관심이 있었다. 그러면서 물어봐도 알리 없는 그의 부모님에게 하루 종일 그녀가 어디에서 무엇을 하는지 질문을 한다고 했다.

겉으로는 잘되기를 바랐지만 속으로는 부럽기도 하였다. 내가 어쩌다 저런 나이 어린 꼬마가 다른 여자에게 작업을 거는 행동에서까지 부러움을 느껴야만 하는지 그런 생각을 하는 나도 스스로가 한심스럽게만 느껴졌다. 이 둘은 서로 처음에는 가벼운 눈길만 주고받다 나중에는 서로 부끄러워하면서도 손을 흔드는 사이가 되었고, 결국에는 에이또가 먼저 다가가지 않아도 그 영국 여자애가 먼저 다가오는 사이가 되었다. 그러면서 에이또가 가만히 있어도 그 영국인 여자애 쪽에서 먼저 상당한 호의를 보이며 자꾸 에이또에게 이것저것 물어보는 것이었다. 물론 처음부터 에이또 혼자 힘으로 그 영국 꼬마 여자애 쪽에 다가간 것은 아니었지만 이 둘은 서로 눈에 띌 정도로 빠르게 친해졌다.

나도 제발 좀 누가 그렇게만 해 주면 소원이 없을 텐데 나는 지금까지 무엇을 하면서 살았나 하는 지난날에 대한 후회가 물밀듯이 밀려와 마음이 무척 쓰라렸다. 지금까지 25년의 세월을 살아왔어도 아직까지 이렇다 할 연애를 해 본 적이 없는 나의 상황은 대조적이었다. 나는 비록 일회용에 불과한 관계라도 그 순간에 의미와 가치를 부여하는 자세가 무척 중요하다고 생각하는데, 아버지는 나의 이런 생각에 자꾸 부정적인 입장을 취하시면서 가만히 있는 여자한테 먼저 가서 치근덕거리지 말라고 내게 말씀하신다.

하지만 나는 가만히 있는 것은 곧 죽음이라고 생각한다. 인간이기 때문에 생각하는 것이고, 생각이라는 것이 있기 때문에 인간은 그저 본능대로만 행동하는 동물과 현격한 차이를 가지는 것이다. 더군다나 이성 관계에 있어서는 솔직히 여자 쪽에서는 나를 몰라도 전혀 손해 볼 일이 없기 때문에 내 쪽에서 먼저 여자의 마음을 사려고 노력해야 한다고 생각한다. 그렇기에 나는 끊임없이 스스로에게 최면을 걸며, 되든 안 되든 먼저 다가가가 볼 생각이다.

정의의 히어로, 그 이름은 배트맨

이 시대를 사는 사람들은 과연 누구를 히어로라고 부르는가? 이는 단순히 힘이 세고 악당을 물리치고 이 땅의 평화를 수호하는 판에 박힌 존재는 분명히 아닐 것이다. 배트맨은 스파이더맨, 아이언맨, 그리고 슈퍼맨, 캡틴 아메리카, 헐크, 파워레인저, 가면라이더와 같이 수많은 히어로들 중 한 명이다. 그런데 그는 무슨 이유에서인지 안타깝게 어벤저스의 멤버로 발탁되지는 못했다. 그런 그를 일본인 가족의 큰아들인 에이또라 불리는 꼬마는 동경하고 있었다. 그러면서 레고로 만든 배트맨 열쇠고리를 들고 다녔다.

한참 식사를 하고 있는 내게 그 꼬마는 레고 부품을 들고 와 뭐라도 좋으니 만들어 달라고 부탁을 했다. 평소 레고 만들기를 좋아하는 나였고, 만들기라면 자신이 있었기에 난 에이또의 부탁을 들어주었다. 내가 에이또를 위해 만들어 준 것은 비행기였다. 부품 중에 자동차 바퀴가 있는 것으로 미루어 보아 원래는 그 부품들이 모이면 자동차가 될 것이라는 사실을 어렵지 않게 유추해낼 수 있었다.

그런데 에이또의 부탁은 여기서 끝나지 않았다. 그는 내가 그림을 그린다는 사실을 알고 있었기에 내게 자신의 히어로인 배트맨을 그려 달라는 부탁도 해 왔다. 사실 조금 귀찮기는 했지만 어린 에이또의 때 묻지 않은 동심을 지켜주기 위해 나는 싫은 내색하지 않고 배트맨을 그려 주었다. 그런데 그때가 이미 저녁 시간이어서 나는 식사를 마치고 그의 방으로 그림을 갖다 주겠다는 약속을 하고 내가 머물고 있는 방으로 돌아와 얼른 배트맨을 그리기 시작했다. 그 무렵 에이또는 옆 테이블에 앉아 식사를 하는 어떤 영국 꼬마 여자에게 관심이 있어 자꾸만 그 주변을 맴돌고 있는 모습을 난 지켜보았다. 그래서 보름달 속에서 망토를 펼치고 근사하게 서 있는 배트맨을 그리고는 밑의 여백에 이런 문구를 남겼다. "Good Luck!"

안녕, 코스타 델리지오사 호

이제 지난 일주일간의 대장정을 모두 마치고 크루즈 선과 작별할 시간이 다가오고 있었다. 누군가는 여러 번 할 수도 있는 크루즈 여행이겠지만, 내가 크루즈 선을 타 보는 황금과 같은 기회는 앞으로는 더 이상 없을 것 같다. 그리고 크루즈 선을 타 보았다는 역사적인 기억은 내 손에 의해 기록되었고, 내 『비상』에 혁신적인 발상의 전환점을 제시해 주었다는 점에서 그 의의를 해석해볼 수 있다.

막상 그동안 정들었던 크루즈 선을 떠나려니 왠지 더 있고 싶다는 생각이 들었다. 그래도 떠나 보내야 할 때를 알고 또 다른 새로운 만남을 준비하기 위해서는 맺고 끊음에 절도가 있어야 한다. 구차하고 비굴한 모습을 보이며 미련을 가지고 집착하는 것보다는 깨끗하고 깔끔하게 사실을 있는 그대로 받아들이고 결과에 승복할 줄 아는 자세가 중요하다고 나는 생각한다.

그동안 크루즈 선에서 생활해 오면서 한 가지 불편한 점이 있었다면 인터넷 사용이 차단되었다는 사실이었다. 그래서 많이 답답했지만, 그것을 제외하고는 모든 것이 다 만족스러웠다. 매일 차려주는 식사에, 마음껏 먹을 수 있는 뷔페와 멋진 바다 풍경, 친절한 직원들, 이 모든 것들이 내겐 너무 과분하다는 생각을 크루즈를 떠나는 마지막 순간까지 지울 수 없었다. 나에게 더 넓은 세상을 향해 한 걸음 더 비상할 수 있게 해준 호화 여객선 코스타 델리지오사 호, 나는 그 이름을 영원히 못 잊을 것 같다. 안녕, 코스타 델리지오사! 나는 그렇게 그 이름을 내가 지나온 지중해 바다 저편으로 말없이 떠나보내고 있었다.

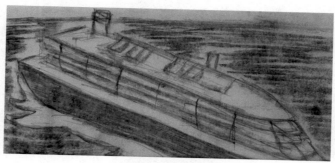

〈코스타 델리지오사〉

다시 돌아온 베니스

크루즈 여행은 그렇게 아쉬움을 남기며 끝이 났지만 나의 여행은 아직 끝나지 않았다. 다시 베니스로 돌아온 우리 가족은 베니스에 호텔을 잡고 시내를 구경하러 갔다. 베니스에는 유독 한국인 관광객이 많았다. 여기저기서 심심치 않게 한국말이 들려왔다. 온통 물로 이루어진 도시가 신기하긴 했지만 그 사실보다 어쩌면 낯선 땅에 그렇게 한국인이 많은지 그 사실이 더 신기했다.

베니스는 물로 된 통로 위에 퐁떼라 불리는 작은 다리로 이루어져 있었고, 유독 낡고 오래된 건물들이 인상적이었다. 꼬불꼬불한 골목의 벽에는 이런저런 낙서가 되어 있고 창문에는 빨래가 걸려 있는 모습도 인상적이었다. 이런 오래된 건물들이 베니스만이 가지는 특징이라고 볼수 있었다. 우리나라 같았으면 재개발이라는 명목으로 이미 오래전에 굴삭기와 불도저를 동원해 밀어 버리고도 남았을 텐데 오랜 세월의 흔적을 그대로 간직하고 있는 모습이 내게는 무척 강한 인상을 주었다.

베니스의 골목길을 걸으면서 어머니께서 내게 『베니스의 죽음』이라는 책에 대해 잠깐 이야기해 주셨다. 이 이야기의 배경이 되는 베니스에는 쥐를 통해 전염되는 페스트라는 질병 때문에 많은 사람들이 안타깝게 목숨을 잃었다고 한다. 페스트는 공기를 통해 전염되고 치사율이 매우 높아 한번 전염되면 그 지역에 있는 사람들은 거의 대부분 목숨을 잃게 된다고 한다. 그 책의 주인공도 페스트가 온 마을을 강타해 대피령이 내려졌지만 도저히 도시를 떠나지 못하고 있다가 결국 페스트에 걸려 죽는다고 한다. 이 도시는 사실 그럴 수밖에 없는 구조처럼 보였는데, 좁은 면적에 건물들이 너무 다닥다닥 붙어 있어 어딘지

모르게 답답한 느낌을 계속 받았다. 이런 곳에 전염병까지 돌면 그야
말로 죽음의 도시가 되는 것이다.

　내리쬐는 태양과 오래된 건물 사이의 골목길을 걷고 있는데 크루즈
에서 만났던 일본인 가족과 우연히 재회하게 되었다. 아니 사실 만날
수밖에 없던 상황이었는지도 모른다. 그들이 타고 갈 런던 행 비행기
가 그날 밤늦게나 있어서 그들도 가기 전에 베니스를 보고 가는 식으
로 일정을 잡은 것이었다. 그러나 그 만남은 잠시뿐 서로 인사를 나누
고 또 각자의 길을 갔다.

　일본인 가족과 헤어진 후 간 곳은 성 마르코 성당이 있는 광장이었
다. 그 광장에는 어찌나 사람이 많은지 발 디딜 틈이 없었다. 그 광장
의 한 건물에서는 앙리 루소의 전시회가 한참 진행되고 있었다. 하지
만 이미 시간이 늦어 아쉽게 그 안에 들어갈 수가 없었다. 앙리 루소
가 어떤 그림을 그렸는지 내 눈으로 보고 싶었는데 못내 아쉬웠다. 이
전까지는 앙리 루소는 이름밖에 모르는 화가였지만, 그에 대해 호기심
이 생겼고 관심이 가기 시작했다. 아직 미술사나 미술 이론과 관련된
공부를 좀 더 해야겠지만, 그에 대해 아는 것이 내가 작품 활동을 하
는 데 반드시 도움이 될지는 미지수다. 그렇게 성 마르코 광장을 돌
아보고 다시 호텔로
돌아와 일찍 잠자리
에 들어 하루 일과
를 마쳤다.

〈노을 지는 베니스〉

르네상스의 발상지, 그 이름은 피렌체

그 이튿날 간 곳은 르네상스를 대표하는 3대 화가를 모두 배출한 예술의 도시 피렌체였다. 베니스에서 아침 일찍 기차를 타고 출발했는데 갈 때는 한 번에 가는 표가 없어 파두바(Paduva)에 내려 열차를 갈아타야만 했다. 그렇게 열차를 갈아타고도 파두바에서 피렌체까지는 꼬박 두 시간이 걸렸다.

세계적으로 유명한 예술의 도시 피렌체에 간다고 하니 가슴이 설레고 무척 기대가 되었다. 피렌체라는 이름은 플로렌스, 즉 플라워에서 유래되었다고 한다. 피렌체는 오래전부터 예술의 도시로 명성이 알려져 있었는데 그래서인지 길거리에 그림을 갖다 놓고 파는 사람들이 유독 많았다. 아무리 돈벌이를 위한 생계 수단이라지만 그런 식으로 길거리에서 그림을 파는 행위는 예술의 가치를 실추시키고 예술을 모독하는 행위라고 나는 생각한다. 그렇게 해 봐야 그림이 팔릴 리 만무하고 설사 팔린다 할지라도 입에 겨우 풀칠할 수 있을 정도밖에 안 될 텐데...

피렌체에 도착해 제일 먼저 찾아들어간 곳은 박물관으로 겸해서 사용되고 있는 산타 마리아 노벨라 성당이었다. 이곳의 벽화에서 나는 강한 자극을 받았다. 벽화의 내용은 예수님이 건물 안에 있는 사람들 앞에서 설교를 하고 계시는데, 마룻바닥 밑에 뿔 달린 악마가 숨어 있는 내용이었다. 이 벽화가 그려진 시기에 어떻게 그처럼 거대한 벽화를 그릴 기술력을 가질 수 있었는지는 알 길이 없지만 섬세한 터치와 실감 나는 묘사는 가히 혀를 내두를 정도였다. 그리고 좀 더 안쪽으로 들어가니 예수님 형상을 한 모형이 관 속에 누워 있는 모습을 볼 수가 있었다. 손과 발등에 못 박은 자국이 역력했다. 어쩌면 사람들이 그처럼 극악무도할 수가 있는지, 과연 인간의 탈을 쓰고 할 짓인가 싶어 난 여기에 분노하지 않을 수 없었다.

피렌체 역의 이름에는 산타마리아 노벨라라는 말이 더 붙어 있다. 이 말을 기차에서 처음 들었을 때는 무슨 역 이름이 그렇게 길까 의아했는데 여기에는 나름대로의 이유가 있었다. 산타마리아 노벨라라는 이름은 성모상을 두고 그렇게 부르고 있는 듯했다.

르네상스의 3대 화가 중 한 사람이자 조각가인 미켈란젤로의 다비드 상을 보려고 다비드 상이 전시되어 있는 갤러리아 델 아카데미아를 힘들게 찾아갔다. 하지만 가는 날이 장날이라고 이곳은 월요일에는 휴관이었다. 진품은 결국 보지 못하고 발걸음을 옮겨 그 대신 우치피 박물관 야외에 전시되어 있는 모사품을 실컷 보았다. 비록 진품은 아니지만 그것이라도 본 것에 의미를 부여하고 그 앞에서 사진을 찍었다.

다음 장소인 베키오 다리로 이동하는 도중 난 이해하기 힘든 광경을 보았다. 그것은 어떤 노화가가 길거리에서 어떤 젊은 여자의 초상화를 그려 주고 있는 모습이었다. 하지만 그 여자는 이미 예술계에 몸 담고 있는 사람이었다. 가방 밖으로 삐쭉 삐져나온 둘둘 말린 종이가 그 같은 사실을 말해주고 있었다. 그런데 왜 다른 사람에게 돈을 주면서까지 자신을 그려 달라고 하는 것인지 나로서는 이해하기 힘들었다. 그녀가 떠난 뒤 나는 그 노화가에게 내 그림을 보여 주었다. 그러자 그는 내 그림에 감탄을 하면서 연신 'GOOD!'이라는 말을 하였다. 사실 그런 말은 그림에 대한 특별한 심미안이 없어도 누구에게나 들을 수 있는 입에 발린 소리이긴 했지만 그래도 기분은 좋았다.

원래 여자들은 꼼꼼하고 섬세한 묘사를 남자보다 잘하기 때문에 그림 그리는 사람 중에는 여자가 많다. 그런데 남자가 화가라고 하면 무슨 남자가 어울리지 않게 그림을 그리느냐고 하면서 이를 안 좋게 보는 사람들도 적지 않다. 그러나 원래 르네상스를 대표하는 3대 화가도 모두 남자이고, 먼저 예술을 시작한 것도 남자였는데 어쩌다가 투표권조차 없었던 여자가 전세를 역전하여 남자보다 월등한 존재가 되었는지 남자인 나는 솔직히 잘 모르겠다.

아르노 강 위에 있는 베키오 다리로 갔다. 그 다리 위에는 화장품 가게며, 음식점, 보석 가게 들이 즐비해 있었다. 한 번도 다리 위에 그 같은 건물들이 세워져 있는 모습을 본 적 없기에 나에게는 그 광경이 무척 신기하기만 했다.

베키오 다리를 지나 이번에는 저녁을 먹으러 갔다. 한 이탈리안 식당의 야외 테라스에 차려진 테이블에서 식사를 했는데 지나가는 차들 때문에 신경이 쓰여 제대로 식사를 할 수가 없었다. 그래도 어찌어찌 식사를 마치고 나오는데, 근처에 있는 계단에 앉아 정면으로 보이는 건물을 그리고 있는 한 무리의 동양인 할아버지 할머니들과 만나게 되었다. 그들은 수채물감을 사용해 그림을 그리고 있었는데 나름대로의 개성이 보이는 듯하긴 했으나 그들의 그림에는 섬세한 터치가 없었고 높은 밀도감 또한 찾아보기 힘들었다. 그러면서 내 그림은 어떠냐고 보여 주니까 아예 눈길도 주지 않으면서 대놓고 싫은 티를 냈다.

나는 진정한 예술가로 정상의 자리에 오르려면 자신의 것만 고집할 것이 아니라 자신과는 다른 남의 것에도 관심을 가질 줄 알아야 하고, 남들의 의견 또한 겸허한 자세로 수용할 줄 알아야 한다고 생각한다. 그런데 이들에게는 그런 자세가 전혀 갖추어져 있지 않아 안타까웠다. 다른 사람들에게 무조건 내 말이 맞다고 강요할 순 없지만, 난 적어도 많이 보고 많이 경험해야 심미안도 성장하고 사건이나 사물을 보는 견문 또한 넓어질 수 있을 것이라 생각한다.

피렌체를 떠나오기 전에 왔다 갔다는 흔적을 가지고 가고 싶어 역 근처 가판대에서 판매하는 피렌체 안내 책자를 샀다. 그 책자는 한국어로 되어 있었다. 다른 것들은 다 영어로 되어 있었지만 마지막 한 권 남아 있던 한국어로 번역된 책자를 손에 넣게 되니 마음이 뿌듯했다.

르네상스가 이곳 피렌체에서 시작되었고 그 시대를 대표하는 3대 화가 모두 이곳 피렌체에서 활동했다 하니 피렌체에 대해 좀 더 알아보고 싶다는 생각이 들었다. 그러면서 나중에 내가 화가로 이름을 떨치게 되면 꼭 다시 오리라는 결심을 하게 되었다. 나에게 여러 가지로 많은 자극을 주었던 예술의 도시 피렌체. 난 그날의 피렌체를 아무리 많은 세월이 지나도 못 잊을 것만 같다. 이로써 피렌체에 왔다는 기억도 내가 살아온 인생의 한 페이지를 멋지게 장식하게 되었다. 어떤 고난과 역경이 닥쳐도 결코 포기하지 않는 강인한 나의 정신력은 그리스와 르네상스의 정신을 이어받고 재탄생하여 길이 남을 위대한 작품을 남기고 싶다.

베니스 비엔날레

이튿날에는 베니스에서 작은 크루즈를 타고 시내 관광을 했다. 리도 섬으로 가는 도중에 베니스 비엔날레가 열리고 있다는 플래카드를 우연히 보게 되어 도중에 비엔날레가 열리고 있는 카스텔로에서 내렸다.

베니스 비엔날레는 이전에 한국에서 보았던 광주 비엔날레와는 설치나 규모 면에서 현격한 차이를 보였다. 광주 비엔날레는 공간 배치가 왠지 어설프다는 생각이 종종 들곤 했는데, 베니스 비엔날레는 이런 모습을 전혀 찾아보기 힘들었고 드넓은 공간이나 완벽에 가까운 설치에 감탄이 절로 나왔다. 나는 지금까지 비엔날레는 2년에 한 번씩 개최되는 것으로 알고 있었지만, 내년에는 다른 종목(조형예술)으로 열린다고 했다.

줄을 서서 차례를 기다려 전시장 안으로 들어가자 제일 먼저 눈에 들어온 것은 여러 개의 동상이었다. 야외에 전시되어 있는 동상들은 하나같이 특이한 모습을 하고 있었다. 예를 들자면 팔 한쪽이 없다거나 목이 잘려나가고 없는 식이었다. 그런 동상들은 보면서 저런 것들도 과연 예술 작품이라고 할 수 있을까? 하는 의문이 들었다. 본래 사물에서 아름다움을 창조해내고 그것을 자신의 개성에 맞게 재탄생시킨 것이야말로 예술 작품으로 평가받을 수 있다고 생각하는 나였는데, 그 동상들은 지금까지 내가 생각해 왔던 미적 기준과는 사뭇 거리가 있었다.

야외에 전시되어 있던 동상들을 지나 실내로 들어가니 이번에는 쓰레기를 모아 만든 높은 탑이 눈에 들어왔다. 그 탑을 구성하고 있는 소재는 신문지나 스티로폼, 그리고 상자 따위의 물건들이었다. 쓰레기나 다름없는 물건을 모아 놓아도 예술 작품이 되는 것이 신기했다. 다른 한쪽 구석에서는 낡고 오래된 가방을 모아 놓고 작품이라고 전시를 하고 있었다. 조금 더 안쪽으로 들어가니 인류의 멸망을 다룬 영상물이 상영되고 있었다. 자연의 그 당연한 이치를 거스르고 높은 낭떠러지에 떨어지지 않고 어떻게든 살아남으려고 발버둥치는 그 이상한 액체덩어리의 모습이 참 안쓰러우면서도 인상적으로 보였다.

다음에 들어간 곳은 한국관이었다. 한국관에서는 영상물이 한참 상영되고 있었다. 그런데 아침 일찍부터 서둘러 나와 하도 많이 왔다 갔다 하느라 지칠 대로 지쳐 있던 나는 자꾸만 의자를 찾아 앉고만 싶었다. 그래서 그 영상물을 자세히 보지 못했다. 다음으로 들어간 곳은 일본관이었다. 일본관에서는 많은 열쇠들을 천장에 매달아 놓고 전시를 하고 있었다. 여기서도 이것이 정말 작품으로서의 가치가 있을까? 하는 의문을 떨칠 수가 없었다.

비엔날레를 떠나오기 전 카탈로그를 사서 가져오고 싶었으나 너무 무겁고 비싸서 그러지 못해 못내 아쉬웠다. 아쉬움을 뒤로하고 다시 선착장으로 향했다. 우연한 계기로 접하게 된 비엔날레였지만, 나에게 깊고 강한 여러 가지 자극을 주었다. 이로써 내가 베니스 비엔날레를 방문했다는 기억도 나의 『비상』을 통해 길이 남을 기록이 되었다.

불사조의 횡포

베니스 비엔날레를 보고 돌아오는 길은 정말이지 최악이었다. 그 이유는 다름 아닌 선착장에서 탄 작은 배 때문이었다. 전시장 앞에서 바로 탄 것이 아니고 성 마르코 성당까지 걸어서 이동한 뒤, 마르코 성당 앞에서 배를 탔는데 그 배는 처음부터 뭔가 좀 이상했다. 오전에 갈 때 탔던 배는 중간에 설치된 간이 정류장에 두세 번밖에 안 섰는데 돌아올 때 마르코 성당 앞에서 탄 배는 중간에 열 번도 더 서는 것만 같았다. 여기에 더하여 이동 속도도 거의 굼벵이가 기어가는 것처럼 형편없이 느렸다. 슬슬 짜증이 나기 시작했다. 뭐 이런 것이 다 있어?

이런 생각을 하며 그래도 어떡하든 참아야지 하고 스스로에게 자기 최면을 걸었지만, 열 번째 정류장쯤 왔을 때 참다 못한 난 괴성을 지르고 말았다. 나도 모르게 분노지수가 급격히 올라가 그 순간만큼은 나도 자신을 통제하지 못하는 최악의 상황에 도달하고야 말았다. 그럴 바에야 처음부터 계속 걸어가는 것이 낫지 뭘 하러 표를 두 번씩 끊어가면서 배를 타야만 했는지, 왜 그런 어리석은 행동을 하는지 이해가 되지 않았다.

사실 한 정거장만 더 참았으면 처음 출발했던 장소로 돌아올 수 있었을 텐데 마지막 순간까지 참지 못한 내 스스로 생각하기에도 무척 창피했다. 하지만 그 당시 난 이미 이성을 잃은 상태였다. 그 배에 탔던 사람들이 나를 놀리고 조롱하고 있는 것처럼만 느껴졌다. 사람은 누구나 마음씨 착한 천사가 아니다. 물론 최대한 참으려고 노력은 하지만 지나친 자극과 압력을 받으면 결국 폭발하기 마련이다.

그때 일을 계기로 나는 계속 고함지르고 어쩌고 하는 아버지의 잔소리를 들어야만 했고, 잊어버릴 만하면 그때 이야기를 꺼내 나에게 간접적으로 스트레스를 주시는 아버지 때문에 수난기에 빠져 있다.

작은 공항 도시, 트레비소의 낭만을 말하다

그렇게 순간적으로 끓어올랐던 마음속의 분노를 간신히 잠재우고 간 곳은 저녁 비행기를 타기 위해 잠시 들른 트레비소라는 작은 도시였다. 베니스에서 있었던 사건으로 거의 정신 줄을 놓을 뻔한 상황이었지만, 그래도 이 도시는 훨씬 편안하고 조용한 분위기여서 확실히 마음이 좀 안정되는 것을 느낄 수 있었다.

트레비소에서 보았던 풍경 중에 가장 인상적이었고 기억에 남는 것은 바로 물 위에 연필이 떠 있는 모습의 조각품이었다. 어떻게 그런 풍경이 연출될 수 있었는지 나로서는 무척 신기하기만 했다. 사실 이날 베니스에서 점심도 제대로 먹지 못한 탓에 트레비소에서는 허기를 달래는 것이 주된 목적이었지만, 이때 본 풍경은 나에게 깊은 인상을 남겼고 낭만을 선물해 주었다. 낭만이란 개념을 거창한 무언가로 생각한다든가 돈을 많이 들어야 하는 것으로 인식하기 쉬운데, 이는 지극히 주관적인 견해일 뿐이라고 나는 생각한다. 하다 못해 누군가에게 편지 한 통을 써도 그 안에 정성과 성의가 담겨져 있으면 여기서도 충분히 낭만을 느낄 수 있을 것이다.

연필이 물 위에 떠 있는 이 풍경과 악세서리를 파는 가게, 그리고 대성당 등 모든 것이 내게 깊은 인상을 남겼다. 도시의 전체적인 분위기는 지나치게 많은 사람들로 붐비는 베니스와는 달리 매우 평온해 보였고 깨끗하고 아름다웠다. 사실 인위적으로 만들어진 풍경을 별로 좋아하지 않는 나였지만 이때 이 도시에 있을 때만큼은 건물 하나하나가 인위적으로 만들어졌다는 느낌보다는 조화롭고 전혀 어색하지 않다는 느낌이 들었다. 진정한 낭만이란 바로 이런 것이 아닐까 싶다. 하루하루 바쁘게 돌아가는 현대사회이지만 그 속에서 잠시나마 삶의 여유를 가져보려 노력하는 자세! 난 낭만에 대한 이런 새로운 안목을 트레비소라는 작은 도시를 통해 조용히 키워가고 있었다.

〈물 위의 펜〉

위기일발

트레비소의 낭만적인 풍경을 즐기고 있는데 갑자기 하늘에 먹구름이 끼더니 세찬 소나기와 함께 천둥 번개가 치기 시작했다. 지나가는 비라고 금방 그치겠지 하면서 스스로를 다독여 보았지만 빗줄기는 점점 더 거세어질 뿐 잦아들지 않았다. 이는 자칫 기상 악화로 비행기가 뜨지 못하는 상황으로 이어질 수도 있기 때문에 내심 걱정이 많이 될 수밖에 없었다.

그래도 일단 밥은 먹어야겠기에 근처 레스토랑 테라스에 설치된 테이블에서 저녁을 먹었다. 천막 아래서 식사를 하는데 하도 비가 많이 내려 나중에 천막이 비의 무게를 이기지 못하고 무너져 내리면 어떡하지? 하는 생각까지 들었다. 퍼붓는 듯이 심하게 내리는 빗속으로 먹구름이 잔뜩 낀 하늘을 올려다보며 밥을 먹는 내내 먹는 음식이 입으로 들어가는지 코로 들어가는지 알 수가 없었다. 과연 나는 무사히 영국으로 돌아가는 비행기를 탈 수 있을 것인가? 모든 것을 운명에 맡길 수밖에 없었다.

그런데 걱정과는 달리 비가 옴에도 불구하고 나는 트레비소 공항까지 운행하는 버스를 타고 공항으로 갈 수 있었다. 공항에서 조금 많이 기다리긴 했지만 세차게 내리는 빗속에서도 무사히 영국으로 돌아올 수 있었다. 정말 구사일생이었다. 이것으로 베니스에서 시작해서 트레비소로 끝이 난 크루즈 여행도 내가 살아온 인생의 한 페이지를 장식하게 되었다.

빛으로 하나 되는 이야기

〈빛의 강림〉
- YELLOW -

제1부

어둠 속의 마지막 비상

이날은 스페인으로 일주일간의 여행을 떠나는 날이었다. 비행기 시간이 저녁때였기 때문에 오후 늦게까지 집에 있었다. 4시가 되어 택시를 타고 공항으로 이동했다. 그런데 공항 검문대에서 웃지 못할 사건이 벌어졌다. 한 번도 안 쓴 어머니의 선크림이 탐지되어 그대로 쓰레기통에 버려진 것이었다. 그것도 고이 버려지는 것이 아니라 아주 내동댕이쳐졌다. 어머니는 그것이 무척 아까우셨는지 검문대를 통과하자마자 다시 선크림을 구매하셨다. 난 솔직히 발라도 그만 안 발라도 그만인 선크림에 어머니가 왜 그렇게 집착을 하시는 것인지 이해가 안 되었다. 이러느라 공항 검문대 앞에서 시간이 많이 지체되었다. 알고 보니 공항 검문이 그토록 까다로왔던 것은 바로 며칠 전 튀니지에서 있었던 영국인들에 대한 총격 사건 때문이었다. 이 사건으로 영국인 30명이 사살되었다는 것을 나는 나중에야 알게 되었다.

우리가 탄 항공기는 지난번과 같은 라이언 에어였다. 이번에는 저녁 시간의 비행이었기에 사실 더 피곤할 것 같았다. 아깝게 버려진 선크림을 뒤로 하고 바르셀로나(Barcelona)로 가는 비행기에 몸을 실었다. 이번에도 비행 거리 약 두 시간이 걸리는 단거리 비행이었다. 멀리 가는 것이 아니라서 좋긴 한데 그래도 너무 늦은 시간까지 비행기 안에 있어야 한다는 사실이 나에겐 무척 곤혹스러웠다. 그래도 사나이로 태어나 더 넓은 세계를 향해 한 번 큰 뜻을 품었으면 마지막 여행까지 잘 마무리하고 유종의 미를 거둘 필요가 있다고 생각했기에 조금 지루한 시간이었지만 참았다. 지난번에는 작은 스케치북이라도 들고 갔었는데, 이번에는 아버지의 반대로 이마저도 없으니 비행기 안에 앉아 있는 내내 심심해서 죽을 지경이었다. 그렇게 두 시간을 비행한 비행기는 밤 12시가 넘어서야 바르셀로나 공항에 도착했다.

바르셀로나 공항은 이미 너무 늦은 시간이어서 그런지 쥐죽은 듯 조용했다. 입국 심사를 받고 밖으로 나가자 그제야 좀 사람들이 보이기 시작했다. 공항에서 미리 예약해 놓은 호텔까지는 버스로 이동했다. 버스가 바로 오지 않아 정류장 근처를 서성이며 한 20분가량을 기다려야만 했다. 그런데 옆에서 같은 버스를 타려고 기다리고 있던 한 젊은 아가씨가 물어보지도 않았는데 먼저 어디까지 가느냐는 질문을 하면서 아버지께 상당한 관심을 보였다. 낯선 땅에 와서 지리를 모르는 우리 가족에게 그녀의 친절은 무척 고맙게만 느껴졌다.

이런저런 대화를 나누고 있다 보니 금방 버스가 들어왔다. 버스를 타고도 한 30분 가량을 이동했다. 너무 시간이 늦어지다 보니 자꾸 하품이 나오는 것을 간신히 참으며 바르셀로나 시내에 도착했을 때는 새벽 1시였다. 시내에 도착해서 찾아들어간 호텔은 생각보다 허름해서 좀 실망스러웠다. 좁은 건물에 여러 개의 방들이 빽빽이 들어서 있다 보니 왠지 더 그렇게 느껴졌던 것 같다. 방을 찾아 들어간 뒤 씻고 침대에 누우니 새벽 2시가 되었다. 자야지, 자야지 하면서 스스로에게 최면을 걸어보았지만 난 또 다시 새로운 세계를 경험한다는 사실에 너무 들떠 그날 밤은 뜬눈으로 지새웠다. 이제 앞으로 펼쳐질 새로운 세계에 대한 동경으로 난 이미 넓은 날개를 펼치고 있었다. 비상이라는 이름의 용기로 무장된 황금 갑옷을 두르고….

바르셀로나에서 보낸 하루

아침 8시에 호텔을 나섰다. 아침을 따로 제공해 주지 않는 호텔이어서 아침은 미리 준비해 간 빵으로 대충 때울 수밖에 없었다. 호텔을 나서려는데 그 호텔리셉션에서 바르셀로나 시내 투어를 하는 2층 버스의 승차권을 판매하고 있다는 사실을 알게 되었다. 우리는 곧장 Hop on Hop off라는 그 승차권을 구매하였다. 그것은 한 번 끊으면 하루 종일 무제한으로 사용이 가능한 편리한 승차권이었다. 물론 값도 그만큼 비쌌다. 도보로 버스 정류장에게까지 한 20분 정도를 이동했는데 시내 거리는 아침부터 많은 사람들로 북적이고 있었다. 그렇게 사람들로 붐비는 거리를 지나 버스 정류장에 도착했을 때 뭔가 좀 이상하다는 느낌을 받았다. 이유인즉 정류장에서 지나가는 버스를 타려고 손짓을 해도 버스가 그냥 지나쳐가는 것이었다.

두 번째 버스마저 지나쳐가자 아무래도 정류장의 위치가 잘못된 것 같아 길을 지나는 행인에게 물어보니 그 '혹시나'가 '역시나'로 바뀌었다. 그 행인은 어설픈 영어였지만 친절하게 미소를 지으며 건너가서 타라고 말해 주었다. 그런데 길을 건너가도 길 건너편에는 버스 정류장이 없었다. 하는 수 없이 근처 다른 정류장이 있는 곳까지 10분 정도를 걸었다. 그러자 그제야 정류장을 찾을 수 있었다. 버스는 갓길에 정차해 두고 사람들을 태우려고 대기하고 있었다. 날이 무척 더워 빨리 버스를 타고 싶었으나 승차권을 검사하는 데 또 시간을 많이 잡아 먹어 뙤약볕 아래서 또 기다렸다. 그 당시 어머니는 손에 콜라를 들고 계셨는데 기사가 그것을 보고는 인상을 찌푸리며 버스 안에서는 음료를 마시면 안 된다는 말을 하였다. 그 광경을 보고 나는 콜라 좀 마신다고 크게 피해가 가는 것도 아닌데 왜 그렇게 참견을 하는 것인지 이해가 가지 않았다. 결국 어머니는 버스 기사의 성화에 절반도 안 마신 아까운 콜라를 쓰레기통에 버리셔야만 했다.

그렇게 버려진 콜라를 뒤로하고 버스는 출발했다. 그런데 그 이층 버스에서는 참 고맙게도 붉은색의 이어폰과 바르셀로나 시내 지도를 승객 모두에게 나눠 주었다. 계단을 타고 2층으로 올라가니 불어오는 바람이 약간 싸늘하게 느껴졌지만 그래도 앉은 자리에서 바르셀로나 시내를 한 번에 다 볼 수 있었다. 좌석 한켠에는 녹음기를 부착해 놓고 있었는데 이 녹음기에 타면서 받은 이어폰을 꽂으면 전 세계 12개국 언어로 바르셀로나를 설명하는 방송을 들을 수 있었다. 그런데 아쉽게도 그 12개국 언어들 중에 한국어는 포함되어 있지 않았다. 방송을 들어도 이해가 불가한 나이기에 마침 잘되었다는 식으로 그 이어폰을 내 휴대폰에 꽂아 노래를 들었다. 한때 이어폰을 만 원씩 주고 사도 얼마 못가 고장 나거나 잃어버리게 되는 등 여러 가지 우여곡절이 많아 이어폰 사용을 자제해 오던 나에게 갑작스럽게 뜻하지 않은 선물이 제 발로 들어오니 마냥 행복했다.

버스를 타고 제일 처음 간 곳은 가우디(Gaudi) 성 가족 성당이었다. 이 가우디 성당으로 말할 것 같으면 20세기 최고의 건축가 안토니 가우디(Antoni Gaudi)의 이름을 따서 붙인 곳으로, 유명한 건축가의 명성답게 지은 성당도 아주 으리으리하고 컸다. 그런데 이 성당은 수십 년이 지나도 아직도 공사가 완공되지 않아 철근과 바위더미가 푸른 천으로 여기저기 어지럽게 뒤덮여 있었다. 줄을 서서 표를 사고 안으로 들어가려고 기다리고 있는데 웃지 못할 비보가 날아들었다. 그것은 그때 표를 사도 오후 3시가 되어야 입장이 가능하다는 것이었다. 하는 수 없이 일단 입장권을 사 놓고 어디 다른 곳에 갔다 오기로 결정했다. 아쉬움을 뒤로한 채 다시 이층 버스를 탈 수 있는 길 건너편으로 건너와 이동한 곳은 카사밀라(Casa Mila)라는 곳이었다. 이 카사밀라 역시 가우디가 건축한 것이었는데, 성당과는 다른 구조의 카사밀라는 마치 뱀이 기어가는 형상을 흉내 낸 것처럼 아주 구불구불하고 독특한 구조의 건축물이었다.

카사 밀라 안에서도 지난번 베르사유에서와 마찬가지로 나만의 특권을 이용하여 기다리지 않고 장애인 전용 통로를 통해 안으로 들어갔다. 먼저 엘리베이터를 이용해 옥상으로 올라가야만 했다. 옥상에 올라가니 분위기가 전혀 다른 조각상들이 나를 반기고 있었다. 그렇게 높은 건물은 아니었지만 그래도 옥상이라 근처 바르셀로나의 전경이 한눈에 들어왔다. 그렇게 아래가 내려다보이는 옥상에서 기념으로 사진을 찍었다.

그다음에는 계단을 타고 밑으로 내려가면서 건물 안을 들여다 볼 수 있었는데 옥상에서 내려오자마자 전시실이 있었다. 이 전시실에서는 카사밀라 건물 자체를 작게 축소해 놓은 듯한 건축물이 유독 눈에 띄었다. 전시실과 가정집처럼 사용되던 공간을 둘러보고 한참 만에야 처음 엘리베이터를 탔던 지점으로 되돌아올 수 있었다. 올라갈 때는 엘리베이터를 이용했기 때문에 그다지 힘들다는 느낌을 받지 못했는데 계단을 타고 내려오게 되니 확실히 숨이 턱까지 차오르고 힘들게만 느껴졌다. 원래 지구가 물체를 끌어당기는 중력과 갈수록 가속도가 붙는 운동의 법칙에 따르면 내려갈 때는 저항을 역으로 이용하기 때문에 힘이 덜 드는 것이 맞지 않는가. 그런데도 무슨 까닭인지 계속 힘들다는 생각을 떨칠 수가 없었다.

그렇게 카사밀라를 떠나기 전 들른 기념품 가게에서는 카사밀라에 관한 책자를 구매하고 싶었으나 부모님의 반대로 그러지 못하였다. 그것이 못내 아쉬웠다. 그런 책자를 한 번 구매해 두면 나중에 꼭 내 전공 분야가 아니더라도 어딘가에 도움이 되지 않을까? 하는 의문이 남았다. 카사밀라를 떠나 다시 가우디 성당까지 이동했다. 날이 너무 더워 가우디 성당까지 가는 도중 환타와 아이스크림을 사 먹었으면서 갔다. 하지만 가까워질 듯하면서도 좀처럼 가까워지지 않는 거리에 점점 심신이 지쳐갔다. 여기에 더하여 길이 직선이 아니라 구불구불한 곡선으로 되어 있어 더 힘들게 느껴졌던 것이었는지도 모르겠다. 나중에는 숨이 턱까지 차오르고 온몸이 땀으로 범벅이 되었다. 그러면서도 가우디 성당을 보겠다고 그곳으로 향하는 걸음은 멈추지 않았다.

우여곡절 끝에 가우디 성당에 도착하니 입장할 수 있는 시간까지는 여유가 있어 또 그 앞에서 약 20분 가량을 기다려야만 했다. 그래서 담장 위에 앉아 시간이 빨리 지나기만을 기다렸다. 그런데 그 옆에는 어떤 아가씨 두 명이 성당에 들어가려고 기다리다 지쳤는지 아예 자리를 깔고 누워 자고 있었다. 아무리 지루해도 그렇지 난 그들의 그런 행동을 이해하기 힘들었다. 드디어 들어갈 시간이 되어 입구에 서서 성당 건물을 올려다보니 정말 놀라우리만큼 섬세하고 정교한 조각들에

입이 벌어질 정도였다. 안으로 들어가자 오르간 소리가 웅장하게 들렸고, 많은 사람들로 붐비고 있었다. 가운데 나란히 정렬되어 놓인 의자에 앉아 잠시 휴식을 취하며 주변을 돌아보았다.

그 후 성당 지하로 내려가 여러 가지 귀중한 물건들이 전시되어 있는 전시장을 둘러보았다. 아니나 다를까 여기서도 심심치 않게 익숙한 한국어가 들렸다. 전시장 안에는 각종 그림을 비롯하여 여러 조각상들이 전시되어 있었는데 그 규모 면에서 난 다시 한 번 놀라지 않을 수 없었다. 모두 구하기 힘든 진귀한 것들이었고, 대단히 값비싼 물건들처럼 보였다. 이 전시실을 둘러보면서 난 지금까지 그 어떤 곳에서도 느끼기 힘든 과거에 대한 향수를 느낄 수 있었다.

나중에 알게 된 사실이지만 이 가우디 성당의 구조는 과거 내가 그렸던 작품인 〈내면을 비추는 성〉과 상당 부분 유사했다. 차이점이 있다면 〈내면을 비추는 성〉보다는 가우디 성당이 훨씬 섬세하고 손이 많이 가는 작품이라는 사실이었다. 본래 복잡한 사물이라도 최대한 단순화시켜 작업을 하는 나에게 가우디 성당은 가히 충격적일 정도의 색다른 느낌을 안겨주었다. 그렇게 지하에 있는 전시실까지 둘러본 후 이번에는 피카소 박물관으로 이동을 하였다.

이번에도 시내를 투어하는 이층 버스를 타고 이동했는데 예상보다 시간이 늦어져 과연 피카소 박물관까지 보는 일정이 가능할까 내심 걱정이 되었다. 그런데 막상 피카소 박물관에 도착해서 보니 그 걱정은 괜한 기우였다는 사실을 알게 되었다. 피카소 박물관은 밤 9시 20분에 폐관한다는 사실을 직원으로부터 전해 들었기 때문이었다. 여기까지 와서 가장 중요한 피카소 박물관에 들어가지 못하고 돌아가게 된다면 이 얼마나 아쉬운 일이겠는가? 낮동안은 너무 더운 스페인에서는 박물관 문을 늦게까지 여는 것이 영국과는 다른 점이었다. 입장권을 구매하고 안으로 들어가 피카소의 작품을 보았다. 그는 연습생 시절에만 무려 4천여 점이 넘는 작품을 그렸다고 했다. 실로 어마어마한 작업량과 열정에 난 아직도 한참 멀었구나, 하는 자괴감이 들었다. 그의 작품은 모두 유화였는데, 깊이감과 밀도감 그리고 묘사력이 돋보이는 그의 작품들에서 난 무척 강한 인상을 받았다.

피카소는 자신과 동시대를 풍미한 로트렉의 영향을 많이 받았다고 했는데, 그 시점을 전후로 이후의 작품들은 추상적이고 기하학적으로 바뀌어 있었다. 그리고 그의 작품에서도 파리 오르세 미술관에 보았던 로트렉의 작품과 마찬가지로 내면의 충족되지 못한 욕구를 드러내고 있음을 어렵지 않게 유추해낼 수 있었다. 그러면서 한때 오르세 미술관을 둘러보고 로트렉의 작품에서 깊은 감명을 받아 나중에 그처럼 되어야겠다는 다짐을 바꿔, 이번에는 피카소처럼 멋진 작품으로 다른 이들에게 꿈과 희망을 전하는 존재가 되고 싶다는 생각을 하게 되었다. 마음 속으로 그런 다짐을 하면서 난 조용히 피카소 박물관을 떠나고 있었다.

너무 늦어버린 출발

이튿날에는 다시 바르셀로나 공항으로 가서 미리 주문해둔 렌터카를 받기로 되어 있었다. 그런데 전날 너무 무리하게 다닌 탓인지 쉽게 몸을 일으키지 못하였다. 오전 10시 정도까지 호텔에 있다가 밖으로 나왔다. 공항까지는 버스를 타고 이동했는데 한 번에 공항까지 가는 버스를 찾지 못해 중간에 내려 갈아타야만 했다. 그것은 대단히 귀찮은 일이었다. 공항에서 시내로 나올 때는 갈아타지 않고 한 번에 왔었는데 반대 방향으로 가는 것은 왜 중간에 갈아타야 하는지 난 무척 의아했다. 공항에 가서도 렌터카를 받는 일이 빨리 진행되지 않아 거기서도 장장 세 시간 정도를 지체했다. 그렇게 오래 기다려 렌터카를 받았는데 이번에는 함께 주문한 내비게이션이 설치되어 있지 않아 여러 종류의 렌터카들이 세워져 있었던 주차장에서 또 시간을 지체할 수밖에 없었다.

그런데 내비게이션을 받고도 도착지 정보를 입력하고 이동 거리나 예상 소요 시간 등을 알아내기 위해 시동을 걸어둔 채 한참 씨름을 해야 했다. 난 불필요한 공회전을 많이 할 경우 의미 없이 낭비되는 기름이 무척 아깝게 느껴졌다. 하지만 날이 너무 더워 에어컨을 켜야지 다른 선택의 여지가 없었다. 아버지께서도 내가 시동 끄는 것을 반대하시는 바람에 난 뒷좌석에서 잠자코 가만히 있을 수밖에 없었다. 이러느라 바르셀로나 공항에서 거의 반나절 이상의 시간을 허비하고 말았다. 나에게는 무척 지루한 시간이었다. 왜 이렇게 출발이 지연되어야만 했는지 이해가 되지 않았지만 어쩔 수 없는 상황이었고, 이 때문에 난 마음속으로 또 한 번에 위기의식을 느끼며 끓어오르는 분노를 억누를 수밖에 없었다.

도로 위에 바친 젊음

그렇게 공항에서 한참을 지체하고 나서야 겨우 출발을 했는데 가는 길은 무척 멀고도 지루했다. 목적지는 스페인 남쪽 안달루시아 지방에 있는 그라나다(Granada)라는 도시였다. 가는 도중 고속도로 휴게소에서 두 번을 쉬면서 간단한 식사를 했다. 그런데 스페인 사람들은 영어를 잘하지 못해 발음이 무척 어색하게만 느껴졌다. 첫 번째 들른 휴게소에서는 뷔페식으로 미리 차려 놓아 원하는 음식을 선택해서 먹을 수 있었는데, 두 번째 휴게소에서는 직원에게 주문해서 음식을 사먹는 방식으로 되어 있었지만, 이 휴게소에서 일하는 직원은 전혀 영어를 하지 못했다. 그런데도 어머니는 그 직원에게서 원하는 음식을 사 오셨다며 미리 자리를 잡고 기다리고 있는 내게 자랑을 하셨다. 나는 속으로 그것이 과연 자랑할 만한 거리가 되는 일인가 의아했다.

그렇게 두 번의 식사를 하고도 1,000킬로에 가까운 그라나다까지 가는 길은 무척 멀고도 험난했다. 도로 위에서 하도 많은 시간을 보낸 탓에 난 그대로 나이를 먹어 폭삭 늙어버리는 줄만 알았다. 그래서 이 도로 위에서 보낸 시간을 기억하기 위해 무언가 어울리는 제목을 찾다가 갑자기 떠오른 생각이 이 이야기의 제목인 '도로 위에 바친 젊음'이다. 도로 위에 바친 시간은 밤늦게까지 이어졌다. 고속도로 도중에 여기저기 잘려 나간 나무들의 흔적이 역력한 민둥산을 보게 되었는데, 그 광경을 보고 과연 저것이 개발이란 이름으로 해도 되는 행동인가 싶어 무척 마음이 아팠다.

그렇게 도로 위에서 나의 젊음을 몽땅 다 바친 후에야 마침내 그라나다의 한 호텔에 들어갈 수 있었다. 사실 그라나다에 도착해서도 호텔의 위치를 찾지 못해 지나가는 행인에게 여러 차례 수소문을 한 뒤에야 겨우 찾을 수 있었다. 도착한 호텔은 호텔보다는 기숙사라는 이름이 더 어울릴 것 같은 그런 곳이었다. 이 호텔에 도착한 시간이 밤 11시 무렵이었다.

천년 왕국

이튿날 아침을 먹고 간 곳은 알함브라라는 이름의 궁전이었다. 그런데 이곳에 들어가기 위해 오기 전에 집에서 하고 온 예약이 올바로 진행되지 않아 그 앞에서 다시 입장권을 사기 위해 또 30분 이상을 지체했다. 날은 무척 더웠고 여기에 설상가상으로 미리 예약해 둔 입장권까지 허공으로 날아가 버리자 짜증이 났다. 그렇다고 여기까지 힘들게 왔는데 이 중요한 곳을 안 보고 돌아갈 순 없기에 울며 겨자 먹는 식으로 다시 입장권을 살 수밖에 없었다.

입장권을 다시 사서 안으로 들어가니 제일 먼저 눈에 들어온 것은 바로 키가 하늘 끝까지 높이 솟아오른 나무들이었다. 이 나무는 일정하게 줄을 지어 안쪽으로 늘어서 있었는데 난생처음 보는 희한한 나무들이 무척 신기하게만 느껴졌다. 좀 더 안쪽으로 들어가자 이번에는 놀라우리만큼 정교하게 손질된 잔디가 나타났다. 그 잔디는 대체 어떻게 가꾼 것인지 일정한 크기와 간격으로 잘려 마치 하나의 거대한 나무를 연상하게 하였다. 이 잔디 나무까지 지나자 비로소 건물이 보이기 시작했다. 알함브라 궁전은 천이백 년 정도 되었다고 했는데, 그 막

대한 세월의 무게를 간접적으로 표출해 내기라도 하듯 건물 외벽에 녹이 슬어 있었고, 부분적으로는 금이 가 있었다.

이곳에서 난 총 세 명의 한국인 여학생을 만났다. 먼저 만난 두 명의 여학생들은 내가 불편한 몸으로 계단을 오르는 모습이 안쓰럽고 딱해 보였는지 계단 오르는 것을 도와주려고 하였다. 이 마음은 무척 고마웠으나 과거 여자에 대한 좋지 않은 기억과 남에게 피해를 주지 않고 살아가는 것을 인생철학으로 삼고 있는 난 그 도움의 손길을 거부했다. 계단을 올라가자 아래를 한눈에 내려다볼 수 있게 만들어 놓은 전망대가 있었다. 머리 위에서는 제비인지 신원 미상의 새들이 괴상한 소리를 내며 무리 지어 날고 있었다. 나는 이 경치 좋은 곳에서 그 여학생 두 명과 사진을 찍고 싶었으나 좀처럼 용기가 나지 않았다. 그도 그럴 것이 어머니께서는 별로 안 그러시는데 아버지께서 자꾸 눈치를 주시는 바람에 주눅이 들어 감히 시도를 하지 못했다.

궁전 안을 더 둘러보려고 좀 더 안쪽으로 들어가니 이번에는 성곽 위에 앉아 그림을 그리고 있는 금발머리의 또 다른 여학생 두 명과 만나게 되었다. 이들은 같은 한국인은 아니었으나 그림을 그리고 있었다는 점에서 나는 특별한 관심과 호감을 느꼈다. 무슨 그림을 그리고 있나 궁금해서 좀 더 가까이 가서 어깨 너머로 살펴보니 그것은 풍경화인데, 높은 곳에서 아래를 내려다보면 볼 수 있는 이곳의 경치였다. 이들은 수채물감을 사용하고 있었는데 물감 하나를 가지고 두 명이 나눠 쓰고 있었다. 그런데 그림은 선의 터치나 물감의 밀도 그리고 섬세한 묘사력 중 어느 것 하나의 조건도 충족시키지 못하고 있었다. 그래서 왠지 그림의 완성도가 떨어지고 빈약해 보였다. 물론 내 주관적인 견해지만 말이다.

그림 그리는 두 명의 여학생들을 지나 궁전 안쪽으로 들어갈 때는 일정한 간격으로 줄을 서서 입장권 검사를 받아야만 했는데 그렇게 기다리는 행렬 속에서 또 한 명의 한국인 여학생과 만날 수 있었다. 그녀는 마치 자랑이라도 하는 듯 가방에서 스페인어와 관련된 책을 꺼내 보고 있었다. 그녀는 혼자 온 것 같았다. 소매치기를 대비해 가방을 뒤로 메지 말고 앞으로 메라는 그곳 직원의 조언에 그녀는 얼른 가방을 앞으로 메었다. 난 이 여학생에게도 한번 말을 걸어보고 싶었으나 아버지께서 무서운 표정을 지으시며 수작 부리지 말라는 경고를 하셔서 그러지 못하였다. 정말이지 가슴 아픈 일이 아닐 수 없었다. 왜 다른 멀쩡한 남자가 여자에게 먼저 관심을 보이면 아무런 문제도 안 생기고 자연스럽고 편한 관계가 계속 유지되는데, 내가 그러면 무조건 수작 부리는 것이 되는지 나로서는 정말 이해하기 힘들었다.

궁전 안에는 아라비아에서 볼 수 있는 문양들로 장식되어 있는 부분이 많았다. 더 안쪽으로 들어가니 이번에는 한 줄기 물이 흐를 수 있게 만들어 놓은 작은 수로를 볼 수 있었다. 그 수로는 근처에 설치되어 있는 분수에서 나온 물줄기였다. 이슬람 사람들은 물을 신성한 것으로 여겨 소중히 다루고 오염되지 않도록 늘 조치를 취했다고 한다.

그런 다음 칼 5세와 이사벨 여왕이라는 서로 다른 지역의 왕과 여왕이 결혼한 후 이 궁전을 침입했고, 그 후부터는 기독교인들이 이 궁전을 점령하게 되었다고 한다. 그렇게 기독교인들이 궁전 주변에 별도의 건물과 정원을 추가로 만들면서 오늘날의 넓은 궁전이 만들어지게 된 것이다. 궁전 안에는 작은 물줄기가 조용히 흐르고 있었다. 끝을 알 수 없이 황량하게 펼쳐진 사막 한가운데를 흐르는 좁고 작은 희망이라는 이름의 여운을 내게 남기면서…:

그라나다 카테드랄(Granada Cathedral)

알함브라 궁전의 관람은 그것으로 끝이 나고 궁전 앞 레스토랑에서 식사를 한 다음으로 이동한 곳은 그라나다 시내에 있는 카테드랄이었다. 그라나다 시내에 들어서자 난 지금까지 그 어떤 곳에서도 볼 수 없었던 희한한 풍경을 볼 수 있었다. 그것은 다름 아닌 시내 중심의 쇼핑가 위의 허공에 걸려 있는 넓은 천이었는데, 내리쬐는 강한 햇볕을 막는 용도로 쓰이는 것이었다. 그것을 보고만 있어도 더위가 한결 가시는 듯했다. 이것이 설치되어 있지 않았다면 그라나다에 거주하는 사람들은 피부 질환이나 피부암을 유발시키는 자외선에 무방비로 노출되는 셈이 된다. 하지만 그 창의적인 발상 덕분에 40도에 가까운 기온에도 난 그다지 더위를 느끼지 않고 시내를 둘러볼 수 있었다.

시내를 둘러보다가 발견하게 된 곳이 바로 대성당이었다. 마침 한 사나이가 성당을 정면으로 보면서 그것을 스케치북에 담고 있었다. 그런데 막 그리기 시작했는지 종이 위에는 이렇다 할 형태가 제대로 잡혀 있지 않았다. 난 그 사나이가 성당을 어떤 식으로 묘사해 내는지 궁금해 그 옆에서 그가 그리는 그림을 좀 더 보고 싶었으나 부모님이 재촉하시는 바람에 더 있지 못하고 그에게 격려의 말을 해 주면서 건물 안으로 들어갈 수밖에 없었다.

사실 어느 도시를 가나 보게 되는 성당이어서 이제는 별로 신기하다는 느낌을 받지 못하였다. 그런 성당 건물을 볼 때마다 드는 생각은 과연 그분께서 하늘 끝까지 높이 솟아오른 성전을 기쁘게 생각하실지 하는 의문이었다. 이전의 기독교인들은 꼭 거대한 성전을 하늘 높이 세워 올리고, 웅장하고 무거운 분위기 속에서 예배를 드려야만 그 예배에 의미와 가치가 있다고 생각했던 것 같은데 이 생각에 난 동의하지 않는다. 성경에 기록되어 있는 부분을 잠깐 떠올리면 바벨탑이 만들어질 당시에 하나님께서는 사람들의 끝없는 욕심에 우려를 표하셨고, 탑의 높이가 하늘 높은 줄 모르고 점점 높아지자 결국에는 사람들 사이에서 통용되던 언어를 바꾸어 버리심으로써 그 탑이 완공되지 못하게 되었다고 한다.

성경의 다른 부분에서는 오랜 세월에 걸쳐 겨우 완성한 성전에서 잡상인들이 장사를 하고, 더러운 것들로 성전의 본래 의미와 가치를 더럽히자 예수님께서 당장 이 성전을 허물라고 하시면서 '내가 사흘 만에 이 성전을 다시 짓겠다'고 하신 말씀이 기록되고 있다. 이렇듯 겉만 번지르르하고 내면은 텅 비어 있는 성전이라면 아무런 의미가 없다. 사람들이 왜 그렇게까지 웅장하고 거대한 건축물을 짓는 데 집착했는지 모르겠다. 허나 분명한 것은 그런 성전 백 개보다 작은 믿음이라도 올곧이 간직한 한 사람의 성도를 더 소중하게 생각하고 계시는 분이 바로 예수님이라는 사실이다. 제물의 많고 적음을 떠나서 작은 제물이라 할지라도 그 안에 정성과 성의가 담겨져 있을 때만이 진정한 의미와 가치를 지니는 것이라고 나는 생각한다.

성당을 둘러보면서 그 웅장함에 입이 떡 벌어질 정도였지만 한편으로는 이런 생각들로 인해 마음이 계속 불편하였다. 건물은 대단히 웅장한데 이에 비해 화장실은 아주 좁고 초라했다. 같은 건물 안에서도 용도에 따라 왜 그렇게 큰 차이가 생기는지 나로서는 정말 이해하기 힘들었다. 그리고 다른 한편에는 엄청난 크기로 확대된 찬송가가 펼쳐진 상태로 유리관 속에 전시되어 있었다. 이것을 보고도 대단하다는 느낌보다는 왠지 안타깝다는 생각이 들었다.

이렇게 나에게 여러 가지로 많은 생각을 하게끔 만든 그라나다 카테드랄. 나는 하나님의 이름으로 지어진 대주교 성당이 그에 걸맞은 용도로 쓰여야지, 부의 상징이나 어떤 집단이나 단체의 권력을 과시하고 남용하는 용도로 쓰이지 않기를 마음속으로 간절히 바랐다.

〈 알함브라 궁전 〉

재봉틀의 마술사

성당을 구경하고 나오는데 이번에도 어떤 남자가 내 눈에 들어왔다. 그는 상가가 밀집한 번화가에 앉아 앞치마를 파는 작은 가게를 운영하고 있었다. 그런데 그 사람은 손짓으로 지나가는 여자들을 불러 세우면서 자신의 앞에 놓인 재봉틀로 아주 재미있는 마술을 부리고 있었다. 그 마술은 종이에 여러 가지 색깔의 실로 글자를 새기는 작업이었는데, 그는 그렇게 만든 일종의 작품을 호객 행위를 하는 용도로 쓰고 있었다. 그러면서 그것을 돈을 받지 않고 선물이라며 그 가게 앞을 지나는 여성들을 대상으로 나눠주고 있었다.

앞치마를 파는 장사가 잘되지 않아 그 같은 행동을 하는 것으로 추측할 수 있는데, 그는 지나는 사람들이 달라고 하지도 않는데도 그것을 나누어 주면서 전혀 힘들어하거나 귀찮아하는 기색을 찾아볼 수가 없었다. 오히려 누군가에게 자신이 가진 재능을 뽐내며 자부심을 느끼는지 얼굴에는 한가득 미소를 띠고 있었다. 그의 밝고 유쾌한 모습에 그 앞을 지나는 사람들은 걸음을 멈출 수밖에 없었다.

그는 그렇게 열심히 호객 행위를 하고 있었지만 사람들은 그가 공짜로 주는 선물만 받아갈 뿐 정작 앞치마를 사는 사람은 한 명도 없었다. 자기 딴에는 어떻게든 손님을 끌어보려고 안간힘을 쓰고 있었으나 기대만큼 매상을 올리지 못하고 있는 것 같아 그의 그런 모습을 보면서 속으로 혀를 끌끌 찰 수밖에 없었다. 하지만 그래도 사람들의 냉담한 반응에도 굴하지 않고 묵묵히 자신의 일을 하고 있는 그의 모습에서 묘한 매력을 느꼈다. 그의 그런 마음이 나의 『비상』을 통해 전 세계로 알려져 그가 파는 앞치마가 세계적으로 유명한 브랜드가 되었으면 좋겠다.

사상 최악의 세비야

그라나다를 떠나 다음으로 간 곳은 세비야(Sevilla)라는 도시였다. 사실 세비야의 호텔은 그라나다에 머물 때 호텔 인터넷으로 예약을 한 곳이었다. 그런데 세비야에 오후 한 서너 시쯤 도착했는데, 호텔을 찾지 못해 그 근방에서 한참을 헤매었다. 급기야는 전혀 다른 방향으로 갔다가 되돌아오기까지 하였다. 그러느라 나는 다시 한 번 도로 위에 나의 젊음을 바칠 수밖에 없었다.

예약해 둔 호텔 근처까지 왔다가 방향을 잘못 틀어 엉뚱한 곳으로 가고 있다는 사실을 알게 되었을 때는 이미 너무 늦어버린 뒤였다. 어느덧 하늘은 어두워져 있었고 날씨도 저녁이 되니 바람이 불고 쌀쌀해졌다. 그때까지 제대로 된 루트를 파악하지 못해 속이 점점 타들어 갔다. 겨우 후미진 구석에 차를 세워두고 차에서 내려 지나가는 행인을 불러 세워 길을 물어보았다. 그런데 설상가상으로 그 행인은 영어를 잘 하지 못했다. 뭐라고 알려 주는 것 같기는 한데 도무지 무슨 말을 하려는 것인지 알아들을 수가 없었다.

급기야는 잘 걷지 못하는 나를 잠시 근처에 앉혀 놓고 부모님만 호텔을 찾으러 모퉁이 뒤로 사라지셨다. 혼자 모르는 동네에 와 있다는 생각이 들자 갑자기 덜컥 겁이 났다. 그러면서 왠지 모르게 마음속에서는 이유를 알 수 없는 눈물이 흐르기 시작했다. 한때 세상을 호령할 것만 같은 불사조의 뜨거운 불꽃이 전혀 예상치 못한 곳에서 꺼지게 될지도 모른다는 생각이 들어 그렇게 눈물이 났던 것 같다. 그렇게 혼자 한 20분 정도를 길가에 앉아 여기서 다시 불사조의 횡포가 벌어져야 하나, 끓어오르는 분노를 간신히 억누르며 난 스스로를 계속 다독였다.

그러다 도저히 참을 수 없어 다시 한 번 괴성을 지르려는 찰나 불현듯 아버지가 모퉁이에서 나타나셨다. 그러고는 잘 걷지 못하는 나를 마치 짐짝 다루듯 끌고 가셨다. 간신히 분노는 삼켰지만 난 여전히 화가 난 상태였다. 이 모든 고생이 아무리 나의 비상을 좀 더 견고하게 만드는 과정이라지만 내게는 너무 가혹하게만 느껴졌다. 그러면서 내가 왜 이런 안 해도 되는 고생을 해야 하는지 자꾸만 의문이 들었다. 아버지 손에 붙들려 간 호텔은 그야말로 최악이었다. 좁고 후미진 골목길에 위치한 그 호텔은 중국인이 운영하는 곳이었는데, 무슨 이유에서인지 전혀 호감이 가지 않았다. 그래도 너무 시간이 늦어진 탓에 다른 호텔을 찾는 것은 무리라고 판단되어 그곳에서 하룻밤을 묵기로 하였다.

너무 늦은 시간까지 돌아다니느라 저녁을 못 먹은 탓에 방으로 올라가서 짐만 대충 풀어 놓고 근처 식당으로 식사를 하러 갔다. 거의 밤 11시가 다 되었는데도 길거리는 많은 사람들로 북적이고 있었다. 야외에 설치되어 있는 간이 테이블에 앉아 식사를 하는데, 옆에서 흥겨운 노랫소리가 들렸다. 정열적인 성격을 지닌 스페인 사람들은 그 노래에 맞춰 춤을 추거나 보란 듯이 애정 행각을 하는 커플들이 눈에 많이 띄었다. 그런 분위기 속에서 나는 화를 내야 할지 웃어야 할지 묘한 기분으로 식사를 해야만 했다. 식사를 마치고 다시 호텔로 돌아오는데 호텔 바로 앞에서 또 한 커플이 진하게 사랑을 나누고 있었다. 그 광경을 본 나는 아무도 없는 곳에서 그렇게 애정 행각을 하고 있으니 더 이상하다는 생각이 들어 나도 모르게 흠칫 작은 소리로 괴성을 지르고 말았다. 인기척을 눈치챈 그 커플은 그제야 애정 행각을 그만두었는데 나름 좋은 분위기를 방해받아서인지 등 뒤에서 낮은 스페인어로 날 욕하는 듯했다.

이렇게 세비야에 대한 기억은 이전에 있었던 에펠탑의 악몽과 더불어 내 『비상』의 최악의 내용으로 기록되고 말았다.

숨겨진 낭만

이튿날에는 호텔 근처에 있는 고대 유적지 탐험을 하였다. 이른 아침 시간이었지만 그 유적지 앞에는 벌써부터 많은 사람들이 줄을 서서 기다리고 있었다. 그 행렬 중에는 한국인들도 여럿 눈에 띄었다. 안에 무슨 대단한 것이 있다고 이른 아침부터 많은 사람들이 줄을 서서 기다려야 하나 하는 의문이 들었다.

허나 많은 사람들이 그렇게 줄을 서서 기다린 데에는 다 그만한 이유가 있었다. 내부에 들어가 보니 너무나도 낭만적으로 잘 꾸며져 있었기 때문이었다. 원래 고대 유적지와는 거리감이 좀 있었지만 안에는 키 큰 야자수가 많이 자라고 있었고, 작은 분수 위에서 물이 떨어지도록 만들어 놓은 폭포 형태의 연못도 있었다. 그리고 나무가 우거진 곳 사이로 작은 정자가 만들어져 있어 마치 동화책에서나 나오는 아름답고 꿈같은 분위기였다. 알함브라 궁전과 마찬가지로 스페인의 많은 건물들은 이슬람 양식에서 많은 영향을 받은 듯 했다.

내리쬐는 강렬한 햇볕에 목이 무척 타들어가긴 했지만 그런 낭만적인 분위기 속에 있으니 별로 덥다는 느낌이 들지 않았다. 잔잔한 물소리와 새들이 지저귀는 소리가 들리는 곳에 있으니 몸도 마음도 나른해지는 것을 느낄 수가 있었다. 그 전날의 악몽만 없었더라면 더할 나위 없이 좋았을 텐데, 하는 아쉬운 생각이 들었다. 이번 이야기의 제목을 무엇으로 할까 잠시 고민을 하다가 이내 난 기가 막힌 제목을 떠올렸다. 그것은 고대 유적지 속에 이런 낭만적인 정원이 숨어 있었기 때문에 그 느낌 그대로 나는 이번 이야기의 제목을 '숨겨진 낭만'이라고 정하였다.

사실 매일매일 여유 없이 바쁘게 살아가는 현대인들은 낭만이라는 것을 너무 멀리 떨어져 있는 것이라고 생각하는 경우가 있는데 사실은 그렇지가 않다. 하다못해 자신의 집 앞에 있는 작은 정원이라고 할지라도 잘만 가꾸면 얼마든지 낭만적인 공간이 될 수 있다고 생각한다. 다람쥐 쳇바퀴 돌듯 반복되는 일상의 틀에서 벗어나 조금은 삶의 여유를 가지고 살아가기 위해서는 순수하고 정감 있는 마음이 필요하다. 난 그것이 바로 진정한 낭만이라고 생각한다.

전설의 스타워즈 촬영지

세비야에 스페인 광장이라는 곳이 있다. 그곳은 영화 〈스타워즈〉 촬영지로 유명한 곳이라 하여 그곳을 찾아가 보았다. 영화 〈스타워즈〉하면 어떤 이미지가 떠오르는가? 난 이 영화를 본 적이 없지만, 컴퓨터 그래픽과 특수촬영 장비를 사용해 만들었을 것이라는 사실을 난 어렵지 않게 유추해낼 수 있었다. 아무리 보는 사람들에게 재미와 신선한 자극을 주기 위해서라지만 이미 전 세계적으로 영화계는 지나치게 컴퓨터 그래픽에 의존하고 있다고 보아도 과언은 아닐 것이다. 어느 순간부터 고도로 발달된 문명의 힘을 자신들도 모르는 사이에 너무 남용하고 있다고 나는 생각한다.

이는 과거 단 하룻밤 사이에 바다 속으로 가라앉았다고 전해지는 전설 속의 고대 문명 아틀란티스의 사례와도 같다고 할 수 있다. 그 당시 아틀란티스 사람들은 우연히 손에 넣게 된 오리할콘이라는 물질의 힘으로 잠시 동안 한층 윤택하고 질적으로 높은 문명을 꽃피우는 듯했다. 하지만 이내 걷잡을 수 없이 강력해진 오리할콘은 스스로 자신의 힘을 통제하지 못하는 상황으로 치닫고 말았고, 결국은 이 오리할콘의 힘에 의해 아틀란티스는 멸망의 길로 접어들었다고 전해진다.

아틀란티스의 사례에서 오리할콘을 오늘날의 고도로 발달된 문명의 힘으로 비유한다면 우리가 사는 이 시대도 머지않아 아틀란티스와 같은 운명을 맞이하게 될지도 모른다. 확실히 인류는 발달된 문명의 힘을 자제해야만 할 필요성이 있다. 한순간의 재미나 쾌락 추구를 위해서 너무 자극적이거나 야한 내용의 영화들은 이제 그 수를 점차 줄여 나가야 한다고 생각한다.

이런 중요한 사실을 알고 있으면서도 인간들은 이를 외면하면서 자신들만의 사고 체계 속에서 구체화된 허상을 만들어 냈고, 이를 신격화시키고 마치 우상숭배의 전유물처럼 취급하고 있다. 스타워즈에서 '워즈'란 무엇을 의미하는가? 스타워즈라고 하면 우주의 영웅 내지는 온갖 사악한 세력으로부터 우주의 평화를 지키는 전형적인 권선징악적 요소를 담고 있는 영화라는 뜻이 된다. 너무 판에 박힌 내용이라 생각되지 않는가? 언제까지 그렇게 비슷한 내용, 비슷한 스토리를 가지고 약간씩만 변화를 주어 가며 우려먹기만 할 것인가?

나는 이런 생각을 하며 스페인 광장에 있었다. 찌는 듯한 더위에도 아랑곳하지 않고 많은 사람들로 북적이고 있었다. 그중에는 케스트네츠와 부채, 그리고 중절모를 판매하는 잡상인들도 섞여 있었다. 뭐가 그리 즐거운지 팔릴 리 없는 물건들을 가지고 잡상 행위를 하는 사람들의 얼굴에는 한가득 미소를 머금고 있었다. 그런 모습을 보면서 그늘진 곳에 앉아 있는데 한 아저씨가 중절모를 내 머리 위에 씌우면서 구매를 강요했다. 처음에는 그것이 몹시 불쾌하고 싫었으나 어떻게 해서든 그 중절모를 팔려고 값을 점점 낮춰 주시는 아저씨의 모습을 외면할 수 없었다. 다 먹고살자고 하는 행동인데 너무 인색하게 반응하는 것도 웃어른에 대한 예의가 아닌 것만 같았다. 결국 나는 이 모자를 살 수밖에 없었다.

사실 어딜 가나 사람이 많이 모이는 곳에는 그렇게 잡상 행위를 하는 사람이 있기 마련인데, 우리 사회는 그런 사람들을 무시하고 괄시하는 경향이 있는 것 같다. 한번 굳어져 버린 사회 풍토가 하루아침에 뒤바뀔 수 있는 것은 아니지만, 이들의 아픔과 그렇게라도 물건을 팔아 보려는 노력을 무조건 부정적인 시각으로만 볼 것이 아니라 조금이라도 그들을 이해하고 포용할 줄 아는 자세가 필요한 것은 아닐까 하고 생각해 보았다. 나는 이런 생각을 하면서 스페인 광장 한가운데 서서 말없이 하늘을 올려다보고 있었다.

말라가 해변

그다음으로 차를 타고 이동한 곳은 지중해 해변 휴양도시인 말라가였다. 세비야에서 말라가까지는 꼬박 두 시간 정도가 걸렸는데 여기서도 나의 '도로 위에 바친 젊음'은 어김없이 이어졌다. 말라가에 막 도착하자마자 미리 예약해 둔 호텔로 갔는데 어찌된 일인지 안에서는 개 짖는 소리만 들려올 뿐 사람이 없는 것 같았다. 거기다 그 호텔은 말라가 시내에서는 20분 정도 떨어진 곳에 있어서 일단은 시내를 돌아보고 나서 다시 호텔로 돌아오기로 결정하고 말라가 시내로 갔다. 낮에는 찾는 사람이 없어 문이 잠겨 있지만, 저녁때 다시 오면 열어줄 것이라는 실낱같은 희망에 기대를 걸어볼 수밖에 없었다.

말라가 해변의 분위기는 우리나라 부산 해운대를 연상케 하였다. 해변의 해수욕장에 있는 사람들은 모두 수영복을 입고 내리쬐는 태양빛 아래서 한참 선탠을 하고 있었다. 알몸으로 누워 있거나 바닷가에서 해수욕을 하는 사람도 있었다. 사람들의 과감한 행동이 보기는 좋았으나 아무리 더워도 저건 좀 아니지 않나 하는 생각이 들기도 했다. 이곳에 왔다는 사실을 기념하기 위해 바닷가에 신발을 벗고 물속에 들어가 보려 했다. 신발을 모래밭 위에 벗어 두고 맨발로 걸으니 움푹움푹 파이는 뜨거운 모래에 순간 발바닥이 몹시 따가웠고, 느낌이 썩 유쾌하지만은 않았다. 그래도 잠시 뒤에 바닷물에 발을 담그니 기분이 훨씬 상쾌해졌다.

그렇게 바닷가 근처에서 시간을 보내다 어느덧 저녁때가 되어 바다를 정면으로 볼 수 있는 야외 식당에서 식사를 했다. 분위기는 무척 좋았으나 그 식당 사람들은 일요일이어서 일찍 문을 닫으려고 하는지 빨리 먹고 나가라는 식의 눈치를 자꾸 주는 것이었다. 여기에 비둘기까지 식당 안으로 들어와 계속 주변을 왔다 갔다 하여 난 몹시 불편하게만 느껴졌다. 먹을 때는 개도 안 건드린다는 옛말도 있는데 주변에서 자꾸 무언의 압박을 주니 음식이 잘 들어가지 않았다. 다들 먹고살겠다고 하는 행동이지만 일단 우리 가족은 그 식당에 손님으로 들어갔는데 손님은 왕이라는 말이 무색할 정도로 방해 공작을 펴는 세력들이 많았다. 나오는 음식들이 입에 안 맞는다거나 특별히 맛이 없었던 것은 아니었지만 말이다.

식사를 마치고 나서 다시 바닷가로 나가 보았다. 이번에도 넘실거리는 파도에 발을 한번 담가 보았다. 슬리퍼를 너무 물 가까운 곳에 둔 나머지 파도에 떠내려갈 뻔한 것을 간신히 건져 올렸다. 이렇게 바닷가에서 보낸 저녁은 무척 인상적이었다.

금지된 요새

바닷가를 벗어나 다음으로 찾아간 곳은 절벽 위에 세워진 히브랄 파로라는 이름의 성이었다. 그 성은 깎아지른 듯한 절벽 위에서 웅장한 자태를 뽐내고 있었다. 옆으로 길게 뻗어 있는 구조가 중국의 만리장성과 비슷했다. 그 성은 외부 세력의 침입을 막기 위해 견고하고 높다란 성벽으로 되어 있어 아무도 넘보지 못할 것만 같은 분위기가 물씬 묻어나오고 있었다. 이 성은 그렇게 외부인의 출입을 거부하는 듯 견고했지만, 사이의 벌어진 철근 사이로 난 큰 구멍이 그 말을 무색하게 만들고 있었다.

성의 구조가 처음부터 외부인의 출입을 금하고 있는 것은 아니었지만, 성곽을 따라 위로 올라가면 갈수록 좁아지고 결국에는 막다른 곳이 나오는 구조였다. 사실 난 너무 힘들어 끝까지 다 올라가지 않고 그래도 끝까지 올라갔다가 오시겠다는 부모님을 기다리며 중턱쯤에 있는 돌담 위에 앉아 기다렸다. 끝까지 올라가도 그 결과는 뻔할 것 같아 굳이 올라가 볼 필요성을 느끼지 못했다.

중턱까지 올라가는 도중에 난 벌건 대낮부터 돌담 위에 앉아 진하게 사랑을 나누는 어린 커플을 볼 수 있었다. 순간 얼굴이 화끈거리고 민망해졌다. 이 커플은 이전에 세비야에서 보았던 커플과는 대조적으로 내가 근처에서 헛기침을 하면서 인기척을 내도 전혀 아랑곳하지 않고 계속 진하게 사랑을 나누었다. 나이도 별로 많지 않아 보였는데 그 커플은 무척 대담했고 당당했다. 밑에 아름다운 경치가 한눈에 내려다보이는 곳에 앉아 그렇게 애정 행각을 하는 자신들의 행동에 상당한 자부심을 느끼고 있는 듯했다.

나는 왜 가는 곳마다 그렇게 커플들의 애정 행각으로 계속 염장을 질려야 하는지, 그런 생각을 하고 있는 나 자신이 한심스럽게만 느껴졌다. 바다 바람이 머리 위를 싱그럽게 불어오며 나의 불붙은 마음을 잠시 식혀주는 듯했으나 그래도 여전히 괴롭고 불편한 느낌이 드는 것은 어쩔 수 없었다. '히브랄 파로' 성벽의 젊은 커플은 마치 나를 비웃기라도 하듯 세월이 지나도 내 머릿속에서 계속 남아 있을 것만 같다.

계승되는 영혼

금지된 요새를 둘러보고 나오는데 멀지 않은 곳에 피카소의 생가가 있다는 사실을 알게 되었다. 이전에는 피카소에 대해 전혀 모르고 있었지만, 많은 사람들이 내 작품이 피카소와 비슷한 데가 있다는 말을 해서 그때부터 난 이 화가에 대해 관심을 갖기 시작했다. 표지판이 안내해 주는 방향대로 찾아가니 이내 작은 공원이 나타났고, 그 공원 가장자리에 피카소의 조각상이 덩그러니 앉아 있었다. 그의 조각상은 옷의 주름부터 시작해서 너무 리얼하게 만들어져 처음에는 그런 식으로 일부러 로봇 흉내를 내면서 돈을 구걸하는 사람인 줄만 알았다.

피카소의 조각상은 자신의 생가 앞에 앉아 말없이 허공을 응시하고 있었다. 난 그 옆으로 다가가 펜과 작은 노트를 들고 있는 그의 두 손을 잡아 보았다. 그 순간 한 시대를 풍미했던 피카소의 열정적인 영혼이 내게로 계승되는 것만 같은 짜릿하고 오묘한 기운을 느낄 수 있었다. 왜 내가 그의 조각상에게서 그런 기운을 느낀 것인지 이유는 알 수 없지만 이것은 분명 우연이 아님을 난 미루어 짐작할 수 있었다. 작품을 향한 끝없는 그의 열정이 시공간을 뛰어넘어 내게로 전해져 오는 것을 느꼈을 때 난 황홀하다는 감정보다는 왠지 모르게 지나온 세월의 무게로 마음속에서 뜨거운 눈물이 흘러내리는 것을 느낄 수 있었다.

그렇게 피카소와 잊지 못할 조우를 하고 그가 태어났다는 생가로 가보았다. 하지만 생가는 문이 굳게 닫혀 있었다. 안이 어떻게 되어 있을지 몹시 궁금했지만 문이 잠겨 있는 탓에 그 궁금증은 버려야만 했다. 발길을 돌려 왔던 길을 도로 돌아오려는데 이번에는 피카소 박물관이 있다는 사실을 또 다른 표지판을 통해 알게 되었다. 점점 설레고 다급해지는 마음으로 얼른 그곳으로 발길을 옮겼지만 역시 시간이 너무 늦은 까닭에 문은 굳게 닫혀 있었다. 사실 바르셀로나에서 이미 피카소의 작품을 봤기 때문에 이곳이라고 크게 다를 것이 있을까 하는 생각도 들었지만, 박물관 안으로 들어가 보지 못한 것이 못내 아쉬웠다. 그래도 왔다는 것에 의미와 가치를 부여하면서 그 앞에서 사진을 찍었다.

얼굴은 온통 땀으로 뒤범벅이 되어 있었지만 난 그렇게 피카소의 정기를 느끼며 그에게서 영혼을 계승받았다. 이것에 부끄럽지 않게 내가 태어난 집 앞에도 후세에 나의 조각상이 만들어져 오가는 사람들에게 어떤 때는 위로와 안식을, 또 어떤 때는 날갯짓을 하여 다시 한 번 저 높고 푸른 하늘로 비상하는 독수리 같은 용기를 주고 싶다. 꺼지지 않는 불사조와 같은 뜨거운 열정과 용기, 희망을 나누어 주며 내가 살았던 시대를 풍미하고 많은 사람들의 기억 속에 오래도록 남게 되었으면 좋겠다.

〈피카소와의 조우〉

예상치 못한 반전

이제 말라가에 도착했을 때 처음 들렀던 호텔로 돌아가야만 하는 시간이 되었다. 날은 어둑어둑해졌지만 난 여전히 불길한 기운을 떨칠 수 없었다. 왠지 다시 그 호텔로 간다 해도 여전히 문은 잠겨 있을 것만 같다는 느낌이 들었기 때문이었다. 아니나 다를까 나의 이 예상은 그대로 적중했다. 호텔의 문은 여전히 굳게 잠겨 있었고, 인기척을 듣고 근처에 있는 주민들이 나타나 무슨 일인지 궁금해했다. 그러면 대체 이날 밤을 어디서 묵어야 하나 갑자기 하늘이 노래지고 심장이 옥죄어 답답해지는 것이 느껴졌다.

밖으로 나와 동네 사람들에게 도움을 요청하며 어디 하룻밤 묵어갈 곳 없느냐고 물어보았지만 말이 통하지 않는 주민들이 제대로 된 정보를 알려줄 리 없었다. 아마 이 호텔은 장사가 잘 되지 않아 문을 닫은 지 꽤 오래된 것만 같았다. 왜 이런 상황을 미리 눈치채지 못했던 것일까? 인터넷으로 급하게 예약을 했는데, 영업을 더 이상 하지 않는 이 호텔이 삭제되지 않고 여전히 올라 있었던 것으로 추측할 수 있었다.

하는 수 없이 다시 차를 돌려 한참이나 떨어진 다른 호텔에 가서 하룻밤을 묵을 수밖에 없었다. 그렇게 새로 찾아 들어간 호텔은 숙박료가 거의 두 배였다. 나는 여기서 마음속에서 끓어오르는 분노를 참지 못하고 다시 한 번 불사조의 횡포를 벌일 뻔했다. 하지만 여기서 횡포를 부리면 지금까지 공들여 쌓은 탑이 한순간에 무너져 내리고 말 것이라는 사실을 너무 잘 알고 있었기에 마지막 순간까지 인내하며 어떻게든 스스로를 다독이고 위로했다.

발렌시아의 지하철

　말라가에서 지중해 해안도로를 따라 다시 이동한 곳은 발렌시아라는 해안 도시였다. 이 도시는 바르셀로나로 돌아가는 도중에 있었다. 이번에는 일단 먼저 호텔로 가서 짐을 풀어 놓고 다시 시내로 나오려고 했다. 이번에 잡은 호텔은 다행히 어렵지 않게 찾을 수 있었지만, 그 호텔은 시내에서 지하철로 일곱 정거장을 이동해야만 하는 거리에 위치해 있었다.

　호텔에서 짐을 풀고 지하철로 시내로 나가려는데 표 끊는 절차가 까다로워 옆 사람의 도움을 받을 수밖에 없었다. 도움을 준 사람은 젊은 아가씨였는데 그녀는 어설픈 영어 실력이었지만 전혀 귀찮아하는 기색 없이 친절하게 도와주었다. 표는 모두 무인 발권기에서만 발권할 수 있도록 해 놓아 그 앞에서 한참 씨름을 한 뒤에야 겨우 표를 받을 수 있었다. 그렇게 타본 스페인 발렌시아의 지하철은 우리나라 지하철과는 달리 계단을 많이 내려가지 않아도 되어서 편리했다. 우리나라의 경우에는 무인 발권기를 지나서도 많은 계단을 내려가야 비로소 지하철을 탈 수 있는 경우가 많은데, 발렌시아의 지하철은 열 계단 정도만 내려가도 곧바로 지하철과 이어졌다.

　플랫폼에서 잠시 기다리니 얼마 지나지 않아 지하철이 역 안으로 들어왔다. 우리나라 수도권 지하철에 비해 열차와 열차 사이를 잇는, 서로 연결된 부분이 무척 짧았다. 그리고 문도 승객이 직접 손잡이를 돌려야만 열리는 수동문이었다. 이 문은 탈 때는 밖에서 손잡이를 돌려야 열렸고, 내릴 때는 안에서 손잡이를 돌려야만 열리는 구조로 되어 있었다. 그리고 타고 내리는 사람이 없을 때면 문은 아예 열리지 않았다.

열차와 열차를 사이를 잇는 부분은 특별히 구분된 공간 없이 커다란 고무 호스로 연결되어 있었다. 우리나라 수도권 지하철 같은 경우에는 칸막이와 문으로 열차를 잇는 공간을 따로 구분하여 만들어 놓았는데 이와는 상당히 대조적인 모습을 보였다. 그리고 내부는 런던의 지하철보다 훨씬 넓었다. 런던 지하철은 열차 내부가 무척 좁아 열차 안에서의 이동이 용이하지 않고 그래서 별로 호감이 가지 않았는데, 발렌시아의 지하철은 이에 비해 참 편리하였다. 내가 탄 스페인 발렌시아의 지하철은 점점 시내를 향해 가고 있었다.

고뇌하는 불사조

그렇게 발렌시아 시내에 도착하자마자 찾아들어간 곳은 거리에 테이블을 내다 놓고 장사를 하는 야외식당이었다. 그런데 이 식당 직원이 어찌나 친절한지 왠지 모르게 다시 오고 싶다는 생각이 들게 했다. 얼굴에는 한가득 미소를 띠고 음식을 가져오면서도 맛있느냐는 등 많이 먹으라는 등 온갖 덕담을 아끼지 않고 있었다. 그의 그런 긍정적인 인상에도 아직 식사 시간이 안 되어서인지 식사를 하러 오는 사람은 별로 없었다. 우리는 타파스(Tapas)라는 오징어 튀김처럼 생긴 요리와 볶음밥처럼 생긴 파엘라(Paella)를 주문했다. 스페인 음식들은 우리나라 음식이라 비슷해 내 입맛에 그런대로 잘 맞았다.

시내 중심가의 골목길에 위치해 있던 식당에서 식사를 마치고 간 곳은 다름 아닌 카테드랄이었다. 왜 자꾸 발걸음이 성당으로 가게 되는지 이해하기 힘들었지만 그래도 각 도시를 대표하는 카테드랄은 형태나 규모에서 차이가 나기 때문에 한번 안으로 들어가 보았다. 막 들어갔을 때는 예배를 드리는 시간인지 모르고 들어갔는데 나중에 시간이 좀 지나자 마침 예배가 진행되고 있다는 사실을 알게 되었다. 무겁고 엄숙한 분위기에 잠시 경건한 마음가짐으로 예배를 드리는가 싶더니 부모님은 이내 밖으로 나가시는 것이었다. 그래서 나도 뒤따라 나갔다.

밖으로 나와 이제 제대로 좀 시내 구경하는가 했더니 이번에도 또 다른 형태의 성당이 나타났다. 이제는 슬슬 약이 오르기 시작했다. 왜 자꾸 가는 곳이 교회나 성당인지 참 답답했다. 그래서 이번에는 들어가지 않고 바깥에 있는 의자에 앉아 먼저 들어가신 부모님을 기다렸다. 잠시 뒤 내가 없어진 것을 알아챈 부모님이 밖으로 다시 나오셔서 나에게 안으로 들어오라고 손짓을 했지만 난 들어가지 않았다.

성당을 지나 시내로 더 들어가자 광장이 나왔다. 그 광장 한가운데에는 분수가 있었다. 분수를 옆에서 장식하고 있던 조각상은 바다의 신 포세이돈이었다. 그 조각상은 첫눈에는 대리석처럼 보였으나 대리석의 특성상 검은빛을 띨 수가 없는데 검은빛을 띠고 있어서 대리석은 아닌 듯했다. 나중에 알고 보니 그것은 대리석이 아니라 청동이었다. 지금까지 대리석으로 조각한 조각상들은 많이 봐 왔지만 청동상은 처음이어서 난 그 포세이돈 상에서 매우 이색적인 감동을 받았다. 조각상들만 청동이었고 그 외에는 모두 대리석이었다.

그 조각상이 포세이돈이라는 사실을 어떻게 알 수 있느냐 하면 그리스·로마 신화에 보면 포세이돈은 항상 삼지창을 들고 다니는 모습으로 나온다. 그런데 그 청동상에도 삼지창이 들려 있어서 이 인물이 - 사실 인물이라고 하기는 좀 뭣하지만 - 바다의 신 포세이돈이라는 사실을 어렵지 않게 유추해낼 수 있었다. 대리석은 특성상 부식이 잘되어 장기간 보존이 어렵다는 결점이 있는데 청동상은 이를 보완한 새롭고 창의적인 발상이라고 할 수 있을 것이다.

사실 발렌시아에도 바다가 있었지만, 바닷가로 가려면 차를 타고 이동해야만 했기에 바다는 말라가에서 본 것으로 만족할 수밖에 없었다. 그렇게 광장 한 복판의 포세이돈 조각상을 지난 다음으로 간 곳은 밑에 물이 흐르지 않는 다리였다. 이 다리 밑에는 수로 대신 널찍한 공원이 자리 잡고 있었다. 나는 속으로 그럴 바에야 왜 위에 다리를 만들어 놓았는지 이해가 안 되었다. 그것은 쓰지 않아도 될 자원을 낭비한 것처럼 보였지만, 이전에는 강이 흘렀지만 지금은 물이 다 말라 버린 것이라고 아버지께서 말씀하셨다.

다리 바로 맞은편에는 커다란 개선문이 웅장한 자태를 뽐내며 서 있었다. 추억으로 남기기 위해 그 앞에서 사진을 찍었다. 개선문을 지나서 조금 더 걸어가자 미라클 로드라는 이름의 좁고 후미진 골목길이 나타났다. 견고하게 만들어진 건물 외벽에 설치되어 있는 표지판에 글자가 선명하게 눈에 들어왔다. 미라클 로드를 지나자 다시 포세이돈 조각상이 설치되어 있는 광장과 만나게 되었다.

나중에 알고 보니 발렌시아에는 미술관이 밀집되어 있는 지역이 있는데 그곳으로 가려고 해도 차를 타고 이동해야만 했기에 미술관에는 가보지 못했다. 차를 호텔 지하 주차장에 세워 놓고 왔는데, 중요한 순간에 차가 없으니 영 불편했다. 바닷가에도 가보고 싶었으나 그러지 못한 것이 못내 아쉬웠다. 발길을 돌려 다시 지하철역으로 돌아왔다. 발렌시아 시내 투어를 했다기보다는 왠지 별다른 내용 없이 길거리 방황만 하다 오는 것만 같아서 기분이 묘했다. 지하철역에서 막 승강장으로 들어오는 전동차를 뒤의 배경으로 하고 사진을 찍었다.

지하철을 타자 앉을 자리가 없어 그대로 서서 가야 하나 싶어 주변을 조금 두리번거렸다. 그러자 바로 옆에 한 건장한 아저씨가 나를 위해 얼른 자리를 양보해 주셨다. 언제부터인가 나도 모르는 사이에 남들의 이런 배려를 나는 너무 당연한 것으로만 생각하는지도 모르겠다. 하지만 이런 배려는 사실 당연한 것이 아니다. 정작 나는 그렇게 하지 않으려고 해도 주변 사람들이 자꾸 자리를 양보해 주는 바람에 나 스스로도 요즘은 당연하다는 생각에 빠져 있는 것 같다. 그도 그럴 것이 내가 서울에서 지하철을 타면 할머니들도 내게 자리를 양보해 주셨던 적이 있기 때문이다.

다행히 전동차 안에서 애정 행각을 하는 커플은 발견되지 않았다. 내게 자리를 양보해 주셨던 그 아저씨는 나보다 먼저 내리면서 솔직히 아무런 상관도 없는 나에게 잘 가라는 말을 하셨다. 대가나 보상을 바라지 않고 선의의 마음에서 의를 행한다는 자세로 친절과 배려를 베푸는 아저씨의 모습에 마음 한구석에 잔잔한 감동의 물결이 밀려왔다. 그러면서 바로 저 아저씨와 같은 자세가 지금까지 내가 그토록 찾아 헤맸던 인간적이고 훈훈한 정이 아닐까? 하는 생각이 들었다.

이런 생각을 하고 있으니 어느덧 전동차는 호텔이 있는 역에 도착하고 있었다. 전동차에서 내려 에스컬레이터를 타고 올라가려는데 한쪽 구석에서 온몸이 다 틀어진 뇌성마비 아들을 전동 휠체어에 태우고 가는 한 아주머니를 볼 수 있었다. 그녀는 전혀 웃지 않는 굳은 표정을 하고 있었다. 나도 사실 남들의 배려를 은근히 바라고 있는 장애인이지만, 길거리에서 이처럼 나보다 훨씬 상황이 좋지 않은 중증 장애인을 만날 때면 늘 마음 한구석이 아파 온다.

발렌시아의 잠 못 드는 밤

　이날 밤에는 웬 일인지 이상하게 잠이 오지 않았다. 지금까지 지나온 과거에 대한 후회가 갑자기 물밀듯이 밀려왔다. 평소에는 낮에 심하게 활동을 한 날에는 곧바로 잠이 드는 체질이지만, 이날은 낮에 그렇게 발렌시아 시내를 활보하고 다녔음에도 불구하고 잠이 쉽게 오지 않았다. 아마 내가 먹는 약이 신경에 자꾸 자극을 주다 보니 그런 것 같은데, 약을 먹지 않으면 정상적인 활동이 불가하니 이것은 불가피한 선택이다. 그렇게 내 머릿속을 스치듯 지나가는 과거에 대한 기억들은 내 『비상』에 고스란히 기록되었고, 이제는 무엇과도 바꿀 수 없는 내 재산 1호가 되었다.

　이제 와서 생각해 보면 그동안 여러 가지 일들이 참 많았다. 처음 한국을 떠나 머나먼 타국에 막 도착했을 때는 모든 것이 낯설고 생소하기만 했다. 그런 생각을 하던 때가 바로 엊그제 같은데 어느덧 1년이라는 세월이 지나 모든 것을 다 정리하고 떠날 때가 다가오니 못내 아쉽다. 내가 만약 해외로 나가는 것이 두려워 그 선택의 기로에서 주저 앉고 포기해 버렸다면 이 『비상』이 계속 쓰여지는 일은 없었을 것이고, 나는 그 자리에서 더욱 더 혼자만의 세계에 고립되고 말았을 것이다.

　하지만 난 그동안의 해외여행을 통해 나름 많이 성숙했고, 내 비상의 날개 또한 그만큼 더 견고해졌다고 자부한다. 그동안의 여행을 통해 나는 그렇게 염원하고 꿈꿔왔던 완전한 자아를 찾기 위해 노력했다. 첫 시작은 보름달 속의 울부짖는 한 마리 늑대로, 그다음은 첨탑 위의 검은 독수리로, 또 그다음은 인간의 두 가지 인격 가운데 고뇌하는 타락 천사로, 불사조로, 천마로 변화에 변화를 거듭하면서 결국은 보름달 속에서 하늘로 승천하려는 한 마리 이무기가 되었다.

길다고 하면 긴 시간이고 짧다고 하면 또 짧은 그 시간 속에서 난 자신의 온전한 자아를 찾기 위해 노력했다고 믿는다. 이런 생각을 하면서 누워 있는데 나도 모르는 사이에 깜박 잠이 들었던 것 같다. 그러고는 꿈을 꾸었다. 원래 사람이 잘 때 꿈을 꾸면 다음날 꿈의 내용이 잘 생각나지 않는 것이 정상인데, 자고 일어난 뒤에도 그 꿈이 생생히 떠올랐다. 꿈에서는 돌아가신 할아버지가 나오셨다. 그리고 나를 향해 인자한 미소를 짓고 계셨다. 그러더니 불현듯 많이 허기가 지셨는지 할머니에게 배가 고프다고 하시면서 밥 좀 차려 달라고 부탁하시는 것이었다. 꿈에서 재회한 할아버지는 며칠 굶으셨는지 얼굴에 핏기가 없으셨고, 피골은 상접한 듯 몰라보게 야위어 보이셨다. 그러자 할머니는 할아버지를 위해 얼른 식사를 준비하셨다. 김이 모락모락 나는 먹음직스러운 하얀 쌀밥에 김치, 그리고 두 가지 종류의 국이었다. 하나는 시래깃국이었고, 다른 하나는 미역국이었다. 할아버지는 상 위에 차려진 음식들을 허겁지겁 드셨다.

나는 할아버지의 그런 모습을 먼발치에서 말없이 지켜보고 있었다. 마치 어린아이와 같은 그런 할아버지의 모습에 난 무척 마음이 아팠고 짠했다. 처음 할아버지께서 선택하신 국은 시래깃국이었다. 그런데 그렇게 맛있게 식사를 하고 계시는 할아버지는 내가 곁으로 다가가자 갑자기 불현듯 미역국으로 바꿔 드시는 것이었다. 참 신기한 일이었다. 왜 갑자기 할아버지는 그렇게 국의 종류를 바꾸신 걸까? 이런 의문이 들었다. 그러면서 불현듯 눈이 떠졌다. 왠지 꺼림칙한 기분을 떨쳐버릴 수 없었다.

그날 밤 꿈속에 불현듯 등장하신 할아버지는 내게 어떤 메시지를 전하려고 하셨던 것일까? 그러면서 나는 높은 연세에도 건강하셨던 할아버지께서 그렇게 허무하게 가시게 된 원인이 내게 있는 것만 같은 죄책감이 들어 또다시 마음속으로 뜨거운 눈물을 흘릴 수밖에 없었다.

제2부

꽃들에게 희망을

이날은 내가 영국 교회에서 전시를 하기로 계획된 날이었다. 설레는 마음으로 아침 일찍 오시겠다는 페탈 선생님을 기다렸다. 이 전시를 하려고 몇 달 전부터 얼마나 벼르고 별렀는지 모른다. 미리 종이 액자를 사 놓았기 때문에 그림을 여기에 옮겨 붙이면 되었다. 사실 이것을 액자라고 부르기에는 약간의 무리가 있지만 그래도 나름 그림을 옮겨 붙이고 나니 제법 그럴듯해졌다.

커다란 전지에 옮겨 붙여진 총 20여 점의 그림들과 별도로 캔버스에다 작업한 그림 여섯 점을 가지고 일찍 아버리(Aubery) 교회로 갔다. 사실 이 건물은 교회라고 하기보다는 여러 사람들이 다양한 활동을 하며 복합적인 용도로 쓰이는 커뮤니티 센터였다. 우리나라에 비유하자면 주민센터와 같은 개념이라고 보면 된다. 이날 예배 후에는 인디언 댄스가 예정되어 있어 사실상 그림을 되도록 오래 전시해 두고 싶어도 그럴 수가 없었다. 그렇다고 일방적으로 내 욕심만 채우면서 그림을 오래 전시해 두겠다고 고집을 피울 수 있는 상황도 아니었기에 난 조용히 한숨을 쉬며 그 욕심의 끈을 내려놓을 수밖에 없었다.

아침 일찍 간 탓에 센터 안은 무척 조용했다. 사람들이 오기 전에 얼른 그림을 전시해야만 했기에 그림을 드는 손이 바빠졌다. 그림을 벽에 붙이는 데에는 블루텍이라는 고체형 강력 접착제를 사용하였다. 이러니 따로 핀을 꽂아 그림을 고정시키거나 비싸게 돈을 들여 액자를 끼워 맞출 필요 없이 빠르고 간편하게 그림을 벽에 고정시킬 수 있게 되었다. 그렇게 하나둘 벽에 붙여지는 내 그림들을 보니 갑자기 감개가 무량해지면서 지나온 날들에 대한 연민 그리고 후회, 미련과 같은 감정들이 밀려왔다.

조금 있으니 사람들이 하나둘 센터 안으로 들어왔다. 난 서둘러 사람들이 앉을 자리에 미리 내 전시를 광고하는 유인물을 올려놓았다. 그런데 그런 행동을 하고 있으면서도 마음속 한구석이 왠지 불편하고 꺼림칙한 기분이 드는 것은 어쩔 수 없었다. 왜 그런 느낌이 들었던 것인지는 나도 잘 모르겠다. 그건 아마 이 유인물이 대부분 그대로 버려지게 될 것이라는 사실을 예측할 수 있었기 때문이 아닐까 싶다.

센터 안은 많은 사람들로 이내 인산인해를 이루었다. 그렇게 많은 사람들이 내 그림을 보게 된다는 느낌이 들자 나도 모르게 잠시 오만한 생각이 들었다. 과연 내게 그만한 자격이 있는지는 모르겠지만 적어도 그 순간만큼은 내 존재를 드러내며 자랑하고 싶어졌다. 그렇지 않으면 이기주의와 개인주의의 고질적이고 편협한 틀 속에 갇혀 사는 사람들은 나에게 전혀 관심을 가지지 않을 테고, 나란 존재를 전혀 인정하지 않을 테니까 말이다.

난 오래 전부터 미술뿐 아니라 다른 여러 가지 일에도 많이 도전해왔다. 하지만 그렇게 들인 노력과 땀이 무색할 정도로 결과는 참담했다. 언젠가 내가 글 쓰는 것과 그림 그리는 일에 흥미가 있다는 사실을 알게 된 후부터는 이 분야에서만큼은 그 누구도 넘보지 못하는 나만의 영역을 구축하고 싶다는 생각을 하게 되었다. 그래서 난 나의 모든 열정과 정성을 나의 비상과 내 작품에 쏟아부었고, 그 노력이 드디어 결실을 맺은 것이다.

나는 머나먼 이곳 영국 땅에서 그림으로 다른 사람들에게 감동과 희망 그리고 열정을 나누어 주었다. 누군가에는 감동을, 또 다른 누군가에게는 희망을, 그리고 또 다른 누군가에게는 열정을 나눠 주었다. 용기라는 이름의 황금 갑옷을 두르고….

〈캔버스 작품〉

아주 특별한 점심 식사

전시회가 끝난 후에는 시내에 있는 피자헛으로 이동해 내 전시를 찾아준 한국인 가족과 영국 친구 두 명과 함께 식사를 하였다. 막 피자

헛에 도착했을 시점에는 사람이 너무 많아 한참 기다려야만 했다. 배가 무척 고팠지만 좀처럼 자리가 나지 않아 무척 답답했다. 한참을 더 기다려 겨우 자리를 잡았는데 공간에 여유가 없어 어른들은 어른들끼리, 학생들은 학생들끼리 서로 다른 테이블에 앉아 피자를 먹어야만 했다.

미리 샐러드 바 이용을 신청해 놓았기 때문에 자리에 앉자마자 도로 일어나 샐러드 바에서 음식을 가져와야만 했다. 그런데 막상 샐러드 바에는 별로 맛있게 보이는 음식이 없었다. 여기에 실망한 나는 대충 음식 몇 점을 담아 제일 먼저 자리로 되돌아왔다. 다른 친구들이 한참 동안 먹을 만한 음식을 고르는 동안 난 혼자 빈 테이블에 뻘쭘하게 앉아 있어야만 했다.

잠시 후 다른 친구들이 자리로 돌아왔다. 난 다른 친구들을 향해 무슨 말을 하긴 해야 했는데 갑자기 할 말이 떠오르지 않아 무척 당황했다. 그래도 일단 이 자리가 마련된 이유는 내 전시를 축하하기 위한 것이었으니 이를 방문해 준 친구들에게 고맙다는 인사를 먼저 하는 것이 순서인 것 같았다. 그렇게 감사 인사를 전하고 다시 분위기가 뻘쭘해지자 나는 가장 인상 깊게 본 영화 제목이 무엇인지 다른 친구들에게 질문을 하였다. 내가 가장 인상 깊게 본 영화라고 한다면 그것은 두말할 필요도 없이 〈나니아 연대기〉였다. 그러면서 어쩌다 보니 〈나니아 연대기〉와 〈해리포터〉 시리즈 중 무엇을 더 재미있게 보았는지에 대한 대화로 화제가 전환되었다.

사실 그것은 무척 고르기 힘든 질문이었다. 둘 다 싸우고 죽이고 때리고 부수는 장면이 많은 영화였다. 하지만 이것은 이제 어떤 관습처럼 굳어져 버린 너무도 당연한 사안이 되었다. 여기에 나는 동물들의 순수하고 때 묻지 않은 야생의 생활을 좋아하고 평소 계속 이것을 동경해 왔기 때문에 난 주저 없이 나니아를 선택하였다.

　나는 그렇게 친구들과 값진 시간을 보내고 있었다. 이날 있었던 특별한 점심 식사의 의의는 내가 영국 교회에서 전시를 했다는 사실에 있었고, 비록 많은 숫자는 아니었지만 그래도 나를 생각하고 내 전시회를 찾아준 지인들에 대한 고마움의 표시였다. 나는 앞으로 남들에게 내 존재를 드러내며 자랑하기 위해서가 아니라, 그림을 통해 하나가 되는 날을 위해 열심히 달릴 것이다. 설령 그런 나의 노력이 상처뿐인 영광으로 남게 된다 할지라도….

미뤄진 야망

　이날은 지난번에 셔링엄에서 만난 적이 있는 내 또래의 중국인 여학생 멜로디와 만나기로 계획되어 있던 날이었다. 그날 아침부터 비가 추적추적 내렸다. 그녀는 상하이에서 영문학을 전공한다. 나는 중국으로 돌아간 그녀와 메일로 계속 연락을 주고받아 왔다. 그런데 이번에 그녀가 다시 케임브리지에 계시는 자기 어머니를 만나러 온다는 소식을 전해 듣고 난 부푼 마음에 빨리 그녀를 만나고 싶어졌다.

　그런데 밖에 비는 오지, 멜로디는 메일을 안 보지, 아주 속이 타들어가는 듯했다. 아침 일찍 보낸 메일을 오후 4시가 될 때까지 확인하지 않아 그동안에도 메일을 세 번이나 더 보냈다. 그 내용은 제발 메일 좀 보라고 재촉하는 내용이었다. 메일을 세 번째로 보내면서 이미 내 영국 휴대폰 번호를 알고 있었던 멜로디에게 전화를 좀 해 달라고 하자 그녀는 나의 세 번째 메일만 읽고 자신의 어머니 번호를 알려 주며 반대로 자신에게 전화를 해 달라는 답장을 보내왔다. 그래서 그 번호로 전화를 하자 바로 멜로디가 받았다.

그런데 멜로디는 영문학을 전공해 영어를 잘하는데 반해 난 영어를 못하기 때문에 그녀가 하는 말을 전부 다 알아들을 수가 없었다. 뭐라고 말은 하는데 이해가 잘 안 되니 정말 답답했다. 그래도 대충 멜로디에게서 들은 말은 떠올려보면 그날은 비도 오고 자기도 시간이 안 날 것 같다며 원래 오후 5시에 내가 살고 있는 플랫으로 오겠다던 일정을 내일로 변경하자는 것이었다.

유독 나만 그렇게 느끼는 것인가, 여자 한번 만나는 것이 무슨 하늘에 별 따기보다 어렵고 복잡하다는 생각이 드니 나도 모르게 눈물이 핑 돌았다. 한번 만나려고 해도 거의 사정하다시피 매달려야만 하니 내 신세가 어쩌다 이렇게까지 된 것인지 스스로 생각하기에도 무척 한심스럽게만 느껴졌다.

그런데 너무 긴장을 해서 그런지 나중에 집에 와서 다시 생각해 보니 갑자기 다음날 5시에 어디서 만나자고 했는지 그 중요한 사실이 생각나지 않았다. 그래서 어머니 폰을 빌려 그날 밤늦게 다시 멜로디에게 전화를 걸어 약속 장소를 물어보았다. 그런데 그녀는 케임브리지를 잘 아는 학생이 아니다 보니 서로 아는 곳이 별로 없어 의견 조율을 하는 데 상당히 진땀을 빼야 했다. 간신히 케임브리지에서 가장 크고 유명한 킹스 칼리지란 단어 하나만 알아들었다. 내가 여자를 그렇게 증오하면서도 또 왜 그렇게까지 집착하는지 모르겠지만, 이날 아침부터 품었던 남자의 야망이 궂은 날씨와 멜로디의 이해하기 힘든 행동으로 또다시 미뤄지게 되자 무척 마음이 아팠고 속상했다.

절망의 끝에서 다시 핀 꽃

드디어 멜로디와 재회하는 날이 되었다. 그런데 이날도 여전히 날씨가 좋지 않았다. 난 혹시 이러다 못 만나게 되는 것은 아닌지 속으로 내심 걱정을 했다. 손에는 멜로디에게 선물로 주려고 그녀의 초상화를 끼운 액자를 들고 있었다. 일찍 점심을 먹고 우선 빌려온 DVD를 반납하러 집을 나섰다. 그런데 워낙 집에서 일찍 나온 탓에 5시까지는 아직 시간이 많이 남아 있었다.

도서관에 가 시간을 끌며 자리에 앉아 있는데 갑자기 내게 문자 한 통이 왔다. 문자 내용은 그날 잉글리쉬 카페에 올 수 있는지를 물어보는 내용이었다. 가뜩이나 영국 땅에서 내 휴대폰 번호를 아는 사람은 별로 없었던 탓에 나는 처음에 속으로 이 문자가 혹시 멜로디가 보낸 것은 아닐까 하는 생각이 문득 뇌리를 스쳤다. 하지만 나중에 알고 보니 그것은 크리스가 보낸 것이었다.

크리스는 참 고마운 친구다. 늘 나를 아껴주고 챙겨준다. 그와도 잉글리쉬 카페를 통해 알게 되었다. 어떤 계기로 그와 친해지게 된 것인지는 잘 기억나지 않지만 나도 모르는 사이에 크리스와 나는 둘도 없는 친구가 되어 있었다. 그래서 나는 그에게도 마지막 선물로 초상화를 정성스레 그려 주었다. 그것을 받아든 크리스는 무척 고마워했다.

그런 크리스에게 내가 멜로디와 셔링엄에서 처음 만났고 그녀와 어떻게 친분이 쌓이게 되었는지를 이야기하자 크리스는 그날따라 몸 상태가 안 좋았던 나를 위해 직접 킹스 칼리지까지 함께 가 주겠다는 것이었다. 나를 생각해 주는 그 마음이 난 무척 고마웠다.

5시가 다 되어 킹스 칼리지 앞에 도착하자 뒤에서 곧 멜로디도 나타났다. 솔직히 안 나올 줄 알았는데 영어도 못하고 몸도 불편한 나를 위해 나와 준 멜로디가 무척 고마웠다. 나는 그녀를 보자마자 내 선물을 전했다. 멜로디 역시 무척 고마워하는 눈치였다.

원래는 멜로디와 만나서 그란체스터에 갈 생각이었는데 이 계획 또한 비가 오는 바람에 무산되고 말았다. 하는 수 없이 근처 작은 카페로 들어갔다. 그 카페 안에서 멜로디와 그녀의 어머니인 수지 아줌마와 그리고 크리스, 여기에 어머니까지 더하여 무슨 이산가족이 상봉이라도 하는 듯했다.

카페에서는 아이스크림을 먹었는데 저마다 각자 아이스크림을 한 개씩 앞에 두고 먹었다. 그런데 아직 영업시간 종료까지는 시간이 한참 남아 있었는데도 점점 사람들이 하나둘 떠나더니 이내 그 카페에는 딱 우리만 남아 있었다. 잠시 뒤 크리스마저 다른 일이 또 있다며 자리를 뜨자 갑자기 분위기가 몹시 뻘쭘해졌다.

그렇게 아이스크림을 다 먹은 후에 조금 멀리 떨어진 식당으로 저녁을 먹으러 갔다. 식당으로 가는 도중에 난 어떻게든 멜로디의 손이라도 잡아 보고 싶어 계속 분위기를 유도해 보았지만, 멜로디는 결국 내 손을 잡아 주지 않았다. 그녀가 내게 보냈던 메일에는 "You are very talented and lovely boy."라고 적혀 있었다. 그렇다면 이런 내게 호감이 전혀 없는 것도 아닌데 내 손 한번 잡아주지 않는 멜로디가 그날따라 무척 야속하게만 느껴졌다. 아무튼 그렇게 조금 멀리 떨어진 식당에서 멜로디와 저녁 식사를 같이 하였다. 이것이 그녀를 볼 수 있었던 두 번째이자 마지막이었다.

그 당시 어머니에게는 아까 아이스크림을 사느라 돈이 부족했기 때문에 그날 저녁 또한 나는 여자에게 신세를 지고 말았다. 한 남자로 태어나 여자를 제대로 대접해 주지 못하고 밥이나 얻어먹고 다니는 일이 나에게는 무척 자존심이 상했다. 하지만 이런 마음을 겉으로 드러내지는 않았다.

식사를 마치고 갔던 길을 다시 되돌아오면서도 멜로디는 여전히 내 손을 잡아 주지 않았다. 난 그것이 못내 아쉬웠다. 그러면서 내가 영어를 잘 못하니까 무척 답답해하는 것만 같았다. 이런 생각이 들자 나 자신의 어쩔 수 없는 한계에 부딪쳐 그녀에게 상당히 미안하다는 생각이 들었다. 이렇게 멜로디는 내게 아쉬운 여운을 남기며 침묵이 흐르는 내가 살아온 역사 속으로 또 다시 멀어져 갔다. 어쩌면 다시는 돌아오지 못할 아련한 추억 속으로….

〈다시 핀 꽃〉

예정된 비극

이날은 집에서 나올 때부터 몸 상태가 별로 좋지 않았다. 그런데 오후 늦게 부득이 외출해야만 하는 일이 생겼다. 그것은 마기 아주머니와의 저녁 약속이었다. 우리 식구는 한국으로 돌아가기 전 마기 아주머니, 필립 아저씨와 함께 시내에서 마지막 식사를 하기로 한 것이다. 몸이 안 좋다고 하루 종일 집 안에만 있기에는 지루해진 나는 몸이 약간 안 좋은데도 또다시 시내로 무리한 행보를 시작했다. 그런데 그것이 나의 실수였나 보다. 막상 밖에 나오니 문제없이 시내까지 갈 수 있을 것 같아 나도 모르게 들뜬 마음으로 집 앞의 공원을 가로지르는데 비극이 벌어지고야 말았다.

그것은 갑자기 뒤에서 나타난 크리스의 존재였다. 나는 몸 상태가 안 좋을 때면 일시적인 근육 경직이 일어나 뒤로 넘어지는 경우가 있다. 그래서 난 갑자기 나타난 크리스를 보고 뒤로 넘어지고 말았다. 뒤에는 아스팔트였지만 난 다행히 풀밭으로 넘어져 크게 다치지는 않았다. 그런데 갑자기 뒷목 쪽에서 심각한 충격이 전신으로 퍼졌다. 잠시 동안 그 충격으로 인해 도저히 몸을 움직일 수가 없었다. 아니 움직여지지 않았다. 그렇게 한순간 넘어지는 나를 보고 크리스는 무척 당황스러워 하는 것 같았다.

간신히 몸을 추슬러 다시 일어났지만 뒷목의 통증은 여전했다. 너무 아파 걸음도 걷지 못할 정도였다. 눈앞이 노래지고 시야 확보가 힘들어졌다. 그래도 이왕 나왔는데 한 번 넘어졌다고 다시 집으로 돌아가고 싶지 않았고, 다시 되돌아간다 해도 집에는 아무도 없기에 크리스의 부축을 받으며 난 시내로 힘겨운 걸음을 옮겼다. 그래도 날 그렇게 생각해 주는 친구의 존재가 너무 고마웠다.

난 그래도 시내에서 무사히 마기 아주머니와 이별의 저녁 식사를 함께 했다. 예정된 비극만 일어나지 않았다면 얼마든지 웃는 얼굴로 아주머니, 아저씨와 작별 인사를 할 수 있었을 텐데 그 충격 때문인지 나는 작별의 저녁 식사를 하는 내내 도저히 표정이 펴지지 않았다. 지금 와서 다시 생각해 보니 그래도 마지막인데 힘들어도 웃을 것을, 아주머니 아저씨께 정말 미안했다.

굿바이, 페탈!

이날은 지난 9개월간 내게 영어를 가르쳐 주시던 페탈 선생님과 이별하는 날이었다. 미리 유부초밥을 준비해 두고 선생님이 오시기만을 기다렸다. 지금까지 한 번도 제 시간에 맞춰 오신 적이 없으셨던 페탈 선생님은 마지막 순간까지도 지각을 하셨다.

사실 페탈 선생님이 안 계셨다면 아버리 커뮤니티 센터에서 전시를 하는 일은 상상도 하지 못했을 것이다. 그런데 내 그림의 의미를 높이 평가하신 페탈 선생님은 감사하게도 내가 세상과 소통할 수 있는 발판을 만들어주셨고, 그래서인지 내가 이 선생님께 느끼는 감정은 남다르다. 페탈 선생님은 유독 미소가 아름다운 분인데 난 이 이 선생님에 대한 기억을 영원히 못 잊을 것만 같다.

우리 집에 오시기 전에 이미 다른 곳에서 식사를 하고 오신 페탈 선생님은 감탄사를 연발하시며 초밥을 맛있게 드셨다. 난생 처음 보고 처음 먹어 보시는 음식이었지만 전혀 어색해하는 티를 내지 않으셨다. 일부러 자신을 위해 음식을 준비한 어머니의 정성을 외면할 수 없어 그러시는지 아니면 정말 맛있어서 그런 것인지는 모르겠지만 말이다. 선생님은 초밥을 맛만 보시고는 포장해 달라고 하셨다. 나와 어머니에게 수없이 많은 포옹을 하고는 선생님은 잔잔한 여운을 남기며 내가 살아온 역사 속으로 멀어지셨다.

빛으로 하나 되는 이야기

이날은 그동안 영국에서 사귄 나의 영국 친구들을 집으로 초대해 같이 마지막으로 이별의 저녁 식사를 하는 날이었다. 초대된 멤버는 크리스를 비롯하여 베스와 또 한 명의 친구 미란다였다. 베스는 큰 키에 비해 유난히 말수가 적고 소극적인 성격이지만 그림에 관심이 많다. 그래서 베스와 따로 만나 같이 그림을 그렸던 적도 많았다. 이들 모두 잉글리쉬 카페에서 처음 만나 친해지게 된 나의 소중한 영국 친구들이다. 나는 우정을 세상 그 어떤 것과도 바꿀 수 없는 소중한 보물이라고 생각한다.

이날 집에 초대된 크리스와 다른 친구들은 처음 문을 들어서면서부터 내게 작은 봉투에 넣어져 있는 카드 하나씩을 건네주었다. 내용이야 충분히 유추할 수 있었지만 친구들 앞에서 바로 뜯어보고 싶은 것을 간신히 참았다. 난 그들의 그런 마음이 무척 고마웠다. 이날 메뉴로 준비된 것은 유부초밥과 잡채였다. 잡채는 이전에 먹어본 적이 있었지만, 초밥은 처음이어서 친구들의 입맛에 맞을지 내심 걱정이 되었다. 그런데 나의 이 걱정과는 달리 영국 친구들 모두는 초밥까지 맛있게 먹었다.

식사 도중 갑자기 나는 나만큼이나 두꺼운 안경을 끼고 있는 크리스가 어쩌다 그렇게 눈이 나빠졌는지가 궁금해졌다. 그래서 어설픈 영어로 물어 보았다. 하지만 나의 부정확한 발음 탓인지 크리스는 'Sorry?'라고 반문했다. 내가 크리스 앞에서 어떻게든 나 혼자 힘으로 말을 만들어 보려고 하자 그는 나의 그 노력이 가상했는지 계속 말해보라고 하며, 부모님께는 도와주지 말라고 눈치를 주었다. 하지만 난 도저히 그 상황에 맞는 질문을 하지 못하였고, 결국에는 아버지의 도움을 받을 수밖에 없었다. 이에 크리스는 대답은 해 주면서도 무척 아쉬워하는 눈치였다.

그렇게 내 질문에 대한 크리스의 대답은 사실 거짓말이었다. 왜냐하면 그의 말에 모순이 있었기 때문이었다. 처음에는 책을 많이 봐서라고 하길래 '아! 공부 좀 하는 애는 다르구나'라고 생각했는데, 이내 자신은 보통 저녁 7시만 되면 잔다고 했기 때문이었다.

식사를 마치고 난 뒤 친구들이랑 다 같이 사진을 찍었다. 이들과 함께했던 시간은 내게는 정말 소중하고 값진 시간들이었다. 먼 훗날 나의 비상의 역사를 돌이켜 보며 이 친구들을 떠올리며 미소 지을 날을 기대해 본다.

또 한 번의 전시회

인생을 살아가면서 만나게 되는 많은 사람들과 친밀한 관계를 유지하기 위해서는 과연 무엇을 제일 먼저 해야 할까? 나에게 제일 먼저 공통의 관심사를 찾아 그 관심사에 맞게 대화를 이끌어나가는 능력이지 않을까 싶다. 하지만 이 일은 결코 쉽지 않다. 저마다 추구하는 가치관이 다르고 살아온 환경 또한 다르기 때문에 다수의 사람들을 대상으로 공통의 관심사 찾기란 사실 여간 어려운 일이 아니다. 그런데 난 여기서 불특정 다수의 사람을 대상으로 그림이란 공통의 관심사로 승부수를 띄웠다.

영국을 떠나기 전, 한인교회에서도 내 그림을 전시하게 되었는데 이미 전시했던 그림을 다시 우려먹는 것만 같아 사실 기분이 썩 유쾌하지만은 않았다. 그래도 더 많은 사람들에게 내가 그린 그림으로 기쁨과 행복을 전하고 싶었다. 하지만 나의 이 기대와는 달리 한인교회에서 그림을 전시했던 날은 사실 좀 실망스러웠다. 다들 별로 내 그림에 관심을 갖는 것 같지도 않았고, 그나마 내게 해 주는 말도 왠지 다 입에 발린 말들인 것처럼 느껴졌다.

예배 시작 전에 예배 후 2층에 올라가서 교제를 하는 곳에 먼저 올라가서 블루텍으로 그림을 벽에 붙이는데 아무래도 한 번 쓴 것이다 보니 접착력이 약해져 여러 개를 추가적으로 덧붙여야만 했다. 이 작업은 여간 까다로운 일이 아니었다. 더구나 난 행동이 무척 느리기 때문에 빨리빨리 붙일 수가 없었다. 물론 부모님께서 내 그림을 벽에 붙이는 것을 상당 부분 많이 도와주셨다. 그림은 문에다가도 붙였다. 캔버스에 그린 그림은 따로 벽에 걸지 않고 테이블 위에 놓았다. 그림을 다

붙이고 나니 공간이 제법 그럴싸해졌다. 하지만 두 번째 전시였기 때문에 그림을 걸고 난 다음에 성취감이나 만족감은 확실히 조금 덜 느껴졌다. 이렇게 해서 나는 한인교회에서의 전시회까지 무사히 마쳤다.

마음에서 마음으로

누군가를 위해 자신이 아끼던 물건을 물려주면 기분이 어떨까? 한인교회에는 그림 그리기를 좋아하는 딸 두 명을 가진 집사님 한 분이 계신다. 이 집사님 댁에 식사 초대를 받아 간 적도 있었다. 난 일찍이 그 집사님의 두 딸이 그림에 남다른 감각이 있다는 사실을 알고 있었다. 그래서 이 딸들을 위해 내가 쓰던 수채물감을 물려주고 가기로 마음먹었다. 버리는 것보다는 그 편이 나을 것 같다는 생각이 들었고, 집사님의 두 딸도 좋아할 것만 같았다. 아직 한 번도 안 쓴 물감도 있었고, 잘만 하면 앞으로 꽤 오래 쓸 수 있을 것만 같았다.

나의 예상대로 집사님의 두 딸은 비록 쓰던 중고 물감이었지만 고맙다면서 기쁘게 받아 주었다. 한국으로 가져가는 짐을 최소한으로 줄이기 위한 불가피한 선택이란 측면도 있었지만, 나의 지난날의 영혼이 묻어 있는 물감을 필요한 사람에게 물려주고 간다는 생각을 하자 무척 뿌듯했다. 한때 내 발로 걸어다니지 못하고 누군가에게 붙들려 다니기만 했던 내가 이렇게 누군가를 위해 내가 가진 것을 나누어주고 꿈과 희망을 심어 주었다는 사실이 스스로 생각하기에도 무척 대견스러웠다. 그런 내 모습을 돌아보며 언제 내가 이렇게 성장했나 하는 생

각이 들면서, 아! 이런 기분이 바로 진정한 행복이구나 하는 것을 깨
달을 수 있었다.

사실 행복은 멀리 있는 것이 아니다. 다른 누군가를 위해 자신이 가
진 것을 나누어줄 때 후회나 미련이 생기지 않는다면 그것이 바로 행
복이 아닐까? 내가 쓰던 수채물감과 더불어 1,000조각 퍼즐과 손바닥
만한 크기의 작은 캔버스를 물려주었고, 사실 색연필도 주고 싶었으
나 색연필은 이미 많이 가지고 있어서 내가 한국으로 가지고 가기로
했다.

그렇게 나의 영혼이 담긴 미술 도구를 집사님의 두 딸에게 물려주면
서 나는 전혀 아깝다는 생각이 들지 않았다. 그저 내가 쓰던 물감으로
두 아이들의 그림이 한 단계 더 발전되었으면 좋겠다는 생각이 들었다.
나는 여기서 떠나야 할 때를 알고 미련 없이 떠나지만, 다음 세대 꿈
나무들의 꿈은 언제까지나 퇴색되지 않고 길이 보존되었으면 좋겠다.

에필로그

그동안의 글을 정리하며

　지금까지 저의 부족한 글을 읽어주셔서 대단히 감사합니다. 저는 영국에서 보낸 시간들을 통해 잃어버린 자신감을 되찾고 올바른 자아 정체성의 확립을 위해 노력했습니다. 그리고 이 기록을 통해 시공간의 제약을 뛰어넘어 많은 사람들에게 잔잔한 감동을 전하고 싶었습니다. 이것은 단순히 스쳐 지나가는 기억이 아니라 제가 살아온 인생에서 잊을 수 없는 소중하고 값진 기록들입니다. 저는 매 순간순간 느꼈던 저의 심정을 최대한 꾸밈없이, 솔직하고 생생하게 표현하고자 했습니다.

　그곳에 머물렀던 짧다면 짧고 길다면 긴 시간 속에서 이전까지 경험해 보지 못했던 그들의 문화를 체험하고, 거기서 만난 사람들과의 교제를 통해 저의 신체적 한계를 넘어서 무언가를 찾고자 애썼던 저의 열정, 시련과 고난 앞에서 포기하지 않는 저의 도전 정신과 끈기를 담고 싶었습니다.

저는 『비상』을 위해 밤늦은 시간부터 다음날 새벽까지 열심히 타이핑을 했습니다. 그동안 저는 행복을 너무 어렵게 생각하고 먼 곳에서 찾으려고 했는데, 사실은 그렇지가 않은 것 같습니다. 우리 자신도 모르는 사이에 행복은 이미 우리들 곁에 와 있는지도 모릅니다. 다만 우리가 미처 깨닫지 못한 것입니다.

　지금까지 저 높고 푸른 하늘 어딘가에서 빛나는 희망의 빛을 찾아 나섰던 저의 『비상』을 애독해 주신 많은 분들께 진심으로 감사드립니다.

3